북한 문학의 이해 4

국립중앙도서관 출판시도서목록(CIP)

북한문학의 이해 4 / 김종회 편. — 서울 : 청동거울, 2007
　　p. ;　　cm. — (청동거울 문화점검 ; 45)

ISBN　978-89-5749-100-3　93810 : ₩16000
810.906-KDC4　895.709-DDC21　　CIP2007004126

청동거울 문화점검 **45**

북한 문학의 이해 4

2007년 12월 25일 1판 1쇄 인쇄 / 2007년 12월 31일 1판 1쇄 발행

엮은이 김종회 / 펴낸이 임은주 / 펴낸곳 도서출판 청동거울 / 출판등록 1998년 5월 14일 제13-532호
주소 (137-070) 서울 서초구 서초동 1359-4 동영빌딩 / 전화 02)584-9886~7
팩스 02)584-9882 / 전자우편 cheong21@freechal.com

주간 조태림 / 편집 이선미 최은영 / 영업관리 김상석

값 16,000원

ISBN 978-89-5749-100-3

청동거울 문화점검 45

북한 문학의 이해 4

김종회 편

청동거울

　2007년 8월 평양에서 개최된 남북정상회담은 21세기 한반도 민족통합의 지향성과 가능성을 거듭 확인시켜 주었다는 점에서, 큰 상징적인 의미를 부여할 수 있다. 2000년에 이어 7년 만에 이루어진 이번 남북정상회담은, 공동합의서 내용의 공과와는 별개로 남북한 정부의 확고하고 지속적인 대화 의지를 천명했다는 사실만으로도 매우 호의적인 평가를 내리게 한다.

　분단 이후, 남한과 북한이 체제 갈등과 반목의 역사를 전개해 왔음은 주지의 사실이다. 특히 오랜 기간 남북한 두 정부의 왜곡된 권력 구도와 통치 구조의 폐쇄성은, 민족적 동질성을 훼손하고 한반도 이질화를 심화시켰다. 1990년대 들어 비로소 남한 연구자들 사이에 북한문학에 대한 본격적인 관심이 고조되었다는 사실은, 어떤 면에서 이러한 정치·사회적 정황과 무관하지 않다. 억압적인 군사정권의 오랜 속박에서 벗어나 차츰 정치적 지배세력의 정당성을 회복해 가는 이 시기, 북한문학에 대한 남한 사회의 적극적 관심 표명은 문학과 동시대 현실의 함수관계를 투명하게 반영하고 있는 셈이다.

　다소간 관점의 차이는 있을 수 있지만, 북한문학의 현장에 있어서도 이 같은 정치와 문학의 상관관계는 동일하게 적용되어 왔다. 이를테면 1990년대 북한의 주요 정책들은 체제 종속적인 북한문학의 성격상 이 시기 문예이론과 창작방법론에 적극적으로 수용된다. 이 시기의 북한문학은 붉은기사상, 고난의 행군, 강성대국과 선군정치 등 각각의 정치적 과제에 민감하게 반응하며 이를 주제로 한 작품들이 주를 이루고 있는 것이다.

이러한 사실은 정치적 이론과 미학적 실천을 동일시해 온 북한문학의 작품 내부에 당대적 현안과 역사적 사건들이 깊숙이 각인되어 있음을 여실히 보여준다. 아울러 남북정상회담이 개최되었던 2000년대 이후의 북한문학 작품에서 미학적 변화의 징후를 포착하려는 일련의 연구들 역시, 이러한 문학과 현실의 대응 구조에서 북한문학을 관류하는 일정한 원리를 파악하려 한다.

이번 『북한문학의 이해 4』는 남북한 문학의 접점과 경계를 탐색하고 나아가 문화 통합의 실천적 가능성을 모색하기 위한 방안으로 계획되었다. 이전 『북한문학의 이해 1·2·3』 세 권의 연구 성과를 바탕으로 그 연구 영역을 확장하려 한 이 책은, 한국 현대사의 주요 사건들을 매개하여 북한문학의 역사적 탐색과 실제적인 작품론을 병행하고 있다는 점에서 의의를 지닐 수 있다. 이 책은 전 3부로 구성되었다.

제1부 총론은 김정일의 『주체문학론』이 간행된 1990년대 이후 북한문학의 전개 양상을 총체적으로 조망하였다. 『북한문학의 이해 3』이 축적했던 연구 성과들을 토대로, 1990년대 북한문학의 흐름을 입체적으로 정리한 이 글을 통해 연구자들은 최근 북한문학의 동향을 한눈에 파악할 수 있을 것이다.

제2부 '북한문학에 반영된 한국 현대사'는 해방 이후부터 2000년대

에 이르는 한국 현대사의 주요한 사건들을 중심으로 북한문학을 살펴
보았다. 여기의 제목이 환기하듯이 이 글들은 대구 10월 항쟁, 5·10단
선반대운동, 제주 4·3항쟁, 6·25동란, 경자년 마산의거와 4월 혁명,
1960년대의 박정희 체제, 5·18광주민주화운동, 6·15남북공동선언 등
의 역사적 사건을 바라보는 북한문학의 입장을 실질적인 작품 분석을
통해 구체적으로 살펴보고 있다.

제3부 '남북한 문학의 경계와 상관성'은 남북한의 문학사에 공통적
으로 등장하는 주요 작품들을 대상으로 각각의 미학적 관점과 창작방
법론을 비교 고찰하였다. 동일한 작품에 대한 서로 다른 평가들, 즉 비
동일성의 동시적 성격을 파악해 봄으로써 남북한 통합 문학사의 가능
성과 한계를 포괄적으로 점검할 수 있을 것이다.

바쁜 중에도 소중한 원고를 집필해 준 필자들과 1·2·3권에 이어 다
시 출판을 맡아 준 도서출판 청동거울에 진심으로 감사의 뜻을 전한
다.

2007. 11
엮은이 김종회

제2부
북한문학에 반영된 한국 현대사

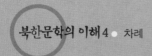
제3부
남북한 문학의 경계와 상관성

제3부 북한문학의 주요 작가와 작품의 실상

북한문학의 이해 3권 차례

제1부 총론

제2부 『주체문학론』의 장르별 분석과 비판

제1부 ● **총론**

『주체문학론』 이후 북한문학의 방향성/김종회

『주체문학론』 이후 북한문학의 방향성

김종회

1. 서론

2000년 6월에 개최된 남북정상회담 이후 남북간의 다양한 인적·물적 교류가 진행되고 있지만, 아직도 우리 앞에 놓여 있는 분단의 상처와 흔적은 엄연한 현실로 존재한다. 또한 분단 현실에서 파생된 정치·경제·사회·문화적 여러 난관들이, 세계 정세의 역동적 변화 속에서도 여전히 한반도 문제 해결의 현실적 걸림돌로 실재하고 있다. 하지만 민족 통합이라는 절체절명의 과제는 우리에게 20세기 한반도에서 벌어진 전쟁과 분단의 역사를 딛고, 21세기 한민족의 새로운 도약과 비상을 준비할 것을 엄중히 요구하고 있다.

탈냉전 세계화 시대에 전지구적 질서는 이미 다기한 개인의 정체성이 민주적으로 혼재하는 정보화 사회로의 재편을 경험하고 있다. 하지만 한반도는 여전히 냉전의 그늘에 묶여 앞날을 예측하기 어려운 난제들이 현존하는 실정이다. 특히 남북의 폐쇄적 혹은 단발적 상호 교류는 한반도 문제의 점진적 해결을 더디게 진행시키고 있다. 이제 보다 적극적인 교류와 협력, 대화와 공존의 열린 자세가 절실한 때이다.

이 글에서는 현재까지 북한 문예이론의 지침서인 『주체문학론』의 의미를 고찰하면서 담론적 차원에서 드러나는 미세한 균열의 징후를 포착하고자 한다. 구체적으로는, 그러한 균열의 징후가 조국통일, 청춘 남녀의 애정, 과학환상, 이농 문제 등을 다룬 1990년대 이후 북한 단편 소설 속에서 어떻게 표현되고 있는지를 살펴볼 것이다. 또한 1994년 김일성의 사망 이후 유훈통치 시대를 포함하여 김정일 시대를 형상화한 시들을 선군정치시대의 시와 반제반미사상의 시로 나누어 고찰하고자 한다. 이러한 연구는 『주체문학론』 이후의 북한문학의 방향성을 가늠해볼 수 있을 것이다.

2. 『주체문학론』의 의미 고찰

2000년 남·북 정상의 만남 이후 경제 협력과 이산 가족의 상봉 등 정부·민간 차원의 교류가 활발하게 논의되고 있는 지금, 표면적으로는 통일의 분위기가 무르익은 듯이 보인다. 일부 학계에서는 분단 시대가 가고 통일 시대가 오고 있다는 흥분을 감추지 않고 있다.[1] 그러나 문학의 경우 1992년 이후 지금까지 북한의 문예이론 지침을 대변하는 김정일의 『주체문학론』[2]은 북한 체제의 근본적인 변화 가능성을 보여주지는 못하고 있다. 따라서 우리의 독법은 담론적 차원에서의 근본적 변화가 아니라 담론의 이면에 내포되어 있는 미세한 균열의 징후를 포착하는 것을 필요로 한다.

---

1) 강만길·김경원·홍윤기·백낙청, 「좌담, 통일시대를어떻게 살아갈 것인가」, 『창작과 비평』, 2000. 가을.
2) 김정일, 『주체문학론』, 조선로동당출판사, 1992.

해방 이후 북한의 문예학은 1967년을 기점으로 커다란 변화를 보인다. 1967년 이전까지는 마르크스-레닌주의의 유물론적 문예이론을 당의 공식적인 노선으로 채택하였다. 그러나 1967년을 기점으로 북한은 이전의 문예이론을 주체적으로 계승한 '주체문예이론'을 당의 공식 문예이론으로 삼는다.[3] 이후 지금까지 북한의 문학은 주체문예이론이라는 공식틀을 벗어나지 않고 있다. 따라서 북한문학에 대한 접근은 주체문예이론 자체를 비판·거부하기보다는 주체문예이론 내부의 미세한 균열의 징후를 감지하는 작업이 유효할 수 있을 것이다. 이러한 관점에서 많은 연구자들이 1980년대 북한문학에 주목하였다. 주체문예이론의 틀을 크게 벗어나지 않으면서 다소 유연한 시각을 견지한 작품들이 발표되었기 때문이다. 80년대 현실 주제의 북한 소설은 일상 생활의 '숨은 영웅'을 형상화한다든지 애정 문제를 본격적으로 다루거나 북한 사회의 관료주의적 속성을 비판하였다. 이는 주체문예이론의 경직성을 내부적으로 반성하는 징표로 해석되기도 하였다.[4]

그러나 1980년대 후반의 동구 사회주의권의 붕괴에 뒤이은 북한 사회의 가뭄과 기근은 북한 체제를 근본적인 위기 상황으로 몰고 갔다. 국제적인 고립과 내부적 문제를 해결하기 위해 북한의 문학은 다시 보수적인 경향으로 후퇴하였다. 이에 1990년대 북한문학은 1980년대 문학의 유연성을 확장·발전시키지 못하고 과거의 주체문예이론을 강화하는 방향으로 나아간다. 그러나 이미 사회주의적 현실 문제를 나름대로 깊이 있게 형상화한 체험을 간직한 북한의 작가들이 주체문예이론

---

3) 김정일, 〈문학예술부문에서 당의 유일사상체계를 튼튼히 세울데 대하여〉(1967. 5. 30)/〈작가, 예술인들 속에서 당의 유일사상체계를 철저히 세울데 대하여〉(1967. 7. 3)/〈문학예술작품에 당의 유일사상을 구현하기위한 사업을 실속있게 할데 대하여〉(1967. 8.16) 등 참조.
4) 김재용은 1980년대 현실 주제의 북한 소설은 '북한 당대 현실내에서 제기되는 절실한 문제들을 폭넓게 다룬다는 점에서 그 이전의 소설과 다른 것은 물론이고 북한 사람들의 진지한 관심과 사랑의 대상이 되고 있다'고 지적한다(김재용, 「1980년대 북한 소설 문학의 특징과 문제점」, 『북한 문학의 역사적 이해』, 문학과 지성사, 1994, p.271 참조).

의 당위적 명제 앞에 굴복하여 순순히 과거의 작품 경향으로 회귀하지는 않는 듯하다.

김정일의 『주체문학론』은 1980년대 문학의 유연성과 1990년대 문학의 경직성 사이의 이러한 딜레마를 반영한다. 『주체문학론』의 첫 장이 '시대와 문예관'이라는 점은 의미심장하다. '새 시대는 주체의 문예관을 요구한다'로 요약되는 이 장은 새롭게 조성된 정세에 대한 북한식의 대응방안을 잘 보여준다. 이는 1990년대의 시대적 상황이 요구하는 절박한 과제를 스스로 반영하는 것이다. 위기의 시대를 대응하는 북한식의 처방전은 과거의 주체문예이론으로 재무장을 요구한다. 따라서 이 장을 이해하는 핵심은 주체문예이론 내부의 미세한 균열(새롭게 조성된 시대 상황과 주체문예이론 사이의 불균형)을 포착하는 데에 있다. 변화된 시대에 능동적으로 대처하려는 고육지책(苦肉之策)에서 나왔지만 이러한 균열은 북한문학의 변화 가능성을 보여주는 소중한 지표가 될 수 있다.

'주체적문예활동방법'이란 "문학예술 창작과 지도에서 나서는 모든 문제를 주체적립장에서 우리 식으로 풀어나가는 것"을 말한다. 이러한 주체성의 강조는 새롭게 조성된 정세를 돌파하는 데 있어서 '민족적 특성'을 강조하는 방향으로 나아간다. 세계적으로 고립된 스스로의 정치체제를 유지·보존하기 위해서는 '조선민족제일주의정신'[5]을 발양시킬 필요가 있는 것이다. 하지만 이러한 요구도 그 자체의 당위성만을 강조한다고 해서 이루어지는 것이 아니며, 우리가 주목하는 부분이 바로 여기이다. 김정일은 "문학에서 어떤 인물을 전형으로 내세우려면 일반화의 요구와 함께 개성화의 요구"도 실현하여야 하며, "문학에서 사상성이 없으면 예술성이 없고 예술성이 없으면 사상성도 있을 수 없다"고

---

5) 김정일, 〈조선민족제일주의정신을 높이 발양시키자〉(1989. 12. 28), 조선로동당중앙위 책임일군들 앞에서 한 연설.

말하고 있다. 물론 일반화의 요구나 사상성이 개성화의 요구나 예술성을 규정하는 일차적인 요소라는 단서를 달고 있지만, 개성과 예술성의 중요성을 구체적으로 언급하고 있다는 점은 의미심장하다. 보다 구체적으로 이 둘의 조화를 요구하는 방법이 이어서 논의되고 있기 때문이다.

① 문학의 묘사대상에는 자주성을 위한 인민대중의 투쟁뿐 아니라 생활의 모든 분야, 모든 령역이 다 포괄되며 한 작품안에서도 생활분야가 국한되거나 한정되여있지 않고 여러갈래로 복잡하게 얽혀있다. 문학은 복잡한 인간생활을 그 본래의 모습 그대로 묘사하여야 생활을 다양하고 풍부하게 보여줄 수 있다.[6]

② 우리 시대 인간의 높은 혁명성과 뜨거운 인간성을 심오하게 그려내여 사람의 문화정서교양에 도움을 주자면 작품에서 딱딱한 정치적인 술어나 구호 같은 것을 라렬하지 말고 현실에 있는 산 사람의 사상과 감정, 생활을 구체적인 화폭으로 생동하게 그려야 한다.[7]

위의 인용문은 '자주성을 위한 인민대중의 투쟁'과 구체적인 현실의 다양한 감정을 있는 그대로 포착하여야 함을 강조하고 있다. 이는 '혁명성'과 '인간성' 혹은 정치적인 구호와 '산 사람의 사상과 감정, 생활'을 구체적인 화폭으로 생동하게 그려야 한다는 주장으로 변주된다. 예를 들어, "언어와 구성, 양상과 형태와 같은 일련의 형상수단과 형상수법을 다 동원하여야 내용을 충분히 살릴 수 있다"라든가 "사람의 구체적인 성격과 생활에 파고들어야 하며 그 과정에 정치적 내용이 스스로 우러나오게 작품을 써야 한다" 등의 주장은 앞으로의 북한문학이 이념 중심에서 생활 중심적인 문학으로 나아갈 것이라는 징후를 보여준다.

---

6) 김정일, 앞의 책, p.19.
7) 김정일, 위의 책, p.20.

철학적인 것과 형상적인 것의 통일을 보장하는 데에서 형상보다 결론을 앞세우지 않고 형상에 대한 결론을 독자에게 맡겨야 한다는 주장은 이러한 논의의 연장으로 이해된다.

이렇듯 '제1장 시대와 문예관'은 새롭게 조성된 시대에 대응하는 북한의 수세적 방어 전략을 보여준다. 위기의 시대를 과거의 주체사상에 대한 강조로 극복하려는 의도는 다소 무리한 시도로 보인다. 하지만 이러한 요구를 실현하려는 구체적 방법을 제시하는 부분에서 기존 문예이론의 경직성을 다소 탈피하고 있다는 점에서 긍정적으로 받아들여진다. 현실과 당위의 불균형을 극복하려는 시도는 '제6장 문학형태와 창작실천'에서 보다 구체적이고도 현실적으로 제기되고 있다. '제6장 문학형태와 창작실천'에서 김정일은 시, 소설, 아동문학, 극문학 등의 형식과 창작실천에 대해서 구체적으로 언급하고 있다. 시문학에서는 당의 정책적 요구와 서정성을 조화시키는 문제를 주로 논의하고 있다.

① 시문학의 서정성을 높이자면 시인의 개성적인 얼굴을 뚜렷이 드러내는 것이 필요하다. 시의 서정은 시인 자신의 정서를 직접 표현하는 주정이다.[8]

② 시에서는 서정적 주인공의 모습이 뚜렷하여야 하며 다른 사람이 대신할 수 없는 독특한 정서세계가 펼쳐져야 한다.[9]

그러나 '다른 사람이 대신할수 없는 독특한 정서세계'와 당의 정책적 요구를 어떻게 조화시킬 것인가, 인간생활을 떠나 순수 자연을 찬미하는 시와 아름다운 자연을 통하여 거기에 비친 인간세계를 깊이 있

8) 김정일, 위의 책, p.228.
9) 김정일, 위의 책, p.229.

게 드러내는 작품을 어떻게 구분할 것인가의 문제는 여전히 미해결의 과제로 남는다. 이러한 구체적인 문제를 깊이 있게 천착할 때 북한의 시문학은 이념과 서정 사이의 간극을 어느 정도 좁힐 수 있을 것이다.

김정일은 소설 속에 형상화된 생활은 "시대와 사회의 본질이 반영된 전형적인 생활이며 작가의 발견이 깃든 새롭고 특색있는 생활"이라고 주장하면서, 도식은 "문학과 독자 사이를 갈라놓은 장벽"이므로 작가는 "온갖 도식에서 벗어나 저마다 새로운 것을 들고 나와야 한다"[10]고 함으로써 도식에서 벗어난 형상성의 문제를 제기한다.

그러나 이러한 장벽은 주체문예이론 자체의 도식성이 아니라 소설 창작 기법과 관련된 도식성이다. 이어 그는 '다주인공을 설정하는 수법', '주인공을 감추어 놓고 형상하는 수법', '부정적 인물을 중심에 놓고 형상'하는 수법, '인물의 심리를 기본으로 펼쳐 나가면서 생활을 묘사하는 수법', '랑만주의 수법' 그리고 '벽소설' 같은 짧은 형식, 서한체, 일기체, 추리소설, 탐정소설, 실화소설, 환상소설, 의인화의 수법으로 엮어진 소설, 운문소설, 지능소설 등 다양한 기법과 형식을 소개하고 있다. 이러한 기법과 형식의 도식 배제가 곧바로 주체소설의 도식성을 극복하는 계기가 될 수는 없다. 하지만 다양한 기법과 형식의 실현이 주체소설의 내부에 조그마한 균열의 징후로 기능할 수는 있다. 이러한 징후에 대한 탐색과 발견이 소중한 이유도 바로 여기에 있다.

『주체문학론』에서 특히 주목하고 있는 영역은 아동문학이다. 아동들은 새시대를 이끌어갈 주역이기 때문이다. 이러한 아동문학에 대한 논의에서도 여지없이 내용과 기법 사이의 균열이 감지된다. 작가가 "아동문학을 우리 당의 정책과 우리나라 어린이의 특성에 맞는 우리 식 문학으로 발전시켜야 한다"[11]고 강조함으로써 계몽적 담론과 민족적

---

10) 김정일, 위의 책, p.244.
11) 김정일, 위의 책, p.254.

특수성을 이야기하는 것은 기존의 관점과 차이가 없다고 볼 수 있다.

하지만 이러한 당위적 명제에 이어 김정일이 구체적인 기법 차원에서 아동문학의 형상화 문제를 언급하고 있는 것이 주목된다. 아동문학은 작품에 재미가 있어야 하며, 사상을 논리적으로 주입하려 하지 말고 흥미있는 형상 속에서 감성적으로 받아들이게 하여야 하고, 변화무쌍한 행동성과 강한 운동감이 느껴져야 한다는 것이다. 또한 될수록 쉬운 말과 표현을 써야 한다는 점을 강조한다. 이렇듯 "아동문학에서는 의인화된 수법과 환상, 과장, 상징을 비롯한 이미 있는 수법을 다양하게 리용하는 한편 새로운 형상 수법과 기교를 대담하게 창조하여야 한다"[12]는 인식은 기법적 새로움을 통해 이론적 당위와 형상성의 한계를 극복하려는 몸짓으로 읽을 수 있는 것이다. 이러한 당위와 형상 사이의 괴리는 '주체문예이론'의 미래를 보여주는 징후로 기능할 수 있다.

김정일은 극문학, '텔레비죤 문학', 평론문학 등 다양한 형태의 문학을 언급하면서 '그것을 발전하는 현실의 요구와 인민의 미감에 맞게 끊임없이 혁신해나가는 것'이 중요하다고 강조한다. 이러한 표현은 그동안의 문학작품들이 '현실의 요구와 인민의 미감'을 도외시하거나 간과해 왔음을 역설적으로 파악하게 한다. 따라서 "우리는 력사적으로 이루어진 기성 형태나 새로 창조하는 형태나 할 것 없이 모든 형태의 고유한 특성을 뚜렷이 살려 주체문학의 화원을 더욱 풍만하고 다채롭게 장식하여야 한다"[13]는 김정일의 강변은 오히려 기존의 '주체문학의 화원'이 왜소한 일면만을 지녀왔음을 실토하는 것이라고 할 수 있다.

이상으로 김정일의 『주체문학론』을 '주체문예이론' 내부의 미세한 균열에 초점을 맞추어 일별해 보았다. 『주체문학론』은 1960년대 후반에서 1970년대에 걸쳐 확립되어 1980년대 다소 유연하게 전개된

---

12) 김정일, 위의 책, p.256.
13) 김정일, 위의 책, p.267.

주체문예이론의 1990년대 판 중간 결산이라 할 수 있다. 특히, 1980년대 북한문학은 전일화된 유일사상체계에 대한 반성으로 전개되었다는 점에서 주목을 요한다. 이에 『주체문학론』은 북한문학 내부의 '변화하고 있는 것'과 '변하지 않는 것' 사이의 미세한 긴장을 보여준다. 이는 당위와 욕망, 혁명과 일상, 이념과 기교, 내용과 형식 등 다양하게 변주되고 있다.

1994년 김일성의 갑작스런 사망과 이후 전개된 북한 체제의 경직된 모습은 대내외의 시련을 극복하기 위해 김정일 체제를 옹위하는 '선군정치'를 앞세우게 된다. 문학 또한 2000년대에 이르러 "고난의 행군 시대에 태어난 새로운 문학", "개화, 발전하는 새로운 형태의 문학"인 '선군혁명문학'을 강조하면서 김일성 시대의 '혁명문학'과의 차별화를 시도하게 된다. 이러한 다양한 변화 양상 속에서 '현실'과 '절대정신' 사이의 줄타기로 요약할 수 있는 『주체문학론』은 '주체문예이론'의 자의식, 더 나아가 북한 체제의 자의식을 유추할 수 있는 각주의 역할을 한다. 자의식은 스스로에 대한 객관적 거리를 바탕으로 형성된다. '주체문예이론'의 자의식은 스스로를 타자화하는 아픔, 즉 타자(개방)를 통한 스스로의 위상 정립과 맞물려 있는 절체절명의 과제 속에서 형성될 것으로 보인다. 이러한 자의식의 징후는 『주체문학론』을 통해 암시적으로 드러난다. 예컨대 '기질'·'개성'(기법/형식)에 대한 강조는 '주체문예이론'의 이념성(내용)에 미세한 균열로 작용할 것이다. 이러한 흐름에 대한 지속적인 탐색은 북한문학 내부의 과제일 뿐만 아니라 통일문학을 준비하는 남한문학의 실질적 과제이기도 하다.

3. 『주체문학론』 이후 북한 단편소설의 주제론적 특성

1) 조국통일 주제 소설의 특성

1980년대 후반 이후 남한 사람의 방북 등 새로운 차원의 통일 방법의 가능성이 북한 사람들에 의해 검토 수용되면서, 분단과 통일 문제를 일종의 탈이데올로기적인[14] 차원내에서 접근하는 새로운 경향의 북한 소설들이 나오기 시작한다. 특히 1992년 김정일의 『주체문학론』에 이르러서는 그러한 통일운동의 새로운 경향을 언급하게 된다. 즉 "해외동포들의 조국방문은 그 무엇으로써도 막을 수 없는 하나의 추세로 되고 있"으며, "조국을 방문한 해외동포들 가운데는 일제의 식민지통치와 미제의 민족분열책동으로 말미암아 수십 년 동안 서로 헤어져 생사조차 알지 못하였던 아들딸을 만난 부모도 있고 안해를 만난 남편도 있"고, "그들의 눈물겨운 상봉에 대한 감동적인 이야기는 참으로 극적인 것"이라며 상봉에 대한 이야기를 소설화할 것을 강조한다.[15]

1996년 『조선문학』에 발표된 주유훈의 「어머니 오시다」는 헤어진 아들과의 만남을 일생의 꿈으로 가진 황설규의 어머니와, 북한의 저명한 음악가로서 잃어버린 가족으로 인해 고통과 슬픔을 가진 아들 황설규의 극적인 상봉을 통해, 분단의 아픔과 조국 통일의 필요성을 다룬 작품이다. 이 작품이 이데올로기로부터 거리를 확보하고 있는 것은 왜 가족이 헤어지게 되었는가라는 설정에서 확인할 수 있다. 즉 황설규가 남한을 떠나 북한에 거주하게 된 동기를 북한을 동경해서가 아니라 해방 이전 금강산 수학여행이라는 우연으로 인해 어쩔 수 없

---

14) 김재용은 이러한 측면을 '심정적이고 인도적'이라고 규정한다.(김재용, 앞의 책, p.310).
15) 김정일, 앞의 책, p.261.

이 살게 되었다는 것으로 설정된 것이다. 또한 이산 이전의 행복한 가족의 삶과 이후의 고통스러운 삶을 동시에 회상하게 하는 바이올린과 활조이개는 황설규 일가 가족사의 탁월한 상징으로서 이데올로기 너머에 자리잡고 있다. 분리되었던 바이올린과 활조이개를 결합해 황설규가 주체할 수 없는 떨림 속에 연주하는 곡은 모든 인간의 근원적인 노래라 할 동요이다. 동요 「푸른 하늘 은하수」가 상징하는 의미는 헤어짐 이전의 행복했던 가족의 삶 그 자체이며, 상봉을 통해 누리게 된 인간적 슬픔과 기쁨이다.

그러나 이 작품의 결말 부분은 새로운 조국 통일 주제 소설에 대해 북한 사회의 '오직 우리식대로 창작하자'의 경구가 어떻게 작용하는가를 확인하게 해준다. 상봉의 기쁨이라든가 이산 가족의 인간적 슬픔과 고통 그 자체는 지엽적이라는 것, 미제의 식민지인 남한과의 분단이라는 전체적인 현실을 망각해서는 안 된다는 경고를 이 작품은 염두에 두고 있는 것이다. 따라서 이 작품은 1990년대 이후 나온 새로운 경향의 조국 통일 주제 소설이 당의 공식적인 이데올로기와 어떻게 적절한 조율에 이르는가를 보여주는 범례적인 작품이다.

2000년 『조선문학』에 발표된 김교섭의 「누이의 목소리」는 통일에 대한 염원이 자기희생을 매개로 실현될 수 있음을 강조하는 작품이다. 이 작품에서는 월북의 동기가 갑작스런 풍랑으로 인한 표류 때문에 어쩔 수 없었다는 식으로 설정된다. 또한 김우범의 과거사 서술에 이른바 미제와 괴뢰정권에 의해 고통받는 남한 인민의 전형적 모습도 드러나지 않는다. 단지 분단으로 인해 누이와 만나지 못하는 인간적 슬픔이 주로 서술될 뿐이다.

그러나 생면부지의 김우범을 위해 자신의 다리뼈를 제공하는 김숙희의 자기 희생에 내재해 있는 이데올로기는 의사로서의 직업윤리를 뛰어넘는 심리적 동인에 있다. 즉 누이와 어머니가 살고 있는 모국인 북한 땅에서 김우범이 죽거나 불구가 되는 사태는 '조선민족제일주의 정신'의 핵심인 자존심과 긍지에 상처를 주는 사건이기에 어떻게 해서든지 막아야 하는 것이다. 자기 검열을 통해 김숙희가 자신의 다리뼈를 제공하기를 결심하는 과정에서 죽었지만 살아 있는 '수령'의 명령과 법('유훈')에 따라 김숙희는 자신을 희생하는 것이다. 김숙희의 이러한 자기 희생은 『주체문학론』에서 '우리 문학에서 영원한 형상의 원천'이라고 규정한 '사회정치적 생명체'의 한 구현행위라 할 수 있다.[16]

통일과 수령을 위해 자신을 희생하는 김숙희는 전통적인 조국 통일 주제 소설에 나타난 인물형의 한 반복이며, '오직 우리식대로 창작하자'에서 제기된 경구를 충실히 재현하고 있는 인물인 것이다. 이런 점에서 이 작품은 최근에 발표된 작품임에도 불구하고 조국 통일 주제 소설의 공식적 이데올로기의 핵심을 충실히 재현하고 있는 전통적인 작품이다.

2) 청춘 남녀의 애정 관계를 다룬 소설의 특성

북한에서 청춘 남녀의 사랑은 동지애적 관계와 올곧은 신념에의 확인이 감정 교류에 우선한다. 북한 사회가 항일무장투쟁 이래로 고난과 시련에 맞서 조국과 민족을 보위해야 한다는 당위성을 전면에 내세우며, 신념으로 굳게 뭉쳐진 구호식의 사회이기 때문이다. 그러므로 북한 사회의 현실 반영태로서의 소설에서 자유주의적 감성이나 본능에 충실한 남녀관계는 찾아보기가 어렵다. 북한 소설에서 대부분의 남녀 간의 사랑은 서로에 대한 이성적(理性的)인 판단이 그 성패를 가늠한다. 그러므로 업무에 대한 성실성과 동료들에 대한 신뢰와 애정이 북

---

16) 김정일, 위의 책, pp.118~119.

한식 사랑법의 핵심 요소가 된다. 감정에의 충실성이나 본능적 이끌림은 부차적인 요소로 작용하며, 타자의 욕망을 욕망하는 욕망의 삼각형(지라르) 역시 배제된다. 오로지 맞대면한 상대방에 의해 자리가 배치되며 그 상대에 의해 사랑이 의미화되기 마련인 것이다.

맹경심의 「첫 개발자들의 이야기」(『청년문학』, 2002. 9)는 병으로 앓아누운 탄광 신문주필(액자 속 '나')로부터 탄광의 연혁을 서술하는 사업을 인계 받게 된 액자 바깥의 '나'가, 그의 구술을 받아 탄광 초창기 무렵 탄광노동자로서 첫노력 영웅이 된 〈주먹〉(김주형)과 제대군인 여병사의 '값진 사랑'에 대한 회고담을 기록한 액자형 소설이다. 대부분의 북한 단편소설이 그렇듯 인민을 교양하려는 계몽주의적 의도가 작품 면면에 묻어나는 이 작품은 청춘 남녀의 사랑이라는 외피를 둘러싸고 있으면서도, '전 세대의 고귀한 사랑과 희생을 오늘에 되살리자'는 계승적 주제의식을 앞세운 작품이다. 〈주먹〉이라는 탄광노동자와 제대군인 여병사가 탄광을 개척하며 보여준 숭고한 사랑을 형상화한 「첫 개발자들의 이야기」는 신념과 성실성에서 모범을 보여주는 양심적·긍정적 인물을 통해 헌신적 탄광노동과 동지적 연애라는 양날개 속에서도 균형 감각을 잃지 않는 사회주의적 인간형의 전형적 모습을 보여준다. 즉 외골수적 성실성의 남성과 당찬 여성의 맺어짐이라는 이상적 남녀 관계를 형상화하고 있는 것이다.

윤경찬의 「겨울의 시내물」(『조선문학』, 2002. 10)은 이제는 70의 고령이 된 리학성이, '한국전쟁'에서의 부상으로 팔을 절단하고 폐 절제수술을 받은 부상자였던 자신과 담당간호원 옥심이의 사랑을 회감하며, 생활에 대한 사랑과 의지를 다지고, 조국에 필요한 존재가 되었음을 감사하는 형식으로 그려진 애정소설이다. 작품 말미에서 학성이 피력하는 '생활에 대한 사랑과 의지'와 '조국에 필요한 사람'이라는 두 구절은 이학성의 70 평생을 압축하는 말이 된다. 특히 비겁쟁이에서 괴짜로, 다시 김책공대 교수로 인생을 달리해 온 70 고령의 이학성은 불구적 시련을 극복한 숨은 영웅의 전형으로 작품 속에 형상화되었다고 볼수 있다. 결국 이 작품은 의지적으로 유약한 신체적 불구의 남성과 헌신적이고 강인한 당찬 여성의 맺어짐을 통해 고난과 시련을 극복해 온 개인의 과거사를 낭만적으로 조감하는 연정 소설이라고 할 수 있다.

홍남수의 「시작점에서」(『청년문학』, 2003. 1)는 '불량청년'이었던 철진이 노동의 신성함을 깨달으며 각성된 노동자로 거듭나는 내용을 〈길〉, 〈생활의 흐름〉, 〈래일은 더 아름답다〉 등의 소제목으로 구성한 1인칭 고백체 소설이다. 북한 소설에서는 보기 드물게 철진은 '순수 소비자'이자 '사회의 근심거리'였으며, 주위로부터 '쓰지못할 인간, 불량청년'이라는 평가를 들으며 살아온 자신의 삶을 회상한다. 북한 사회가 노동을 신성한 의무로 여기는 '통제된 공간'이라는 점을 감안한다면 비록 의식의 각성을 통해 새로운 인간형으로 철진이 거듭나기는 하지만, 북한에서 두 젊은이가 2년 동안 '순수 소비자'로서 '자유주의'적 행태를 일삼을 수 있었다는 사실은 북한 소설에서의 일탈적 변화의 조짐을 읽어낼 수 있게 한다. 이 작품은 북한 소설이 일반적으로 '고난과 시련, 미성숙→의식의 각성, 모범→어머니당을 향한 충성'의 도정을 거치며 결국 도식적·긍정적·화해적 결말에 어떻게 도달하게 되는지를 극명하게 보여준다. 이 작품은 좌충우돌하다가 의식의 각성을 보이는 남성과 가녀린 심성의 소유자로서 비주체적·수동적인 모습을 보이는 여성과의 맺어짐을 통해 청년의 의식적 각성이라는 주제를 그려낸 소설이라고 볼 수 있다.

북한 소설에서 드러나는 이성간의 교제는 철저히 일대일의 관계로 형상화된다. 현실적으로 인간의 감정 교류가 일대일의 쌍방향 관계에서만 비롯될 수는 없다는 점에서 북한 소설 속 연애 관계는 현실을 외면하는 편향을 보인다고 할수 있다. 특히 윤리적·사회적·도덕적 규범과 관습에 얽매인 남녀 관계는 사회적 신념의 충실성에 기반한 동지적 애정만을 유일무이한 답안처럼 제시하고 있다는 점에서 문제적이다. 북한 소설 속 여성상을 종합해 보면, 집단의 목표와 성취 동기가 뚜렷한 과제를 앞에 둔 여성은 당차고 강인하게 불굴의 신념과 개척 정신을 소유한 주체적 모습으로 그려지기도 하지만, 남성 앞에서나 가족 앞에서는 한없이 여리고 부드러우며 가녀린 여성으로서 남성에 의해 끌려가는 수동적 여성상을 보여주기도 한다. 결국 '강한 부드러움'이라는 모성의 양면성을 극단적으로 양분화한 모습으로 여성들이 형상화된다는 것은 여성의 다기다양한 현실적 모습을 왜곡하는 방편이 될 수도 있다는 점에서 문제점을 드러낸다.

3) 과학환상소설의 특성

북한문학에서 과학기술을 소재로 다룬 작품들의 주인공은 대체로 당과 수령에 대한 충성심이 강하고 창조적인 지혜와 열정을 지닌 소유자들로서 긍정적 사고관을 보여준다.[17] 이들은 대의명분을 위해 과학기술을 사용하는 긍정적이고 낙천적인 인물형들로서 대중들에게 감화를 줄 수 있는 올바른 도덕과 윤리를 표방한다. 인민 대중의 사회적 관심을 과학 기술의 영역으로 돌려야 한다는 목적의식 아래 그동안 많은 과학소재 소설이 창작되어 왔다. 그 중에서도 미래 사회에 대한 상상력을 발휘한 과학환상소설은 새롭고 참신한 문예 장르 중의 하나로 주목을 받아 왔다.

이미 김정일은 자신의 시대를 열어갈 새로운 문예 장르로서 과학환

---

17) 김종회, 「해방 후 북한문학의 전개와 실증적 연구 방향」, 『북한문학의 이해』, 청동거울, 1999, pp.36~39.

상소설을 예시하면서 미래의 인재 육성이라는 방침 아래 과학소설이 필요함을 강조한 바 있다.[18] 기존의 주체문학이 지닌 도식성을 극복하고 인민 대중과 연계하는 새로운 주제를 필요로 하는 상황에서 과학환상소설이 훌륭한 길잡이가 될 수 있다는 판단을 내린 것이다. 북한문학에서 과학환상소설의 대표 작가로 손꼽히는 황정상은 『과학환상문학창작』[19]이라는 저서에서 인간의 윤리적 결단을 중심에 둔 과학환상소설의 중요성을 역설하였다. 그는 올바른 인간, 고귀하고 숭고한 과학자의 품성을 창작적인 측면에서 강조하면서 북한문학이 지향하는 '주체의 인간학'이 과학환상소설이라는 장르에서도 중요한 요소가 되고 있음을 밝힌다.

리금철의 「붉은 섬광」(『조선문학』, 2002. 9)은 미제국주의를 날카롭게 비판하는 정치적 시각을 깔고 있는 과학환상소설이다. 소설의 이야기는 남태평양 아열대 수역에 위치한 작은 섬나라인 아씨르의 수도에서 한밤중에 발생한 항구 화재 사건으로부터 시작된다. 이 소설에서 스토리의 흥미로움은 헬렌이 주어진 정황을 가지고 화재 사건의 진상을 밝혀가는 추리 기법을 사용한 데서 나온다. 처음에 아씨르 섬의 화재 사건은 섬에 주둔한 미해병대의 전략물자인 연유통을 공격하려는 사람들의 음모처럼 보인다. 김학성을 비롯한 조선의 과학자들은 미군의 연유통 폭발사건과 모종의 관련이 있는 듯한 용의자로 등장하지만 이는 헬렌의 치밀한 증거 해석으로 인해 곧 실마리를 드러내게 된다. 자신의 공로를 자랑하지 않고 숨어 있으려는 김학성의 품성은 헬렌의 추리과정을 통해 차례로 밝혀지면서 더욱 고귀한 인성으로 돋보이는 효과를 갖는다. 더불어 이 소설에서 보여주는 미래적 상상력은 북한의 과학기술이 얼마나

---

18) 김정일, 앞의 책, p.247.
19) 황정상, 『과학환상문학창작』, 문학예술종합출판사, 1993.

선진적으로 발달할 것인가에 대한 낙관적인 전망으로 연결된다. 눈부신 과학기술을 선한 의도에서 사용할 줄 아는 정의로운 국가에 대한 믿음 이야말로 북한의 과학환상소설에서 중요한 내용인 것이다.

리금철의 「붉은 섬광」이 북한 과학환상소설의 전형적인 특징을 보여주는 작품이라면 리철만의 「박사의 희망」(『청년문학』, 2002. 8)은 사이보그와 인간이 공존하는 미래 사회를 다소 음울하게 형상화했다는 점에서 좀더 환상성을 강화한 작품이라고 할 수 있다. 「박사의 희망」이 보여주는 미래의 문명 사회에 대한 상상력은 물질적 욕망이 인간의 존재 근거까지도 파괴할 위험이 있음을 경고한다. 이 작품에서도 갈등의 구조와 그 해소 과정은 매우 분명하게 드러난다. 악의 세계는 존 슈믹쯔 박사로 대변되는 황금만능주의의 세계이며, 선의 세계는 공공의 이익을 위해 과학기술을 올바르게 사용하려는 김대혁이 표상하는 세계이다. 슈믹쯔가 철저히 이익을 추구하는 자본주의 사회체제의 한 특성을 상징한다면 김대혁은 기술과 이득을 모든 사람들에게 나누어 주고 실행하는 이상적인 사회주의 체제의 특성을 상징한다.

「붉은 섬광」과 함께 「박사의 희망」이 보여주는 미래 문명세계는 다소 모호한 빛깔을 띠고 있다. '조국'에 대한 뜨거운 애정과 '김일성 종합대학'에 대한 찬양적 발언이 거듭 강조되긴 하지만 미래 사회가 어떤 정치체제를 갖춘 사회가 될지에 대해서는 선명한 투시도를 보여주지 않는다. 단지 이들 작품에서 미래의 문명세계는 인간의 자율적인 가치 판단과 윤리의식이 더욱 중요하게 요구되는 것으로 그려진다. 공공의 선과 이익을 위해 자신의 개인적 이득은 포기할 수 있는 희생적이고 헌신적인 인간적 품성이 원칙적인 차원에서 강조될 따름인 것이다.

소재와 주제의 참신성을 개발한다는 점에서 과학환상소설은 북한문학의 지형도 속에서 새로운 가능성의 장르로 평가받고 있다. 물론 북한의 소설작품들이 처음부터 갖고 있는 도식적인 한계, 즉 선과 악의 구도로 형상화된 인물형은 과학환상소설 장르에서도 예외없이 드러난다. 남성과 여성의 사랑 이야기가 공공의 선을 통해 더욱 굳건히 다져지는 감정으로 묘사되고 있는 것 역시 상투적인 설정으로 지적할 수 있다. 그것은 주체의 인간학이라는 강박적 개념에서 자유로울 수 없으면서 한편으로는 그것을 벗어나는 새로운 미래적 상상력을 끌어들여야 하는 과학환상소설의 이중적 부담을 보여주는 것이기도 하다. 결국 과학환상소설은 다양한 문학적 주제와 형식을 수용하면서 일상 속에서 좀더 현실적인 인물들을 그려내려는 북한문학의 고민과 시도를 보여주는 미완의 장르로서 존재 의미를 지닌다고 할 수 있다.

4) 이농 문제를 다룬 소설의 특성

1990년대 이후 북한의 이농소설은 도시에 살고 있었거나, 기술직·사무직에 종사하던 사람이 농촌으로 이주하여 겪는 이야기를 다루고 있는 경우가 많다. 이는 토지에 뿌리를 둔 자가 땅과의 투쟁을 통해서 혁명과업을 완수한다는 내용의 전통적인 농촌소설의 문법과는 거리가 있는 것이다. 꼭 이농소설이 아니라 하더라도 1990년대 농촌소설에서 토착농민을 주인공으로 내세우는 경우는 흔하지 않다. 중심인물의 성격도 변화하여 인텔리 계층의 농촌체험이 자주 등장한다. 전형적 인물이 반동인물과 갈등을 겪고 그 과정에서 승리하는 구조보다는 아직 진정한 혁명가로 거듭나지 못한 중심인물이 영웅적인 주변인물에 의해 교화 혹은 감화되는 내용의 서사가 압도적이다. 이전의 농촌소설과는 확실히 다른 양상이지만 한편으로는 전후 복구기 및 사회주의 건설기의 '숨은 영웅' 찾기 전통을 잇고 있는 것으로도 판단된다. 우선 주목되는 것은 개인주의적인 인물형과 이타주의적인 인물형을 대립시켜 '우리의식'을 부각시키는 경향이다. 한 명의 '영웅'이 아닌 '나'를 망각한 '우리'가 하나의 사회주의적 전체를 구성할 수 있음이 강조된다.

김창림의 「옆집 사람」(『청년문학』, 2002. 10)은 '기계화반'의 인정받는 선반공이었던 진석이 자신보다 뒤늦게 농장으로 이주한 '옆집 사람(강호식 아바이)'과 겪는 갈등을 다룬 작품이다. 분배의 기준이 되는 두 집 사이의 울타리를 허락 없이 뽑아버렸다는 이유로 강아바이를 좋지 못한 눈초리로 보게 된 진석은 강아바이의 성실한 생활과 풋풋한 인정에 끌려 점차 처음의 선입관을 버리게 되지만 작업하고 있는 동료일꾼들을 버려두고 '위의 손을 빌려' 일을 처리하려 했다는 이유로 강아바이에게 꾸중을 듣자 강아바이의 출신성분을 트집잡아 신랄한 공격을 하게 된다. 그러나 강아바이가 자신이 농촌출신임에도 불구하고 자식들은 모두 농촌을 외면하게 된 현실을 통탄하고 농촌에 자원하여 내려온 훌륭한 사람임을 알게 되자 곧 오해를 풀고 애초의 울타리를 손수 제거하고 "한평생 낫을 억세게 틀어 잡고 쌀로서 장군님을 받들" 의지를 다진다.

리승섭의 「삶의 위치」(『청년문학』, 2002. 12)는 공간적 배경은 다르지만 인물갈등의 구도 및 '우리 의식'의 강조가 「옆집 사람」과 유사하다. 발전소 건설현장의 취사원으로 돌격대 생활을 시작한 조학실은 자신이 배치받은 장소에 실망하여 어떻게든 현장 영웅이 되기 위해 노력한다. 남자인데도 현장경비나 서고 있는 오광삼이나 취사원 생활에 만족하는 친구 허정금은 그에게는 이해가 되지 않는 인물이다. 그러나 소설의 말미에 언제가 홍수에 무너질 위기에 처하자 정금은 자신의 목숨을 바쳐 언제를 지키고, 학실은 그를 통해 '집단 속에서 생활'하는 삶의 의미와 '영웅의 딸'이 되는 진정한 방법을 배우게 된다는 줄거리이다.

강혜옥의 「고향에 온 처녀」(『청년문학』, 2002. 10)는 불도젤 운전수 범국의 시선으로 교대 운전수로 나선 '나이 어린' 처녀 김채향의 영웅적 행위를 묘사하고 있는 작품이다. 범국은 차 칸에서 음악이나 듣는 연약한 처녀 채향이 남자들도 힘들다는 불도젤을 운전할 수 있으리라 믿지 않는다. 그러나 점차 채향의 굳은 의지와 사나이다움을 발견하게 되고, 채향이 아픈 몸으로 밤새 벌을 뒤져 동천벌로 가는 지름길을 찾아낸 일을 계기로 고향땅과 장군님을 모시는 새로운 감격을 뜨겁게 경험하게 된다는 내용이다. 기본구도는 앞의 것들과 같지만 상부의 지시에 무조건적으로 따르지 않는 한 인물의 '창조적 노력'이 강조되고 있다는 점과 1980년대 이후로 자주 등장하기 시작한 '로맨스 모티프'가 양념처럼 섞여 있다는 점이 눈에 띈다.

도시처녀들의 농촌체험을 미화한 지인철의 「막내딸」(『청년문학』, 2002. 11)과는 반대로 도시의 삶을 동경하는 농촌총각의 성장을 다룬 변영건의 「씨앗의 소원」(『청년문학』, 2002. 8)도 있다. 미술대학시험에 떨어져 농장원으로 주저앉게 된 '나'는 화가에 대한 이상과 농부로서의 현실 사이에서 괴로워하는 꿈 많은 청년이다. 제대군인 출신의 분조장은 그러한 '나'를 좋게 보지 않는다. 결국 '나'는 자신의 부르주아적인 근성을 깊이 반성하고 한 알의 씨앗을 살리는 전투에 적극 참여하여, 분조장의 눈물어린 지원을 받게 될 뿐만 아니라 생활과의 접촉을 통해 인간적 성장과 예술적 성장을 겸비한 예술가로 입문하게 된다. 여기서 흥미로운 것은 '땅'과 '씨앗'의 메타포가 동시에 등장하여 후자의 중요성이 강조되는 쪽으로 결론이 나고 있다는 점이다. 이는 최근 북한 농촌소설의 일반적인 경향이기도 한 것으로, 북한 문예학의 주된 관심이 식량 문제를 해결해 줄 '씨앗'의 지킴과 함께 북한 농촌문제의 '내부적 요인'을 극복할 '인간종자' 육성에 놓여 있음을 분명히 보여주는 대목이다.

비단 2000년대에 한정된 이야기는 아니지만, 최근의 북한 소설을 거꾸로 읽어야 할 필요성이 여기에서 생긴다. '우리'와 '인텔리 의식'이 자주 등장하는 것은 북한 농촌이 개인주의와 무사 안일주의, 그리고 학벌 및 지역의식의 병폐에 시달리고 있다는 증거이다. 물론 '여성'과 '사랑'이 주요한 테마로 떠오르는 것은 '남녀평등'과 '자유연애'의 보편화가 진행되고 있는 추세를 반영하는 것으로도 볼 수 있을 것이다. 반면 '성 문제'가 하위갈등이나 화해의 모티프로 제시되는 데에 그치고 있다는 사실은 그것이 인민대중을 교화하기 위한 무의식적 기제나 이데올로기적 수단으로 활용되고 있다는 심증을 굳히게 한다.

4. 『주체문학론』 이후 북한 시의 전개 양상

1) 『주체문학론』 간행 이후 북한 시의 전반적 검토

1992년 김정일에 의해 간행된 『주체문학론』은 십여 년의 세월이 흐른 지금까지도 북한 시창작방법의 '길라잡이'로 기능하고 있다. 최근에도 북한의 시인들은 『주체문학론』을 기반으로, '추호의 동요 없이 혁명적 원칙성과 사상적 순결성을 확고히 고수해 나가며'〈당과 운명을 같이하는 혁명가〉의 역할을 충실히 수행하고 있는 것이다. 이 같은 사실은 북한의 '공식적인' 문예 월간지인 『조선문학』을 통해서 단적으로 확인할 수 있다. 여기에 실려 있는 작품들은 대개가 『주체문학론』에서 제기된 세부 조항들, 예를 들면 '문학은 마땅히 이 위대한 시대와 발걸음을 같이 하여야 하며 인민 대중의 자주 위업 수행에 적극 이바지하여야 한다' 혹은 '사회주의의 완전 승리와 조국의 자주적 통일'과 같은 기본 원칙들을 변함없이 고수하고 있다. 그런데 사실 『주체문학론』에서 제시하는 '주체 사상'에 입각한 대중 선전선동의 작품 유형은 따지고 보면 그리 새로운 것이 아니다. 지난 반세기 동안 북한 시는 시기별, 현안별로 약간의 차이점을 노정하고 있을 뿐, 당과 인민과 수령을 중심으로 하는 '북조선 사회주의' 체제와 김일성·김정일 권력 유지를 위한 강력한 '도구', 또는 반제 반미의 사상적 '무기'로서 우선적으로 기능해 왔기 때문이다. 따라서 김정일의 『주체문학론』을 바탕으로 1990년대 이후에 창작된 작품들은, 궁극적으로 북한문학의 오랜 '전통'인 체제종속적 문학 담론의 연장선상에 놓여 있다고 할 수 있다.

한편 『주체문학론』이 발표된 이후에도 북한의 주요 정책들은 체제종속적인 북한 문예의 성격상 이 시기의 창작 방법론에 적극적으로 수용된다. 이 시기의 북한 시들은 『주체문학론』을 기반으로 붉은기 사상, 고난의 행군, 강성대국과 선군정치 등, 순차적으로 제시되는 시대 정치사적 테제에 민감하게 반응하고 있는 것이다. 특히 1990년대 후반부터는 '선군정치'가 북한의 핵심정치이념으로 제기되는 까닭에 선군정치의 시대정신을 형상화하는 작품들이 속출하고 있다. 아울러 북한문학의 오랜 주제인 반제반미사상도, 국가적 위기 상황을 맞이한 이 시기 들어 한층 강화되어 나타나고 있음을 알 수 있다. 따라서 『주체문학론』 간행 이후 북한 시의 성격과 동향을 궁극적으로 파악하고자 하는 이 장에서는 선군혁명문학과 반제반미사상의 문학적 구현 양상에 대하여 집중적으로 살펴보기로 한다.

2) 선군정치시대의 시(詩)

선군정치는 단적으로 말해서 군대를 중시하고 이를 통해 선대의 혁명위업을 완성해 나가자는 북한식 통치 이데올로기를 의미한다. 북한은 1998년 5월 선군정치를 공식적으로 표명[20]하는데 2004년 현재까지도 이에 입각한 통치 방식을 선택하고 있다. 북한이 이처럼 선군정치를 적극적으로 표방하는 이유는 무엇보다도 경제 위기와 체제 모순의 한계를 '혁명적인 군인 정신'으로 극복하고자 하는 데 있다. 1998년 이후 북한은 식량난과 경제 위기에서 어느 정도 벗어나고 있기는 하나 국가 차원에서 근본적인 문제를 해결할 수는 없었다. 이에 따라 체제 붕괴의 국가적 위기를 사상 강화로 돌파하게 되는데, 이것이 바로 인민군대를 전위로 삼아 혁명적 동지 의식을 강조한 선군정치로 제시되는 것이다. 현재 북한에서 '선군정치는 만능의 정치 방식'[21]으로 인식된다.

고립과 압살 봉쇄의 쇠사슬을
우리 과연 무엇으로 끊었더냐
그처럼 어려운 〈고난의 행군〉을
무엇으로 이겨 냈더냐
그러면 말해 주리 선군혁명의 총대가
장군님 틀어 쥐신 백두산 총대가

그 총대에 받들려
내 조국은 강성대국으로 일떠서나니
제국주의 무리가 악을 쓰며 발악해도
총대로 승리하는 김정일 조선으로
새 세기에 더욱 빛을 뿌리나니

아, 장군님 높이 모셔
세상에 존엄 높은 백두산 총대여

---

20) 북한에서 군대의 위상을 강조한 글은 1997년 「혁명적 군인 정신을 따라 배울데 대하여」에서 가장 먼저 발견된다. 김정일의 이 글은 혁명적 군인 정신을 북한의 당원과 인민들이 따라 배워야 할 투쟁 정신이며 '오늘의 난관을 뚫고 승리적으로 전진하기 위한 사상 정신적 양식'으로 밝히고 있다. 그러나 현단계 김정일의 핵심 정책이념으로 제시된 선군정치의 공식화는 1998년 이후로 보는 것이 적절하다.
21) 『로동신문』, 2003. 1. 3, 사설, p.6.

    김일성민족의 넋으로 추켜 든

    무적필승의 총대가 우리에게 있어

    혁명의 최후승리는 밝아 오리라!

—리동수, 「백두산 총대」 부분

　　북한의 문예정책이 당의 정책에 복속된다는 점을 감안하면 선군정
치가 공표 된 이후 적지 않은 북한문학 작품들이 선군정치 이념을 표
방하고 있음을 추측하기란 그리 어려운 일이 아니다. 정치적 이념과
미학적 실천을 동일시하는 북한문학의 특성상 현 체제 북한의 지도
이념으로 자리잡은 선군정치를 형상화하는 문학 작품은 이미 어느 정
도 예견된 것이다. 현재 북한에서 선군정치, 선군혁명사상을 "문학으
로 뒷받침하는 것이 바로 선군 혁명 문학이다."[22] 선군 혁명 문학은
'총대'를 중시하는 선군정치의 시대정신이 반영된 것으로서, "선군영
장이신 우리 당과 인민의 위대한 령도자 김정일 동지에 대한 절대적
인 숭배심을 간직하고 그이의 사상과 령도에 충실할 때", 또한 "위대
한 장군님과 영원한 혁명동지로 될 때" "빛나는 성과를 담보할 수 있
다."[23] 인용시는 이러한 선군 혁명 문학, 즉 '총대' 문학의 모범적 사
례에 해당한다.

　　인용시에서 우선적으로 주목할 점은 '총대'라는 시어의 빈번한 사용
이다. 이 시에서 총대는 작품 전체를 이끌어가는 핵심 단어이자 동시
에 각각의 연을 연결하는 매개어로 기능한다. 이에 따라 위의 시는 총
대의 시어를 중심으로 재구될 수 있는데 이를 내용 순으로 살펴보면,
1)제국주의자들의 '고립과 압살 봉쇄의 쇠사슬을' 끊은 것은 '선군 혁
명의 총대'이고, 2)'장군님 틀어쥐신 백두산 총대'이며, 3)'세상에서 존

---

22) 노귀남, 「선군 혁명의 문학적 형상」, 『문학과 창작』, 2001. 7.
23) 「조국해방전쟁승리 50돐을 맞는 올해를 선군혁명문학의 성과로 빛내이자」, 『조선문학』, 2003. 1. p.6.

엄 높은 백두산 총대'이다. 그리고 4)'그 총대에 받들려' '혁명의 최후 승리는 밝아' 온다로 정리된다. 여기서 총대는 북한 혁명 역사상 최악의 시련기로 꼽히는 1990년대 중 후반의 '고난의 행군' 기간을 비롯하여 현실의 모든 문제를 해결하는 '무적 필승'의 대상으로 인식되고 있다. 또한 이 시에서 그것은 북한 인민대중들에게 혁명의 '찬연한' 승리를 보장하는 '최후의' 수단이기도 하다. 이런 이유로 시적 화자는 '총대'의 중요성을 전 10연으로 구성된 이 시에서 반복적으로 강조하고 북한의 인민대중들에게 '혁명의 수뇌부'를 총대 정신으로 지켜 나가자고 격앙된 어조로 주장한다. 그렇다면 이 시의 화자가 그토록 신뢰하고 소중하게 받아들이는 총대란 무엇인가. 아울러 혁명의 최후 승리를 장담할 수 있는 근거로서의 총대 정신이란 무엇인가.

위의 시에서 '총대'란 작품 전반에 산재되어 있는 '군복', '총', '권총' 등의 시어들이 환기하는 의미와 마찬가지로 궁극적으로 군대를 지칭한다. 즉 총대란 김일성·김정일 부자의 '사상과 령도'에 따르는 인민 군대를 말하며, 총대 정신이란 군대를 중시하고 이를 바탕으로 혁명적 동지의식을 발휘해 현 북한의 체제를 결사옹위하자는 굳은 결의에 다름 아니다. 결과적으로 이 시는 총대를 '총동원'하여 현재 북한에서 군대의 중요성을 새삼 확인하고 북한 인민대중들로 하여금 혁명적 군인 정신을 계승하기를 당부하고 있다. 이 점에서 이 시는 전형적인 '총대 문학', 혹은 '선군 혁명 문학'이라고 할 수 있다.

군대를 우대하고 총대를 위주로 혁명의 과업을 완수해 나가려는 시적 주제 의식은 선군 혁명 문학론의 두드러진 특징이다. 이런 의미에서 선군혁명문학은 『주체문학론』 이후 북한 시에 나타난 새로운 유형이라 할 것이다. 그러나 위의 시에서 살펴보았듯이 김일성·김정일 부자에 대한 우상화 작업을 함께 수행하고 있다는 점에서, 한편으로 선군 혁명 문학은 이제까지 북한문학의 왜곡된 '전통'이라 할 수 있는 '수령 형상문학'의 연장선에 놓여 있다고 할 수 있다. 이러한 사실은 이제까지 발표된 작품들의 면면을 통해서도 다양하게 확인된다. 가령, 「군복 입은 사랑이 나에게 있어」, 「초소여 나를 맞아다오」, 「총이여 너와 나」, 「병사의 인사」 등은 그 좋은 예에 해당한다. 이들 작품은 제목에서 암시되듯 '총대 문학'과의 연관성을 분명하게 드러내면서도, 동시에 당과 김일성 부자에 대한 맹목적인 충성심을 빼놓지 않고 기록하고 있다.

쌓이고 쌓인 그리움이
화산처럼 분출하는 땅
한없이 열렬한 그 뜨거움이
병사의 총창우에 담겨져 있어
더 밝아지고
더 억세여 지고
더 무거워 진 나의 조국

기쁘게 받으십시오
총대로 안아 올린 아름다운 이 강산
총대로 가꾼 조국의 아름다운 모습

아버지가 집을 떠나 먼길을 갈 때
맏자식에게 집을 맡기듯이
병사의 어깨우에 맡긴 민의 집
백두산 총대우에 맡긴 사회주의 집
이 집을 지킨 자랑으로 하여
병사는 긍지로 가슴 부푼게 아닙니까

—박해출, 「병사의 인사」 부분

위의 시는 외국 방문을 마치고 돌아온 김정일을 맞는 한 병사의 감회를 적어놓은 작품이다. 총 8연으로 구성된 이 시에서 특히 주목을 요구하는 대목은 위의 인용 부분이다. 병사의 '쌓이고 쌓인 그리움'을 뒤로하고 김정일은 몇 해 전 연말 러시아와 중국을 방문하고 돌아온다. 인용시는 이런 김정일의 정치 일정을 '아버지가 집을 떠나 먼 길을 가'는 것에 비유하고 있다. 이 시의 화자가 김정일을 아버지에 비유하고 있다는 사실은 북한이 '김일성 민족'을 자처하고 있음을 염두해 둘 때, '수령형상'이라는 북한문학의 특수한 성격을 고려할 때 그다지 특이할 만한 현상은 아니다. 그런데 여기서 한 가지 흥미로운 점은 이 시에서 시적 화자로 등장하는 '병사'의 가계적 신분이 '맏자식'으로 상정되고 있다는 것이다. 이 점은 최근 북한에서 군대가 차지하는 위상을 분명하게 보여주는 중요한 단서로 작용한다. 선군정치 시대의 김정일 체제에서 구심적 역할을 해나가야 할 대상이 군대임을 이 시는 새삼스럽게 확인시켜 주고 있는 것이다. "맏자식에게 집을 맡기듯이/병사의 어깨 우에 맡긴 인민의 집/백두산 총대 우에 맡긴 사회주의 집". 이 집은 다름 아닌 '선군 혁명 문학'이라는 명패를 단 21세기 북한문학의 현주소이다.

3) 반제반미사상의 시적 구현 양상

　김정일의 『주체문학론』 간행 이후 1990년대 북한문학에 나타나는 또 하나의 주목할 만한 특징은 '미제'에 대한 적개심이 강하게 환기된다는 것이다. 그런데 미국에 대한 북한의 적대적 태도는 그리 새로운 것은 아니다. 한국 전쟁 당시, 혹은 그 이전부터 북한은 미국을 남북한 '공공의 적'으로 규정하고 '미제 타도'를 주장해 왔다. 북한의 입장에서 미제국주의야말로 분단을 야기한 실질적 장본인이며 사회주의 국가 건설에 있어 가장 큰 장애물로 인식되는 것이다. 이에 따라 북한 당국은 이미 오래 전부터 사회 내부적으로 인민들의 반미 사상을 고취시켜 왔다. 지금까지 북한에서 '미제 타도'는 '북조선 인민 민주주의 공화국'의 역사와 그 맥을 같이한다고 해도 무방할 정도이다. 그렇다면 북한의 인민 대중들 사이에 이처럼 '미제'에 대한 '전통적' 경계심이 충분히 형성되어 있음에도 불구하고 1990년대의 북한문학이 반제반미 사상을 새삼 강조하는 까닭은 무엇인가.

　이러한 원인으로는 북한 당국의 전통적 적대감 외에도 이라크 전쟁 이후의 국제적 분위기 및 핵문제와 관련된 미국의 강경대응 방침 등 최근의 상황에서 그 원인을 찾을 수 있다. 현재 북한은 미국이 주도하는 국제 사회에서 핵무기와 같은 대량 살상 무기 보유국으로 지목되어 비난여론에 직면하고 있다. 이로 인해 북한은 국제적으로 고립 상황에 처해 있으며, 국가적 위기감은 점차 고조되고 있다. 북한은 이 모든 사태를 여전히 미국을 비롯한 제국주의자들의 봉쇄책동 탓으로 돌리고 있다. 이러한 현실에서 북한이 실질적으로 할 수 있는 일은 자주국방의 대외적 선전과 함께, 대내적으로는 반미사상을 재차 강화하는 것이다. 얼마 전까지 북한이 조심스럽게 핵 보유설을 흘리고 있었던 것도, 최근 미국을 '겨냥'한 혁명 구호들이 한층 강도를 높여 가는 것도 이러한 사정과 무관하지 않다. 이는 1990년대 이후 북한의 급박한 현실을 집약적으로 반영하고 있는 것이다. 1990년대 북한문학에 강도높게 투사된 반제·반미의 주제의식은 다음의 시편들을 통해서 단적으로 확인할 수 있다.

　　① 오, 허나 무등산기슭에/연분홍 진달래를 피우기에는/여기에 슴배인 피 너무도 짙고/유보도가에 청춘들을 부르기엔/너무도 차거운 살풍이/이 땅우에 휘몰아 치거니// 보라 오늘도/나어린 두 소녀를/장갑차로 깔아 죽인/아메리카 식인종들이/뻐젓이 활개치며/광주의 더운 피 식지 않은/이 땅을 우롱

하고 있다

—리광선, 「5월이 부르는 노래」 부분

② 초불이 탄다/방울 방울 가슴 찢는 피눈물인듯/방울 방울 초불이 녹아
곡성을 터친다/신효순 심미선 꽃나이 열네살/그 혼을 불러 몸부림친다// 바
다가 기슭이 있다면/초불의 바다는 그것을 모른다/어찌 더 참고 견디랴/어
찌 더 이상 죽음으로 모욕을 참고 넘어서랴// 내 조국의 남녀아/네가 말해
다오/살인자가 무죄로 되는 세상이/우리가 탯줄 묻은 이땅이란 말이냐// 미
국은 하늘도아니다/미국은 하느님도 아니다/두 눈도 감겨 주지 못한 열네
살 꽃망울들/그 순진한 가슴을/장갑차의 무한궤도로 짓뭉갠/미국은 이 세
상 악마이다// 악마는 죽어야 한다/원통하게 가버린 민족의 혼을 부르는/저
초불의 바다가 하늘이다/이 준엄한 심판의하늘 앞에서/미국놈들아/십자가
에 못 박히라/아, 저 초불의 바다가 력사의 십자가다!

—홍현양, 「초불의 바다」 부분

9연 50행의 장시 형태로 구성된 위의 ①시는 80년 5월 남한에서 발
생한 광주항쟁을 중심 소재로 다루고 있다. 1980년대 이후 북한 시에
는 남한의 반정권투쟁을 찬양하고 고무하는 작품들이 자주 등장한다.
특히 『조선문학』을 비롯한 북한 문예지의 매년 5월호에는 '5월 광주'
의 역사적 사건을 형상화한 작품들이 집중적으로 소개되고 있다. 추측
하건대, 남한의 정권과 관련된 비극적 사건들은 상대적으로 북한 체제
의 우월성을 입증하는 좋은 단서로 활용될 수 있는 것이다. 2003년
『조선문학』 5월호에 게재된 이 시도 「5월이 부르는 노래」라는 제목에
서 엿볼 수 있듯이, 광주항쟁을 소재로 하는 북한 '5월 시'의 연장선상
에 있다고 할 수 있다. 그러나 「5월이 부르는 노래」는 기존 북한 시의
유형과 약간 다른 면모를 보여준다. 이제까지 광주항쟁을 매개로 한

북한 시가 전반적으로 남한 사회의 구조적 모순을 드러내는 데 치중하고 있었다면, 이 시의 경우 반제·반미 사상의 주제의식을 중점적으로 표출하고 있는 것이다. 이러한 사실은 시의 5연에서 '미군 장갑차 사건'과 연계하여 미국을 '아메리카 식인종'이라는 원색적인 비유로 묘사하는 대목에서도 단적으로 확인된다. 이는 종전 북한 '5월 시'의 경향과 변별되는 가장 특징적인 점이다.

불과 이 년 전 남한에서 발생한 '미군 장갑차 사건'은 ②의 시에서 보다 구체적으로 다루어진다. 인용한 시 「초불의 바다」는 이 사건의 여중생(신효순, 심미선) 희생자를 추모한 남한의 '촛불 시위'를 소재로 해서 쓴 작품이다. 이 시에서 시인은 '천만 개'의 '초불'을 천만 개의 '분노한 심장'과 '민족의 혼을 부르는 불'로 형상화한다. 두 여중생의 죽음을 애도하는 남한의 촛불 행진에 시인은 정서적으로 동참하고 있는 것이다. 그러나 시 ①의 경우와 마찬가지로 이 시의 주제가 궁극적으로 지향하는 바는 반미 사상의 고양이다. 이 시에서 시인은 남한에서 진행된 '촛불 행진'에 민족적, 역사적 의미를 부여하면서도, 한편으로 이 사건이 미제국주의자들에 의해 자행되었다는 점을 놓치지 않고 있다. 그리하여 이 시에서 미국을 '살인자', '악마', '미국놈' 등의 과격하고 극단적인 시어로 표출한다. 이러한 사실은 『주체문학론』 이후에도 여전히 북한 시의 '시눈'이 어디를 향하고 있는지 분명하게 보여준다 하겠다.

5. 결론

체제의 통합은 다양한 이질성을 극복했을 때에야 비로소 가능하다. 하지만 이질성의 극복은 가만히 앉아서 정치적 해결을 기다려 얻을 수 있는 것이 아니다. 정신적 연대감과 문화적 동일성의 회복은 쌍방간의 합리적 의사소통 속에서 가능할 수 있다. 즉 남북 문화의 지속적인 교류와 다양한 접촉만이 서로에 대한 불신과 이질감을 극복할 수 있는 계기로 작용할 것이다. 따라서 민족 동질성 회복을 위해 문화적 첨병 역할을 할 수 있는 북한문학 연구는 그만큼 소중하다.

본고는 『주체문학론』과 그 이후의 북한 문예물을 집중적으로 검토하여, 구체적이고 실제적인 작품 분석을 병행하고자 하였다. 2장에서는 김정일의 『주체문학론』이 내포하고 있는 북한문학에서의 의미를 비판적으로 검토하고 있으며, 3장에서는 『주체문학론』 이후 북한 단편소설의 주제론적 특성을 고찰하면서, 1990년대 이후 최근까지 『조선문학』과 『청년문학』 등에 나타난 단편소설들을 중심으로, 조국통일문제, 청춘 남녀의 사랑, 과학환상, 이농문제 등을 소항목화하여 구체적인 작품 분석을 실질적으로 진행하였고, 4장에서는 『주체문학론』 이후 북한시의 주제론적 특성을 고찰하면서, 선군정치 시대의 시, 반제반미사상의 시적 구현 양상 등에 대하여 비판적인 작품 분석을 진행하였다.

본고는 『주체문학론』에 나타난 담론 속에서 미세한 균열의 징후를 포착하고자 하였으며, 1990년대 고난의 행군 이후 선군정치 시대에 이르기까지 북한문학의 양상에 대하여 미시적 작품 분석을 구체적으로 진행하고자 하였다. 10여 년에 이르는 북한 체제의 내외적 변화(김일성 사망 전후, 2000년 남북 정상회담 등)만큼이나 다양하게 전개되었을 북한문학의 변화 양상을 몇몇 단편소설과 단편적인 시를 통해 일반화하려고 했다는 점에서 본고는 한계와 문제점을 지닌다고 할 수 있다. 이후 시기적으로 더욱 세목화하여 접근하는 보완 작업이 지속되어야 하리라고 본다.

참고문헌

강만길·김경원·홍윤기·백낙청, 「좌담, 통일시대를 어떻게 살아갈 것인가」, 『창작과 비평』, 2000. 가을.

고인환, 「『주체문학론』의 서술 체계와 특징」, 『북한문학의 이해 2』, 청동거울, 2002.

_____, 「『주체문학론』에 나타난 소설창작방법론 비판」, 『북한문학의 이해 3』, 청동거울, 2004.

김병진, 「1990년대 이후 '조국통일주제' 소설의 변모 양상」, 『북한문학의 이해 3』, 청동거울, 2004.

김성수, 『통일의 문학, 비평의 논리』, 책세상, 2001.

김재용, 『북한 문학의 역사적 이해』, 문학과 지성사, 1994.

_____, 『분단구조와 북한문학』, 소명출판, 2000.

김정일, 『주체문학론』, 조선로동당출판사, 1992.

_____, 〈문학예술부문에서 당의 유일사상체계를 튼튼히 세울데 대하여〉(1967. 5. 30)

_____, 〈작가, 예술인들 속에서 당의 유일사상체계를 철저히 세울데 대하여〉(1967. 7. 3)

_____, 〈문학예술작품에 당의 유일사상을 구현하기 위한 사업을 실속있게 할데 대하여〉(1967. 8. 16)

_____, 〈조선민족제일주의정신을 높이 발양시키자〉(1989. 12. 28)

김종회, 「해방 후 북한문학의 전개와 실증적 연구방향」, 『북한문학의 이해』, 청동거울, 1999.

_____, 「오늘의 북한문학, 어떻게 볼 것인가」, 『북한문학의 이해 2』, 청동거울, 2002.

_____, 「통일문화의 실천적 개념과 남북한 문화 이질화의 극복 방안」, 『북한문학의 이해 3』, 청동거울, 2004.

노귀남, 「선군 혁명의 문학적 형상」, 『문학과 창작』, 2001. 7.

_____, 「체제 위기와 동행자문학」, 『북한문학의 이해 3』, 청동거울, 2004.

노회준, 「'종자'와 '씨앗'의 변증법」, 『북한문학의 이해 3』, 청동거울, 2004

박태상, 『북한문학의 동향』, 깊은샘, 2002.

_____, 『북한문학의 현상』, 깊은샘, 1999.

백지연, 「과학환상소설과 미래적 상상력」, 『북한문학의 이해 3』, 청동거울, 2004.

성기조, 『주체사상을 위한 혁명적 무기의 역할』, 신원문화사, 1989.

오태호, 「북한식 사랑법을 찾아서」, 『북한문학의 이해 3』, 청동거울, 2004.

이봉일, 「200년대 북한문학의 전개 양상」, 『북한문학의 이해 3』, 청동거울, 2004.

이성천, 「『주체문학론』 이후 북한 시의 행방」, 『북한문학의 이해 3』, 청동거울, 2004.

홍용희, 「통일시대를 향한 북한문학의 이해」, 『북한문학의 이해 3』, 청동거울, 2004.

황정상, 『과학환상문학창작』, 문학예술종합출판사, 1993.

월간지 『조선문학』(1992년 이후)

월간지 『청년문학』(1992년 이후)

※ 이 글은 편저자가 지난번 간행한 『북한문학의 이해 3』에 실린 주요 논문을 중심으로 정리한 것임을 밝혀 둡니다.

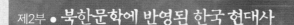

제2부 ● 북한문학에 반영된 한국 현대사

해방직후의 문단 동향과 문예지의 성격

이성천

1. 들어가는 글

일제 36년 동안 주권을 유린당한 조선은 해방직후 민족의 주체성 회복과 새로운 조국 건설이라는 당면 과제를 내세우고 이를 해결하기 위해 다각적인 노력을 시도한다. 그러나, 정치·경제·사회·문화 등 모든 분야에 걸쳐 자정 능력을 상실한 이 시기의 사회 현실은 이 같은 민족적 대과제를 감당하기에는 분명 역부족이었다. 더욱이 미소(美蘇) 점령군이 거의 동시적으로 한반도에 진주해 옴에 따라 이데올로기적 갈등과 맞물린 해방공간의 사회는 더욱 혼란이 가중되고 극단적 대립 국면으로 치닫는다. 해방 직후 힘의 공백 상태로 인한 사회적 혼란은, 결과적으로 이 시기에 이미 민족의 분단을 예고하고 있었던 것이다.

세계사적 관점에서 해방의 의미를 살필 때, 이른바 해방이 '주어진' 한반도는 냉전 이데올로기에 의한 힘의 균형 분배라는 제국주의적 논리가 축소 적용되고 있음을 어렵지 않게 확인할 수 있다. 그리고 이 같은 역사적 사실은 사회적 동향과 문학의 연속성을 총체적으로 고찰하는 문학 사회학적 입장을 견지하면 향후 전개될 문단의 성격을 짐작할 수 있게 한다. 주지하듯이 해방 공간의 한국 문단은 좌·우익 이념 논쟁의 대리적 성격을 지니고 있었으며 그로 인해 당시의 정치적 상황과 뗄레야 뗄 수 없는 불가분의 관계를 맺고 나타난다. 이 시기에 활동하던 문인들은 어느 누구도 강요된 정치적 선택에서 벗어날 수 없었던 것이다. 한 가지 환기할 것은 어떤 선택이 되었든, 좌·우익의 문인들은 대립적 입장을 보이면서도 두 진영 모두 민족문학[1]을 주창하고 있다는 점이다. 심지어 좌우 합작의 중간 노선에서도 그들의 강령으로 내세운 것은 다름 아닌, 민족문학의 지향이었다.

이러한 사실은 굴욕적 일제 시대를 마감하는 이 시기에 군국주의적 파시즘에 대항하는 민족주의 논의는 우선시 될 수밖에 없었으며, 이에 따라 민족문학의 선택은 당연한 결과로 인식하던 문단의 분위기를 상징적으로 보여준다. 해방공간에서 민족문학은 일본 제국주의와의 갈등으로 민족적 소외를 받아 온 전조선인에게 민족적 동질성을 포괄적으로 유도해낼 수 있는 유일한 대안으로 작용하고 있었던 것이다. '정신사적 의미에서 그것은 신'[2]이라는 김윤식의 평가는 이 시기 민족문학의 의미를 단적으로 드러내 준다. 이처럼 세계사적 흐름에 부합하는 이데올로기의 갈등 속에서도 식민지 청산과 민족 문학의 재정립을 한 목소리로 요구했던 당시 문학인들의 태도는 해방공간의 시대사적 정황을 선명하게 반영한다. 결과적으로 해방공간의 문학은 민족간의 갈등으로 얼룩진 일제 식민지를 마감하는 동시에, 민족 내부의 이데올로

---

1) 해방공간에서 '민족문학'과 관련된 논의는 이 시기 문학사의 중추적인 문제로 작용한다. 그리고 이후에도 한국 문학사의 전개에 있어서도 민족문학 논쟁은 매우 중요한 의미를 지닌다. 해방공간에 발표된 상당수의 논문이 민족문학론과 직간접적으로 관련되어 있다는 사실은 이 점을 입증한다. 그러나 해방 직후에 발표된 북한문학의 흐름을 역사적 의미망 속에서 파악하려는 이 글의 목적과는 직접적으로 일치하지 않으므로 이와 관련된 논의는 여기서는 생략하기로 한다.
2) 김윤식, 『한국 현대문학사』, 일지사, 1988. p.11

기의 대립 시대를 여는, 즉 '비동일성의 동시적 성격'을 띤다는 시대사적 의미를 부여할 수 있는 것이다.

2. 해방직후 문단의 동향

이미 잘 알려져 있듯이 해방 이후 문학계는 좌파는 좌파대로 우익계열은 그들대로 각각의 세력을 규합한다. 그리고 이후 양진영은 단체의 조직과 결성에 힘을 쏟는다. 해방공간에서 단체의 조직 및 결성은 이 시기 정치적 상황과 관련지어 살펴볼 때 의미하는 바가 매우 크다. 왜냐하면 이 시기 대부분의 문학 단체는 그들의 문학관에 앞서 정치적 편향성이 우선시 되었기 때문이다. 이런 의미에서 정치 현실과의 관련성을 배제한 해방공간 문학 관련 논의는 원칙적으로 결코 이루어질 수 없는 것이다.

해방직후에 조선 공산당은 국가의 정치적 헤게모니를 획득하기 위해 사회 각 방면에서 활발하게 활동하고 있었다. 특히 그들은 전방위에서 문학의 선전선동적 역할을 크게 기대했다. 이에 따라 좌익계열의 문인들은 해방과 거의 동시에 〈조선문학건설본부〉(1945. 8. 18)와 〈조선프롤레타리아문학동맹〉(1945. 9. 17)과 같은 단체를 결성하게 된다. 이후 이 두 단체는 현실 인식 및 계급적 입장의 차이를 분명하게 인식하고 있었음에도 불구하고 남로당의 지령에 따라 1945년 12월 13일 〈조선문학가동맹〉으로 통합된다. 당시 이들의 활동에는 남로당의 지도자인 박헌영을 중심으로 하는 조선 공산당의 영향력이 막대하게 미치고 있었음을 미루어 짐작할 수 있는 것이다. 따라서 해방공간에서 좌익문인의 활동은 좌파계열의 정치적 행보와 밀접하게 관련되어 있음을 알 수 있다.

좌익계열의 조직적 활동에 대한 반사작용으로 우익계열의 문인들도 차츰 그 세력을 형성해 간다. 이들은 초기에는 그 세력이 미미하나 좌익 계열과의 논쟁 속에서 이론적 틀을 형성해 갔으며, 이후 조선문학가동맹의 1·2차 월북을 계기로 문단의 주도권을 잡게 된다. 특히 〈전조선문필가협회〉 결성을 계기로 좌익에 대한 이론적 우익의 세력을 조직적으로 쌓아가게 된다.[3] 이 두 단체의 결성 이후 문학계가 더욱 더 대립 양상으로 치닫게 된다는 사실은 이미 잘 알려져 있다. 그로 인하여 이 시기 대부분의 문인들은 필연적 동기가 없더라도 문학단체에 가입하는 낯선 풍경을 연출하게 된다. 문단의 이러한 변화는 우선적으로 개인과 사회의 갈등이라는 차원에서 접근해 볼 수 있을 것이다. 이에 대해서는 간략하지만 '갈등 사회학' 이론에 기대어 개인의 심적 갈등과 집단적 갈등 문제를 다루고 있는 조남현의 논의가 주목할 만하다. 갈등 사회학이란 한 개인의 심적 갈등은 내면화·중립화의 경향을 지니는데 반해, 집단적 차원의 갈등은 공격적이면서 한쪽으로 고체화되기 쉽다는 이론인데, 이러한 설명은 해방이 되자마자 많은 정당과 이념 단체들이 출현하는 상황을 어느 정도 이해 가능하게 한다. 또한 해방 직후 한국인들은 '사회가 무서워서' 각종 정당이나 단체를 만들기도 했고 가입하기도 했다는 비유적 표현을 성립하게 한다. 각 개인은 어느 한 정당이나 이념 단체에 가맹함으로써 어떤 존재와 싸워야 하고 어떤 세력과 협력해야 하는지를 더욱 분명하게 배울 수 있었[4]던 것이다. 이러한 현상은 혼란스러운 현실의 정체를 인식할 수 없는 상황에서 오는 극단의 공포심을 상대적 객체로 규정하고, 이러한 대결 의식

---

3) 이러한 사실은 당시 중앙 문화 협회를 중심으로 한 전국문필가협회결성대회(1946. 3. 13) 행사장에 한국 독립촉성국민회의 이승만, 민주주의 민족전선의 여운형, 임시정부 김구, 임시정부 외교 부장 조소앙, 국민당 안재홍, 한국 민주당 원세훈 등 정치인들이 대거 참여하고 있었다는 사실 등에서 확인할 수 있다.
4) 조남현, 「해방 직후 소설에 나타난 선택적 행위」, 『해방 공간의 문학 운동과 문학의 현실 인식』, 한울, 1989.

에서 오는 긴장감으로 혼란의 공포를 벗어나고자 하는 심리적 현상으로 이해할 수 있을 것이다.

한편 이와 관련해서 다음으로 살펴볼 수 있는 것은 경제 지표와의 관련성 문제이다. 이 당시 출판·활자 매체의 열악한 현황으로 보아 문학인이 자신의 작품을 발표할 지면은 극히 제한되어 있다고 할 수 있다. 이같은 사정을 감안할 때 어느 집단에도 소속되지 않은 문학인은 활발한 작품 활동을 기대하기 어려웠을 것이며, 이로 인하여 개개의 문학인은 집단 밖의 자유인으로 활동할 수 없었을 것이다. 이러한 상황에서 문학은 어느 한 편에 지나치게 편향되어 문학이 정치적 범주의 하위 장르로서 기능할 수밖에 없다. 특히 해방직후 최대의 조직적인 문화단체로 자리매김한 조선문학가동맹에는 일부 친일 문학인과 보수적인 민족계열의 문인을 제외하고는 상당수의 문인들이 이에 가담하였는데, 이 당시 '사상적 이념이나 정치적 성향을 따지기 전에 이 조직에 가담하는 것이 해방 문단의 일원으로 자격을 갖추는 것으로 생각될 정도'[5]로 문학 단체의 위치는 중요한 요인으로 작용한다. 이는 이 당시 문인들이 처한 현실을 극단적으로 반영하는 한 예이다. 이 때문에 대다수 시인, 작가들은 각각의 문예지나 기관지를 통하여 작품을 발표하게 된다. 아울러 전문 문예지의 성격을 띠지 않은 잡지라도 대개의 잡지가 별도의 문예 부분을 싣고 있었던 것을 염두에 두면 정치 편향적인 이 시기 문단의 성격을 미루어 짐작하게 한다.

그 무렵에 登錄된 出版社는 약 五百社라고 하는데, 美軍政官도 놀람을 금치 못했는지 이 무슨 出版社가 이렇게 많은가 하고 복도에 모여 선 登錄 長蛇陣을 보고 물었다. 그러자 通譯官이 言論出版이 自由니까 出版社 붐

5) 권영민, 「해방 공간의 문학사적 회복을 위하여」, 『해방 공간의 문학 운동과 문학의 현실 인식』, 한울, 1989.

을 일으킨 것이오. 그렇지만 創刊號이자 終刊號인 것도 많을 것이요. 하고 대답하는 소리를 들었다. 〈중략〉 美蘇兩軍이 진주한 후에 雨後竹筍처럼 亂立한 出版社에서 發行된 冊을 볼 것 같으면, 九0%는 붉은 것이었고, 十% 는 푸른 책이라고 할 만큼 남쪽 땅은 붉게 물들었었다.[6]

해방공간에서 설립된 출판사는 무려 오백여 개에 이르며 문예지를 포함한 잡지는 백여 개 정도가 발간되었다. 특히 1946년 한 해에만 오십여 개에 가까운 잡지가 등장하고 있다. 오백여 개에 이르는 출판사의 난립과 적지 않은 수의 잡지 출현은 이 당시 빈약한 경제적 현실과 열악한 출판 상황을 감안할 때 엄청난 숫자이다. 물론 이 시기에 발간된 문예지나 동인지들은 지속적으로 발간되지 못하고 중도에 폐간되었으며, 몇몇 잡지의 경우 창간호가 종간호로 끝나는 경우도 있다. 이들 잡지의 일부는 문학 단체를 대변하는 기관지로서의 역할을 담당하였는데, 이 경우 그 단체가 해산될 때 소속된 잡지도 그 운명을 함께 하였던 것이다. 이 시기에 발표된 문예지 및 동인지, 특히 좌파계열의 주요 지면의 성격을 여기서 간략하게 정리해 보면 다음과 같다.

1) 〈조선문학건설본부〉 관련 문예지 ― (1)『문화전선』: 창간호 1945년 11월에 창간된 조선문학건설본부의 기관지. 주요 평론으로 임화의 「현하의 정세와 문화 운동의 당면 임무」, 김남천의 「문학의 교육적 임무」 등이 실려 있다. 임화의 글은 문화 통일전선의 결성을 주장하고 봉건적이고 식민지적인 문화의 잔재 청산과 부패한 시민 문화의 소탕을 당면 과제로 제시한다. (2)『민중조선』: 월간 종합지로서 1945년 11월 30일에 창간되어 창간호가 종간호로 끝난 잡지이다. 104면으로 되어

---

6) 김송, 「白民」, 『解放 文學 20年』, 정음사, 1971. p.168.

있으며, 엥겔스—트로츠키 등의 사회주의 유물사관을 번역해서 실어 놓았다. 주요 논문으로는 「문학이 인민에게로 들어가야 한다 역설하는 임화씨」 등이 있다. (3)『신문예』: 창간호(1945년 12월)와 속간호(1946년 7월)에는 조벽암, 이용악, 오장환 등의 시와 박찬모, 김남천 등의 소설, 홍효민의 「문예비평의 당면과제」 등의 평론이 실려 있다. (4)『문학건설』: 임화가 주재한 잡지. 통권 1호.

2) 〈조선프롤레타리아예술동맹〉이 주도한 문예지 — (1)『예술』: 1945년 12월 창간된 잡지로 1946년 1월에 2권 1호, 1946년 2월에 2권 2호로 막을 내렸다. (2)『신문학』: 1946년 4월 1일에서 1946년 11월 20일까지 발간된 것으로 통권 4호이다. 창간호에는 조선공산당 중앙위원회의 조약 10항의 내용(문화전선에 있어서도 극좌적 경향은 대중과 분리되며 통일전선운동에 가장 유해한 방해물임을 깊이 인식해야 한다)이 실려 있다. (3)『인민』: 1945년 12월 10일에 창간되어 1946년 4월 10일에 종간. 통권 6호. (4)『예술운동』: 1945년 12월 5일 창간, 통권 1호. 한효, 권환, 윤기연, 홍효민 등의 논문과 윤세중, 박아지, 조벽암, 박승극 등의 시 소설 작품 등이 실려 있다. 또한 조선프롤레타리아문학동맹의 결성과 조직의 취지를 선언하는 글도 함께 실려 있는데, 이 잡지는 당시 동맹의 기관지의 기능을 했음을 알 수 있다. 주요 평론으로 한효의 「예술 운동의 전망—당면 문제와 기본 방침」, 권환의 「현 정세와 예술 운동」 등. 특히 한효의 글은 식민적 잔재와 봉건적 잔재를 청산하고 진정한 마르크스주의 예술 이론을 확립하여야 할 당위성과 예술 활동을 조직적으로 확대 강화해야 함을 강조하고 있다.

3) 〈조선문학가동맹〉 관련 문예지 — 조선문학가동맹은 한동안 문학 기관의 90% 이상을 총괄적으로 장악하였다. (1)『문학』: 1946년 6월

20일 창간, 1948년 7월 10일 종간 통권 제8호, 당 기관지. (2)『우리문학』: 1946년 2월 10일에서 1946년 3월 1일까지 발간되었다. 통권 2호로 끝났으며 예맹의 기관지[7]. (3)『상아탑』: 1945년 12월에 창간된 좌파 이론가 김동석이 주재하던 잡지. (4)『문학평론』: 1947년 4월 19일에 창간된 것으로 『백제』의 개제. (5)『신문학』: 1946년 4월1일에 창간되어 1946년 11월 20일 종간, 통권 4호 등을 직접 지휘 (6)『민성』: 정치, 경제, 사회, 문예 등을 내용으로 한 월간 종합지로서 1945년 12월 1일에 창간되어 1950년 5월 1일에 제6권 제4호 통권 45호로써 종간된 잡지[8]. (7)『신세대』: 1946년 3월에 창간된 것으로 한효, 홍효민 등의 평론이 실림. (8)이외에도 조선문학가동맹은 『신천지』, 『조선중앙』, 『신민일보』, 『중앙』, 『한성』 등을 자신의 영향권 내에 두었다.

4) 〈조선문화건설 중앙협의회〉가 주도한 문예지─ (1)『협동』: 1946년 8월 15일 창간하여 1953년 4월 1일(통권 70호)에 종간되었다. (2)『문예』: 1949년 8월 1일에 창간되어 한국전쟁 이후 비연속적으로 발간되다가 통권 5권 2호(통권 21호)로 1954년 3월 1일에 종간되었다. 민족 진영의 문인이 망라되었으며 발행인은 모윤숙, 편집인은 김동리에서 이후 조연현이 맡았다. (3)『백민』: 1945년 12월 1일에 창간하여 1950년 6월 10일『문학』으로 개제하여 두 호를 더 발간하고 제6권 제4호 통권 23호로서 종간되었다. 제21호부터는 발행소가 중앙문인협회였다. 따라서 중앙문화협회의 기관지였음을 알 수 있다. (4)『문화』: 1947년 4월 1일에 모윤숙이 창간[9]한 잡지. (5)『문학 정신』: 1947년 9

7) 한국문인협회에서 편찬한 『해방문학 20년』(정음사, 1971)에 따르면 『문학』은 1946년 7월에 창간되어 1948년 4월호를 마지막으로 통권 7호로써 폐간된 것으로 기록되어 있다. (『해방문학 20년』, 정음사, 1971. p.192) 그러나 이 부분은 착각이나 오기로 보인다. 왜냐하면 백철이 소장으로 있던 한국학연구소에서 간행한 『한국 잡지 개관 및 호별 목차집』에 보면 1948년 7월 10일 통권 8호에 관한 목차가 소개되어 있으며, 한국학연구소가 소장한 것으로 기록되어 있다.
8) 『해방문학 20년』은 1948년 3월을 창간호로 적고 있으나 이 역시 착오로 보인다.

월에 조연현이 부정기간으로 내기 시작하였다. 이 잡지의 성격은 좌익 계열의 문학 이론에 대항하는 성격을 띠고 있으나 통권 2호로 종간되었다. (6)이외에 『예술 조선』(1947년 12월~1948년 8월 25일 통권 4호)과 이후 『문학평론』으로 개제한 『백제』(1946년 6월 30일~1947년 4월 20일 통권 3호) 등이 있다.

이상에서 잡지의 성격 및 집필진의 경향을 살펴보면, 해방직후의 초기 문단은 주로 좌파계열이 문단을 장악하고 있음을 알 수 있다. 이후 좌우익 논쟁기를 거쳐 우익계열의 문인들이 문단을 주도하게 된다. 이에 따라 해방 문단 초기에 발간된 문예지의 성격은 대체로 좌파적 성격을 띠고 있으나 1948년 정부 수립 이후에는 사회주의적 전망은 사라지고 우파적 성격이 지배적이다. 해방공간의 이러한 문단의 변동은 한국전쟁을 계기로 남한 내에서의 반공문학 위주의 창작이 지속되는 것과 밀접한 연관성을 지닌다.

이처럼 해방직후의 문단은 좌익계열이, 이후에는 우익 단체가 주도하는 양상을 보인다. 그리고 이러한 사실은 당시의 정치적 상황과 밀접하게 결부됨을 쉽게 파악할 수 있다. 1946년 5월 이후 미군정 당국은 공산당의 정치 활동을 규제하기 시작했으며 공산당에서도 국제 민주주의 전선에 입각해 미군을 해방군으로 인정하고 합법적인 정치투쟁을 선언하기에 이르게 되었다. 1946년 9월부터 전국적으로 확대된 파업과 시위로 치안 유지가 불가능해지자 미군정 당국은 공산당을 불법화하고 남로당수 박헌영의 수배를 지시하였다. 이 같은 정세의 변동은 조선문학가동맹의 문화 운동과 그 실천에 치명적인 제약을 초래하

---

9) 『문화』에 대한 기록도 마찬가지로 한국학 연구소의 기록에 따르면 창간호가 4월호로 되어 있으며 거기에 따르는 목차와 소장 기관이 기록되어 있다. 전광용은 앞의 글에서 『문화』의 창간호를 1947년 5월로 기록하고 있으나 전광용의 이러한 진술도 앞의 주와 마찬가지로 착오로 보인다.

였고 중요 임원들의 활동도 주목의 대상이 되자 점차 지하로 잠적하게 된다. 그리고 1947년이 되자 임화, 김남천, 오장환, 박팔양, 김오성, 윤세중, 안회남 등 조선문학가동맹의 핵심 간부들이 서울을 떠나기 시작한다. 이 같은 〈예맹〉의 2차 월북은 대한민국 정부 수립 직전까지 계속되었다.[10] 또한 이 당시 공산당 활동의 제약은 출판사에까지 미치고 있었는데 당시 문학가동맹이 발행하려고 했던 『인민항쟁시집』의 몰수[11]는 그 대표적인 예가 될 것이다. 이에 따라 좌익계열의 작가가 월북한 문단은 우익계열이 세력을 점하게 되고, 이후의 세력권은 오늘날에까지 남한 문단에 영향력을 미치게 되는 것이다.

3. 나오며

이상의 논의에서 알 수 있듯이 해방직후의 문단은 좌우익의 혼란한 사회에서 이분적으로 재편성된다는 사실을 분명하게 확인할 수 있다. 또한 해방 문단의 변화 추이와 각 문학 단체의 성격을 규명할 수 있다는 점 이념을 선명하게 드러내는 지면은 대체로 잡지로 한정될 수밖에 없었던 바, 이 기간 중에 발표된 문예지 및 동인지 등 잡지 검토 작업의 중요성은 여기에 있다. 그리고 그 연구 결과, 대략적 특징은 다음과 같이 정리할 수 있다.

1)해방 문단에서 문예지나 동인지 등을 포함한 잡지의 위상은 한국 근현대 문학사에서 특히 그 의미를 부여할 수 있는데, 이 시기에 발간된 문예지는 원고를 게재하는 작가 및 평론가들이 중복되고 있다는 점

---

10) 권영민, 「해방 공간의 문학사적 회복을 위하여」, 『해방 공간의 문학 운동과 문학의 현실 인식』, 한울, 1989.
11) 여기에 관한 내용은 김광현의 「우리의 시와 8·15」, 『민성』 4권 7~8호(1948. 8)를 참조할 것.

과 게재된 원고의 성격이 비교적 분명하다.

2)짧은 기간을 통하여 많은 수의 잡지가 발간(1945년 11월에서 1946년 까지 무려 60여 종이 출간되었다)되었음에도 불구하고 문학 단체와 관련된 대부분의 문예지들은 지속적으로 출간되지 못하거나 그 성격이 변화되는 것을 볼 수 있다. 특히 잡지의 성격을 분명하게 드러내는 각각의 기관지들은 문학 단체의 해산과 운명을 같이했다.

3)잡지의 성격 및 집필진의 경향을 살펴볼 때 발행 연도의 비교에서 알 수 있듯이 해방기 초기 우리 문단은 좌익계열이 문단을 주도하고 있었으며, 이후 좌우익 논쟁기를 거쳐 우익계열의 문인들이 문단을 주도하게 된다. 이에 따라 해방 문단 초기에 발간된 문예지의 성격은 대체로 좌파적 성격을 띠고 있으나 1948년 정부 수립 이후에는 사회주의적 전망은 사라지고 우파적 성격이 지배적이다. 해방공간의 이러한 문단의 변동은 한국전쟁을 계기로 남한 내에서의 반공문학 위주의 창작이 지속되는 것과 밀접한 연관성을 지닌다.

5)동인지의 경우『예술부락』,『신인문학』 등을 제외하면, 발간 당시 문예 종합지에 비하여 비교적 이념 논쟁의 영향력에서 벗어나 있다고 할 수 있다. 이는『죽순』,『등불』의 경우, 문단의 헤게모니 쟁탈이 집중되었던 서울이 아닌 지방 위주의 문단 활동을 하였다는 점,『새로운 도시와 시민들의 합창』,『응향』 등은 이념 지향적 모임이 아니라는 점에서 기인한다.

이상의 결과에서 해방공간에 나타나는 문학사적 의미는 문예지와 동인지의 성격을 올바로 파악하고 아울러 작가의 자의식의 공간을 염두해 두고 고찰해 나갈 때 더욱 분명해질 것이다. 해방직후에 각각의 문예지들은 좌우익의 선전적 기관지 역할을 하고 있었다는 점 등은 그간의 연구들에서 확인되고 있다. 그러나 그것들의 판매 부수와 대중 독자들에게 미치는 영향력 등은 앞으로의 연구 과제로 남는다. 이러한 점들은 특히 좌익계열의 문학과 관련지을 수 있는데, 1920년대 후반부터 쟁점으로 부각된 문학의 대중성과 아울러 살펴볼 때 유익하리라고 생각된다.

참고문헌

第1回 朝鮮 文學者 大會 會議錄,『건설기의 조선문학』, 백양당, 1946.
한국학 연구소,『韓國雜誌槪觀 및 號別目次集』, 영신, 1975.
김영민,『한국 현대 문학 비평사』, 소명, 2000.
김용직 외,『한국 현대시사의 쟁점』, 시와시학사, 1991.
김우종 외,『한국현대 문학사』, 현대문학, 1989.
김윤식 외,『해방공간의 문학운동과 문학의 현실인식』, 한울, 1989.
김윤식,『한국 현대 문학사』, 일지사, 1988.
_____,『한국 근대문예 비평사』, 일지사, 1978.
전기철,『한국 전후 문예비평 연구』, 서울, 1993.
한국문인 협회 편,『해방문학 20년』, 정음사, 1971.

'남조선 해방 서사'에 나타난 인민적 영웅과 국가 형성의 이상
─ 대구 10월 항쟁, 5·10단선반대운동, 제주 4·3항쟁을 중심으로

신진숙

1. 해방후 남한 사회에서 발생한 항쟁의 성격

해방후 남한 사회는 극도의 혼란과 어려움을 겪는다. 노동자의 거의 반이 실업상태에 있었으며, 전체 인구 중 77퍼센트에 이르는 농민[1]의 경우는 토지가 없거나 이와 근사한 상태에 있었다. 당시 빈농, 영세 소작농의 수만 해도 전체 농가의 70퍼센트에 달하였다.[2] 즉, 거의 모든 국민이 기근에 시달리고 있었던 것이다. 이러한 기근현상은 미군정기를 거치면서 더욱 심화된 것으로 보고되고 있다. 미군정은 일본 지주 회사인 신한공사를 인수한 후 일본이 저질렀던 가혹한 현물 납세비율 등 기존의 문제점을 개선하기보다 오히려 강화함으로써 농민의 원성을 사게 된다. 또한 해방후 우리 민족에게 가장 주요한 민족 과제로 주어진 식민지 잔재 청산 역시 적극적으로 진행되지 못한다. 이는 좌우

---

1) 김태승, 「미군정기 노동운동과 전평의 운동노선」, 『해방전후사의 인식3』, 한길사. 1987, pp.313~317.
2) 황한식, 「미군정하 농업과 토지개혁정책」, 『해방전후사의 인식 2』, 한길사, 1985, p.297.

익의 이념적 대립과 갈등에서도 그 원인을 찾을 수 있지만, 근본적으로는 미군정에 의해 보수적 친일세력이 해방 정국에서 관료세력으로 재등용된 것과 직접적으로 관련된다.

이러한 상황 속에서 1946년 철도·인쇄 산업노동자들을 중심으로 하는 9월 총파업이 발생한다. 당시 9월 총파업은 농민, 노동자, 대중과의 연계를 이끌어내는 데 성공한 남한 내 계급투쟁의 성격을 지니는 것으로 평가되고 있다.[3] 9월 총파업은 이후 대구 10월 항쟁의 직접적인 촉발제 역할을 한다. 물론 9월 총파업이 발생하기 이전에는 이미 전국 각지에서 농민을 중심으로 하는 소규모 소작쟁의와 같은 분란이 끊이지 않고 발생하고 있었다. 그리고 그것은 대부분 민군정 하 신한공사와 농민 간의 마찰과 대립이 그 원인이었다.[4]

이 과정에서 무력 항쟁은 점점 더 폭력화되어 가는 양상을 띠게 된다. 2차 미소공동위원회가 결렬되고, 민군정이 남로당에 대한 탄압을 본격화함에 따라 남로당은 부분적으로 비합적 혹은 반합법적인 무장투쟁이라는 신전술을 내세운다. 그리고 이른바 2·7구국투쟁과 5·10 선거반대투쟁을 주도하게 된다. 이때 제주도에서는 4·3항쟁이 발생하였다. 이 시기의 무력투쟁은 전국적인 규모를 지닌다. 예를 들어, 1948년 2월 7일부터 20일까지 발생한 파업 수는 30건, 맹휴 25건, 충돌 55건, 시위 103건, 방화 204건, 총검거 8,479명에 달하는 것으로 기록되어 있다.[5]

---

3) 조돈문, 「해방공간의 노동계급과 계급 전쟁: 9월 총파업을 중심으로」, 『현상과 인식』, Vol.19. No.3, 1995.
4) "쌀획득투쟁이 전국 각지 대중운동의 초점이 되고 있던 1946년 7, 8월에 농촌에서도 식량문제는 농민 생활을 극도로 위협하고 있었다. 그런데다가 6월의 홍수로 생산량이 20퍼센트가 감소한 하곡에 대한 수집은 농민의 격렬한 저항을 불러일으키기에 족한 것이었다. 이것은 무엇보다 하곡 공출이 일제시대에도 없던 정책이었고 여기에다 이러한 미군정정책을 이용한 지주의 소작료 부과까지 가중되고 있었다는 데 기인하는 것이었다. 더구나 미군정은 전국의 식량위기를 해결한다는 명목으로 하곡수집기간에는 각 정미소와 일반 가정의 도정까지 금지한 데다가 수집과정상의 폭력성은 농민의 불만을 폭발시키는 결정적 계기가 되었다." (박혜숙, 「미군정기 농민운동과 전농의 운동노선」, 『해방전후사의 재인식 3』, 한길사, 1987, p.373.

이러한 혼란 속에서 많은 수의 사람들이 일명 '산사람'으로 불리는 유산대를 조직하고 산으로 들어가는데, 이들은 1948년 여수군반란사건을 계기로 무장 세력화되고 지리산, 오대산, 태백산을 중심으로 유격 전구를 형성한다. 남한 내 유격대는 애초에 남로당을 중심으로 "국토완정"이라고 하는 북한의 지령을 받고 있었던 것이 사실이지만 유격대의 성격은 자연발생적인 면이 더 강하였다. 한때 이러한 유격 전구는 전국 주요 산을 배경으로 확대된다. 그러나 남한 내 남로당의 무력화와 한국전쟁 발발을 기점으로 이들은 서서히 소멸의 길을 걸어간다. 이러한 유격대의 해체를 부른 또 다른 요인으로는 유격대가 식량 조달 목적으로 전구 주변의 농민들을 수탈함으로써 인민 대중의 지지를 상실하게 된 데에서도 찾을 수 있다. 이는 당과 인민 대중과의 연계성을 떨어뜨리는 결정적인 계기로 작용한다.[6] 이에 당시의 빨치산 투쟁은 "투쟁을 위한 투쟁이지, 정치목적을 달성하기 위한 실효성 있는 투쟁"으로 보기 어렵다는 의견도 설득력 있게 제기되었다.[7]

이와 같은 남한 상황과 달리 북한에서는 새로운 사회주의체제의 확립을 향한 기틀을 마련해 가고 있었다. 1946년 2월 북조선임시인민위원회를 설립하고 이를 바탕으로 혁명정권 수립에 매진한다. 이 위원회는 "북한공산당을 위주로 각 정당 사회단체의 대표들로 구성이 되었는데 '반제반봉건민주주의혁명' 과업을 실천하는 집행기관의 역할을 수행"하였다. 그리고 같은 해 3월에는 '민주기지 창설'이라는 기치 아래 "무상몰수 무상분배에 의한 토지개혁을 실시"하고, "노동법령과 남녀

---

5) 김남식, 「1948~50년 남한내 빨치산 활동의 양상과 성격」, 『해방전후사의 재인식4』, 한길사, 1989. p.210.
6) "1948년과 1953년까지 남한의 각 지역의 유격 전구에서 활동하였던 빨치산은 비상사태 아래서의 초인적인 맹활약에도 불구하고 북쪽에서는 소모되었거나 잊혀진 존재였고 남쪽에서는 토벌대상의 잔비에 불과하였으며 역사의 주체로부터 사라진 존재였다."(신경득, 「유격전구의 빨치산 문학연구」, 『비평문학』, Vol. No.12, 1998, p.303.)
7) 김남식, 앞의 글, p.239.

평등권법을 만들고 주요한 산업을 국유화"한다.[8] 그리고 1947년 북조선노동당의 발족하고, 이듬해 9월 조선민주주의인민공화국을 창건한다. 남한은 이때 이미 5·10단선을 실시하고 단독정부를 수립한 상태였다.

북한은 남한의 무력 항쟁을 북한과 같은 사회주의 국가 건설을 위한 투쟁으로 간주하고, "해방후 5·10단선을 반대한 남조선인민들의 투쟁은 모든 외세를 배격하고 민족주체적 힘으로 조선문제를 해결하기 위한 애국투쟁이었으며 주권문제와 관련된 높은 정치투쟁이었다. 그 투쟁은 북반부 인민들과 힘을 합쳐 자기 조국 조선민주주의인민공화국을 창건하기 위한 전체 조선인민의 통일적인 투쟁의 한 고리였다."[9]라고 주장한다.

당시 남한 내 무력항쟁과 폭동을 주요 소재로 하거나 배경으로 제시하고 있는 대표적인 작품으로는 이태준의 「첫전투」, 박태민의 「제2전구」, 리동규의 「그 전날 밤」, 김영석의 「격랑」, 김사량의 「남쪽에서 온 편지」, 남궁만의 「하의도」, 송영의 「금산군수」, 함세덕의 「산사람들」, 리갑기의 「료원」, 유항림의 「개」 등 다수가 존재한다. 작품의 수가 보여주듯 이 당시 북한문학에 있어서 남한의 정세와 이에 대한 북한의 시각에 의한 현실 묘사는 중요한 문학적 실천으로 여겨짐을 알 수 있다. 이는 남한 사회에서의 북한과 동일한 체제 국가를 건설하고자 하는 기원을 재현하는 것을 주목적으로 한다. 이들 서사는 남한의 무력 항쟁을 국토 완정의 전초적 의미로 묘사하고, '남조선 해방'의 목적을 표면화한다고 하는 특징을 지닌다. 이에 필자는 이들 작품을 '남조선 해방 서사'로 지칭하고 그 성격과 주제의식을 고찰하고자 한다.

그러나 이 글에서 사용한 텍스트는 이태준의 「첫전투」, 김영석의 「격

8) 김남식, 「조선공산당과 3당합당」, 『해방전후사의 재인식3』, 한길사, 1987, p.142.
9) 조선통일사, 『주체의 기치따라 나아가는 남조선인민들의 투쟁』, 조선통일사, 1982, p.127.

랑」, 남궁만의 「하의도」, 송영의 「금산군수」, 함세덕의 「산사람들」에 한정된다. 사실 남궁만과 송영의 작품을 제외한 작품들은 북한문학사에서 크게 조명받지 못하였다. 특히, 이태준의 경우는 1953년 부르주아 반종파투쟁의 대상으로 지목됨으로써 당시 문학사에서 제외되었다. 그럼에도 본고에서 고찰의 대상으로 정한 것은 북한문학사의 이면에 존재하는 억압된 작가의식에 대한 고찰의 가능성을 염두에 두었기 때문이다. 물론 그것은 쉬운 일이 아니다. 이미 고상한 리얼리즘을 발표한 이후의 북한문학이 교조적이고 도식적인 틀 속으로 빨려 들어갔을 뿐만 아니라, 그 이외의 문학에 대하여 억압해온 점을 고려할 때 거의 불가능한 것으로 보인다. 그럼에도 그러한 시도는 북한문학을 보다 입체적으로 이해하는 하나의 방편이 될 수 있을 것이다.

2. 민족문학론과 고상한 사실주의의 대두

해방후 남한 내 좌익 문단은 조선문학건설본부(이하 문건)와 프롤레타리아예술동맹(이하 프로동맹)의 대립적 구도를 지닌다. 이들 노선의 차이는 민족문학 논쟁에서도 드러나는데, 그것은 민족문학의 주체가 누구이냐 하는 것에 관한 내용이다. 당시 문건은 조선공산당이 발표한 「8월테제」의 핵심, 즉 부르주아민주주의 혁명단계를 내세우고, 1920년대 카프문학에 대한 비판적인 평가와 더불어 당면과제로 민족문학 건설의 기치를 표면화하였다. 반면 프로동맹은 일명 카프의 비해소파 세력을 중심으로 1920년대 카프문학의 정당성과 그 계승을 논리적 거점으로 프롤레타리아문학을 강조한다. 당시 문건과 프로동맹은 해방후 문학의 주요 과제가 반제국주의적·반봉건적·반국수주의를 목적으로 하는 민족문학론에 있다고 하는 점에서는 일치하지만 민족문학이

인민문학이나 프로문학이냐는 데에서는 대립한다. 그후 문건과 프로
동맹은 서서히 의견을 좁혀 나가 조선문학가동맹으로 결합한다.[10]

한편 북한에서는 1946년 3월 25일 북조선예술총연맹을 결성하고,
이후 프로문맹과 문건의 월북문인까지 아우른 북조선문학예술연맹으
로(이하 문예총) 그 규모를 확장한다. 문예총의 지도이념은 첫째, 진보
적 민주주의에 입각한 민족문학 예술을 수립하는 것이다.[11] 당시 안함
광은 민족과제와 계급과제에 대하여 서로 다른 것이 될 수 없음을 이
론적으로 밝히고, 민족문학론의 의미를 분명히 한다. 즉, 그는 「민족문
화론」(『민족과 문학』, 문화전선사, 1947)에서 "이 민족 문화는 과거 조선의
민족주의 문화를 계승하는 것이 아니라 프롤레타리아 문화 운동의 이
념을 현단계적 특질 위에서 계승해야 할 것임에도 틀림이 없는 일"이
라고 강조하고, 진보적 민주주의 국가의 수립이라는 정치적 과업을
"이끌어갈 영도적인 세력"을 노동자 계급으로 봄으로써, 민족의식과
계급의식의 갈등을 이론적으로 일단락 짓게 된다. "계급은 자기의 입
장을 고수하면서도 또한 현실의 전체적 인식과 아울러서 역사적 전망
을 가질 수도 있다는 것"이 그의 의견이다.[12] 이는 해방후 북한문학의
과제가 프롤레타리아 국제주의와 함께 반식민지, 반제국주의를 표방
한 고상한 애국주의를 기반으로 하는 민족문학 성취에 있었음을 잘 보
여준다. 그러나 이러한 안함광의 민족문학론이 설득력이 있는 것이었
다 해도 그것이 북한문학 전반의 것으로는 볼 수 없다. 그 이후의 북한

---

10) 김재용, 『북한문학의 역사적 이해』, 문학과지성사, 1994. 참조.
11) "1947년 2월 북조선 림시 인민위원회의 결성에 뒤이어 같은 해 3월에 『북조선 예술 총련맹』의 결성
   사업을 지도 보장하였는바 당의 지도 리념은 다음과 같은 『북조선 예술 총련맹』의 강령 가운데 구체
   적으로 표현되여 있다. 1.진보적 민주주의에 립각한 민족문학예술의 수립. 2.조선 예술 운동의 전국
   적 통일 조직의 촉성. 3.일제적 봉건적 민족 반역적 팟쇼적 및 반 민주주의적 예술의 세력과 그 관념
   의 소탕. 4.인민 대중의 문학적 창조적 예술적 계발을 위한 계몽 운동의 전개. 5.민족 문화 유산의 적
   당한 비판과 계승. 6.우리 민족 예술 문화와 쏘련 예술 문화를 비롯한 국제 문화의 교류."(안함광, 「해
   방후 조선문학의 발전과 조선 로동당의 향도적 역할」, 『해방후 10년간의 조선문학』, 조선작가동맹출
   판사, 1955, pp.9~10.)
12) 김재용, 앞의 책, pp.59~60. 재인용.

민족문학론은 민족의식과 계급의식의 연결성에 대하여 이미 당연시하는 국면으로 접어들게 됨으로써 이에 대한 더 이상의 진전된 논의를 보이지 못한다.[13]

이와 같은 민족문학론 논의와 함께 창작방법론이 모색된다. 북한에서는 1947년 3월 28일에 제29차 상무위원회에서 발표된 「북조선에 있어서의 민주주의 민족 문화 건설에 관하여」에서 나타난 것, 즉 "조선사람의 영웅적 노력과 투쟁과 승리와 영광을" 그리는 "고상한 사실주의적 방법"을 주요 창작 방법으로 제시한다. 그것은 해방 이후 고상한 사실주의가 북한문학에서 공식적인 창작방법으로 정착하였음을 의미하며, 사실상 다른 창작 방법은 불가능하게 됨을 뜻한다. 이는 1947년 9월 당 중앙위원회 43차 상무위원회 결정에서도 그대로 나타난다.[14] 즉, 고상한 사실주의는 미국으로 상징되는 "원쑤들"을 향하여 적개심을 드러내고, 고상한 "애국주의"를 바탕으로 "조국 창건과 위대한 민주개혁"의 주인공을 사실주의적으로 묘사하는 것을 의미한다. 그러나 그것은 또한 "우리의 손으로 만들어진 우리 조국의 장래"를 묘사하는 일에 있어 미래에 대한 낭만적 전망을 제시하여야 한다. 이후 고상한 사실주의는 사회주의 사실주의로 더 명료화되지만, 문학과 정치의 도식적 대입이라는 창작 방법의 한계를 지울 수 없었다. 김재용은 이에 대하여 "문학이 객관적 현실의 연관과 그 발전을 반영하기보다는 긍정적인 모범을 제시하고 그것을 통해 대중들을 교양하는 것으로 됨으로

---

13) 김재용은 이원조와 윤세평의 민족문학론을 예로 들어 당시 안함광과 달리 계급의식과 민족의식의 결합을 단순논리로 이해하고 있음을 비판하고 오히려 안함광의 민족문학론으로부터 후퇴하는 일면을 보인다고 주장한다.(김재용, 위의 책, pp.82~88.)

14) "조국 발전의 현 계단은 우리 인민들 속에서 과거의 비참한 생활을 증오하며 조국 건설과 민주 개혁의 위대한 사업에 헌신하는 애국심을 앙양시키며 조국과 민족을 반역하는 원쑤들의 시도를 폭하며 그들에 대한 적개심을 발휘시키며 그를 향하여 용감하게 싸우며 매진하는 조국 창건과 위대한 민주개혁의 주인공을 묘사하며 우리의 손으로 만들어질 우리 조국의 장래를 묘사하는 사실주의적 작품들을 요구한다. 작가는 현실을 기사하는 서사생으로 될 것이 아니라 현실에 기초하여 현실을 예술화하며 그 미래를 향하여 대중을 승리에로 부르는 인민에 복무하는 교양자로 선생으로 되여야 할 것이다."(안함광, 앞의 글, p.81)

써 현실의 객관성에 기초하지 않은 주관적 지향에 기울어진 혁명적 낭만주의 경향으로 가게"[15] 된다고 요약한다.

고상한 사실주의는 해방후 북한의 남조선 해방 서사에서도 그대로 발견된다. 이들 서사의 주요 특징인 긍정적인 인민적 영웅의 전형 창출 및 혁명의 낭만성을 통한 이상적 국가 건설이라는 단일한 주제의식이 이를 잘 말해 준다.

3. 미 제국주의 비판과 옥시덴탈리즘의 활용

해방후 미군정기와 대한민국 수립 이후의 이승만 정권에 대하여 비판적으로 그린 작품 중 대표적인 것은 송영의 희곡작품 「금산군수」[16](1949)가 있다.[17] 「금산군수」에 등장하는 두 명의 군수는 남한 사회의 부정부패한 인물의 전형이다. 인삼을 특산물로 하는 금산이라는 곳에 어느 날 두 명의 군수 "백"과 "리"가 발령을 받아 나타나는데, "백"은 "민주국민당이 추천한" 사람이고, "리"는 "리승만이 직접 임명해서 같은 날 취임한" 사람이다. 표면적으로 백과 리 둘 중 누가 진짜 군수인지가 서사의 중심인 것처럼 보이지만, 중요한 것은 둘 다 모두 정당성을 가질 수 없다는 데 있다. 백은 일제식민지 사회의 부패한 관료였다는 점에

---

15) 김재용은 고상한 사실주의가 논의 과정 중 무갈등론의 비판과 같은 우여곡절을 겪지만 궁극적으로는 긍정적 주인공에 기초한 혁명적 낭만주의의 성격을 강하게 띤 교조적 사회주의 사실주의로 고정된다고 비판하고, 고상한 사실주의가 본래적 리얼리즘의 의미에 충실한 것이었는지 비판적으로 분석할 것을 주장한다.(김재용, 앞의 책, p.101.)
16) 송영, 『일체 면회를 거절하라』, 조선작가동맹출판사, 1955.
17) 북한문학은 해방후 문학적 주제의 하나로 "비판적 모찌브"를 강조하고, 송영의 「금산군수」를 그 예로 든다. '비판적 모찌브'란 "과거 생활관념의 잔재, 낡고 해로운 것, 부르죠아제도 내에서 발생한 악습과의 비타협적인 투쟁"을 담는 것으로, "온갖 정치적 반동분자, 전쟁 방화자, 정치적 허수아비들, 관료주의와 탐오 랑비자들, 인민들 간의 친선에 해독을 끼치는 민주주의와 꼬스코뽈리찌즘의 변종들, 온갖 정치적 무관심성과 무사상성을 더욱 더 심각하게 비판폭로하는 문학"을 의미한다.(사회과학원 문학연구소, 『조선문학통사-현대문학편』, 인동, 1988, p.184.)

서 봉건적 인물로, 리는 자본주의에 물들어 민족적 과업을 망각한 친미 세력으로 비판받는다. 특히 리의 경우 미국의 자본주의를 추앙하고 권력에 기생하여 살아가는 존재라는 점에서 매우 부정적으로 묘사된다. 또 백과 리는 모두 겉과 속이 다른 인물로 그려진다. 즉, 표면적으로 민족과 국가를 위하는 척하지만, 그들이 금산에 온 궁극적 목적은 인삼 때문이다. 그런데 작가는 이처럼 비윤리적이고 반민족적인 존재의 허위성을 미국의 자본제 경제가 지닌 본질적 악함에서 비롯되는 것으로 묘사한다. 그러므로 농민들의 지배 세력에 대한 무력항쟁은 부정부패에 대한 처단이자, 자본주의에 대한 거부이자, 제국주의에 대한 항거의 의미를 지닌다. 이를 막는 경찰세력은 당연히 권력에 안주하는 반민족적 집단일 수밖에 없다.

남궁만의 희곡 「하의도」[18](1946) 역시 남한 사회를 비판적으로 묘사한다. 이 작품은 하의도 농민들이 미군정이 장악한 신한공사와의 투쟁을 소재로 한다. 미군정으로 넘어간 신한공사에 근무하는 김계장과 남가, 지주이면서 예수교 목사인 김목사는 농민을 수탈하는 부정한 인물로 묘사되며, 성격 역시 교활하고 폭력적이다. 그리고 이들은 인민들이 원하는 사회주의 국가 건설을 방해하는 남한 내 적대 세력으로 피지배계급을 무력으로 착취하는 악한 존재이다. 반면 이들 지배 세력에 저항하는 농민들은 매우 가난하다. 그러나 서로를 위할 줄 아는 선한 마음을 지닌다. 그리고 북한을 이상국으로 생각한다. 따라서 농민들의 저항은 지배 권력을 전복하고 사회주의 정의를 실현하는 긍정적 행위로 인식된다.[19]

---

18) 남궁만, 『공산주의자』, 조선작가동맹출판사, 1961.
19) 이때 북한과 남한은 교육자와 피교육자의 관계처럼 위계화된다. 남한은 북한을 본받아야 한다. 농민들이 착취의 틀을 벗어나 소작쟁의를 벌일 수 있었던 것도 북에서 온 당지도부원 김전배가 있었기 때문에 가능하였다. 그러나 그것은 매우 직설적이고 단순한 논리로 전개되어 선전 선동적 구호와 비슷해진다. 즉, 정치적 목적이 미학성을 압도함으로써 서사는 유연성을 상실하고 만다.

이러한 남한 사회에 대한 비판은 해방후 북한이 내세운 민족문학론의 일부로 보아야 할 것이다. 그러나 남조선 해방 서사가 제시하는 민족적 과제의 해결은 기실 미국에 대한 부정을 통해서 적극적으로 구현된다. 미군정과 신한공사로 상징되는 미국 자본주의는 남한을 부패하게 만드는 원흉이며, 남한 사람들이 원하는 사회주의 국가 건설을 방해하는 악랄한 적대자로 인식된다. 이는 거의 모든 남조선 해방 서사에서 발견된다. 미국을 비롯한 "현대 서양 이미지는 서로 다른 이데올로기적 사안을 위한 문화적·상징적 자산으로 이용"[20]된다. 북한문학에서 이와 같은 미국 제국주의에 대한 증오와 분노는 정치적 목적을 위해 오랫동안 효율적으로 조정되어 온 것이 사실이다. 이 점에서 북한의 미국 제국주의에 대한 증오에 가까운 거부 반응은 관변적 옥시덴탈리즘의 성격이 짙다. 사회주의 이데올로기를 공고히 하기 위하여, 서양을 주체로 하고 동양을 타자화하는 서양 중심의 제국주의적 오리엔탈리즘과는 또 다른 동일성의 원리인 옥시덴탈리즘, 즉 서구를 타자화하고 동양을 주체로 설정하는 담론을 정치적으로 재전유하는 것이다. 이러한 관점에서 샤오메이 천은 "사회주의 체계의 사안을 은폐하기 위해 제국주의 미국에 반대하는 담론을 관변 이데올로기로 활용하는 북한의 문화적·정치적 상황"[21]을 분석한 바 있다. 북한문학에서 활용하는 옥시덴탈리즘은, 미국으로 표상되는 서양의 자본주의가 한국에 적합한 것이냐 아니냐의 진위를 떠나서 사회주의 이데올로기에 방해되는 미국을 '적대적 타자'로 분류하고, 배격함으로써 인민을 이데

---

20) 샤오메이 천은 옥시덴탈리즘을 관변적(official) 옥시덴탈리즘과 반관변적(anti-official) 옥시덴탈리즘으로 나눈다. 전자는 옥시덴탈리즘을 중국공산당이 효과적으로 사회주의를 정착시키고 당과 다른 정치적 견해(타자)를 억압하기 위하여 활용하며, 후자는 같은 옥시덴탈리즘의 성격을 지닌다 하더라도 서구를 저항적 타자로 재전유한다고 설명한다. 중요한 것은 옥시덴탈리즘의 진위가 아니라 그것이 정치사회적 맥락 속에서 어떤 방식으로 다르게 전유되고 있는가를 고찰하는 것이 중요하다고 강조한다.(샤오메이 천, 정진배, 김정아 역, 『옥시덴탈리즘』, 강, 2001, p.30.)
21) 위의 책, 같은 곳.

올로기화하기 위한 정치적 전략으로 활용된다.

3. 인민적 영웅의 전형 창출과 한계

1945년부터 6·25 전까지의 "평화적 민주 건설 시기"로서, 이 시기 주요 문학적 과제는 "해방된 인민들의 새 생활을 창조하는 창조적 로력"[22], 궁극적으로 사회주의 건설을 위한 창조적 노력에 대한 사실주의적 재현에 있다. 그래서 당시 북한문학은 "새 인간"적 유형 창조에 주력한다. 이때 '새 인간'형이란 사회주의라는 "새 생활을 건설하는 창조적 로력의 긍정적 영웅들, 적극적 투사들"을 지칭한다. 구체적으로는 "로동자, 농민들, 당 일꾼들, 인민군대 병사들과 경리 일꾼들, 기술자, 과학자, 예술가, 민청원들과 소녀단원들"[23]을 가리킨다. 이는 선각자적이고 초월적인 인물이 아닌, 보통의 인민들 속에 영웅적 역량을 찾는 일과 연관된다.[24] 즉, 보통의 인민이 개인의 삶은 물론 세계의 주체로 등장한다. 이러한 인민 주체는 북한문학이 제시한 민주기지 건설이라는 국가적 목표를 지닌 민족적 계몽 서사의 중심을 이루는 것으로, 자각적인 근대적 자아를 강조하는 근대 계몽 서사의 한 특징을 잘 보여준다. 그러나 그것은 "당의 령도"를 벗어날 수 없다는 점에서 이미 한계를 지닌 근대성이었다. 당성은 이성을 대신하며, 인민의 계몽 서사는 사회주의 국가에 대한 정치 서사로 축소된다. 즉, 해방후 북한의 문

---

22) 사회과학원문학연구소, 앞의 책, p.176.
23) 위의 책, pp.183~184.
24) 북한문학은 사회주의 국가라는 역사적 조건 변화로 해방 전과 해방 후의 문학적 주체를 달리 해석한다. 이는 다음 구절에서 분명하게 알 수 있다. "만약 해방 전 우리 문학의 긍정적 주인공들은 많은 경우에 그들이 일부 선각자들, 선진적 로동자, 농민들에 지나지 않았다면 오늘 우리 문학에서의 긍정적 주인공들을 광범한 인민대중들~보통사람으로서의 인민영웅들이다. 실로 오늘에 있어서는 인민과 국가들의 운명은 수백만 근로대중, 당의 령도를 받는 보통 사람으로서의 영웅들에 의해서 해결되는 것이다"(위의 책, p.177.)

학의 주요 과제였던 "인민 대중의 문학적 창조적 예술적 계발을 위한"
계몽 서사는 당중심주의적 근원주의를 벗어날 수 없었다. 당성은 계몽
의 유일한 추동력이기 때문이다. 따라서 작가는 인민적 영웅을 '인민
적이고 당적'인[25] 존재로 묘사해야 마땅하다. 이러한 근대적 인민 영웅
의 창출은 남조선 해방 서사 속에서도 분명히 발견된다. 이는 고상한
사실주의의 문맥 속에서 더 한층 강화된다.

이태준의 「첫전투」[26](1949)는 1948년 5·10단선을 반대하는 무장한
유격대의 활동을 그린 소설로, 주인공 판돌이라는 인민적 영웅을 통해
고상한 사상과 애국적 행동이 무엇인지를 잘 보여준다. 여기에서 주목
되는 것은 판돌의 영웅적 행동이 갑자기 돌출된 것이 아니라는 점이
다.[27] 판돌이 옛 동지 경수와의 인연을 회상하는 곳에서 드러나는 그의
전력이 이를 잘 말해준다. 경수와 판돌은 이른바 '10월 항쟁'의 동지였
다. 그후 판돌은 정세 변화에 따라 현재는 빨치산이 되어 유격 전구에
서 무장투쟁을 벌인다. 바로 이러한 역사적 항쟁의 이력 때문에 평범
한 인물 판돌은 사상적 인물로 거듭날 수 있게 된다. 이를 통해 남한
내의 모든 무력항쟁은 반제·반미의 계급투쟁이며 정치투쟁이라는 관
점의 해석이 가능해진다. 즉, 남한 사회에서 발생한 항쟁들은 사회주
의 국가 건설을 위한 투쟁이라는 정치적 의미로 일원화된다. 따라서
판돌은 계급과 인민 그리고 나아가 사회주의를 대표하는 인물로 간주
된다. 그것은 판돌과 함께하는 유격대원에게도 마찬가지로 적용된
다.[28] 해방후 북한의 근대 문학에 나타난 인민적 영웅은 초월적 존재가

---

25) 위의 책, p.189.
26) 이태준, 『해방전후·고향길』, 깊은샘, 1995.
27) 신형기, 오성호 공저, 『북한문학사』, 평민사, 2000, p.113.
28) "행진이 멎으면 주먹턱에 담배부터 꺼내물고야 땀을 씻는 철공 노동자 황 동무, 안짱다리에 상체만이
커서 싸총 찬 것이 끌려 보이는 농촌 출신 남 동무, 춘천서 대장 판돌 동무와 함께 철도파업을 겪었고
그때 이마에 칼자국을 받은 매부리코 기관사 장 동무, 학병 출신이요 의사의 아들이어서 의학상식이
풍부한 얼굴 흰 윤 동무, 바로 지금 이들의 전진방향인 K군 S지구에서 테러반격을 만나 앞니가 부러
진 농촌출신 서 동무" (이태준, 앞의 책, p.63.)

아니라 지극히 평범한 보통의 사람들이다.

그러나 무엇보다 중요한 것은 계급성, 인민성, 당성의 조화이다. 당성은 계급성과 인민성을 매개할 뿐만 아니라 지도한다. 당의 명령은 당위적인 지상명령이다. 판돌이 당 지도부에서 하달된 명령을 의심하고 작전 수행을 주저하는 장면이 나오지만, 이는 곧바로 명령의 정당성을 인정하는 순서로 나아간다. 그가 겪는 순간적인 갈등, 즉 죽음의 두려움과 당적 명령 사이에서의 갈등은 김일성의 항일혁명운동과 남조선 해방 투쟁을 동일한 것으로 인식하는 순간 모두 해소된다. 투쟁의 필연적 이유는 불필요하다. 이 점에서 투쟁의 의미는 명료한 역사 인식 없이 혁명적 낭만성에 기대어 그 정당성을 요구한다.[29] 그러나 그것은 비단 이태준에게만 해당되는 것은 아니다. 왜냐하면 그것은 남조선 해방 서사가 지닌 전형적 특질이기도 하기 때문이다.[30]

함세덕의 희곡 작품 「산사람들」[31](1949)의 주인공 제곤 역시 농민투사로 거듭나는 인민적 영웅이다. 이 소설은 5·10단선 반대 투쟁의 일환으로 전개된 제주도민의 4·3항쟁을 작품의 주요 내용으로 삼고 있는데, 실제적인 유격 전투 장면을 그려내기보다 제주도 섬의 원시적 분위기와 이와 함께 어우러져 순박하게 살고 있던 인민들의 삶을 그린다. 항쟁은 자연스럽게 발생하는 것으로 묘사된다. 이때 항쟁을 주도하는 인민적 영웅은 일개인이 아니다. 항쟁은 인민의 것이기 때문이다. 그것은 제1막에서 제곤이 당위원회 간부 송백을 안전하게 이동시키는 것을 돕기 위해 부용철이 해변으로 형사들을 유인하는 과정에서 곤란을 겪

---

29) "논에 실린 물들은 잔물결 하나 일지 않지만 뗏목에 출렁거리는 압록강 상류를 건너 보천보(普天堡) 습격을 들어오는 전날 김일성 유격부대가 지금 자기들이거니 하는 긍지도 어느 동무 머리에는 번뜩이었다."(p.81)

30) 그럼에도 이태준의 「첫전투」는 여러 가지 측면에서 여타의 남조선 해방 서사와 변별되는 면을 지닌다. 그것은 이 작품이 나름의 문학적 형상화에 다가서고 있다는 점 때문이다. 남조선 해방의 목적을 직설화법으로 토로하면서도 전투와 유격전구에서의 생활에 대한 사실적 묘사는 주목할 만하다.

31) 함세덕, 장혜전 편, 『함세덕희곡선집』, 시인사, 1995.

는 부용철을 돕기 위해 해녀들이 힘을 합쳐 이들을 쫓아내는 장면에서 잘 알 수 있다. 인민적 영웅은 하나의 문제적 개인이 아니라 보통의 평범한 인물들로 그려진다. 그것은 제2막에서 유격대 훈련을 거치는 동안 순박했던 제주도민들이 적극적인 항쟁 주체로 변모해 가는 과정 속에서 명료해진다. 물론 극중 당 지도부원인 김석민의 역할은 이러한 인민들의 역량을 집중시키고 지도하는 일을 한다. 그러나 그에 대한 묘사는 다른 제주도민들과 비교할 때 평면적일 뿐이다. 또한 인민유격대원들이 부르는 노래 역시, 대개의 남조선 해방 서사에 나타나는 항일혁명가가 아닌 제주민요 "오돌또기"라는 점 역시 주목할 부분이다. 이 때문에 「산사람들」은, 지배계급과 피지배계급 간의 분명한 갈등구조를 표면화하는 투쟁적 사상성보다 토속적이고 정서적인 동화력을 바탕으로 당성과 인민성을 결합한다.[32] 이는 함세덕이 이해한 고상한 사실주의, 즉 혁명적 낭만성이 무엇인지 보여주는 대목이다.

이렇게 볼 때 남조선 해방 서사의 인민적 영웅 주체는 노동자 혹은 농민들이며, 이들은 모두 계급의식을 무장하고 있다. 또 이러한 계급의식의 성취는 당적 영도력을 바탕으로 한다. 그러나 인민적 영웅 주체와 당성의 조화는 지나치게 도식적인 낭만성에 기대게 된다. 당성과 계급성, 그리고 인민성의 조화는 당연시될 뿐, 그 이유와 조건에 대해서는 거의 무시되거나 가볍게 다루어진다. 계급의식이 사회주의 국가 건설이라는 당성과 부합되어야 한다고 하는 초월적 명령은 다양한 인민의 조건과 성장에 대한 서사를 축소시키거나 억압한다.

한편 2·7구국투쟁을 그린 김영석의 「격랑」[33](1948)은 이와는 조금

---

32) 신형기, 오성호 공저, 앞의 책, p.113. 이 책의 저자는 함세덕의 「산사람들」은 남조선 해방에 관하여 서정적으로 접근한다는 점에서 그 스스로 사상적 결핍을 드러낸 것으로 평가한다. 그러나 역설적인 것은 그러한 부분 때문에 오히려 이 작품은 고상한 사실주의의 경직성을 벗어날 수 있는 가능성을 보여준다.

33) 김영석, 『격랑』, 조선작가동맹출판사, 1956.

다른 의미의 프롤레타리아적 인민 영웅을 보여준다.[34] 주목할 점은 주인공 리운영이 프롤레타리아 혁명 전사가 되어가는 과정이다. 기존의 남조선해방서사에서 당의 지도력은 절대적이다. 그러나 운영은 당의 일방적인 명령에 따르지 않고, 스스로 생각하고 실천함으로써 확고한 프롤레타리아 계급의식에 도달한다. 그것은 그의 심리적 갈등과 고민을 통해 잘 드러난다. 이에 반하여 당 지도부원인 경섭은 추상적이고 현실에 맞지 않는 명령을 맹목적으로 따를 것을 요구하는 편협한 성격의 소유자로 그려지며, 마지막에는 비겁한 전향을 택하는 인물로 전락함으로써 허약성을 드러낸다. 운영과 경섭의 구도는 북한 문학에서 흔한 일은 아니다. 당은 언제나 정당하다. 그것은 의심할 수 없는 진리의 표상이다. 그것은 당의 신임을 받는 지도부원에게도 해당되는 말이다. 운영은 그러한 당에 대하여 의문을 품고 올바른 프롤레타리아 의식이 무엇인지를 묻고 있는 듯하다. 따라서 북한문학사에서의 평가와는 별도로 이 작품은 논의할 만한 가치를 지닌다. 해방 후 북한문학에 나타나는 긍정적 인물의 획일적인 전형성으로부터 일탈하여, 주체의 내면과 외부 및 사유와 실천의 변증법을 보여주는 본래적 의미의 사실주의를 미흡하나마 어느 정도 구현하고 있기 때문이다.

5. 북한이라는 유토피아의 전파

남조선 해방 서사는 혁명적 낭만주의에 기초한 새로운 국가 형성의 기원에 대한 문학적 전파를 주목적으로 한다. 물론 이때의 새로운 국가란 북한의 조선민주주의인민공화국 이외의 것을 의미하지 않는다.

---

34) 이 작품은 사실 남한에서 창작되고 발표되었지만 그가 1956년 이를 수록한 소설집을 북한에서 발표한 점을 미루어 보아 북한문학의 일부로 보아야 할 것이라는 신형기, 오성호의 견해는 타당하다고 본다.

사회주의 유토피아는 이미 북에서 현실화되었다. 남은 것은 미 제국주의로부터 남조선을 해방하는 일만 남는다. 그것은 남조선 해방 서사의 거의 대부분에서 나타나는 주제의식이다. 앞서 살펴본 남궁만의 「하의도」에서는 토지 개혁을 실시한 북한을 하나의 이상적 모델로 제시하고 있으며, 송영의 「금산군수」, 이태준의 「첫 전투」 역시 이러한 맥락에서 크게 벗어나지 않는다. 서사의 초점은 바로 이 부분에 맞추어져 있다. 항쟁의 필연성과 그 기반에 대한 성찰은 중요하지 않다. 해방을 방해하는 미 제국주의에 대한 저항만이 존재한다. 따라서 성찰의 자리엔 증오의 감정이 대신한다. 객관적 사유의 냉철함은 맹목적인 정치 신념으로 대체된다. 오로지 문학은 이 정치적 목적에 복무할 책임과 의무만이 주어진다.

따라서 남조선 해방 서사의 갈등구조는 매우 평면적이고 단선적이다. 예를 들어 남궁만의 「하의도」를 살펴보면, 갈등의 선은 미군정과 이에 대항하는 농민으로 단일화된다. 등장인물은 단순히 적대자와 비적대자로 구분될 뿐이다. 미군정은 악랄한 착취 계급이며, 이들의 하수인인 간부들은 식민 착취의 앞잡이이다. 반면 농민들은 모두 하나의 계급성에 도달한 존재들로 역사적 과업을 성취할 주체적 세력이다. 그리고 이러한 인민의 자각은 미군정에 대한 폭력적 저항으로 이어진다. 이 때문에 다른 갈등, 다른 해결방법은 존재할 수 없다. 이태준의 「첫 전투」에서도 상황은 크게 다르지 않다. 인민의 신념은 언제나 확고하다. 그 반대의 경우는 언제나 악랄하고 잔인하다. 그리고 인민에 의해 처단 받는다. 그러나 이러한 선악의 단순한 이분법은 인물과 사건의 입체성을 제거하지 않으면 불가능하다는 점에서 도식성을 피할 수 없다. 갈등의 해결 방법도 마찬가지이다. 미국 제국주의로부터 탈출하는 것은 무력투쟁뿐이다. 어떤 측면에서 볼 때 그것은 당연한 것처럼 보이기도 한다. "탈식민주의는 특성상 적대적인 두 힘의 대결을 의미"[35]

하기 때문이다. 그러나 그것이 미학적 영역이라면 다른 문제가 된다. 이 때문에 남조선 해방 서사는 주체와 타자를 비적대자와 적대자의 관계로 이해하고 어느 한 편의 승리 혹은 패배만을 요구하는 교조적 동일성의 원리를 벗어나지 못한다.

하지만 김영석의 「격랑」은 항쟁의 필연적 조건이 비교적 자세하게 묘사되고 있다. 이 작품은 미국 자본주의가 해방후 남한 사회를 어떻게 퇴락시켰는지 일상적 삶의 변화를 통해 보여주고자 한다. 소설에서 보이듯 당시의 상황은 긴박했다. 반공이데올로기는 공산주의 이념을 직접적으로 표현하지 않더라도 지배계급에 저항하는 행동이나 말만으로도 무조건 "빨갱이"로 분류되었고, 그 때문에 많은 수의 사람들이 억울하게 목숨을 위협받는 상황이 전개된다. 또한 자본주의의 혜택을 누리고 있었던 것처럼 보인 출판사 간부가 실은 자본의 허영에 물들어 빚쟁이와 사기꾼으로 전락해 가거나 이를 틈타 권력의 틈바구니 속에서 노조 간부들은 조금이나마 이익을 챙기고자 노총에 가입하지 않는 자들을 잔인하게 폭행하기까지 하는 폭력성을 보인다. 그리고 이 모든 타락의 배후에는 미국 자본주의가 놓여 있다. 이는 항쟁의 객관적 조건을 마련한다는 점에서 의미를 지닌다. 물론 이 작품 역시 북조선을 이상적인 곳으로 설정하고, 자본가와 미국 제국주의에 대한 증오의 감정을 가감 없이 드러낸다는 점에서는 여타의 남조선 해방 서사와 다를 바 없다. 리운영은 인애와 미래에 대한 꿈을 이야기하는 과정에서 "농촌으로 갈렵니다."라고 고백하는데, 그것은 작품에서 드러나듯 북한을 의미한다. 농촌은 운영이 지닌 유토피아적 공간으로 새로운 국가 형성의 이상이 담긴 이념적 공간이다. 그러나 국가 이상의 문학적 재현은 정밀한 사실주의적 접근을 통해서 드러날 때 역사적 필연성을 이끌어

___

35) 프란츠 파농, 「폭력에 관하여」, 이석호 편역, 『아프리카탈식민주의 문화론과 근대성』, 동인, 2001, p.12.

낼 수 있다. 그런데 이 작품은 거기에는 도달하지 못한다. 대신 농촌과 도시라는 대립적 이분법만이 존재한다. 이때 농촌과 도시는 각각 사회주의 북한과 자본주의 미국 및 남한을 상징한다. 자본주의 도시는 노동과 삶이 분리된 소외된 공간이며, 농촌은 삶과 노동이 일치하는 이상적인 공간이다. 농촌은 미국 자본주의에 대항하는 이데올로기의 구성물이 된다. 따라서 농촌으로 가겠다는 리운영의 고백은, 반도시적 공간인 농촌이라는 풍경과 그것이 내포한 노동의 본질을 환기시킴으로써 서구적 자본주의를 부정하고 사회주의 국가인 북한을 유토피아로 상상하게 만드는 목적을 지닌다. 그러나 그것은 매우 단순한 대조의 기법을 통해서만 이루어질 뿐 북한 사회의 현실에 대한 객관적인 재현은 이루어지고 있지 않다. 기실 자본주의에 대한 비판은 자본의 논리를 넘어서는 정교한 시각을 바탕으로 하지 않으면 안 된다. 자본주의에 대한 구체적이고 명료한 사유와 반성 없이 단순히 자본주의를 부정하고 사회주의 이상을 맹신하는 것은 문학이 정치를 대신하는 경우에만 가치 충족적이다. 그 경우 문학은 매우 폐쇄적인 언어 게임이 되고 만다. 남조선 해방 서사에서 국가형성의 이상이 창조적 유토피아가 되지 못하고 경직된 정치 이데올로기의 투영에 그치고 만 것도 이 때문이다. 이는 남조선 해방 서사가 지닌 가장 본질적인 한계라고 할 수 있을 것이다.

6. '남조선 해방 서사'의 가능성과 불가능성

이 글은 해방후 북한문학에서 주요하게 다루어지는 민족문학론과 고상한 사실주의를 바탕으로, 남한 사회에 대한 비판과 남한 내 무장 투쟁을 묘사한 남조선 해방 서사의 특징들을 살펴보았다. 남조선 해방 서사의 주요 목적은 해방후 남한 내 무력투쟁을 사회주의 건설을 향한 투쟁으로 해석하고, 이를 문학적으로 형상화하는 데 있었다. 그 내용은 남한 사회에 대한 비판, 고상한 인민적 영웅 창출, 이상적 사회주의 국가 형성에 대한 남한 내 인민들의 기원 등을 형상화하고 있다.

남조선 해방 서사는 초기 북한문학의 가능성과 불가능성의 양측면을 동시에 보여준다. 가능성이란 다양한 인민적 영웅의 창출을 통해 보통의 평범한 근대적 주체를 문학화한다는 데 있다. 기실 남조선 해방 서사에서 김일성은 무력 항쟁의 정신적 지주의 역할을 하지만 더 중요한 것은 대중적인 인민의 역량이었다. 이러한 인민적 영웅은 주로 농민과 노동자 계급으로 묘사된다. 이를 바라보는 작가의 시각 역시 이 시대의 남조선 해방 서사를 천편일률적인 획일성으로 단정지을 수는 없는 미미하지만 분명한 차이를 지닌 것이었다. 반면 불가능성은 첫째 이러한 대중적 인민의 형상화가 당성을 기반으로 한다는 당위적 측면에서 주체의 설정이 처음부터 억압적이었다는 것, 둘째 인민 주체의 형상이 경직된 고상한 사실주의에 기반을 둠으로써 계급의 성장을 낭만적으로 처리함으로써 설득력 있는 계급의식과 민족의식의 합일점을 찾아내지 못한 점 등에서 발견된다. 이는 당시 해방후 북한문학에서 제시된 민족문학론의 한계와도 직접 연관되는 부분이기도 하다.

또한 남조선 해방 서사는 해방을 향한 다양한 갈등의 측면을 도외시한다는 한계를 노출한다. 모든 갈등 구조는 미군정과 농민, 경찰과 유격대, 자본가과 노동자 사이의 대결로 요약된다. 인물의 내적 변화와 상황의 객관적 필연성은 미약하다. 미국 자본주의에 대한 비판과 사회주의 이상에 대한 주장 역시 북한이라는 유토피아를 미리 설정하고 이를 문학적으로 전파하기 위한 정치적 목적이 주가 된다. 이는 사회주의 사안을 위한 옥시덴탈리즘의 정치적 활용이라는 이데올로기적 전략과 결합함으로써 더욱 강화된다. 이는 남조선 해방 서사가 미국에 대한 감정적인 '증오'로 점철되는 현상 속에서 잘 나타난다.

그러나 이 글은 남조선 해방 서사의 전체 텍스트를 다루지 못한 점, 그리고 남한의 해방후 항쟁사에 대한 문학적 접근과 함께 거론하지 못한 점 등에서 일정한 한계를 지닌다. 앞으로 이 부분에 대한 보완이 따라야 할 것으로 보인다.

북한문학에 나타난 6·25동란

김종회

1. 전쟁의 개념적 이해와 전쟁·전후소설

한국사의 공식 기록에서 '6·25동란'이라고 명명되던 용어 개념은 이제 그 지위를 점차 상실해 가고 있다. 기본적으로 '난(亂)'은 체계적 정통성이 있는 국가 또는 집단과 그렇지 않은 상대방 사이에서 발생한 쟁투를 말하고, '전(戰)'은 그것이 자격이 동등한 양자 사이에서 발생한 경우를 두고 말한다. 그런데 이 용어 개념의 원칙성에 대한 인식이 흐려지고, 특히 국제화 시대의 여러 소통구조가 활성화되면서 '한국전쟁(The Korean War)'이라는 영어식 표기법이 역수입되어 사회과학계를 중심으로 세력을 얻게 되자 어느덧 이 용어가 자연스러운 대체현상을 보이는 지점에 이른 것이다.

그런데 정작 중요한 것은, 이러한 용어 자체의 사용 사례나 빈도를 따지는 일이 아니고 그 용어 사용 양상의 변화가 언표하는 바 6월 전쟁에 대한 성격 규정 문제이다. 다시 말하자면 북한을 한반도 내에 있어서 '대한민국'과 동등한 자격을 갖춘 합법적 정치 체제로 인정하느냐, 그렇지 않으면 '유엔이 인정한 한반도의 유일한 합법 정부'라는 명분을 고수하여 북한 체제를 일시적인 개별 집단으로 간주하느냐 하는 문제인 것이다. 미상불 이 인식의 모양새에 따라, 북한을 그냥 '북한'이라고 부를 것인지 '조선민주주의인민공화국'이라고 호명해도 괜찮을 것인지의 판단이 맞물리는 형국이 된다.

오늘날의 북한은 핵무기 문제로 세계 유일의 초강대국 미국과 벼랑 끝 단판 승부를 연출하는 절체절명의 자리에까지 이르러 있다. 자기 백성을 굶겨 죽음으로 몰고 가는 정권의 정당성에 관한 논의를 차치해 두고 보면, 북한을 두고 체제의 합법성 문제를 논의하는 것 자체가 무의미한 상황이라 하지 않을 수 없다. 사정이 그러하다면 '6·25동란'이나 '한국전쟁'이냐의 논란은 그 실효성 자체가 일정한 가치를 확보하기 어려운 터이다. 또한 한 시대에 있어 언어의 변화라고 하는 것도 당대 언중이 사용 빈도를 높여 과반을 상회하는 확산 효과를 보이게 되면 언어 자체의 규정을 조정하지 않을 수 없게 되는 것이다. 주기적으로 국어의 표준말을 개정해야 하는 이유도 바로 그와 같은 일과 관련되어 있다 하겠다.

요약하여 말하자면, 북한을 우리와 대등한 시대적 사회적 실체를 가진 정치 체제로 보고 6·25동란, 한국전쟁을 논의할 때에 그 논의가 구체적인 현장 적용성을 얻게 될 것이라는 뜻이다. 우리가 '6·25동란 기간'이라고 지칭하는 1950년대에서 1953년 사이를 북한에서는 '위대한 조국해방전쟁 시기'라고 지칭하고 있다. 그러한 동일한 기간의 용어에 대한 의미의 편차를 분명히 전제해 두는 대신에, 서로 다른 사상적 흐름을 가지고 지속된 남북한의 서로 다른 문학 현상들을 그 실체의 존재를 인정하고 납득하는 수준에서 살려 나가는 일이 필요할 것이다. 이는 곧 6월 전쟁을 바라보는 시각과 남북한의 문학작품에 대한 평가가 어떻게 연관될 수 있는가를 따지는 일과 다르지 않다.

기실 '휴전선'이란 용어를 사용하고 있지만 그것이 '국경선'의 기능을 담보한 지 오래고, 국제적십자 헌장에 따라 전쟁 당사자국 사이에서도 안부 소식을 묻는 교신이 가능하고 적군의 부상자를 치료하는 인도주의 정신을 내세우는 것인데도, 남북간에는 가족간의 생사를 확인할 수 있는 엽서 한 장 교환할 수 없는 지경에 이르러 있다. 이에 대해 김윤식은, "현실적으로는 휴전선을 국경으로 인정해야 함에 반해, 심층심리 및 정서상으로는 도저히 인정할 수 없는 상태를 두고, 양가적 심리 또는 이율배반적 사고 형태라 부를 수가 있을 것인데, 이 속에 놓일 때 그 누구도 인격분열증에 걸리지 않을 도리가 없다고 볼 것"[1]이라고 진단했다.

남과 북이 서로 전혀 다른 경로를 통해 각기의 6월 전쟁에 대한 인식과 그 문학적 생산을 전개해 갈 수밖에 없었던 것은 현실적 상황 논리에 비추어 당연한 귀결이었고, 그리하여 전쟁 시기의 종군문학, 전쟁 종료 이후의 전후문학, 그리고 양자의 정치 체제가 독자적으로 안정되어 가면서 생산한 분단문학·이산문학·실향문학과 통일시대 지향의 문학에 이르기까지 판이한 문학적 산출을 집적해 가게 되었던 것이다. 특히 북한은 조국해방이라는 정치적 이념을, 남한은 자유민주주의 체제의 수호라는 이념을 관철시키고자 모든 자원을 총동원하였던 것이 한국전쟁[2]이고 보면, 그에 대한 문학적 반응과 해석도 각자의 정치적 이념에 종속될 수밖에 없는 운명이었다 하겠다.

전쟁에 대한 문학의 구체적 반응에 있어서도, 남한의 경우에는 전쟁 그 자체의 비인도성과 잔인성, 분단의 고착화 및 실향민 문제 및 그로 인한 사회 구조적 변동, 전후 사회의 비인간적인 환경과 그에 따른 삶

1) 김윤식, 「6·25 전쟁문학」, 문학사와비평연구회 편, 『1950년대 문학연구』, 예하, 1991, p.13.
2) 신명덕, 『한국전쟁과 종군작가』, 국학자료원, 2002, p.7.

의 양식 등[3]의 시각으로 대별해 볼 수 있다. 실제로 작품의 문면을 두루 살펴보면, 전쟁 체험으로 환기된 현실의 문제적 상황은 일상적 질서의 갑작스러운 파열로 폭로되는 낯설고 공포스러운 '극한상황'의 세계[4]로 나타난다. 요컨대 전쟁을 중심 소재로 한 남한의 문학은, 주로 전쟁 그 자체의 성격과 그로 인한 인간사의 상관성을 다루는 데 주된 목표가 있다 할 것이다.

물론 1960년대 최인훈의 『광장』이 보여준 이데올로기적 접근이나 1980년대 이후 전쟁의 본질에 대한 총체적 시각을 확보하려 한 김원일의 『불의 제전』 및 조정래의 『태백산맥』 등을 두고 말하자면 논의의 형태가 달라질 터이지만, 아직 전쟁 상황으로부터 객관적 시간의 거리가 확보되지 못하고 전쟁에 대한 직접적인 반응을 보일 수밖에 없었던 작품들의 경우에는 여기에서의 논의가 유효하게 적용될 수밖에 없다. 전쟁에 대한 북한문학의 시각은 곧이어 중점적으로 살펴보기로 하겠다.

2. 북한문학의 논리를 통해 본 전쟁의 인식

남한의 연구자들이 북한문학을 바라보는 눈은 초기의 역사적 전개에 대한 검토에서부터 근래의 작가·작품론 각론에까지 다양한 연구 성과의 산출에 이르고 있다. 북한문학사론이나 북한의 현대문학에 대한 저술들은 대개 6·25동란, 곧 북한의 '조국해방전쟁'의 해석에 대한 항목을 포함하고 있으며, 이는 주로 북한문학사의 서술 방식에 대한 논평과 구체적인 작품의 사례를 적시하는 형식으로 되어 있다. 남한에서 전쟁을 다루는 것과는 문학적 유형 자체를 달리하는, 다시 말해 자기

---

3) 유학영, 『1950년대 한국 전쟁·전후소설 연구』, 북폴리오, 2004, p.224.
4) 이부순, 『한국 전후소설과 전도적 상상력』, 새미, 2005, p.17.

체계의 선전선동을 위한 도구격으로 치부되어도 전혀 문제가 없는 것이 북한문학이고 보면, 앞으로는 전쟁을 다루는 양자의 접근 태도 비교 고찰도 필요한 날이 올 것 같다.

북한의 역사적 기록에 의하면, "미제의 지시에 따라 그 주구들은 1950년 6월 25일 이른 새벽에 괴뢰 '국방군'을 동원하여 북반부를 침공"[5]한 것으로 되어 있다. 이에 따라 북한 인민군의 대남 전쟁은 정당한 방위적 기능을 갖고 있고 더 나아가 미제로부터 남조선을 해방해야 할 민족적 책임을 떠안게 된다는 논리가 구성된다. 북한 사회는 전시 체제로 개편되었으며, '북조선문학예술총동맹'이 개편되고 1951년 3월 그 이름에서 '북'자를 삭제하는 조직명을 갖게 된다. 전쟁 초기 당의 문예정책도 당연히 변화하여 '문학의 강력한 투쟁 무기화론'이 대두된다.

이 시기 우리 당문예정책의 기본은 1950년 6월 26일 방송연설과 《전체 작가, 예술가들에게》 준 김일성원수의 말씀에서 명시된 바와 같이 문학예술의 모든 사업을 전시체제로 개편하고 우리 문학예술이 자기의 고상한 당적 원칙을 그 어느 때보다도 견지하고 그의 전투적 기능을 제고함으로써 우리의 영웅적 인민이 요구하는 영웅적 문학예술로 되게 하며, 《싸우는 우리 인민들의 수준에서 가장 강력하고도 예리한 무기》가 되게 하는 데 있었다. 《모든 것을 전쟁 승리를 위하여》란 당의 구호는 이 시기 문학예술을 위하여서도 중심적인 구호가 되었다.[6]

그러나 북한 문예당국의 장담과는 달리 1950년 9월의 인천상륙작전 이후 전세가 불리해지자 작가의 당성과 책임성 문제가 제기되고, 김일성의 담화를 통하여 작가의 애국심과 민족적 자부심을 강조하는 국면

---

5) 과학원 역사연구소, 『조선통사(하)』, 오월, 1989, p.394.
6) 사회과학원 문학연구소, 『조선문학통사』, 사회과학출판사, 1959, p.239.

을 보이게 되며 이는 곧 투쟁성을 강조하는 실행의 지침으로 발전해 간다. 작품 서술의 방법에 있어서도 사실을 있는 그대로 보여주는 자연주의적 요소를 넘어서 북한 체제의 진행 방향에 합목적적으로 부합하는 사회주의적 사실주의를 교시함으로써, 이는 전쟁을 다룬 북한문학의 확고한 창작 지침이 되었다.

> 그러나 원쑤들의 만행 그대로를 보인다 하여 그것이 곧 예술이 되지 않는다는 것을 잊어서는 안되며 자연주의적 요소를 숙청함으로써만이 사실주의적 예술작품을 창작할 수 있다는 것을 교시하였다.[7]

1986년에 발간된 『조선문학개관』에서는 전쟁 시기 북한의 문학에 대해 여러 가지 수식어를 단 찬사를 바치면서 그 문학적 성과를 다음과 같이 기록하고 있다.

> 위대한 조국해방전쟁의 영웅적 현실을 반영하면서 이 시기 문예작품 창작사업이 광범한 대중적 운동으로 힘있게 벌어졌다. 이것은 전시문예운동의 새로운 특징이었으며 우리 문학의 전투성과 혁명성을 강화할 수 있게 한 주요 요인의 하나였다.[8]

북한문학사의 이러한 요란한 수사, 곧 전쟁의 승리를 말하는 언어적 표현에도 불구하고 전쟁은 북한에 승리를 가져다 준 것이 아니었다. 전쟁은 '종전(終戰)'이 아니라 '휴전(休戰)' 상태로 끝났으며, 북한 문예당국이 호언했던 미제로부터의 남조선 해방은 성취되지 않았다. 그러나 이 전쟁이 북한에서 도발한 남침이라는 역사적 사실을 왜곡하고,

---

7) 앞의 책, p.244.
8) 박종원·류만, 『조선문학개관』 II, 사회과학출판사, 1986, p.142.

'미제와 그 주구인 남조선 괴뢰정권'에 의해 시작된 북침으로 시작되었다는 주장을 내세우고 보면, 북한은 그 강력한 침략자를 격퇴하고 전쟁을 승리로 이끈 역사적 공적의 주인공이 된다.

그리고 그것은 김일성의 항일 빨치산 운동에서부터 말미암은바, 불리한 현실을 극복하고 거둔 당과 김일성에 대한 충성심의 정신적 승리로 설명될 수 있다. 이러한 도착적 자기방어의 논리가 전쟁 시기 북한문학의 창작 현장에 전반적으로 통용되는 하나의 기준이 될 수밖에 없는 형편이다. 그러기에 "마침내 침략자는 물러갔다. 정의는 승리한 것이다. 그것은 사상의 힘으로 거둔 또 하나의 기적이었다"[9]와 같은 선언이 가능하고, 그것이 연구서의 문면에 기록되어 출간되는 상황을 목도할 수 있게 된다. 물론 이러한 선언의 수록이 학문적으로라도 가능하기까지 분단 이래 반세기가 소요되었으며, 그 행위 자체가 반공 논리의 시대에 견주어 보면 상전벽해의 변화에 해당한다 하겠다.

3. 문학작품에 나타난 북한의 6·25동란

6월 전쟁을 다룬 북한의 문학은 그 분량이 여러 장르에 걸쳐 방대할 뿐 아니라, 전쟁 시기를 지나서도 항일 빨치산 투쟁의 문학적 형상화와 함께 지속적으로 창작의 소재가 되어 왔다. 전쟁 시기에 문학의 효용성을 극대화하려고 한 종군문학이나 전후복구건설을 위한 문학의 '투쟁'에 해당하는 작품들은, 북한의 사회주의 국가 체제 성립 도정에 주요한 모범을 형성하면서 동시에 다음 세대에 대한 교양의 수단으로서도 유효했다. 여기에서는 전쟁 시기의 북한문학 작품들을 시문학을

---

9) 신형기·오성호, 『북한문학사』, 평민사, 2000, p.160.

중심으로 살펴보게 될 것이고, 자료의 주된 출처는 『조선문학사』 제11권(조국해방전쟁 시기)으로 하게 될 것이다.

북한의 대표적 문학사인 『조선문학사』는 제11권 제1장 「위대한 수령 김일성 동지께서 조국해방전쟁 시기 영웅적 문학예술을 창조함에 대한 방침 제시」에서 그 '로선' 및 '령도'에 대한 내용과 그 시기 문학의 '발전' 및 '특성'에 대한 개괄적 내용을 서술한 다음, 제2장 「시문학」, 제3장 「산문문학」, 제4장 「극 및 영화문학」을 차례로 싣고 있다.[10] 그런가 하면 『조선문학개관』은 제2권에서 '위대한 조국해방전쟁 시기 (1950. 6~1953. 7) 문학'이란 항목에서 역시 「시문학」, 「산문문학」, 「극문학, 영화문학」으로 나누어 이에 대한 서술을 순차적으로 실었다.[11]

시문학에서 『조선문학사』가 가장 먼저 주목한 것은, 전쟁 시기에 10대의 김정일이 직접 지어 '10대의 어리신 나이에 경애하는 수령 김일성 동지의 위대성과 숭고한 풍모를 감명깊게 형상한 불후의 고전적 명작' 「조국의 품」(1952)과 「축복의 노래」(1953) 등의 작품이다.

　　어둡던 강산에 봄을 주시고
　　조선을 빛내신 아버지 장군님
　　저 멀리 하늘가 포연이 서리면
　　인민은 안녕을 축복합니다

　　나라의 운명을 한몸에 지니신
　　아버지 장군님 인민의 수령님
　　준엄한 전선길 안녕하심은
　　온 나라 가정의 행복입니다

10) 김선려·리근실·정명옥, 『조선문학사』 11, 사회과학출판사, 1994.
11) 박종원·류만, 앞의 책, pp.139~175.

미제를 쳐부신 영웅의 땅에
락원을 펼치실 아버지 장군님
찬란한 조선의 미래를 위해
인민은 안녕을 축복합니다

—「축복의 노래」

　김정일의 「조국의 품」이 '서정성'이 강한 송가 가사라면, 「축복의
땅」은 북한문학사의 표현으로 '정론성'이 강한 송가가사이다. '포연'이
나 '준엄한 전선길'이나 '미제'가 등장하고 '인민'과 '나라'와 '락원'이
절대적 가치로 상정되면, 거기에 영도자로서 '아버지 장군님'의 역할
이 불변의 고정성을 표방하는 구조이다. 그런데 이 시를 김정일이 10
대의 어린 나이에 썼다는 것은, 그 탁월한 영명함과 인민의 수범이 되
는 충성심을 강조하기 위한 의미 구조를 형성한다.
　다음으로는 '김일성 동지에 대한 충성의 연가'인데, 그 '탁월하고 세
련된 령도와 영광 찬란한 혁명업적' 및 '령도의 현명성과 고매한 덕성'
에 대한 칭송이 중심 주제를 이루고 있다. 김일성을 두고 '한밤에도 솟
는 전설의 태양'(백인준, 「크나큰 그 이름 불러」, 1952)이라고 부르거나, 지
난날 머슴살이로 겨우 살아오던 시적 화자가 '영광스런 김일성 원수님
의 전사'가 된 것(박세영, 「수령님은 우리를 승리에로 부르셨네」, 1953)을 노
래하는 시들은, 김일성의 영도와 전쟁의 승리 및 조국의 미래가 하나
의 꿰미로 엮어져 있다는 사실을 반증하려는 시적 지향성을 가진다.

　—자, 동무들, 말해보오!
무엇이 괴로운가? 부족한건 무엇인가?
그이께서는 우리들의 손을 이끌어

어깨만이 아니라 가슴속까지 두드려주신다
함께 따라온 군관이 세계를 연신 보며
가시자고 다음 길 아뢰는데
―이 동무들 요구를 다 들어줘야지……
어서 품은 소원들을 말해보라 하신다

―「경애하는 수령」

「경애하는 수령」(김우철, 1952)은, '후방전선을 돌아보시는 그 바쁘신 길'에도 '한영예군인학교를 찾으시여 그들과 허물없이 지내시며 크나큰 온정과 사랑을 기울여 주시는' 김일성의 '인민적 풍모와 숭고한 덕성'을 노래한, 곧 김일성의 인간적 면모를 부각시킨 시다. 북한의 문예당국자들도 인민들을 감동시키는 시의 힘이, '그이는 우리의 태양 조선인민의 수령 김일성 장군'(차덕화, 「수령」, 1952)과 같은 경탄 구호조의 묘사와는 전혀 다른, 소박한 인간미의 표현에서 더 절실할 수 있음을 인식하였을 것이다.

『조선문학사』는 특히, '평화적민주건설시기 위대한 수령 김일성 동지의 불멸의 업적을 만대에 길이 전하는 영원한 백두의 메아리'를 창작한, 장편 서사시 「백두산」의 시인 조기천을 하나의 절로 독립시켜 다루면서 그 창작의 내용과 특성을 서술하고 있다. 그의 전쟁 시기 시인 「조선은 싸운다」(1951)를 중점적으로 분석하면서, '위대한 수령을 중심으로 일심단결된 조선의 영웅적 기상을 격조높이 노래한 우수한 시작품들을 수많이 창작하여 전쟁 승리에 이바지'하였다는 평가를 내놓는다.

불타는 조선
싸우는 조선의 이름으로
이 나라 모든 어머니들의 이름으로

세계에 부르짖는다
지구의 인민들을 딸라에 교살하려는
야수들을 막아 일어서라

—「조선은 싸운다」

6월 전쟁을 반제반미투쟁과 직접적으로 연관시키며, 특히 '이 나라 모든 어머니들의 이름'을 차용하여 즉각적인 감성적 반응을 유도하려 한다. 이러한 조기천의 시에 이어 다루고 있는 것은 '종군작가의 전형'인 시인 김람인의 창작과 장편 서사시 「강철청년부대」(1951)이다. 이 시를 두고 '시인이 해방 전후에 쓴 수많은 시작품들 가운데서도 사상적 내용으로 보나 예술적 수준으로 보나 가장 품위있는 시인의 대표작'이란 평가가 주어져 있다. 이 작품은 종군기 형식으로 되어 있으며 머리시를 대신한 「찬가」와 7개의 절로 구성되어 있다.

끝까지 임무를 수행한
영예와 긍지도 높이
부대는 다시 원쑤를 소탕하러 나섰다
최고사령관이 부르는
새 전선으로

노도같이 진격하는 대오 앞에
불멸의 위훈을 노래하듯
찬란한 군기 힘차게 나붓기고
인민들은 환희에 넘쳐
전사들을 바라보았다

태양도 기쁨에 겨워
눈이 부시도록 빛발을 뿌려주고
새 움이 돋는 푸른 산 푸른 들을 지나
강철청년부대의 승리의 새 소식이
온 세상에 퍼져갔다

—「강철청년부대」

이 작품을 두고 김일성은, '항일유격부대의 혁명전통을 이어 받은 인민군 장병들의 영웅적 기상을 훌륭히 노래'하였다고 하고, 이를 '종군작가의 전형'이라고 칭찬했다. 이 시는 항일 무장투쟁의 계승과 인민군의 사상적 특질을 강조하면서 그를 통한 전쟁 승리의 염원을 담고 있다.

그런가 하면 '전선과 후방에서 높이 발휘된 대중적 영웅주의에 대한 시적 형상'이나 '인민군 전투원들의 상징의 노래' 등이 각기의 주제만 조금씩 다를 뿐 그 묘사나 서술의 내용에 있어서는 대체로 유사한 모습으로 이 시기 북한 시를 보여주고 있고, '미제의 침략적 본성에 대한 준렬한 단죄와 규탄의 시형상'과 '전투적이며 낭만적인 노래 전시가요'도 주요한 분석 및 평가의 대상으로 제시되어 있다. 특히 여기서 전시의 '대중적 영웅주의'는 30여 년 후 1980년대에 이르러 '사회주의 현실주제 문학'의 도입과 '숨은 영웅'의 창조에 비교해 볼 때, 대중 동원력이 필요한 위기의 시대에 확대된 인민성으로서의 대중성 확보가 과제로 부상하는 사회주의 체제의 속성의 한 단면을 보여준다 하겠다.

『조선문학개관』에 서술된 「시문학」 부분은, 그 전체 분량이나 예거 및 분석된 작품의 수에 있어 『조선문학사』와 비교할 수 없는 정도이지만, 그 시기 시문학의 전체적 면모를 작품과 함께 개괄적으로 설명하고 있어 전모를 한눈에 파악할 수 있도록 하는 장점이 있다.

4. 전쟁 시기의 북한문학을 바라보는 시각

이 글은 전쟁 시기 북한문학의 시문학에 이어, 산문문학과 극·영화문학을 함께 고찰해야 전체적인 완결성을 기할 수 있다. 당초의 목표는 그러했지만 여러 가지 사정상 여기에서는 시작품에 그치기로 하고 남은 과제는 다음으로 미루어 두기로 하겠다. '조국해방전쟁 시기' 북한의 시는 앞서 살펴본 바와 같이 김일성 항일 무장 투쟁의 테마를 계승하면서 인민 군대의 영웅적인 투쟁상을 묘파하는 데 집중된다. 아울러 미국과 미군에 대한 증오와 적개심을 드러내면서 상대적으로 중국 의용군에 대한 연대감을 과시하는것이 이 시기 북한 시의 주요한 특징이다.[12] 그리고 그 형식에 있어서는, 한반도의 민족적 상황과 전쟁의 문제에서부터 김일성의 영도력을 개입시키면서 시작하는 장편 서사시도 많이 창작되었지만, 속도감과 기동성이 있는 '전투적 단시'들도 많이 나타난다.

전쟁을 매개로 하지 않는다 하더라도 북한문학은 이념적 선전선동에 그 목표를 두고 있기 때문에, 기본적으로 적군과 아군이 분명히 구별되는 편가름의 유형을 보일 수밖에 없다. 항차 전쟁 시기의 문학에 있어서는 더 말할 나위가 없다. 북한문학은 '적아(敵我)'가 확연히 구분되는 문학이므로 적에 대해서는 그토록 격렬한 투쟁성을 보여주지만 역으로 사회주의 체제, 그 속에서의 인민들의 노력투쟁, 인민군의 전투적 성과, 그리고 김일성에 대해서는 절대적인 찬양으로 일관하는 것을 볼 수 있다.[13]

북한이 김일성의 언급을 통해서도, '적들의 야만적인 침략전쟁에 우리는 정의의 해방전쟁으로 대답'[14]하여야 한다고 주장하며 남침이 아

---

12) 김재홍, 「북한시의 한 고찰」, 권영민 편, 『북한의 문학』, 을유문화사, 1989, p.240.
13) 윤재근·박상천, 『북한의 현대문학』 II, 고려원, 1990, p.216.
14) 김일성 방송연설 교시, 「모든 힘을 전쟁의 승리를 위하여」, 1950. 6. 26, 김일성 저작집 6권, p.4.

닌 북침으로 역사적 사실을 호도하고 있지만, 북한으로서는 6월 전쟁이 이른바 '새 역사'를 건설하기 위한 결단이요 모험에 해당하는 것이었다. 그리고 북한은 침략자를 격퇴한 전쟁의 승리를 주장하고 있지만, 전쟁은 그들의 모든 것을 파괴했으며 깊은 상처를 입혔다. 복구는 전쟁 중에도 초미의 과제가 된다. 전쟁 시기는 남한이 그러했던 것처럼 북한이 겪어야 했던 엄중한 시련의 시기였다.[15]

그리고 반세기의 세월이 경과했다. 그동안 남북한은 전쟁 복구의 시기와 두 체제의 독자적 발전 및 분단 상황 심화의 시기를 거쳐, 다시금 화해·협력의 시대를 맞았다. '한국적 민주주의'나 '우리식 사회주의'라는 용어 개념이 지시하는 바와 같이, 한 체제의 독재성이 다른 체제를 지탱하는 버팀목이 되는, 매우 그로테스크한 균형과 견제의 상황이 한반도에서 벌어졌던 것이다. 근래 핵무기 문제로 새로운 긴장 국면이 조성되고 있지만, 그렇다고 여기에까지 이른 역사의 수레바퀴를 되돌릴 수는 없을 터이다.

서두에서 살펴본 바와 같이 전쟁에 대한 용어 개념이 변하는 것은, 전쟁에 대한 역사적 인식이 일방적이며 적대적인 규정으로부터 민족 공동체 내부에서 고뇌하며 풀어야 할 실체적 과제로 전이되어 가고 있음을 뜻한다고 본다. 이러한 변화는 단순히 6월 전쟁을 바라보는 사회 과학적 시각이나 문학적 시각에 국한되지 않고, 남북 관계 전반에 걸쳐서 점진적인 진행의 양상으로 나타날 것이라 추정된다. "세(勢)는 시(時)에 따라 변하고, 속(俗)은 세(勢)에 따라 바뀐다"는 옛말을 이 결미에 가져다 두면서, 그러한 의미에서 전쟁 시기 북한의 시문학도 보다 포괄적인 눈으로 검증하는 것이 필요한 때가 되었다고 해야 할 것이다.

---

15) 신형기·오성호, 앞의 책, p.123.

북한문학에 나타난 경자년 마산의거와 4월 혁명

김종회

1. 경자년 마산의거와 4월 혁명의 역사적 의의

우리 민족을 다한(多恨)의 역사과정을 거친 혈연공동체로 보고 우리 문학사에 해원(解怨)의 의미구조를 가진 작품이 편만하다고 인식하는 데는, 그 원인 행위에 대해 대체로 두 가지 방식의 설명이 가능하다. 하나는 '민족'이라는 범주 외부에서 가해지는 외세의 압박이나 침탈에 의한 것이고, 다른 하나는 그 내부의 자기 체계 안에서 이루어지는 갈등과 분쟁에 의한 것이다.

전자는 국가의 전체주의적 대응이라는 기본 발상을 이끌어냄으로써 빈핍한 중에서도 통합된 민족성의 거양을 도모할 수도 있는 것이지만, 후자는 주로 공동체 내부의 지배계층과 피지배계층 사이에 누적된 길항의 경과를 전제로 하는 것이어서 그 전개의 단계를 거치는 동안 보다 심층적 차원으로 각인되는 상흔을 남길 가능성이 약여하다. 한국 역사에 있어 일정 부분의 성과를 담보한 최초의 '민중혁명'이라고 할

4·19학생혁명과 그 도화선이 되었던 마산의거는, 우선 그처럼 깊은 역사적 상처를 바탕에 두고 출발했다.

이는 이 '의거'와 '혁명'이 3·15부정선거에 대한 민중적 자각과 저항의 반작용으로 발발한 것이지만, 그 부정선거가 자행되기까지의 과정은 민족사적으로 잘못 시발된 정치적 지배논리나 당대 사회의 구조적 모순 및 왜곡의 전사(前史)를 충분히 예정하고 있었다는 의미이다. 이러한 인식은 우리 현대사가 관통해 온 격동의 사건을, 특히 그것을 다룬 문학작품을, 그것이 민족 분단의 시대에 있어 남측의 시각이든 북측의 시각이든 심정적 측면에서 바라보기 보다는 총체적이고 균형성 있는 시각으로 검증해야 한다는 인식과 궤(軌)를 같이한다.

다시 말하여 마산의거와 4월 혁명이 3·15부정선거, 김주열 군의 죽음, 고대생 피습사건 등 이승만 정권의 부도덕한 행위로 인해 촉발된 점은 분명하지만, 이러한 사건들이 민중의 분노를 폭발하도록 하였을망정, 그것이 어떻게 발생하게 되었는가를 완전히 설명해 주지는 못한다는 점이다. 동시에 그 이후에 일어난 일련의 역사적 사건 전개가 어떤 의의와 한계를 가지고 있는가를 설명하는 일에 있어서도 마찬가지이다. 그래서 제1공화국의 성립과 성격, 그리고 당시 민중의 피지배적 상황에 대한 이해를 선행할 필요가 있는 것이다.[1]

일제로부터의 해방과 분단체제의 출발을 두고, 국토의 반쪽에서나마 국기(國基)를 지켰다는 평가가 있는가 하면, 일제의 잔재를 그대로 안은 채 미국의 패권주의에 잠식된 신식민지 국가로 전락되었다는 평가도 있다. 또한 이승만 독재 정권이 가진 구조적 성격이 그 집권 시기의 몇 차례 정치적 쟁점과 사건을 거치면서 점차 개악에서 개악으로 확대되고, 해방후 절실한 민중들의 요구 사항이었던 농지개혁도 지배세력

---

1) 김경대, 「4월혁명의전개과정」, 『한국사회변혁운동과 4월혁명 2』, 사월혁명연구소편, 한길사, 1990, pp.9~10.

인 지주들의 권익을 그대로 지켜줌으로써 불만이 가중되는 등 복합적 요인들이 개재되어 있었다.

마산의거에서 4월 혁명에 이르는 이 현대사의 극명한 시기에 대한 연구는 크게 두 가지 경향을 가지고 있다. 하나는 이를 서구의 고전적인 시민혁명, 곧 부르주아 민주주의혁명으로 보는 견해이고, 다른 하나는 그것을 한국 근대 민중운동사의 흐름 속에서 파악하고자 하는 견해이다.[2] 김성식, 최문환, 차기벽 등의 해석이 전자에 속한다면, 강만길, 박현채 등의 해석은 후자에 속한다.

전자의 해석에 의하면, 4월 혁명은 한 역사적 시기에 소임을 다한 '완결된 혁명'이 될 수 있다. 마치 근대 프랑스의 부르주아 민주주의혁명이 봉건 전제군주제를 붕괴시키고 시민계급, 부르주아 계급의 세력을 구축할 수 있었던 것처럼, 절대군주에 비견되는 이승만 정권을 퇴진시키고 부르주아 정치권력인 장면 정권을 등장시켰기 때문이다. 다만 아직 한국 사회에서 사회세력화하지 못한 시민계급 대신에 자각이 앞선 학생운동권이 주축이 되었던 것이며, 이러한 현실을 두고 최문환은 '옆으로부터의 혁명'이란 표현을 사용했다.[3]

후자의 해석에 의하면, 한국 근대사를 민중운동사의 측면에서 바라보면서 민주주의운동에서 민족통일운동까지 나아간 것에 의의를 두거나[4], 1950년대 한국 사회구조의 모순에 주목하면서 민주주의와 민족해방의 실현을 위한 민중혁명이라고 평가하고 있다.[5] 이 양자는 시각의 토대에 있어 부분적 차이가 있으나 같은 관점으로 4월 혁명을 보고 있으며, 그 관점의 시선이 미치는 범주가 민족해방이나 민족통일의 문

---

2) 김일영, 「4·19혁명의정치사적 의미」, 이종오 외, 『1950년대 한국사회와4·19혁명』, 태암, 1991, p.151.
3) 최문환, 「4·19혁명의 사회사적 성격」, 『사상계』, 1960. 7.
4) 강만길, 「4월혁명의 민족사적 맥락」, 강만길 외, 『4월혁명론』, 한길사, 1983.
5) 박현채, 「4월민주혁명과 민족사의 방향」, 앞의 책, p.46.

제에까지 이르고 있으므로, 당연히 '미완의 혁명'이란 결론에 도달할 수밖에 없다. 뒤이은 장면 정권의 붕괴 및 5·16군사쿠테타의 발발과 그 반민중성은 이를 미완의 역사적 사건으로 보는 해석이 설득력을 강화하도록 하는 증빙이 되었다.

그 외에도 4월 혁명의 배경이 되는 이승만 정권의 부정적 성격에 대해 미국의 악역을 강력하게 비판하는 논문[6]이 있는가 하면, 4월 혁명의 결과로 출범한 제2공화국의 장면 민주당 정권이 결코 '무임승차'한 경우가 아니라고 주장하는 논문[7]도 있다. 따라서 그에 대한 역사적 평가는 아직도 여러 측면에서 심도 있게 검토해야 할 필요가 있고, 특히 그 의미를 민족 전체의 차원으로 확대하거나 남북 통합문제와 결부할 때는 더욱더 그러하다 하겠다.

그런데, 4월 혁명이 '완결된 혁명'이건 '미완의 혁명'이건 또 국내외 문제와 관련된 역사적 평가가 어떠하건 간에 이를 정치·사회사적 논리로 검증하지 않고 문학과 그 상상력의 발현이라는 형식에 탑재할 경우에는, 여기서 살펴볼 바와 같은 학술적 의미 규정이 위력을 발휘하기보다는 당대의 사건 현장에서 진행된 구체적 현실에 대한 인식과 그에 대응하는 발화자들의 내면적 심상이 더 큰 영향력을 발생시킬 수밖에 없다. 물론 문학작품에 대한 평가와 판단에 객관적 사실 관계가 기반이 되어야 마땅하지만, 문학 그 자체의 의의와 가치를 검색하고자 할 때는 사건의 실상에 대해 민중, 시민들이 보인 현장의 감성적 반응을 더 주목해야 할 터이다.

1960년 3월 15일 정부통령 선거를 전후하여 마산에서는 적어도 4차례의 시위가 목격된다. 3월 14일 밤 민주당사 앞에서 일어난 시위, 3월 15일 선거 당일 오후부터 한밤중까지 마산시 전역에서 진행된 시위와

---

6) 박세길, 「4월혁명」, 『다시 쓰는 한국 현대사2』, 돌베개, 1995, pp.73~297.
7) 이용원, 「'4월혁명'의 공간에서」, 『제2공화국과 장면』, 범우사, pp.112~116.

총격 발포 사건, 3월 15일 시위에서 실종되었던 김주열 군이 최루탄이 눈에 박힌 채로 4월 11일 바다에 떠오르자 이를 보고 격분한 군중이 이날 밤에 치열한 시위를 벌이고 경찰이 총격을 하는 사태와 이어서 통행금지 중에도 일어난 4월 12일과 13일의 시위, 마지막으로 이승만 당시 대통령이 물러날 의사를 표명한 후인 4월 26일과 27일에 부산에서 원정 온 경남고교 학생들과 군중들이 시청·소방서·경찰서·파출소 등을 파괴한 시위가 그것이다.[8]

　당시 마산에는 15만 명이 넘는 인구 중에 5천 명 이상의 고등학교 학생이 거주하고 있었고, 항쟁의 중심은 바로 이들 학생이었다. 시위에 참가한 일반 주민들의 숫자는 전체 시위자의 60~75%를 차지하고 있었으나 학생들보다는 소극적이었고 학생들이 선두를 지켰던 까닭으로 이를 학생의거라 불러도 크게 문제되지는 않을 듯하다. 그러나 이 의거의 주된 피해자가 어린 학생들이라는 측면은, 시위현장에서는 기폭제의 역할을 했고 그것이 문학으로 반영되는 형편에 있어서는 더욱 감성적 측면을 자극할 수 있었다.

2. '의거'와 '혁명'의 문학적 수용, 그 의미와 방식

　4·19학생혁명을 다룬 문학작품은 우리 문학사의 여러 갈피에 다기한 모습으로 산재해 있다. 그러나 정작 3·15마산의거 그 자체만을 대상으로 한 경우는 전민족적이고 전문단적인 관심보다는 주로 마산 일원의 지역적 연고와 성격을 가진 문인 및 문학단체에 의해 발현되어 온 것이 사실이다. 이 문제에 대한 자각과 주장은 역사적 원인 행위에

---

8) 이은진, 「3·15의거는 '민중' 항쟁이었다」, 마산·창원지역사회연구회, 『마산·창원 역사읽기』, 불휘, 2003, pp.97~98.

대한 인식의 오류 및 망실을 추궁하는 것이어서 비록 지역성을 강조하는 형편이 될지언정 분명 귀담아 들어야 할 대목이다.

흔히 4·19라는 역사적 결과를 힘주어 들먹이지만 그것은 마산의 3·15의 거라는 위대한 발동을 근거하지 않고서는 속 길은 해명이 되지 않는다. 시발과 결과는 구조적으로 연계되어 있으며 오히려 그 결과의 위대함 여부에 관계없이 시발은 더 역사적이다.

보라, 3·1운동의 시발이 그 결과에 관계없이 독립사의 형성적 의미를 계속 발휘하지 않는가. 즉 3·1운동은 시발 그 자체로 이미 역사적이지, 운동 그 결과가 중요하지 않다는 것이다. 그래서 3·1운동 정신은 아직도 그 의미를 형성해 가고 있다.

60년 4·19의 민중 승리, 이 역사적 결과. 이것은 3월 15일의 마산의거 정신의 중간과정일 수는 있다. 적어도 마산시민들의 민주정신으로서는 그렇다. 만일 4·19와 같은 독재정권의 항복이 없었다면 이 3·15 마산의거는 민주 정치사상 더욱 위대한, 민중운동으로 형성적 의미를 열고 있었을 것이다.

―전문수, 「마산 3월의 재생구조」 중[9]

이 인용문은 3·15의거 30주년 기념시집에 해설로 수록된 전문수의 글 일부분이다. 여기서 우리는 마산의거를 보는 지역민들의 인식과 그 열정의 강도를 엿볼 수 있거니와, 이 시집이 1990년도에 상재된 것을 감안하더라도 오늘날과 같은 정보 및 자료의 광범위한 개방과 시공을 축약하는 소통 및 교류의 시대에 있어서는 일견 지나친 사고의 폐쇄성을 노정하는 측면도 없지 않아 보인다.

4월 혁명이 역사적으로 중요한 것에 못지않게, 아니 전문수의 표현

---

9) 전문수, 「마산 3월의 재생구조」, 변승기 외, 3·15의거 30주년 기념시집 『깃발 함성 그리고 자유』, 경남, 1990, pp.129~130.

을 빌면 그보다 훨씬 더 근본적으로 마산의거의 기층적 역할과 중요성이 제기될 수 있다. 그러나 너무 그것에 집중하여 다른 지역으로 파장을 넓혀 간 확산의 과정이나 4·19의거 자체가 가진 혁명의 정신을 부분적으로라도 감축하는 것은 옳지 않아 보인다. 이는 이 현대사의 극점에 해당하는 사건 자체를 잘 모르거나 관심이 덜한 후대 세대들에게 이를 어떻게 계승시킬 것이며, 또한 앞으로 이를 어떻게 민족적 삶의 연면한 길 위에 주요한 정신운동으로 정초해 나갈 것인가를 유의할 때, 더욱 경각심이 필요한 부면이라 여겨진다.

예컨대 전문수 자신이 제안[10]한바, 3·15의거일을 범시민적 축제로 하여, 민간 중심의 시민의 손으로, 그 민주 역량으로 지역민들이 지역 발전에 동참할 수 있도록 하자는 건설적 의견을 실행해 나간다고 가정하면 더욱더 그러하다. 마산의거는 마산의거 자체로서가 아니라 그것이 4월 혁명을 넘어 전국적 확대의 경로를 거쳐간 것처럼, 지난 세월의 기념비적 사건에 머물지 않아야 하고 이를 뜻있게 기리는 사업과 활동 또한 지역성의 범주를 넘는 개방적 인식이 필요하리라 본다.

마산의거와 4월 혁명에 관한 문학작품을 시집을 중심으로 살펴보면 먼저 4월 혁명의 경우 유사한 여러 시집들이 나와 있다. 4·19혁명이 일어난 그 해 단기 4293년, 곧 1960년 5월에 나온 『뿌리 피는 영원히』[11]를 비롯, 다음 달인 6월에 나온 『불멸의 기수』[12]와 『항쟁의 광장』[13] 등이 보인다. 가장 체계적인 기념시집으로는 신경림이 편한 『4월혁명 기념 시전집』[14]을 들 수 있겠다.

이들의 경우는 4·19의거 전체를 수용하려는 편찬 의도를 갖고 있

10) 전문수, 앞의 글, p.138.
11) 한국시인협회 편, 『뿌리 피는 영원히』, 청조사, 단기 4293. 5.
12) 김종윤·송재주 편, 사월 민주혁명 순국학생 기념시집, 『불멸의 기수』, 성문각, 단기 4293. 6.
13) 김용호 편, 사월혁명기념시집, 『항쟁의 광장』, 신흥출판사, 단기 4293. 6.
14) 신경림 편, 『4월혁명 기념시전집』, 학민사, 1983.

고, 또 시각 자체가 4·19 직후이거나 아니면 20여 년이 지난 후 종합적 판단이 가능한 때이거나 간에 그 전사적(前史的) 원인 행위로서의 3·15의거에까지 미치지 못하고 있다. 그런 연유로 자연히 앞서 전문 수와 같은 주장이 도출될 수도 있겠거니와, 그만큼 균형성 있게 3·15의거를 부각시켜 나가는 것이 중요하다 하겠다.

　3·15의거를 중심주제로 한 문학작품 중에서 특히 주목할 것은 1990년 3·15의거 30주년 기념사업회에서 엮은 『깃발 함성 그리고 자유』[15]와, 2001년 3·15의거 기념사업회에서 엮은 『너는 보았는가 뿌린 핏방울을』[16] 등의 시집들이다. 이들은 마산의거와 관련된 시들을 모아 편집하고 해석을 덧붙이는 등 마산의거의 의의와 가치를 문학으로 수용된 그 문면 안에서 찾으려 애쓰고 있으며, 그것은 고난의 역사를 망각하지 않고 그에서 교훈을 얻으며 동시대의 삶을 진지하게 되돌아보는 반성적 성찰의 노력에 해당한다.

　　낙화한 꽃잎이여
　　어리므로 더욱 가녀리던 부르짖음과
　　그 빗발 앞에서도
　　눈도 귀도 없던 저 괴물

　　보기 위한 동공 대신
　　생각키 위한 슬기로운 두뇌 대신
　　포탄이 들어 박힌 중량을 알겠는가?

　　비인간(非人間)과 Organism이 빚은

---

15) 변승기 외, 3·15의거 30주년 기념사업회 편, 『깃발 함성 그리고 자유』, 경남, 1990.
16) 3·15의거 기념사업회 편, 『너는 보았는가 뿌린 핏방울을』, 불휘, 2001.

이위일체(二位一體)의

이 기괴한 신(神)

—유치환, 「안공에 폭탄을 꽂은 꽃」 부분[17]

　마산의거의 기폭제가 되었던 김주열의 주검을 보고, 그를 꽃이라 부르되 그것이 '기괴한 신'이라는 또 다른 호명을 유발하고 있다. 신의 손으로도 무너뜨리기 어려워 보였던 이승만 정권의 철옹성을 파괴하기 시작한 이 어린 생명의 산화는 역사 과정을 거치며 다음과 같은 지역 정서와 자각 증상을 불러온다.

바람도

그대를 흔들지 못한다

지순한

열정을

그 자리는

이제 흔적 없이 사라졌다

(중략)

역사는 사람과 사람이 만나 만드는 강물과 같은 것

그저

그저 친구로 나앉은 무학산을 보며

---

17) 유치환, 「안공에 폭탄을 꽂은 꽃」— 김주열 군의 주검에, 『너는 보았는가 뿌린 핏방울을』, 불휘, 2001, pp.171~172. (『뜨거운 노래는 땅에 묻는다』, 1960. 12. 5.)

쬐그만 아기섬 하나 띄워놓고
마냥 쑥맥으로 사는 우리들

순한 사람이
순한 사람을 기억하는
그 날의 함성이 자주 자주
이 시대의 어둠을 쓸어낸다

—임신행, 「혼적」 부분[18]

역사의 변혁을 꿈꾸는 혁명, 역사의 물줄기를 바꿔 놓는 혁명은 대체로 그 열정의 형성에 있어 구체적인 상징물을 요구한다. 그것이 민중적 힘을 결집시키고 또 지속시키는 동력원이 되는 까닭에서이다. 지면의 특성상 마산의거에 관한 많은 작품을 다루지 못하는 상황이로되, 김주열의 시적 형상화는 그의 희생이 그 상징물로서의 기능을 충실히 수행하고 있었음을 반증한다. 특히 그것은 그가 가진 약자로서의 입지에 기인하는 것인데, 여기 그것을 확증하는 또 다른 사례도 있다.

자식 먼저 저 세상에 보내놓고
이 에미 살았으면 어찌 살았따 말하겠느냐
에미 손으로 이렇게 자식놈 젯상에 맷밥 놓는 심정이나
에미 먼저 눈감은 죄 안고 간 네 심정 또한 다를 바 무에 있겠느냐
그리도 잘나고 정답던 네 동무들 길동무되어 봄날 꽃같이 떠나갔지만
오늘은 모두 그 영전 끌어안고 무너진 억장 다독이며 향이라도 피우시는지
이 에미 마땅히 살았다면

---

18) 임신행, 「혼적—김주열 군을 생각하며」, 『너는 보았는가 뿌린 핏방울을』, 불휘, 2001, pp.373~374.
(『깃발 함성 그리고 자유』, 1990. 3. 10)

네 흘린 뜨겁고 굵은 핏방울 거두어

원없이 이 강토 골골에 뿌렸으련만

아직도 네 피는 식지 않았고 기다리던 세상은 오지 않았구나

네 꽃잎 털던 그 칼날 더욱 서슬 푸르게 살아있으니

이 에미 여윈 한몸 닳고 삭아 재 될 때나

네 뿌린 붉은 피 기름진 흙살로 일구어나지일까

—이달균, 「내 자식 영전에 향을 피우며」[19]

이 한 편의 시를 읽으며 가슴의 동계가 없는 인간이라면, 그와 더불어 나눌 대화는 없다. 약자 중의 약자, 가장 낮은 자리 중의 낮은 자리는 이처럼 제 자식의 영전에 향을 피우는 '에미'의 마음일 터이다. 이렇게 시를 읽어 나가자면, 왜 이 불행과 비극을 극한 역사적 사건이 문학으로 치환되어야 하며, 그 역으로 문학이 그 사건에 대해 무엇을 어떻게 말할 수 있는가를 알 수 있다. 우리가 경자년 마산의거의 문학적 형상을 소중히 받아들이고 해를 거듭할수록 그것을 정신적 기림의 영역에 가져다 두는 것은 바로 그 때문이다.

3. 북한문학에의 수용, 또는 분단사적 배경과 의도

1960년 한반도의 남쪽 마산에서 시발된 3·15마산의거와 4·19혁명은, 북한 지도자와 문예정책 당국에서 볼 때 자신의 체제가 더 정통성이 있고 우월하다는 선전선동의 기회이자 작품의 소재로서 더없이 좋은 재료가 되었다. 이들은 즉각 『조선문학』 등 주력 문예물을 통해 이

---

19) 이달균, 「내 자식 영전에 향을 피우며」, 3·15의거 30주년 기념사업회 편, 『깃발 함성 그리고 자유』, 경남, 1990, p.82.

러한 사상적 판단을 반영하고 작품으로 제작된 것을 수록하였다.

1960년대 초반의 북한문학은 소위 1950년대의 '전후복구건설과 사회주의 기초건설을 위한 투쟁시기'를 거쳐 천리마운동을 문학에 반영하며 수령형상문학을 본격화하는 시기이다. 1967년 '조선노동당 제4기 15차 전원대회'를 분기점으로 주체사상과 주체문학이 형성되기까지, 북한 사회가 점차 사회주의적으로, 그리고 김일성 체제 중심으로 안정되어 가고 있었다. 그런 만큼 분단 체제는 더욱 그 골이 깊어져 남한에 대한 부정과 비난이 강화되고, 그렇게 하는 것이 정권의 안정에 탄력을 더하는 상황이었다. 따라서 3·15의거나 4·19혁명과 같은 남한 내부의 격변을 북한이 대내외적 선전선동에 적극 활용한다는 것은 당연한 결과였다.

이러한 경향은 분단 이래 북한문학사 전반에 걸쳐 시도되는 것이었으며, 그것은 시·소설·평론 등 장르의 구분이 없이 행해졌으되, 특히 마산의거와 4월 혁명이 일어난 후인 1960년대에 그 빈도와 분량이 집중되었다. 이 중 『문학신문』과 『조선문학』에 수록된 것을 정리해보면 다음과 같다. 편의상 『문학신문』에 실린 것은 필자의 가나다 순에 따라, 그리고 『조선문학』에 실린 것은 게재 시기의 순서에 따라 정리하였다.

『문학신문』 자료 목록

강형구, 4월의 념원(수필), 문학신문, 4·19 1주년 특집, 1961. 4. 18, 3면.

강효순, 미제를 물러가게 하라(정론)―모든 불행의 화근을 뿌리채 뽑아 없애라, 문학신문, 1960. 4. 29, 2면.

김상오, 마산이여, 우리는 너와 함께!(시), 문학신문, 1960. 4. 15, 1면.

김상오, 서울이여 나는 너를 부른다, 문학신문, 4·19 1주년 기념시,

1961. 4. 18, 2면.

김상훈, 4 · 19의 노래(시), 1965.

김하명, 남조선문학에 반영된 리승만 반동통치의 파멸상, 문학신문, 1960. 5. 3, 4면.

남시우, 남녘땅 시인이여!(시), 문학신문, 1960. 6. 10, 3면.

류기찬, 가자,남조선 인민들의 영웅적 항쟁을 창작으로 지지 성원하자, 문학신문, 1960. 5. 10, 1면.

리근영, 민주주의적 자유를 위해 오직 한길로!, 문학신문, 1960. 5. 3, 4면.

리상현, 4월의 불길과 문학, 문학신문, 1962. 5. 8, 4면.

리상현, 남조선 인민들의 투쟁을 더 많이 형상화하자, 문학신문, 1960. 4. 19, 3면.

리정구, 4월과 남조선작가들, 문학신문, 1963. 4. 19, 1면.

박산운, 남반부의 한 시인에게(김형), 문학신문, 1962. 4. 3, 4면.

백인준, 속지말라! 남조선의 형제들이여!—모든 불행의 화근을 뿌리채 뽑아 없애라!, 문학신문, 1960. 4. 29, 2면.

석광희, 소년 영웅(시), 1960.

송찬응, 서로 부둥켜안자 그리운 혈육들아 협상할 때는 왔다!(4 · 19후 통일운동), 문학신문,1961.1.13, 1면.

신고송, 이 밖에 다른 길은 없다—모든 불행의 화근을 뿌리채 뽑아 없애라!, 문학신문,1960. 4. 29, 2면.

신진순, 마산은 행진한다(시), 1960.

엄흥섭, 용감히 뛰여들라!, 1960. 4. 22, 1면.

정서촌, 원쑤들이 바리케트를 쌓고 있다(시).

한설야, 남조선 작가, 예술인들이여 정의로운 투쟁의 선두에 서라, 문학신문, 1960. 4. 29,1면.

한설야, 남조선의 작가 예술인들은 반미구국투쟁에 용감히 나서라, 문학
      신문, 1962. 6. 25,4면.

한설야, 남조선의 작가, 예술인들은 반미구국투쟁에 용감히 나서라, 문학
      신문, 1962. 6. 29, 5면.

한진식, 투쟁의 불길 더욱 높이라—마산 인민들에게(시), 문학신문,
      1960. 4. 15, 1면.

황 철, 새로운 터전을 가꾸기 위하여—모든 불행의 화근을 뿌리채 뽑아
      없애라!, 문학신문, 1960. 4. 29, 2면.

『조선문학』 자료 목록

김귀련, 항쟁하는 소년 외1(시), 조선문학, 1960. 7.

김광현, 서울을 생각하며(수필), 조선문학, 1960. 7.

김 철, 4월은 북을 울린다(시), 조선문학, 1961. 4.

윤세중, 4월(정론), 조선문학, 1961. 4.

＿＿＿, 또다시 4월은 왔다(정론), 조선문학, 1961. 4.

안룡만, 마산포 제사공 누이에게 외 1편(시), 조선문학, 1964. 3.

성일국, 4 · 19 피로 씌여진 영웅서사시 · 1회(시), 조선문학, 1965. 3.

성일국, 4 · 19 피로 씌여진 영웅서사시 · 2회(시), 조선문학, 1965. 3.

리범수, 마산의 모래(시), 조선문학, 1965. 5.

남한에서의 사건 발생 1주년이 된 1961년 『조선문학』 4월호에는 김
철의 시 「4월은 북을 울린다」와 정론이란 장르로 구분된 윤세중의 글
「4월」과 김운룡의 글 「또다시 사월은 왔다」가 실려 있다. 먼저 김철의
시 일부를 살펴보면 다음과 같다.

이 봄…
새로 움트는 잔디밭들은
아직도 더운 피에 젖어 있고
총탄에 쓰러진 젊은이들 무덤에는
아직도 붉은 흙이 뜨거운데,
자유는 너는 어디 있느냐
민주주의는 어디 있느냐
학교는
일터는
씨 뿌릴 땅은… 어디 있느냐 남반부 형제들이여
그대들이 피로써 갈망했던
그 모든 것은 어디 있느냐

(중략)

소년의 시체를 끌어안고
노도 탕탕 절벽을 치던
너 남해의 물결이여
네 가슴엔 아직도
미국 함대의 녹쓸은 닻이
승냥이의 이빨처럼 박혀 있지 않느냐,
서울이여 대구여 인천 부산이여
가증스런 거짓이
너의 위훈을 모욕하지 않았느냐,
열 다섯 해 리 승만이 앉았던 〈룡상〉을
오늘은 장면이 핥고 있지 않느냐,

(중략)

오오, 4월
용맹스러운 투쟁의 계절—
4월은 북을 울린다
우뢰를 친다
마산과 대구 서울과 부산을
남조선 모든 도시와 마을들을
불의 날개
폭풍의 날개 밑에 휩싸 안고
온 겨레를 싸움에로 부른다……
일어 나라
일어 나라
일어 나라 동포야!
판가리 싸움에로
나가자 형제들아!

—김철, 「4월은 북을 울린다」 부분[20]

　북한의 주요한 시인인 김철의 이 시를 보면 남한 민중의 투쟁을 정당화하고 영웅시하며 계속적인 투쟁의 전개를 부축이면서, 미국과 이승만·장면 등 남한의 정치인을 함께 싸잡아 비난하고 있다. 동시에 남한 각 지역 도시들의 인민, 곧 시민이 다시 일어나 반미 반정부 투쟁을 벌일 것을 촉구한다. 정치적 지향성과 미리 확정된 창작 방향이 있는 그

20) 김철, 「4월은 북을 울린다」, 『조선문학』, 1961. 4, pp.75~76.

대로 드러나는, 북한식 목적시의 대표적인 사례에 해당한다. '정론'이란 이름으로 발표된 윤세중과 김운룡의 글 또한, 그 형식만 다를 뿐 내용에는 하등의 차이가 없다.

어언간 그 때로부터 1년이 경과했다. 푸른 파도 출렁이는 남해 가까운 마산시에서 쌓이고 쌓여 드디어 폭발된, 미제와 리 승만 파쑈 테로 통치를 반대하는 항쟁의 불길은불과 수일 사이에 남반부 전역을 휩쓸며 타올랐다.

(중략)

미제는 물러가라. 물러가지 않는다면 우리의단련된 힘으로 물러가게 하고야 말 것이다. 남반부 인민들의 맺힌 원한, 증오, 굳은 결의는 항쟁의 불길을 끄지 않을 것이다. 또다시 화산처럼 폭발하고야 말 것이다.
우리는 남반부 인민들의 영웅적 투쟁을 적극 지지 성원할 것이다. 조국의 평화적 통일 위업이 달성되는 그날까지—최후의 승리는 우리의 것이라는 것을 우리는 잠시도 잊지 않을 것이다.

—윤세중, 「4월」 부분[21]

바로 지난해 남조선 청년 학생들의 투쟁에 고무되어 토이기 청년 학생들이 자기들의 압제자 멘데레스를 정권에서 내쫓지 않았던가.
그리고 일본 청년 학생들은 전쟁 방화자의 두목이었던 아이젠하워의 일본 방문을 제지시키고 기시를 꺼꾸러뜨리지 않았던가.
바로 그처럼 세계를 격동시키던 영웅적 기세로 남조선 청년 학생들은 미제와 장면 일당을 반대하는 영웅적 항쟁에 나서라.

---

21) 윤세중, 「4월」, 『조선문학』, 1961. 4, pp.85~88.

그리하여 남쪽 땅에도 암흑과 기아와 빈궁과 눈물과 수난이 없는 진정한
자유의 봄이 깃들게 하자.

　　　　　　　　　　　　　　　　　—김운룡, 「또다시 사월은 왔다」 부분[22]

이 두 편의 '정론'에서 부분적으로 목도할 수 있는바, 이들 곧 북한의
문학은 남한의 정권 담당자와 미국에 대해 투쟁할 것을 지속적인 선전
선동으로 요구하고 있다. 그리고 그것이 한반도 내에 머무는 것이 아
니라 '세계를 격동시키던 영웅적 기세'에 이르렀다고 평가하면서, 남
한에 '진정한 자유의 봄'이 깃들게 하자고 주장한다. 그러나 이들은 학
생들의 무고한 희생에 대한 애도보다는 그것의 결과를 더 확대하여 해
석하고, 그 결과에 의해 세워진 장면 정권에 대해서는 조금의 긍정적
인식도 없으며, 그 '진정한 자유의 봄'이 북한에서는 어떤 형편에 있는
지 한 가닥의 자기 검증도 없다. 몇 해를 더하여 1964년이나 1965년이
되어도 이러한 문학적 태도는 촌보도 변화하지 않는다.

　　어느 날 한 장의 신문을
　　펴들고 나는 보았다.
　　남해의 수평선이 한 눈에 안겨오는
　　마산포 바닷가 해안선에
　　자리잡은 제사 공장 누나들
　　싸움에 일어선 소식을.

　　(중략)

---

22) 김운룡, 「또다시 사월은 왔다」, 위의 책, pp.89~93.

마산포는 사월의 봉기
도화선에 불을 달은 영웅의 땅,
굴할 줄 모르는 내 고향 사람들이
피 흘리며 쓰러진 거리―

바닷가 모래장반에
이른 봄 봄마다 피여나는
동백꽃 붉은 꽃잎처럼
제사공 누나들 뜨거운 마음이여
싸움의 불씨를 안고 타올라라

항쟁의 영웅들 흘린 피
헛되이 짓밟고 인민을 속이는
군사 파쑈 악당들을 향해
노한 파도마냥 웨치며 나아가는
내 고향의 누나들아,

그대들 꽃다운 몸이
그대로 투쟁의 도화선이 되여
남녘 땅 형제들과 함께
타올라라, 싸움의 불길로!

―안룡만, 「마산포 제사공 누이에게」 부분[23)]

서산에 해 저물어

---

23) 안룡만, 「마산포 제사공 누이에게」, 『조선문학』, 1964. 3, pp.56~57.

강가에 뚝딱 천막을 치고
훈련에서 돌아 온 나의 병사들
벌써 코를 골며 잠들었구나.

(중략)

모래를 밟는 보초병의 군화 소리
밤 깊도록 귓전에 들려 와
나는 내 고향 마산의 모래가 그리워
눈을 감지 못한다……

(중략)

지금 내 깊은 산중에 누웠어도
흰 머리 수건 해풍에 날리며
내 혈육과 이웃들이 기다리는
가야 할 그 해변이 눈 앞에 보이고……

도하장의 모래를 밟을 때마다
양키의 구둣발에 무참히 쓰러지는
피 흐르는 백사장이 나를 부르거니
밝으라, 훈련의 아침이여!
울려라, 진군의 나팔소리여!

—리범수, 「마산의 모래」 부분[24]

---

24) 리범수, 「마산의 모래」, 『조선문학』, 1965. 5. p.37.

안룡만의 시「마산포 제사공 누이에게」는 섬유공장 노동자인 '누나'들의 쟁의 행위를 정치적 목적으로 유도하고 있으며 그 '누이'들로 하여금 '군사 파쑈 악당'들을 대적하도록 충동하고 있다. 이는 사태의 진면목에 대한 왜곡이자 부당한 방식의 투쟁 요구이다. 그런가 하면 리범수의 시「마산의 모래」는, 훈련중 모래밭에 천막을 치고 자신의 고향 마산의 모래를 그리워하는 인민군 지휘자의 감상을 담았다. 인민 군대가 중부 이남으로 밀고 내려 왔을 때 일시적으로라도 점령하지 못했던 마산의 모래를 그리워한다는, 다분히 정치적인 의식을 담았다. 시의 머리맡에 '서정시'라는 장르 구분이 되어 있으니 북한의 서정시가 어떤 서사적 방식을 답습하고 있는지 잘 드러나고 있다.

이처럼 북한 문학, 곧 북한의 시와 산문에 나타난 마산의거와 4월 혁명의 형상은, 그 역사적 사건 자체로서의 의의와 가치를 밝혀 보려 한다거나 억울하게 희생된 청년 학생들과 그 가족에 대해 인도주의적 애도를 표현한다거나 하는 문학 본유의 기능이 전혀 나타나지 않는다. 남한의 정치 지도자들 및 그 배후 세력으로서의 미국에 대한 강력한 적대감과 남한 '인민'들에 대한 선전선동, 또 그에 대비한 북한체제의 우월성을 암시하는 데 확고한 목적의식을 두고 있는 것이다.

그러므로 북한문학에 나타난 이러한 문학적 결과를 살펴본다는 것은, 지금까지 이어지고 있는 남북 분단 시대의 비극적 상황을 다시 확인하는 일이며, 동시에 '의거'와 '혁명'이 갖는 한민족 역사 위에서의 입지가 어떠한가를 입체적으로 검증하는 일이 된다. 민족사적 단위의 과제로 생각하면, 이들 남과 북에서 수행된 역사적 사건에 대한 의미 규정뿐만 아니라 기존에 제기된 평가의 방식과 내용에 있어서도 이제 새로운 연구가 필요하다 하겠다. 이는 또한 남북간 국토의 통합에 선행되어야 하는, 문화적 인식의 진정한 통합을 향해 나가는 발걸음의 시작이기도 할 것이다.

4. 북한문학사의 고정적 평가와 공통 과제

앞의 항에서 북한문학에 수용된 마산의거와 4월 혁명의 문학적 형상을 구체적인 작품을 통해 살펴보았거니와, 북한의 대표적 문학사인 『조선문학사』에도 이에 대한 언급이 나타나 있다.

1977년 평양의 과학백과사전출판사에서 사회과학원 문학연구소 집필 및 어문도서편집부 편집으로 출간한 『조선문학사』(1959~1975)를 보면, 그 제1편 「1959년~1966년의 문학」에 제7장으로 「조국통일에 대한 불타는 지향과 남녘땅 인민들의 영웅적 투쟁을 반영한 작품들」을 싣고 소설문학, 시문학, 영화문학, 극문학으로 나누어 문학사적 평가를 시도하고 있다.

이 시기 작가, 시인들은 격동적인 혁명적 현실 속에서 커다란 사상적 충격을 받아안으면서 남조선 혁명과 조국통일을 주제로 한 작품창작에 커다란 관심을 돌렸으며 따라서 이 주제분야에서는 전례없는 성과들이 이룩되었다. 무엇보다도 소설문학, 시문학, 영화문학, 희곡문학 등 문학의 각 형태들을 포괄하면서 그 주제사상이 훨씬 심화되고 확대되었다. 이 시기 남조선혁명과 조국통일을 주제로한 작품들에서는 남조선 인민들의 거국적인 4·19 인민봉기로 들끓고 있던 남조선의 혁명적 진실이 생동하게 재현되고 간고하고 피어린 투쟁 속에서 자라나는 투사—주인공들의 성격이 진실하게 그려졌다. 또한 소설과 영화문학 등에서 서사시적 화폭 창조에로의 지향이 짙게 나타났다.[25]

4·19를 '인민봉기'로 지칭하면서, 「넋은 살아있다」(1965년, 고동온)를 비롯한 일련의 소설들을 노동자 계급의 투쟁에 관한 것으로, 「마산은

---

25) 「조국통일에 대한 불타는 지향과 남녘땅 인민들의 영웅적 투쟁을 반영한 작품들」, 『조선문학사』 (1950~1975), 과학백과사전출판사, 1977, pp.180~181.

행진한다」(1960년, 신진순) 등 일련의 시들을 '위대한 수령 김일성 동지'의 교시[26]에 걸맞는, 미제와 그 주구들에 대한 투쟁에 관한 것으로 평가하고 있다.

또한 주체88(1999)년 평양의 사회과학출판사에서 박사, 부교수 리기주의 집필 및 차영애 편집으로 출간한 『조선문학사』12권을 보면, 그 제4장 「극문학 및 영화문학」에 제5절로 「남조선 인민들의 반미반괴뢰투쟁, 겨레의 조국통일념원의반영」을 싣고 '4·19민중봉기'에 대한 평가를 반복하여 내놓고 있다.

이 시기 극 및 영화문학도 미제와 그 주구들의 학정을 반대하고 자유와 민주주의, 생존의 권리를 지키기 위한 남조선 인민들의 투쟁현실과 조국통일에 대한 우리 인민의 절절한 념원을 형상한 작품들을 많이 내놓았다.

희곡 「분노의 화산은 터졌다」(송영), 영화문학 「잊지 말자 파주를!」(주체 46(1957), 집체작), 「어떻게 떨어져 살 수 있으랴」(주체46(1957), 한상운·양재춘) 등을 대표적으로 들 수 있다.

희곡 「분노의 화산은 터졌다」는 썩은 정치, 썩은 제도를 타도하고 새 정치, 새 생활을 쟁취하기 위하여 분화산처럼 터진 남조선 인민들의 영웅적인 주체49(1960)년 4·19인민봉기를 첨예한 극적 형상으로 반영하였다.

위대한 령도자 김정일동지께서는 다음과 같이 지적하시였다.

"4월 인민봉기는 지난 15년 동안 미제와 리승만괴뢰도당의 학정 밑에서 쌓이고 쌓인 남조선 인민들의 원한과 분노의 폭발이였으며 새 정치, 새 생활을 요구하는 남조선 인민들의 정당한 투쟁이였습니다."

4월 인민봉기는 미제의 식민지 통치를 반대하고 사회의 민주화를 실현하

---

26) "4월 인민봉기는 남조선 인민들의 영웅적 기개를 뚜렷이 시위하였으며 인민대중이 힘을 합쳐 억압자들을 반대하는 투쟁에 일어선다면 원쑤들의 어떠한 아성도 능히 짓부실 수 있다는 것을 보여주었습니다." 『김일성저작선집』 5권 제2판, p.482.

기 위한 남조선 인민들의 투쟁력사에 거대한 의의를 가진다.[27]

김정일 통치 시대의 교시자가 김일성에서 김정일로 바뀌는 것은 당연한 일이지만, 문제는 마산의거 또는 4월 혁명과 같은 남한에 있어서 현대사의 한 정점에 해당하는 역사적 사건을 평가하는 시각이 20여 년의 세월이 경과하고서도 한결같이 꼭 같다는 데 있다. 북한의 문학사나 문학작품에 반영된 남한의 정치적 격변은, 북한 체제의 대내외적 입장에 복속되도록 그 관점이 정돈되어 있고 분단 시대의 민족적 질곡이 계속되는 한 이 완강한 도식은 변경될 가능성이 없어 보인다.

그동안 남북간에 이루어진 여러 변화와 반성의 경과에도 불구하고, 이러한 고정적 수사 및 발화 방식은 여전히 남북간 문화적 인식의 격차를 여실히 반영하고 있고, 이는 궁극적으로 남북의 문화정책 당국과 동시대의 정치 지도자들이 해결해야 할 과제이다. 문제의 해결을 위해서는, 일방적인 공과의 주장이 아니라 상대측의 상황을 있는 그대로 객관화하고 그 현실적 토대 위에서 새로운 그림을 그려 나가는 폭넓은 민족적 화해의 정신이 선행되어야 할 것이다.

---

27) 「남조선 인민들의 반미반괴뢰투쟁, 겨레의 조국통일념원의 반영」, 『조선문학사』 12권, 사회과학출판사, 주체88(1999)년, pp.223~224.

냉전과 공생의 짝패
—1960년대 북한문학에 나타난 박정희 체제비판소설

노희준

1. 1960년대 한국의 분단체제

1960년대 중반은 북한과 남한체제의 성격에 있어 근본적인 변화가 일어난 시기이다. 〈전후복구건설시기〉를 거쳐 〈사회주의의 전면적 건설시기〉에 돌입한 북한은 혁명에 있어서의 민족주의 문제와 관련하여 조심스럽게 접근할 수밖에 없었던 1960년대 전반기와는 달리 1967년 유일주체 사상시기에 돌입하면서 이른바 김일성을 중심으로 한 북한식 사회주의를 선포하기에 이른다.[1] 남한에 있어 1960년대는 정치적으로는 초반의 4·19혁명과 5·16군사쿠데타가 강조되게 마련이지만

---

[1] 김재용은 북한에 있어 민족적 특수성에 대해 자각하면서도 민족환원주의나 민족주의로 경사되지 않았던 1960년대 전반기의 특수성을 논하면서 "그러나 이러한 논의는 1967년 이후 유일사상체계가 들어선 이후의 그것과는 현저하게 다른 것이다. 주체사상이 전 사회적으로 지배하면서부터는 민족이란 담론이 다른 문제들을 압도하였고 그 과정에서 민족환원주의를 노정하여 내부의 민주주의를 오히려 억압하는 기제로 작용하였다. 그러기에 이는 1960년대 전반기 북한 사회가 가졌던 문제의식과는 질적으로 큰 차이를 가지게 되었던 것이다."라고 지적하고 있다.(김재용, 「북한문학과 민족문제의 인식」, 『분단구조와 북한문학』, 소명출판, 2000, pp.73~74.)

경제적으로 남한사회체제에 근본적인 변화가 일어난 것은 중반 이후부터였다고 보아야 한다. 강력한 군사정부를 토대로 하여 자립경제를 구축하려고 했던 남한이 수출 드라이브를 본격적으로 추진하게 된 시기가 1965년 무렵이기 때문이다.[2] 남한이 내포적 공업화 모델을 완전히 포기하고 세계자본주의체제의 종속국가로 편입된 반면, 이미 세계공산주의체제에 포함되어 있던 북한이 이단아를 자처하여 이후 자립경제노선의 시초를 제공하는 때가 바로 이 무렵이다.

북한은 해방후 남한의 사회구성체를 〈신식민지종속국가〉로 바라보는 관점을 견지한다. 이 시기에 있어서도 북한은 5·16군사쿠데타 정부의 친미정책과 한일협정에 주로 비판의 초점을 맞추고 있다. 북한은 자립적인 사회주의에 입각하여 주체적이고 평등한 사회를 이룩했는데 반하여, 남한은 미국과 일본의 속국이 됨으로써 민족적 자존심을 저버린 것은 물론, 민중들이 헐벗고 굶주리는 빈익빈 부익부 사회가되었다는 체제상 우월주의가 그 밑바탕에 깔려 있음은 물론이다. 실제로 해방 후 북한의 GNP는 남한의 그것을 상회한다. 재미있는 것은 북한이 비판하고 있는 대외지향적 공업화에 1970년 무렵이 되면 남한이 북한의 경제 성장을 본격적으로 앞지르게 된다는 사실이다.

북한이 대체로 칭송하고 있는 4·19세대의 맹점 중 하나는 그들이 민주주의와 경제 성장을 동시에 성취할 수 있다고 믿었거나, 혹은 민주주의의 발전과 경제적인 발전을 동일시했다는 데 있다. 그러나 동시대의 개발도상국 중에서 이 두 가지 요건을 동시에 충족시킨 경우는 없다.[3]

---

2) 수출드라이브는 1965년 한일회담 타결을 전후한 시기에 본격적으로 가동되었던 것으로 추정된다.(이완범, 「제1차 경제개발5개년계획의 입안과 미국의 역할」, 『1960년대의 정치사회변동』, 한국정신문화연구원 편, 백산서당, p.124.)
3) 손호철은 "문제는 제3세계와 같은 종속적 상황에서, 그것도 외연적 산업화 단계에서 성장과 평등, 민주를 동시에 추구하는 것이 가능하냐는, 즉 민중배재적이고 억압적이지 않은 정치체제를 유지하면서 고도의 자본축적과 고성장이 과연 가능하냐는 것이다. 최소한 역사는 그렇지 않다는 것을 보여주고 있다."고 말하고 있다.(손호철, 『현대한국정치:이론과 역사 1945~2003』, 사회평론, 1995, p.262.)

그럼에도 불구하고 남한이 경제발전에 성공할 수 있었던 요인은 크게 두 가지 정도로 생각해 볼 수 있다. 한 가지는 남한이 강력한 독재정권을 바탕으로 해외 자본을 적극적으로 유치하여 독점자본을 형성하는 데 성공했다는 것이며, 또 한 가지는 분단체제라는 특수성과 남한 사회의 독특성 때문에 미국이 남한경제를 금융 감독하는데 사실상 실패[4]했다는 것이다. 남한은 세계체제에 종속되는 대신에 역사상 유례를 찾아볼 수 없는 경제발전을 이룩한 셈이다. 이것이 가능했던 것은 민중에 대한 억압이 강하게 존재했기 때문이지만 거꾸로 민주주의가 성취되었을 경우 남한이 경제 성장에 성공했을 가능성은 매우 희박하다고 보인다. 더구나 1960년대의 북한 사회를 민주주의가 실현된 공산주의로 볼 근거는 전혀 없다.

어느 쪽이 더 바람직한 체제였는가의 문제를 떠나서 1960년대 남북한 사회는 자신의 정치적 정당성을 주장하기 위해 경제적인 측면에서의 무한경쟁체제에 돌입했다고 할 수 있다. 비록 1980년대 이후 북한 사회가 급격한 하락의 길을 걸어온 것은 사실이지만 그것은 1990년대에 가시적인 역사적 사건으로 드러났듯이 공산주의 세계체제 전체가 위기에 처했기 때문이지 단지 북한 사회 자체의 한계에 전적으로 기인한 것이라고 보기는 어렵다. 따라서 이질적인 체제에 속해 있었음에도 불구하고 남한과 북한은 비슷한 시기에 초억압적 국가기구(알튀세르)를 추구했다는 점에서 공통점을 지닌다.

---

4) 브루스 커밍스는 한국이 미국의 금융감독에서 유일하게 벗어난 국가임을 암시하면서 그 이유를 한국의 특수성에서 찾고 있다. "한국에서는, 동대문 시장의 노파가 나보다 훨씬 잘 알고 있겠지만 네 가지 화폐가 통용되었다. 공식적인 환율의 미국 달러, 동대문 시장 환율의 미국 달러, PX에서 유용한 달러를 완곡하게 일컫는 '군표', 이 세 가지 통화와 더불어 수시로 환율이 변동하는 한국의 불환(不換) 화폐 원이 나란히 존재했다."(브루스 커밍스, 『한국현대사』, 김동노·이교선·이진준·한기욱 역, 창비, 2001, pp.442~443.) "공식적으로 정해지고 국가에서 인정하는 중앙은행금리, 여성들이 매달 공동출자하고 제비뽑기로 모인 판돈을 가져갈 사람의 순번을 정하는 오랜 제도인 계의 금리, 환전상들 무리가 부과하는 금리로서, 이를 통해 정말로 상상할 수 없을 규모의 돈이 돌아다니는 '사채금리'가 있다."(브루스 커밍스, 위의 책, p.443.)

냉전체제 하의 남한과 북한은 서로에게 〈이중의 거울상〉 역할을 했다고 말할 수 있다. 자신의 결핍을 은폐하기 위해 상대의 성공을 깎아내리거나, 자신의 자만심을 강조하기 위해 상대의 허점을 부각시키는 다양한 전략들의 공유가 이를 증명한다. 타자는 객관적인 관찰 대상이 아니라 '나'를 실제보다 커 보이게 하는 왜곡된 거울로 전유된다. 남한과 북한은 수많은 차이점에도 불구하고 정치적인 발화구조 속에서는 일종의 데칼코마니처럼 마주보고 있는 것이다. 이런 경우 비판의 내용은 비판의 대상보다 비판의 주체에 대해 더 많은 것을 말해 주기 마련이다. 1960년대 북한의 남한 비판은 남한의 현실보다 북한의 이상을 더 정확하게 반영하게 된다는 뜻이다. 그 역도 마찬가지로 성립함은 물론이다.

조선문학사에 기록되어 있는 1960년대 남한형상소설 10편 중 4편은 1967년 이전에 창작되었다. 이 중 3편은 1965년에, 1편은 1966년에 창작되었는데 사실상 이 무렵은 유일주체사상의 준비기간으로 보아도 큰 무리가 없다. 따라서 이 작품들은 엇비슷한 문예정책 하에서 창작되었다고 할 수 있다. 실제로 1960년대 초반의 5·16군사혁명과 한일협정 비판이 1960년대 후반으로 갈수록 더 많다.

작품의 구조는 거의 엇비슷하며, 주로 두 가지 문제에 초점을 맞추고 있다. 첫 번째는 남북한의 사회 비교를 통한 북한 체제의 우수성 선전이고, 두 번째는 북한의 영도를 받은 남한 민중의 자체적인 혁명 가능성의 타진이다. 이를 위해 본격적으로 비판의 도마 위에 오르는 것은 남한 정부의 친미주의와 한일협정이다. 이에는 상당히 날카로운 것도 없지 않지만 터무니없는 것도 적지 않다. 어떤 것들은 시공간만 남한으로 바뀌었다 뿐이지 북한의 혁명전통문학과 동일한 구조를 갖고 있다. 그야말로 남한 사회의 날조를 통한 북한 이데올로기의 우회적인 형상화라고 할 수 있겠다.

『조선문학사』의 분류와는 별개로 이 작품들은 주인공의 성격에 따라 1)학교 2)노동현장(공사현장, 농촌, 어촌) 3)군대 및 무장반미투쟁지역의 공간 배경으로 분류 가능하다. 본고는 이 순서에 따라 1960년대의 남한 체제 비판소설을 다룰 것이나, 각 장의 주제는 한 유형의 소설들에 보다 특징적으로 드러나는 것일 뿐, 연구 대상이 되는 작품에 공통으로 적용된다. 1) 2) 3)의 소설들 또한 확연하게 내용 구분이 된다고 볼 수도 없다. 따라서 본고의 분류는 어디까지나 편의상의 것이며, 이하 10편의 작품들은 사실상 동일한 범주에 묶이는 것임을 밝혀 둔다.

2. 〈별〉의 정치학

1960년대 중반 이전의 북한문학사는 문학사 기술에 있어 〈프롤레타리아 문학〉과 〈사회주의적 사실주의〉를 강조하는 경향이 뚜렷하다. 예를 들어 안함광의 『조선문학사』는 3·1운동을 〈혁명적 프롤레타리아〉에 의한 〈조선민족해방투쟁〉으로 칭송하고, 그 물결이 "위대한 로씨야 사회주의 10월 혁명"에 있음을 강조하여 "맑스-레닌주의의 사상을 우리나라 현실에 알맞게 창조적으로 적용"하였으며, "반식민지 국가들에서의 민족해방운동과 국제적 련대성을 굳게 가졌었다."[5]는 점을 강조한다. 그러나 이후에 출간된 『조선문학사』는 3·1운동을 평가 절하하고, 김일성의 항일혁명투쟁을 마치 건국신화처럼 다루고 있다.[6]

주지하듯이, 해방 후 북한 문예 이론의 기본 요건은 〈당성〉〈인민성〉〈노동계급성〉이다. 인민은 공화국의 국민이며, 노동계급이란 전 세계

---

5) 안함광, 『조선문학사』, 연변교육출판사, 1956(영인본: 한국문화사, 1999), p.178.
6) 이에 대해서는 노희준, 「1990년대 『조선문학사』의 현대문학 서술체계와 방법론」, 『북한문학의 이해 2』, 김종회 편, 청동거울, 2002, pp.131~136. 참조.

프롤레타리아임을 감안하면, 두 요소를 매개하는 〈당성〉의 역할이 삼위일체의 꼭지점을 차지하고 있음을 알 수 있다.[7] 하지만 유일주체사상 시기의 문예이론은 〈주체성〉과 〈무장투쟁〉의 역사를 강조함으로써 보편적인 사회주의적 사실주의의 공식에서 벗어나고 있다. 수많은 정치적·경제적 조건이 존재하지만 사실상 〈우리식 사회주의〉는 태생적으로 결함을 지닌 북한 사회주의의 불가피한 선택으로 생각된다. 북한은 본질상 소련제국주의의 힘을 얻어 탄생한 용병국가[8]다. 내부적이고 자생적인 계급투쟁이 북한의 역사에는 결핍되어 있다. 따라서 결핍된 보편(계급혁명)을 역사적 특수성(항일무장투쟁)으로 보충하는 것만이 북한이 자신의 특수한 보편(주체성)을 확립하는 유일한 방법이었던 셈이다.

북한소설이 남한의 4·19 혁명을 칭송하는 것 역시 이러한 결핍과 상관있어 보인다. 4·19는 북한에는 단 한 번도 존재한 적 없는 범국민적 반체제운동이자 자생적인 시민혁명이다. 5·16군사 쿠데타 세력이 4·19혁명의 진정한 계승자가 되기 위해 노력하듯이[9] 이 시기 북한소설은 발빠르게 4·19를 남조선에서의 혁명 전통으로 만들어 놓고 있다. 군사 쿠데타 세력과 북한 정권은 일제히 4·19를 치켜세우느라 바빴던 것이다.

고동온의 「넋은 살아있다」(『조선문학』, 1965년 8월호)는 재일조선작가의 작품으로 한 여중생을 주인공으로 4·19에 대해 다루고 있다. 올해 중학교 2학년생인 숙이와 영란이는 어느 날 갑자기 무용반에서 력사연구반으로 자리를 옮긴다. 훈육주임으로부터 당신이 빼돌린 게 아니냐

---

7) 당의 권력은 인민으로부터 오므로, 권력의 주인은 인민이라는 것이 사회주의적의 기본적인 논리이다. 하지만 이는 결국 당에 절대적인 권력을 양도하는 것이 된다. 사실상 인민의 정의는 당의 권력을 인정하는 자에 한정되기 때문이다.
8) 이에 대해서는 와다 하루끼, 『김일성과 만주항일전쟁』 참고.
9) 강준만에 의하면 "실제로 5.16 주체세력은 쿠데타 이후 내내 자신들이 4.19의 정신을 계승한 것이라고 주장" 했음을 밝히면서, 이는 "박정희의 '4.19마케팅'이며, "5.16 주체세력은 4.19의 좋은 이미지만을 차용해 자신들을 정당화하고 미화하는 용도로만 사용하고자 하"였음을 분명히 하고 있다. 이에 대해서는 강준만, 『한국현대사 산책 2』, 인물과 사상사, pp.281~286 참조.

는 질책을 받은 데다, ㅎ여자중학교의 무용반은 전통도 깊고 명성이
자자하였으므로 력사 연구반 담당 송 선생은 의아해 한다. 제정된 교
복도 못 입고 다니는 판자집촌 자손이라 무용반에 들어가는 막대한 비
용을 감당 못해 그랬거니 짐작하는데 실제로 듣게 된 사연은 좀더 심
각하다. 숙이와 영란이는 무용복을 구하지 못하던 차에 오미자의 아버
지에게 지원을 받게 되나 그 때문에 숙이는 오미자와 주연 배역을 바
꾸게 된다. 숙이는 일상을 통해 사회 전체의 비리와 모순을 깨닫게 되
는 결정적인 사건을 체험하게 된 것이다.

　나중에 4·19시위 대열에 참가하게 되는 숙이의 계급의식은 하루 이
틀에 형성된 것이 아니다. 숙이의 아버지는 10월 인민항쟁 때 군중들
의 선두에 섰다가 총에 맞아 숨졌다. 영란의 오빠 영수는 "우리가 가난
하고 업심을 받는 것은 썩은 정치 때문이라고 늘 일깨워 주군 하(61)"
였다. 이러한 배경 때문에 숙이는 당국에서 학교를 폐쇄하여 또래끼리
집단행동을 하지 못하게 되자 "이제는 싫건 좋건 자기 량심에 비추어
길을 골라 잡을 밖에 다른 도리가 없(65)"다고 판단하고 자신의 생일날
인 4월 19일 시위 대열에 적극적으로 참여했다가 국군 장교의 총에 맞
아 숨지게 된다.

　이 소설의 인물군은 셋으로 정확히 나뉜다. 계급적으로 각성된 주동
인물인 아버지, 숙이, 영수의 인물군, 민족의 반역자이자 미제의 앞잡
이로서 반동인물인 훈육주임과 국군장교, 그리고 사회의 모순과 불평
등에 대한 인식은 갖고 있으나 아직 혁명적으로 단련되지 못한 중간인
물인 송선생, 영란, 어머니의 인물군이 그것이다. 결말은 주동인물이
반동인물과의 현재의 싸움에서는 패배하지만 그로 인해 중간인물들의
실천을 고무시켜 잠재적으로는 승리하는 것으로 맺어진다. "이튿날 항
쟁의 거리에는 ㅎ녀자 중학교 시위대렬이 나타났는데 그 선두에는 송
선생과 영란이, 그리고 숙이 어머니가 서 있었다.(98)" 이미 북에서는

한물 간 "인간을 현실에서 이탈시키지 않으면서 인간을 현실 이상으로 향상"시키는 "로맨티시즘"으로 "사회적 영웅"[10]을 그릴 것이라는 〈혁명적 낭만성〉의 전통이 남한 사회에 그대로 적용되고 있음을 확인할 수 있다. 남한은 아직까지도 이런 모순이 아직까지도 남아 있는 후진 사회라는 함의가 그 안에 깔려 있다. 리은직의 「생활 속에서」(『조선문학』, 1968년 7월호)와 박승극의 「밤하늘의 별들」(『조선문학』, 1970년 10월호)은 국민학교를 배경으로 하고 있다. 전자는 학교에서의 불평등과 빈민들에 대한 강제철거를 관련시키고 있고, 후자는 국민학생들이 반미 투쟁에 나서게 되는 계기를 형상화하고 있다.

「생활 속에서」는 5·16군사쿠데타가 성공한 남한에서 4·19세대인 윤기철이라는 교사가 오히려 학생들의 삶을 통해서 현실을 직시하고 근본적인 혁명의 의지를 다지게 되는 과정을 그리고 있다. "학생시대 버릇이 아직도 사라지지 않았는지(…) 어느새 구체성이 없는 추상론만을 하게 되"는 교사 윤기철은 장기 결석자인 학생들의 가정방문을 나섰다가 학교의 부패와 사회 모순이 불가분의 관계에 있음을 깨닫게 된다. "수상님은 세상에서 제일 좋은 것이면 어린들에게 배려하고", "9년제 기술의무교육제가 실시되(78)"는 북한의 학교와 "스무 평짜리 교실에 백 명 이상 되는 애들이 들어차" 있는 "콩나무 교실"에 학비를 대지 못하는 "장기 결석자는 이제 학교에 다닐 생각은 다시는 말라는 것과 같(73)"은 남한의 학교를 단순 비교하는데 그치던 그가 〈생활 속에서〉 고양되어 투쟁의 참모부까지 두고 활동하는 어린 학생들에 의해 도리어 "근본적인 해결"과 "힘의 원천(77)"이 필요함을 알게 되고 자신의 소시민성을 철저하게 반성하게 된다는 줄거리이다. 무엇보다 이 소설의 주제는 "어려서부터 자기 행복을 자기 손으로 개척해 나갈 줄 아는 이 애

---

10) 이정구, 「창작방법에 대한 변증법적 리해를 위하여」, 『문학예술』, 1949년 9월호 참조

들이야말로 시대가 요구하는 참된 영웅이 될 수 있는 애들이 아니냐는 생각(85)"에 있는 것이다.

이러한 〈어린 영웅들〉의 형상화는 곧바로 〈별〉의 메타포와 연결된다.

아, 사랑스러운 별들이! 깨끗한 하늘의 자유로운 별들은 밤이면 찬란한 웃음빛을 땅우에 쏟고 낮이면 저마다 행복에 겨운 꿈을 속삭이리라. 저 밤하늘의 별들처럼 어두운 이 땅의 별들에게 빛을 찾아주어야 한다. 미제침략자들과 그의 앞잡이놈들을 쓸어버린 자기 토양에 자유의 별들을 키우는 농부가 되자! 이 땅우에 아이들의 왕국을 건설하는 혁명전사가 되자!

—박승극, 「밤하늘의 별들」, 『조선문학』 1970년 10월호, p.53.

대수롭지 않은 상징 같지만 여기에서 〈별〉이 갖고 있는 함의는 단순하지 않다. 교원 최태환이 심재복이라는 학생에게 감화받아 지하조직을 바탕으로 버림받은 아이들을 교육할 수 있는 새로운 학교를 건설해보자는 "혁명적 락관주의(53)"를 갖게 된다는 내용은 「생활 속에서」의 구도와 대동소이하지만, 「밤하늘의 별들」에서는 교장이 가진 "과거 일제 때의 언어생활 습성"이나 "케케묵은 사대주의(44)", "외국어로 씌여진 상점 간판 아래로 미제 침략군 놈들이 땅을 쓸어 헤엄치며 으르렁대는 거리(45)"의 묘사, 그리고 이러한 모순의 원인을 "신식민주의적 반동정책(53)"에서 찾는 여교사 명숙의 발언 등 남한 사회에 대한 보다 노골적인 비판이 등장하고 있다는 점에 관심이 간다. 한마디로 남한에는 세상을 바꿀 만한 〈별〉이 없다는 것인데, 이는 곧 최태환이 지적하고 있는 "주체 잃은 환경(47)"에 직접적으로 연결된다고 보인다.

우선 인용문의 별은 사회주의의 별, 〈로씨야 사회주의〉를 뜻하지 않는다. 그것은 북한의 〈주체적 사회주의〉를 의미하는 것인데, 위의 인용문에서 보면 "이 땅의 별들"이라고 하여 〈별〉의 원관념이 남한의 아이

들을 가리키고 있음을 확인할 수 있다. 이렇듯 아이들과 동일시되는
별은, 이미 항일혁명의 역사에서 그 뿌리를 찾을 수 있다.

기록에 의하면 1935년경 김일성은 국내진공작전이 보천보 전투가
끝난 직후, 6사와 4사를 통틀어 약 400명의 군인들에게 새 군복을 지
급한다.[11] 이 군복은 동북항일연군의 것과는 다른 독창적인 조선인만
의 군복으로, 그 군복의 모자에는 빨간 별이 달려 있었다. 김일성은 이
새 군복을 소년유격대원들에게 가장 먼저 입혔는데, 그들은 김일성을
보좌하기 위해 선발된 보위병들이었다.

여기에서 〈빨간 별〉은 사실상 독립적인 국가를 상징하는 것으로 이
는 김일성이 일찌기 1930년도에 북한 사회주의 인민 공화국을 구상하
고 있었다는 사실을 증명하는 결정적인 역사적 증거가 된다. 그러니까
현실적으로 북한은 1945년 이후에야 성립되지만 상상적인 국가로서의
북한은 이미 해방전부터 존재했던 것이 된다. 김일성은 자신의 자서전
인 『세기와 더불어』에서 소년병들을 곧잘 〈별〉에 비유하곤 하는데,[12]
그들 중 살아남은 자들은 해방후 실제로 〈별〉이 되어 오랫동안 북한의
실권을 장악하게 된다.[13]

그렇다면 위의 별은 단순히 북한의 영도를 따르라는 구호적인 의미
를 넘어서서, 북한 자신의 자부심이자 동시에 아킬레스건인 〈주체성〉
을 남한 사회에 투사한 결과라는 분석이 가능해진다. 사후적으로 북한
의 〈별〉을 발견한 어두운 하늘 아래에 살고 있는 남한 아이들은 자신

---

11) 김일성 자서전에는 "새로 작성한 군복도안에서는 모자에 붉은별모표를, 군복저고리에는 령장을 달았
   다. 그리고 남대원들의 바지는 유격활동에 편리하게 약간 개조한 승마복형태였고 녀대원들에게는 주
   름치마나 바지를 입히는것으로 하였다. 남녀대원들의 저고리는 종전처럼 닫긴깃형태였다."(김일성,
   『세기의 더불어』, 백두산편집부판 6권, p.70.)라고 기록되어 있는데, 사실 여부를 떠나서 이는 중국군
   대와 구별되는 조선인만의 항일무장군을 강조하기 위한 것으로 보인다.
12) 김일성은 "나는 항일혁명시절의 경험에 기초하여 지난 조국해방전쟁시기에도 10대의 혁명가유자녀
   들로 친위중대를 무어 최고사령부를 호위하게 하였다."(김일성, 위의 책, p28.)고 기록하고 있으며 이
   들은 해방 이후 북한의 실권을 장악하게 된다. 이외에도 북한 서적에는 소년유격대원들의 눈동자나
   모습을 〈별〉의 메타포로 묘사하고 있는 대목이 매우 많다.
13) 와다 하루끼, 위의 책 참조.

들도 모르는 사이에 북한 항일혁명 전통의 넋을 이어 가고 있는 셈이
되는 것이다. 그들은 남한 사회의 모순을 발견한 학생 세력이 아니라
북한의 위대한 역사를 깨달은 제2의 항일유격 소년 전투병들이다. 이
러한 남한에 대한 북한의 영도는 김형균의 「흐름 속으로」(『조선문학』,
1970년 11월호)가 보다 노골적이다. 이 작품은 조선의 고려자기가 훌륭
한 문화유산일 뿐만 아니라 일본 문화에도 지대한 영향을 미쳤다는 내
용의 "과학적인" 논문을 실었다가 남한 사회를 장악하고 있는 미 군부
세력의 거대한 힘을 알게 되는 대학생 한명도의 이야기를 다루고 있
다. 한명도는 존경하는 스승인 최성태 교수와 학교의 비리에 저항하는
학생들을 배반하는 대가로 외국 유학을 보내 주겠다는 학교의 실권자
이자 CIC[14]요원인 톰슨의 회유를 거절했다가 아버지 사업이 망하고
학교를 더 이상 다닐 수 없게 되는 한편 친구조차 그들의 손에 크게 다
치게 되는 불운을 겪게 된다. 이러한 과정을 통해 한명도는 "매국적인
한일협정"과 미군부의 폭압을 몸소 체험하게 되고 예전에는 미처 이
해하지 못했던 최성태 교수의 뜻을 따라 "김일성 장군님의 혁명전사
가 되"어 "남녘땅을 해방하고야 말겠(93)"다는 결의를 품고 "남녘 천
지를 암흑의 도가니로 만든 죄악의 장본인인 미제 침략자들과 그 주구
박정희 역적을 끓어번지는 분노로 규탄(94)"하기에 나서게 된다는 줄
거리이다. 여기에서도 별의 메타포는 어김없이 등장한다.

〈명도, 저 별들을 봐라… 저 숱한 별들은 오직 하나의 자기 궤도를 따라
돌고 있거든, 태양계에 있는 행성들만 봐도 다른 궤도는 없어. 수십억년을
변함없이 오직 하나의 궤도를 따라서, 태양을 우러러 태양의 주위를 돌고
있거든. 태양이 있고 태양의 주위를 변함없이 돌고있기 때문에 저 별들이

---

14) 미국 방첩대의 약자. 현 CIA의 전신이다.

어두운 밤하늘에서도 빛을 뿜고 있는거지… 태양을 우러러 태양을 따르기 때문에…〉(81)

위의 〈태양〉이 김일성 장군을 암시하고 있음은 말할 필요도 없다. 별은 언제나 하늘에 존재하지만, 별이 태양에 의해 빛나고 있다는 사실을 아는 자만이 스스로 〈별〉이 될 수 있다는 삼위일체의 논리가 다시한번 완성된다. 이는 표피적으로 보자면 남한 사회에 대한 북한 사회의 우수성을 선전하기 위한 수사에 불과하지만, 일회적인 역사에 불과한 김일성의 항일유격 전통을 끊임없이 반복될 수 있는 사회주의의 원칙으로 보편화하고, 이를 통해 특수한 형태의 일국사회주의를 필연적인 것으로 정초함으로써, 수많은 다른 형태의 사회주의적 가능성들을 은폐하고 억압한 〈유일주체사상〉의 역사적 흔적을 보여주는 것이다.

3. 통일혁명의 경제학

1960년대 남한 체제 비판소설이 목표 삼고 있는 곳은 학교뿐만이 아니다. 군대, 농촌, 공사판, 어촌 등 남한 사회의 모순을 민중의 삶을 통해 보여줄 수 있는 장소가 다양하게 제시되어 있다. 이 시기의 소설은 하나같이 장소별로 남한에 대한 북한의 경제적 우위를 강조한다. 학교가 가장 많은 것은 교육적 목적에 가장 유용한 장소이기 때문이라 해도, 공장이 등장하지 않는 것은 이상하다. 1960년대 남한에 있어 박정희식 발전론의 모순을 가장 집약적으로 보여주는 장소는 바로 공장이기 때문이다. 전태일의 분신 사건으로 잘 알려졌듯이, 특히 섬유 공장의 여공 근로 조건은 그야말로 착취의 전형을 보여준다. 10대, 20대의 경우 여성 취업 인구가 남성 취업 인구에 비해 압도적으로 높았다는 통계[15]는 가정에서도 남성의 교육을 위해 여성이 일방적으로 희생당하는 이중의 억압이 존재했음을 알려 준다. 그럼에도 불구하고 북한의 소설에 남한의 공장이 등장하지 않는 것은 남한을 공장조차도 존재하지 않는 후진국으로 묘사하려는 북한의 정치적 의도를 잘 보여준다.

당연히 사병, 농민, 어민, 노동자 등의 생활은 매우 비참한 것으로 묘사되어 있다. 남한의 연구에서도 당시의 주변부가 정체, 혹은 퇴락하는 경향을 찾기란 어려운 일이 아니다. 그러나 세계 역사상 자본주의 발달의 초기 단계에 있어서 농·어산물의 가치 하락이 일어나지 않은 경우는 없다. 미약하게나마 당시의 농어촌이 근대화 단계에 진입하고 있었다는 연구[16]까지 있는 것을 보면 한국의 경제발전이 농어촌을 희생양으로 삼은 것은 사실이라고 하여도, 이는 세계 체제에 종속된 위치에서는 불가피한 선택이었다. 대외지향적 공업화 자체가 농어촌의 희생을 전제한 상태에서만 가능한 정책이었던 것이다. 한편 북한의 농어촌은 이 시기에는 상대적으로 비교우위에 있지만 이후에는 점차 몰락의 길을 걷는다. 1990년대 이후 사회주의 시장이 축소되면서 그 연쇄 효과로 경제난과 식량 부족이 발생한 것으로 진단되고 있지만, 이미 1970년대 초반 북한의 농어촌은 일차적인 위기에 처하게 된다. 북한은 농어촌 위기의 원인을 전세계적인 한랭전선의 확산, 가뭄 및 홍수의 빈번한 발생 등 외부적 요인에서 찾고 있지만, 사실상 이는 북한의 경제정책이 위기 상황을 타개할 만한 신축성과 시장 조절 능력을 갖추고 있지 못했음을 증명한다.

하지만 이 시기 북한의 남한 비판이 전혀 터무니없는 것은 아니다. 단순화·도식화되어 있긴 하지만 남한의 미국과 일본에 대한 정치적·

---

15) 이에 대해서는 박준식, 「1960년대의 사회환경과 사회복지정책—노동시장의 문제를 중심으로」, 『1960년대 정치사회변동』, 한국정신문화연구원 편, pp.167~169 참조.
16) 장하원, 「1960년대 한국의 개발전략과 산업정책의 형성」, 『1960년대 한국의 공업화와 경제구조』, 한국정신문화연구원 편, pp.77~125 참조.

경제적 종속이 농어촌을 몰락시키고 있다는 인식이 분명하다. 초점은 미군정의 제국주의 정책과 박정희 정권의 〈한일협정〉의 비윤리성에 맞추어져 있다. 이러한 북한의 비판은 남한이 이제부터라도 과거의 역사를 자성적으로 검토해 볼 것을 요구한다. 통상 박정희 정권의 적극적인 차관 유치와 한일협정에 의한 경제 지원금, 그리고 베트남 파병정책이 남한 경제를 일으킨 주된 공과로 평가되고 있지만 자세히 살펴보면 꼭 그런 것만도 아니다. 차관은 미국에 대한 대외 의존도를 높여 장차 경제적인 쇼크의 반복되는 원인을 제공한다. 굴욕적인 방식으로 이루어진 한일협정의 내용은 이후 한국이 일본으로부터 정상적인 전쟁배상금을 받아내는 데 지속적인 걸림돌로 작용한다. 한국이 돈으로 환산할 수 없는 인명 피해에, 민간인 학살이라는 멍에에, 미국 '용병'이라는 손가락질을 받아 가며 베트남전에서 얻은 경제적 소득은 겨우 20여 명의 병력을 파견한 대만이 얻은 소득을 약간 상회하는 정도였다.[17] 이런 관점에서 보자면 북한소설의 남한 비판은 촌철살인이라기보다는 어설픈 채찍질 정도로 여겨지는 것이다.

박종상의 「하늬바람」(『조선문학』, 1970. 5)은 다도해의 어촌을 배경으로 하여 "매국배족적인 한일회담"을 중점적으로 비판하고 있는 작품이다. 당시 어부들의 생활은 끼니를 제대로 메우지 못할 정도로 피폐하다. "괴뢰정권에 들어앉은 반역의 무리들이 매국배족적인 한일조약을 성사시켜 보려고 악착스레 날치자 인민들은 물론 어부들의 생활에도 더욱 커다란 위험이 닥쳐오고 있었"(55)던 것이다.

어린 어부 해동이는 돛배가 아닌 발동선을 타면 새로운 삶이 펼쳐지리라는 희망을 안고 수세미 선장 룡갑이에게 적극적으로 매달려 "제2창선호"의 선원이 되는데 성공한다. 그러나 그의 기대와 달리 해상은

---

17) 한홍구, 「박정희 정권의 베트남 파병과 병영국가화」, 『역사비평』 62, 2003년 봄, pp.134~135.

"우리들의 바다"를 제멋대로 침범하는 일본 어선들의 무법천지가 된데다가, 남한의 경찰은 되려 일본 어선의 편을 들고 이쪽의 어민들을 위협하는 등 원양은 뿌리깊은 모순으로 오염되어 있다. 엎친 데 덮친 격으로 일본 대형 회사들의 경제적 침입이 가속화되자 중소업체 사주에 불과한 제2창선호의 선주는 도산 위기를 맞게 된다. 해동은 빼앗기고 짓밟혀도 묵묵히 참아야만 하는 현실에 크게 실망을 느끼고 어부생활을 청산하려 하지만 뭉치면 살 수 있다는 수세미 선장의 강력한 회유로 점차 계급 연대의 힘을 깨닫고 투쟁의 일선에 서게 된다는 내용이다.

남한의 비참한 농촌 현실과 달리 북한의 농촌은 천국처럼 묘사된다. 북쪽으로 갔던 어민들에 대해 "박정희 깡패들은 랍치니 뭐니 하고 떠들었지만 그 어민들은 북쪽에 가서 정말 놀라운 것을 보았"다. 그들에 의하면 "북쪽은 정말 별천지"(62)다. "하늬바람"은 바로 그 북쪽에서 불어오는 희망의 바람이다. 어민들이 한데 뭉쳐 "일제 재침 책동"과 "매국배족적인 〈한일협정〉"을 분쇄하는 데 나설 수 있는 것은 "위대하신 김일성 수상님을 모시고 우리도 그렇게 살아봐야 할 것"(66)에 대한 희망 때문이다.

최국명의 「삶의 길」(『조선문학』, 1965. 10)은 노동현장을 배경으로 동일한 비판을 행하고 있다. "이 공장으로 말하면 소위 미국놈들이 떠들어대는 허울 좋은 원조라는 미명 하에 시작된 것인데 실은 남조선의 경제를 완전히 틀어 쥐고 예속과 침략의 발판을 다져 가려는 흉악한 목적이 있는 것"이다. 이 공장에 침투한 의식 있는 대학생 영준은 "연공부의 중심"인 덕빈이를 통해 노동환경을 개선하고 "철천지 원쑤 일제의 재침 책동을 분쇄해 버리며 한일회담을 성사시키지 못하도록 투쟁"(37)하고자 하나 덕빈은 월급이 몇 달째 밀려 있는데도 불구하고 열심히 일하는 것만이 살길이라며 영준의 말을 귀담아 듣지 않는다. 그러던 중 열악한 작업 환경 속에서 부상을 입게 되고, 일을 빠졌다는 이유만으로 회사로부터 일방적인 해고통지를 받게 되자 자신의 생각이 잘못된 것임을 깨닫고 영준의 뜻에 동참하게 된다는 줄거리이다.

이 작품은 계급의식의 각성은 소부르주아에 의해서도 가능하지만 혁명은 프롤레타리아 자신으로부터 촉발된 산체험에서 발생한다는 북한소설의 전형적인 전통을 이어받고 있는 것이다.

오선학의 「그 길에 노을이 비낀다」(『조선문학』, 1966. 2)는 군대라는 특수집단을 배경으로 남한 사회의 비리와 모순을 고발하고 있는 작품이다. 박 대위가 이끌고 있는 최일병의 중대는 하사관에 불과한 미국 고문에게 모욕적인 감독과 지시를 받고 있는가 하면, 절대적인 물자와 식량의 부족으로 병사들은 굶주릴 수밖에 없는 형편에 처해 있다. 이는 과장이 아니다. 국군에 대한 미군의 지배적인 위치는 말할 것도 없거니와 사병들이 장성들의 끊이지 않는 부정부패로 고통받고 있었음은 틀림없는 사실이다.[18] 따라서 최일병과 송일병의 대화 중 송일병이 사단장과 대대장의 비리를 이야기하며 밤중에 도식당할 의논을 하는 장면(43)은 상당히 리얼리티를 확보하고 있는 것이다. 그러나 이 작품의 중심 사건이 되고 있는 서울에서 다시 일어난 "난리"가 무엇인지가 정확치 않다. 4·19가 지나고 5·16군사쿠데타가 성공한 마당에 전방의 군대까지 동원되어야 할 학생들의 데모라면 그것은 아마도 한일협정에 대한 시위이리라고 추측할 수 있을 뿐이다. 이들은 한뜻으로 뭉쳐 서울로 출동하기를 거부하게 되는데 실제로 남한에서 그러한 일이 있었는지 여부를 떠나서 시공간적 배경이나 작품의 줄거리와는 상관없이 천편일률적으로 같은 목소리의 비판을 하고 있는 것은 이 시기 남

---

18) 조갑제는 당시 군의 상황에 대해, "휴가나간 사병이 안 돌아오는 경우가 많았습니다. 데리러 가 보면 '배가 고파서 못 견디겠다'고 귀대를 거부하는 판이었지요.(…) 많은 장교들이 도둑질로 먹고 살고 있었습니다."라고 회고하고 있다.(조갑제, 『내 무덤에 침을 뱉어라3: 혁명전야』, 조선일보사, 1998. pp.141~142.)(강준만, 『한국현대사산책 1』, 인물과 사상사, 2004. p.113에서 재인용)

한비판 소설의 분명한 한계이다.

4. 항일유격 전통의 남한 계승

앞서도 말했듯이 북한은 항일무투를 북한의 건국신화처럼 칭송한다. 이는 두 마리 토끼잡기인데, 김일성 정권의 유일성을 강조하면서 동시에 우리식 사회주의의 훌륭한 논리적 근거를 만들어 주기 때문이다. 항일무장투쟁은 단순한 반제국주의 전쟁의 역사가 아니다. 그것은 건국 이전에 이미 존재했던 사회주의 국가의 반계급투쟁의 역사이다. 이를 정당화하기 위해 북한은 동북항일연군 제2로군 6사 사장이었던 김일성이 최현이 지휘하는 4사까지를 휘하에 두어 중국인 부대와는 구별되는 자체적인 군대 조직을 가지고 있었다는 점, 김일성의 무장투쟁이 만주에 있었던 조선 민중들의 전폭적인 지지를 기반으로 하고 있었다는 점 등을 강조하고 있다.[19] 와다 하루끼에 의하면 이러한 내용들은 모두 사실이다.[20]

문제는 해방후 김일성이 자신의 항일 경력을 통치 수단으로 사용했다는 데 있다. 여기서 북한의 결핍은 오히려 김일성 체제를 공고화하는데 역이용되는데, 북한에는 계급투쟁이 존재하지 않았으므로, 항일전쟁은 북한 계급투쟁의 유일한 역사이다. 북한은 김일성 유격대로부터 왔으므로, 김일성 유격대에 대한 공격은 사회주의 국가 체제 자체를 부정하는 것이 된다. 이는 김일성에 대한 비판은 곧 반사회주의임을 의미하는 것이다. 쉽게 말해, 김일성만큼의 업적이 없는 자는 현 체제에 무조건적으로 복종해야 한다는 논리이다. 항일무장투쟁은 역사

---

19) 이에 대해서는 김일성, 『세기와 더불어』 참조.
20) 이에 대해서는 와다 하루끼, 『김일성과 만주항일전쟁』 참조.

적 사실의 경계를 훨씬 넘어서서, 유일무이하고 확고부동한 통치 이데올로기로 전유된다.

항일무투는 북한 사회의 영원한 재현의 대상이다. 〈숨은 영웅〉의 혁명적인 활동에 의해 항일무투의 역사는 끊임없이 다시 쓰여지지만 그 본질 자체는 훼손되지 않은 채 남는다. 이 경우 항일무투는 사회주의 변증법의 구성 요소가 아니라 변증법 그 자체다. 〈숨은 영웅〉은 창발적인 행위를 통해 항일무투의 정신과 현 북한 사회의 불일치를 해소할 수는 있지만 이러한 구조 자체를 바꿀 수는 없다. 따라서 북한에서는 항일무투의 변증법 공식을 되풀이하는 소설이 많이 창작되었으며, 이러한 창작 원리는 남한 체제 비판소설에서도 여지없이 발견된다.

김수경의 「무호섬」(『조선문학』, 1965. 10)은 "항쟁의 섬"으로 삼대에 걸쳐 자생적인 유격대원들이 반체제 무장투쟁을 벌여온 곳이다. 이들은 뭍에 나가 무장투쟁을 계속하는 것이 현명한 전략이라는 판단 하에 무호섬을 떠나 전열을 가다듬을 계획을 세우는데 이들이 안전하게 섬을 떠날 수 있도록 자신의 몸을 희생하는 강신옥이라는 숨은 영웅이 등장하고 있음은 물론이다. 이 소설은 전쟁 직후인 1949년을 배경으로 삼고 있는데, 전쟁 당시에도 남한에는 자생적인 빨치산 부대가 존재했다는 사실을 감안하면 충분히 가능한 이야기다. 하지만 해방후 남한에 주민들을 대상으로 한 수용소가 존재했다는 것은 사실 무근이다. 이는 아무래도 1930년대에 간도땅에 설치되었던 일제의 집단부락과 안전농촌을 연상시킨다. 빨치산 대원들이 암호를 주고받는 모습이나 말을 탈취하는 계획을 세우는 대목 역시 북한에서 간행된 빨치산 참가자들의 수기 내용을 연상시킨다. 지리산 빨치산으로 알려져 있는 남한 내 자생적인 게릴라군은 북한과는 사실상 아무런 직접적인 관련이 없다. 그들은 사회주의 이념에 사상적으로 동조했는지는 몰라도 항일 빨치산과는 전혀 별개의 무장세력이다. 이러한 점을 생각해 보았을 때 이 소설은 남한 사회에 대한 면밀한 탐구에 의해 쓰여졌다기보다는 항일무투의 상상력이 1949년의 남한 사회에 적용된 것이라는 의심을 낳게 한다. "무호섬"은 남한에는 존재하지 않는 상상의 지명이다.

조성호의 「총소리가 울려퍼진다」(『조선문학』, 1968. 6)에 오면 상황은 한층 더 심각해진다. 〈한일회담〉 이야기가 나오는 것을 보아 소설은 1960년대라는 것 외에는 특별한 시간적 배경을 알 수 없게 쓰여져 있는데, 주요 내용은 미군의 포사격장 설치에 반대하여 농부 석만과 성인강습소 선생 용구, 탄부인 태수 등을 중심으로 한 지역 주민들이 대대적인 무장투쟁을 전개한다는 내용이다. 남한에서 자생적인 게릴라(빨치산)은 이미 전쟁 직후에 사라졌다. 마지막 빨치산이라 해도 군대가 아닌 도망자의 형태로 목숨만 부지하다가 1960년대 초반에 사살된 것으로 알려져 있다. 그런데 이들은 사실상 남한에서 반체제 무장투쟁이 사라진 지 10여 년이 지난 시점에 그것도 미군을 선제 공격하는 드라마를 연출하고 있는 것이다.

손호철에 의하면 한국전쟁 이후 남한에는 좌파세력이 거의 존재하지 않았다. 그들은 북으로 갔거나, 게릴라를 형성했다가 괴멸했거나, 민중투쟁을 일으켰다가 학살당했다. 그는 준비되지 않은 민중투쟁이 오히려 남한의 저항세력을 약화시키는 결과를 가져왔다고 분석한다.[21] 이러한 분석을 따르지 않더라도 위의 소설에 등장하는 인물들과 사건들은 허구의 허용치를 넘고 있다. 설사 무장투쟁이 아닌 비무장시위가 있었다 하더라도 그들이 과연 "북조선 같은 세상을 만들기 위해" "4천만 조선인민의 위대한 수령이신 김일성 수상님의 품속에서 행복하게 살기 위해"(58) 투쟁했는지는 의심스럽다.

김영근의 「별들이 흐른다」(『조선문학』, 1970. 5)도 마찬가지다. "미제

---

21) 이에 대해서는 손호철, 「한국전쟁과 이데올로기 지형」, 『현대한국정치 이론과 역사 1945~2003』, 사회평론, 2003, pp.121~149 참조.

와 박정희 괴뢰도당"이란 어휘가 있는 것으로 보아 이 작품의 배경 역시 1960년대이다. 태백산맥 남단의 작은 면소재지에 살고 있는 집배원 경숙이 "자기에게 닥쳐온 이 모든 불행이 바로 미제 침략군이 남조선을 강점하고 악독한 반동 관료배들이 날치는 때문이라는것을 느끼고"(88) 무장유격대의 활동을 암암리에 돕게 된다는 것이 소설의 주내용이다. 하지만 국군 대대장의 집에 수류탄이 떨어지고 미군 초소가 습격을 받아 날아가는 등의 장면은 리얼리티가 떨어진다. 주민으로 구성되고, 주민의 도움을 받아, 그 지역의 주둔군을 타격하는 지역게릴라의 활동은 남한에서도 전쟁 이전과 전쟁 중에 빈번하게 있어 왔던 무장투쟁이기는 하지만 이 소설에 나타나고 있는 유격대는 역시 항일무투의 그것과 흡사한 분위기를 갖고 있는 것이다. 남한 사회는 항일무투의 역사를 미학적으로 반복시키기 위한 하나의 소설적 배경일 뿐이다. 그것은 남한 사회에 대한 날조와 왜곡이라기보다는 남한 사회에 항일무투의 역사를 마치 거울에 얼굴 비추듯 반영한 결과로 보인다. 이때 남한 사회는 모순으로 가득찬 일그러진 거울이다. 북한 사회는 계급 해방이 완수된 국가이므로 항일무투를 현재적으로 적용할 만한 장소가 남아 있지 않은 것이다. 여기서, 일그러진 거울이 원래의 얼굴을 왜곡하여 마치 그것이 완벽한 형상인 것처럼 미화하고 있음은 물론이다.

이 사실을 증명하듯 〈별〉의 메타포는 이 작품에서도 어김없이 등장한다. 남한에는 "지금은 많지 못한 별들이 모여 있지만 앞으로 수상님의 뜻을 받는 수천수백만의 별이 우리의 대오에 더 모여 김일성 수상님의 태양 같은 빛발 아래서 거대하고 빛나는 별세계를 이루게 될"(96) 것이다. 〈숨은 영웅〉 경숙은 이러한 사실을 깨닫고 "태양계의 빛을 받아 빛나는 저런 별이 되라는 동수의 말"(91)을 따르려 한다. 경숙은 사실상 소년유격대원의 환생으로, 남한의 민중항쟁사를 북한의 항일무투의 역사로 다시 써내기 위한 변증법적 장치인 셈이다.

5. 냉전과 공생의 짝패

해방후 1947년까지 남한의 헤게모니는 사회주의 쪽으로 기울어져 있었다. 사실상 이승만의 인기는 희박했으며, 따라서 그는 정치적 책동과 몇 차례의 암살을 자행하고서야 대통령의 자리에 오를 수 있었다. 이승만이 친일파를 정부 요직에 대거 등용한 것은 아랫사람의 약점을 틀어잡아 자신의 권위에 도전하지 못하도록 견제하기 위해서였던 것으로 풀이된다. 정권 자신의 콤플렉스는 차지하고서라도, 민중적 기반을 얻지 못한 정권이 반민중적으로 흘러갈 수밖에 없다는 것은 역사의 법칙이다.

수없이 많은 변신 끝에 자신의 정체성을 설명할 수 없게 된 박정희가 자신의 정당성을 〈타자〉를 통해 보장받을 수밖에 없었다는 것은 너무나도 당연한 일로 생각된다. 박정희의 타자는 김일성의 북한 정권이었다. 남한은 항일무투의 전통이 북한의 날조라고 비방하며 김일성 가짜설 등을 유포했으나 현재까지 진행된 연구로 보아 김일성이 가짜였을 가능성은 거의 없다. 오히려 이는 반민중적인 경력을 갖고 있는 이승만과 박정희 정권이 자신의 콤플렉스를 스스로 드러낸 결과라고 보아야 한다.

이처럼 박정희 정권의 이데올로기는 북쪽에 대한 대타의식에서 생산된 것이며, 이를 잘 보여주는 담론이 바로 〈빨갱이 담론〉이다. 본인이 한때 군내 공산당 세포로 활동했다가 사형당할 위기에까지 처했던 박정희는 아이러니하게도 강력한 반공정책을 실행하여 수없이 많은 사람들을 빨갱이로 몰아 숙청하게 된다. 그러나 전술했듯이 반제반일투쟁의 경력을 소유한 김일성 정권이 그렇다고 해서 확고부동한 정체성을 갖고 있었다고 보기는 어렵다. 남한의 독재정권과 마찬가지로 김일성의 권력 역시 전폭적인 민중적인 지지에서 비롯된 것이라기보다는 무장군의 폭력과 오랜 기간을 두고 치밀하게 이루어진 숙청에 의해 완성된 것이기 때문이다.

이런 경우 서로는 서로에게 상호적인 거울상으로 작용하게 된다. 늑대와 울타리 이야기가 통렬하게 암시해주듯 냉전 체제는 남한으로 하여금 안보를 문제삼아 전 국민을 군내의 병사들처럼 운영할 수 있게 해주는 든든한 백그라운드의 역할을 하게 된다. 북한의 존재는 박정희로 하여금 어떤 반체제 운동도 반국가적이고 반민족적인 행위로 규정할 수 있는 〈빨갱이 담론〉이라는 도깨비 방망이를 휘두를 수 있게 한 것이다. 그러나 이미 앞에서 살펴보았듯이 이러한 〈빨갱이 담론〉은 북한에 의해 역이용되기도 한다. 남한의 반공정책 때문에 북한은 남한에서 일어나는 모든 반체제 소요를 민족의 태양 김일성 장군을 따르는 항일무장투쟁의 역사라고 주장할 수 있었다. 따라서 1960년대의 냉전 체제는 대립하는 것이라기보다는 공존하기 위한 것으로서 진정한 역사의 주체인 민중의 저항을 서로의 정치적 정당성 확보를 위해 왜곡하고 전유하는 지배 이데올로기의 짝패를 이루고 있었다고 평가할 수 있다. 냉전의 관계는 사실상 공생의 관계였던 것이다.

역사를 전유하는 북한문학
—5·18 광주민주화운동을 중심으로

강정구

1. 서론

북한문학은 왜 우리 사회에 관심을 가지는가. 이 관심은 북한의 현대문학사에서 비교적 지속적이고 반복적이라는 점에서 어떤 숨은 의도가 있을 것으로 추측된다. 관심을 보인다는 것은, 관심의 주체와 깊은 관련이 있음을, 그리고 바로 주체 자신의 문제일 수 있음을 암시하기 때문이다. 이 글에서는 5·18 광주민주화운동을 접근하는 북한문학의 방식을 통해서 우리의 역사를 전유하는 실상을 검토하고자 한다.

북한문학이 우리 사회에 관심을 가지는 것은 무엇보다 당의 문예정책에 기인한다. 당 문예정책은 여러 부분에서 확인되지만, 무엇보다도 1961년에 결성된 '조선문학예술총동맹'의 창작 지도 사업에서 가장 구체적으로 드러난다. 북한에서는 문예정책이 곧바로 문인들의 창작 가이드라인으로 작용한다는 점에서 아주 중요하다. 당이 정해 놓은 몇 가지의 주제들을 토대로 놓고서 그것들을 심화·발전시키는 방향에서 작품이 발표된다. 이때 몇 가지의 주제들은 한 북한문학 연구가의 정리에 따르면 다음과 같다.

① 혁명적 전통(김일성의 항일투쟁을 찬양함)을 다룰 것.
② 조국 통일과 혁명 과업(6·25 당시의 인민군의 활동을 찬양함)을 그릴 것.
③ 사회주의 사회 건설(북한 사회의 발전을 찬양함)의 위대성을 찬양할 것.
④ 제국주의 부패상(남한의 현실 비판)과 통일의 당위성을 그릴 것.[1]

당이 요구하는 주제 중 네 번째 항목이 제국주의의 부패상, 다시 말해서 남한의 현실을 비판하는 부분이다. 이 점에서 북한문학이 우리 사회에 가지는 관심은 개인적이지 않다는 것, 즉 당의 문예정책과 관련된다는 점이 분명히 확인된다. 사실 우리 문인들도 개인의 성향과 취향에 따라 북한 사회에 관심을 가지고 있고 북한 사회를 형상화하는 경우도 있지만, 우리 사회에 대한 북한 문인의 관심은 상당히 당 정책적이라는 점이 다르다. 철저히 당의 입장과 시각에서 우리 사회를 바라본다는 것이다. 이 점에서 네 번째 항목에서 "통일의 당위성"을 운운하는 것도 심정적인 민족공동체에 근거를 둔 것이 아닌, 사회주의의 확산 정책과 깊은 관련이 있는 듯하다. 당 지도부의 정책 욕망이 그대로 북한 문인과 그들의 작품에 육화되는 차원이다.

아울러 우리 사회에 대한 관심은 북한 사회의 체제 우월성과 내부 결속을 강조하기 위한 목적이 있다는 점도 고려할 필요가 있다. 작품 속의 여러 갈등들이 북한식의 사회주의 체제가 아니기 때문에 발생하고 사회주의 체제를 지향하는 방향에서 해결의 실마리가 보인다면, 그러한 서술은 자기 체제의 우월성을 강조하는 데에 불과하기 때문이다.

---

1) 권영민, 「북한의 문예 이론과 문예 정책」, 권영민 편, 『북한의 문학』, 을유문화사, 1989, p.79.

물론 이런 강조 속에는 다른 사회를 배경으로 놓고서 북한 사회 내부의 모순과 불만, 갈등을 해소시키고자 하는 숨은 의도가 있을 것이다.

이처럼 북한문학은 당의 정책과 체제우월·내부결속이라는 두 목적이 서로 어울리면서 우리 사회를 문학적인 소재로 활용하는 듯 싶다. 이 글은 이러한 현상의 구체적인 실례 중 하나로써 5·18 광주민주화운동에 접근하는 북한문학의 실상을 주목하고자 한다. 먼저 우리 사회에 대한 북한 문인들의 지속적인관심을 검토하고, 우리 문학 속의 5·18광주를 살펴본 뒤, 5·18광주민주화운동을 전유하는 북한문학의 실상을 분석하기로 한다.

2. 우리 사회에 대한 북한문학의 관심

우리 사회에 대한 북한문학의 관심은 건국 이후 지금까지 지속적이고 반복적이라는 특징이 있다. 북한문학은 평화적 건설시기(1945. 8~1950. 6), 위대한 조국해방전쟁시기(1950. 6~1953. 7), 전후복구건설과 사회주의 기초건설을 위한 투쟁시기(1953. 7~1960), 사회주의의 전면적 건설과 사회주의의 기초건설을 앞당기기 위한 투쟁시기(1961~현재)를 거치면서 우리 사회에 대한 비판을 중요한 주제 중의 하나로 취급한다.

평화적 건설시기에는 소설 「그전날밤」을 쓴 리동규와 「제2전구」를 쓴 박태민 등이 남조선 인민들의 투쟁을 다뤘고, 위대한 조국해방전쟁시기에는 김형교의 소설 「뼈다구 장군」과 한설야의 「승냥이」 등이 반동세력을 규탄하기 위한 비판적인 反미·反남한적인 경향을 선보였다. 전후복구건설과 사회주의 기초건설을 위한 투쟁시기에는 리근영의 단편 「그들은 굴하지 않았다」와 최재석의 단편 「탈출」과 장편 『동틀 무렴』등이 남조선 인민의 투쟁을 심도 있게 형상화했고, 사회주의의 전면적 건설과 사회주의의 기초건설을 앞당기기 위한 투쟁시기에는 남한에서의 계급투쟁을 그린 이기영의 중편 「한 녀성의 운명」이 발표되었다. 이 시기에 시의 경우에는 남한의 현실에 대한 관심과 통일에 대한 문제의식, 미국에 대한 비판이 중심을 이룬 백하의 「교실은 비지 않았다」(1964), 리호일의 「천백 배 복수의 불길로」(1964), 안창만 등이 가세한 시집 『조선은 하나다』(1976) 등이 발표·출간됐다. 이러한 가운데에 5·18광주민주화운동에 대한 관심은 1980년대 이후 상당히 지대한 편이다. 시에서는 림호권의 「광주의 꽃」(1980), 류항모의 「5월」(1993), 김영근의 「광주는 솟아 있다」(1987), 문성락의 「광주의5월」(1991), 장혜명의 「투쟁의 도시 광주에」(1991), 고호길의 「5월의 광주여」(1994), 박원종의 「광주 사람들 문을 걸지 않는다」(1990), 문재건의 「광주의 얼」(1986), 「붉은 잎사귀」등이, 소설에서는 남대현의 「광주의 새벽」(1980), 이경숙의 「행진곡」, 고병삼의 「미완성 조각」(1983), 최승칠의 「함정」(1998) 등이 발표되었다.[2]

5·18광주민주화운동을 바라보는 북한 시의 경우, 상당히 격앙된 목소리로 지배권력의 폭력성을 비판하는 경향을 보인다. 이때 이런 경향은 선전·선동의 수준에 머무는 약점이 있다. 예를 들어 "흉악무도한 파쑈의 광풍속에 흩날리는/5월의 붉은 잎사귀는/불꽃이 되어/격문이 되어 온 세상을 날린다."(문재건, 「붉은 잎사귀」)[3]라는 구절처럼, 지배권력의 횡포가 "파쑈의 광풍"으로, 그리고 민중들의 투쟁은 "붉은 잎사

2) 이상의 작품들은 필자가 직접 조사했거나, 다음의 글들을 참고했다. 김병진, 「해방 이후 북한 소설사」, 『북한문학의 이해 2』, 청동거울, 2002; 노희준, 「해방 후 1960년까지 북한문학의 흐름」, 『북한문학의 이해』, 청동거울, 1999; 고봉준, 「1960~70년대 북한문학의 흐름」, 『북한문학의 이해』, 청동거울, 1999; 윤동재, 「도식성과 산문화 경향 극복을 위한 모색」, 최동호 편, 『남북한 현대문학사』, 나남출판, 1995.
3) 강인철 편, 『1980년대 시선』, 문예출판사, 1990, pp.183~184.

귀는/불꽃이 되어"로 표현되어 상당히 선동적인 목소리를 낸다.

이 점에서 우리 사회에 대한 북한문학의 관심을 좀더 자세히 살펴볼 수 있는 장르는 소설이 아닐까 싶다. 소설의 경우 갈등체계를 비교적 선명하게 드러내는 까닭에 북한문학의 수준과 실상을 분명히 검토할 수 있을 것으로 기대된다. 이 글에서는 고병삼의 단편 「미완성 조각」과 최승철의 단편 「함정」을 중심으로 해서, 5·18광주민주화운동에 접근하는 방식을 살펴보기로 한다. 이에 앞서서 우리의 5·18광주문학이 보여준 수준을 참고하기로 한다.

3. 우리 문학 속의 5·18광주민주화운동

5·18광주민주화운동은 12·12 사태로 등장한 신군부 세력에 대한 시민사회의 비판운동이다. 신군부가 권좌에 앉자마자 비상계엄령을 확대하고 민주 세력을 탄압하는 反민주화 현실에서 반발운동이 1980년 5월 광주에서 일어난다. 신군부는 공수부대를 투입하여 대학생·시민들을 무자비하게 탄압하는데, 광주 시민들은 이에 맞서서 무장을 시도해 시민군을 결성하고 신군부의 계엄군에게 저항한다. 그렇지만 신군부는 막강한 군사력으로 1980년 5월 27일에 시민군이 집결한 전남도청에 병력을 투입하고 무자비한 진압을 한 결과, 10여 일간의 항쟁이 종결된다.

이러한 광주민주화운동은 언론을 장악한 신군부에 의해서 광란의 폭동으로 매도당했기 때문에, 우리 문인들은 광주에 대한 숨은 진실을 밝힐 필요가 있었다. 따라서 우리 문학 속의 5·18광주민주화운동은 권력이 숨겨놓은 진실 찾기의 유형으로 전개된다. 이 점에서 광주문학은 늘 탐구형이고 진행형이다. 5월 광주의 진실이 무엇인지에 대해서 완전하고 분명한 답변이 곤란하며, 그 자체가 늘 관심과 탐구의 대상이라는 것을 뜻한다.

시의 경우, 광주민주화운동 직후 『전남매일신문』에 감태준이 「아아 광주여! 우리나라의 십자가여!」를 발표한 이래, 1987년에 와서야 5월 광주를 주제로 한 시선집 『누가 그대 큰이름 지우랴』가 출판되고, 이후 시선집 『하늘이여 땅이여, 아아 광주여』, 박몽구의 『십자가의 꿈』, 임동확의 『매장시편』, 김희수의 서사시 『오늘은 꽃잎으로 누울지라도』가 발행된다.

첫 번째 시선집인 『누가 그대 큰이름 지우랴』의 머리말에는 광주를 소재로 한 시선집이 출간되는 이유를 분명히 밝히는데, 여기에는 우리 문인들이 광주에 접근하는 방식을 분명히 확인할 수 있다. "이에 그날의 증언, 투쟁, 울분, 비분, 정의감을 필두로 격려·성원·추모의 내용을 담은 시인들의 목소리야말로 역사의 진실 바로 그것임을 확신하고서, 살풀이 한마당의 거대한 민족적 제례를 펼치고자 그토록 참혹하고도 아름다운 육성들을 한데 모아 증언록을 엮는다"[4]라는 구절에서 알 수 있듯이, 5·18광주라는 "역사의 진실 바로 그것"을 찾기 위한 문인들의 노력이 바로 시선집 출간으로 나타난다. 공론화되지 못한 경험적 진실을 알리고자 하는 것이 우리 문학의 접근 방식인 셈이다.

소설의 경우도 사정은 크게 다르지 않다. 1987년 10월에 소설선집 형태로 출간된 『일어서는 땅』은 문순태, 박호재, 윤정모, 임철우, 이영옥, 김남일, 한승원, 김유택, 정도상 등 10명의 소설가가 광주에 대해서 쓴 작품들을 모은 것이다. 이 소설집에서 5·18광주는 밝히지 못한 진실이라는 점, 다시 말해 커다란 고통을 평생 가슴 깊이 묻고 살아야 하는 원인이 되는 트라우마의 공간이라는 점이다.

---

4) 문병란·이영진 편, 『누가 그대 큰 이름 지우랴』, 인동, 1987, pp.11~12.

이후 임철우의 장편 『봄날』은 광주에 대한 본격적인 서사의 탐구라는 점에서 주목된다. "'5월 광주'의 핵심으로 들어 갈 수 있는"[5] 소설, "5·18의 총체적 진실 찾기"[6]로 평가받은 『봄날』은, 5·18광주민주화운동 10일간을 집중적으로, 그리고 전체적으로 조망한 소설이다. 이소설은 "정치적, 계급론적 선택과 배제의 불가피한 논리를 밟게 되면서 '광주'의 의미와 깊이와 넓이가 상대적으로 축소되거나 사상되는 측면이 상당했던" 우리 광주문학의 한계를 넘어서서 광주에 대한 깊이있는 형상화를 가능하게 한다. 이처럼 우리 문인들이 바라보는 광주는 어떤 정치적 목적이나 선입견을 최대한 대로 배제한 상태에서 5월 광주라는 체험적 공간 속에서 진실이란 무엇인가를 찾아가는 실존적 탐구의 대상이다.

4. 5·18광주민주화운동을 전유하는 북한문학
—고병삼의 단편 「미완성조각」과 최승칠의 단편 「함정」을 중심으로

이 장에서는 고병삼의 단편 「미완성조각」과 최승칠의 단편 「함정」을 중심으로 해서 5·18광주민주화운동에 접근하는 북한문학의 방식을 살펴보기로 한다. 북한문학에는 우리 사회의 한 단면을 묘사·서술할 때 사회 내부에서 진행되는 갈등에 주목하기보다는 당의 문예정책에 근거해서 갈등을 전유하는 경향이 존재한다. 5월 광주라는 공간이 문제적인 까닭은 민주화 대 反민주화의 갈등인데, 북한문학은 교묘하게 그 갈등을 체제 전복 대 체제 인정의 갈등으로 전유한다. 즉 남한의 현실 비판을 통해서 은연중에 악한 남한(정권)이냐 선한 북한이냐를 양자

---

5) 이성욱, 「오래 지속될 미래, 단절되지 않는 '광주'의 꿈」, 『비평의 길』, 문학동네, 2004.
6) 조영식, 「5·18 문학적 형상화에 대한 고찰」, 『비평문학』 1999. 7, p.456.

택일하게 만들고, 이러한 흑백논리를 가지고서 사회주의 체제의 우월성을 강조한다. 북한문학은 5·18광주민주화운동을 내부체제의 통합·유지와 우월성을 강조하는 데에 적절히 활용하는 혐의가 있다.

고병삼의 단편 「미완성조각」은 5·18광주민주화운동을 경험하는 '혜경'과 '영걸'의 이야기이다. 이 소설은 '혜경'이 '영걸'을 찾으려 다니다 전남 도청에서 만나고, 비열한 생존보다는 자유를 지키기 위한 죽음을 선택함으로써 독자들에게 항쟁의 의지를 보여주는 내용이다. 이때 이 소설은 두 가지 면에서 민주화를 위한 자유라는 의미를 교묘하게 체제 전복의 열망으로 전유하는 특징을 보인다.

먼저, 이 소설의 작가는 남한 현실에 대한 막연하고 포괄적인 비판을 통해서 민주화보다는 체제 전복에 초점을 맞춘다. 물론 이것은 전체 서사에도 어긋난다. 가령 "워낙 빛을 잃고 안정을 잃은 서울은 온갖 사회악만 남은 불합리와 부조리의 도시"라거나, "이 불합리한 세상에서는 아름다운 것을 추구할 수 없다"[7]는 부분이 바로 그러하다. 이러한 서술은 서울을 제국주의 부패상에 찌든 공간으로 상투화하는 방식에 다름 아니며, 민주화를 위해서는 남한 사회 전체를 전복시켜야 한다는 암시까지 하는 셈이다.

무엇보다 이 소설에서는 5월 광주의 본질, 즉 죽음을 넘어선 민주화 열망을 은밀히 체제전복의 투쟁 열망으로 전유한다. 따라서 5월 광주가 굳이 아니라고 해도 이상하지 않을 만큼의 추상적인 시공간이 소설을 지배하고 있고, 오직 표나게 강조되는 것은 모든 것—죽음, 관계, 사랑—을 무릅쓴 투쟁 의지뿐이다. 이 부분에서 5·18광주를 전유하는 북한문학의 접근 방식이 확연히 확인된다. 다음 인용 중 하나는 '혜경'이 전남도청에서 최후를 준비하는 '영걸'과 조우한 장면이고, 다른

---

7) 고병삼, 「미완성조각」, 『조선문학』 1983. 8, p.61.

하나는 그 사이에 '혜경'의 어머니도 전남도청에서 자신의 딸과 만나는 장면이다.

《작두날에라두 올라설 사내대장부의 심장두 당신을 보니 약해지는구려. 이 엄숙한 시각에 내 거연히 쳐든 머리를 수그려야 한단 말인가? ……》

《그게 무슨 말씀이어요? 전 당신을 데리러 오진 않았어요.》

《혜경이 고맙소. 내 언젠가 당신에게 약속한 바 있소. 당신의 얼굴을, 아니 앞날의 당신 모습을 산 인간처럼 조각해서 아름다움의 절정에 세우고 싶었소. 그러나 그것은 완성되지 못했소. 허지만 내가 이 세상에 남기구 가는 산 예술작품은 그것밖엔 없소. 거기서 미래를 상징하는 영원한 미소를 당신이 감득할 수만 있다면 나는 기쁘겠소. 이것이 내가 당신에게 줄 수 있는 사랑의 전부요.》[8]

《애들아― 내 아들딸들아― 이리 오너라. 마지막일지도 모르니 한번 안아보자꾸나.》

어머니는 두 팔을 벌리고 다가가더니 손에 잡히는 대로 젊은이들을 끌어안았다. 끝으로 그는 딸과 영걸의 목을 한품에 꽉 껴안고 볼을 비비다가 놓아주었다.

《이 사람들아― 나는 놈들의 발밑에 머리를 떨구고 엎드린 자네들을 보려구 찾아온 게 아니네. 그래서야 어찌 자네들이 우리 광주의 아들딸이겠나? 나두 마지막까지 자네들 곁에 있구 싶네만 교육자로서 이 애들을 위해 나는 가네…… 애들아, 우린 먼저 가자.》[9]

첫 번째 인용은 '혜경'이 사랑하는 '영걸'을 만나 대화하는 장면이다.

---

8) 고병삼, 앞의 소설, p.65.
9) p.67.

이 대화 속에는 죽음의 위협을 무릅쓰고자 한 '영걸'과 '혜경'의 신념이 너무나 강조된 나머지, 사랑하는 사람을 살리고자 하는 본능에 가까운 아쉬움과 안타까움, 그리고 죽음에 대한 실존적인 두려움과 고통이 전혀 기술되어 있지 않다. 오직 "자유가 없이는 사랑할 수도 없"[10]다는 신념만이 강조된다. 그 신념은 체제를 악으로, 체제에 저항하는 것을 선으로 보고서 선의 승리만을 확신하는 상당히 경직된 감성과 의지에 근거한 것이다.

이러한 서술 방식은 두 번째 인용에서도 마찬가지이다. '혜경'의 어머니는 전남도청까지 와서 자신의 딸을 찾았는데, 정작 딸을 찾고서는 딸을 집으로 데려가지 않는다. 오히려 "이 사람들아— 나는 놈들의 발밑에 머리를 떨구고 엎드린 자네들을 보려고 찾아온 게 아니네"라는 그녀의 말에서 알 수 있듯이, 그녀도 딸의 목숨보다도 자유를 더 중요한 가치로 여긴다. 그렇지만 이러한 태도를 보여주는 어머니란, 우리들의 시각에서 보면 상당히 부자연스럽고 어색하기 그지없다. 죽음이 임박한 딸의 신념을 마냥 존중하는 어머니, 그러면서도 교육자로서 다른 부모들의 딸과 아들을 데리고 빠져나가는 어머니란 모순에 찬 인물상이 아닐 수 없다.

위의 인용에서 서술된 자유란 엄밀히 말해서 5·18광주민주화운동에서 요구된 자유와 동일한 것일까. 이 소설에서 서술된 자유란 민주화의 열정을 위한 것이 아니요, 인간간의 사랑 속에서 자연스럽게 형성된 것도 아니다. 오직 당이라는 강력한 목소리가 일종의 선이자 진실로서 이미 주어진 채로, 反黨的인 악을 극복하자 하는 자유, 즉 사회주의 건설을 위한 남한 사회의 反제국주의·反권력 투쟁으로 보는 것이 더 타당하다. 5월 광주는 체험적인 진리의 탐구 공간이 아니라, 사회주의의 도정

---

10) p.64.

을 향하는 진리의 실현 공간으로 전유된 것으로 이해된다.

따라서 이 소설이 진리의 탐구보다는 투쟁의 의지를 강조하는 결말로 종결되는 것은 이상한 일이 아니다. 소설의 제목인 미완성 조각이란 미완의 투쟁을 완성해 나아가는 인물을 의미한다.

이제는 그들의 입에서 노래 소리마저 멀어갔다. 그들의 모습은 그 어떤 재능 있는 미술가도 예술적인 령감만으로는 창조하기 어렵지만 그대로 사멸할 수 없는 하나의 조각이었다. 그들의 뒤에서는 신부의 검은 옷자락도 붉게 물들어가고 있었다.

《혜경아! 영걸아— 내 아들딸들아— 내 차라리 너희들 곁에서 돌처럼 굳어지고 싶구나— 광주의 아들딸들아—》

어머니는 도청이 잘 보이는 가까운 언덕에서 흰 머리카락을 날리며 피타게 절규했다. 그의 곁에서는 소년의 여섯 눈동자가 그의 얼굴을 쳐다보고 있었다.

《애들아— 울지 말구 똑똑히 봐둬라. 너희들은 저 형님들과 누나들을 잊지 말아야 한다.》

아이들은 울음을 그치더니 갑자기 어른스러운 엄엄한 눈길로 그 쪽을 지켜보다가 어머니의 손길에 이끌려 무등산으로 올라가고 있었다.[11]

최승칠의 단편 「함정」에서도 5·18광주민주화운동에 접근하는 북한문학 특유의 방식이 엿보인다. 이 소설은 '문상기'가 동생을 찾으러 광주에 왔다가 '폭도'로 오인 받아 죽임을 당하는 과정을 서술한다. '문상기'는 광주시민도 아니고 폭동에 참여하지 않은 자신이 죽임을 당하는 것에 억울해 하지만, 차츰 이 항쟁에 "구경꾼이 따로 있을 수 없"다

---

11) p.73.

는 주체사상 신봉자에 영향을 받고 주체사상을 수용한다. 이 소설은 이처럼 '미몽에서 자각으로' 향하는 '문상기'의 인식 변화를 추적한다. 이러한 인식 변화에는 '문상기'와 함께 갇힌 세 사람의 말이 중요한 이유가 된다.

《이게 다 미국놈들 때문이야. 자네도 그놈들을 미워하고 민주와 나라의 자주 통일을 바라겠지? 이 싸움에서는 모두가 주인이지. 구경꾼이 따로 있을 수 없어. 주체사상을 배우면 그걸 알 텐데. 생각해 봐요. 온 이남 땅이 일제히 들고 일어 났으면야 왜 이런 변을 당하겠나. 운명의 주인은 우리 자신이거던……》

그는 쓸쓸한 표정으로 큰 숨을 내불고 나서 의미심장하게 말을 달았다.

《누구나 자기의 원쑤를 치지 않으면 그 적에게 자기만 아니라 겨레까지 죽게 되는 거여.》

상기는 자기의 존재와 함께 짧은 일생이 거부당한 듯한 충격을 받았다. 그의 한마디 한마디가 정신의 공간을 커다랗게 울리는 것 같았다. 압도해 오는 죽음 앞에서 헛되이 무죄를 주장하던 그는 갑자기 비쳐오는 리성의 빛살 앞에서 자신의 너무도 초라한 몰골을 보았으며 광주사람들의 불행과 자신을 무관계한 것으로만 생각해온 사고방식의 치졸성과 철면피에 머리가 아찔했다.

그러나 한편 투쟁의 의무를 회피하면 자신과 겨레에게 더욱 큰 불행을 끼치게 된다는 것은 자기도 이미 알고 있었다는 생각이 들었다.[12]

세 사람은 이미 주체사상을 수용해서 구경꾼이 아닌 주인의 자세로 사는 자들이다. 이들에게 있어서 5월 광주란 "운명의 주인은 우리 자

---

12) 최승칠, 「함정」, 『조선문학』 1998. 5, p.67.

신"이 되는 것을 깨닫고, "투쟁의 의무"를 따르는 중요한 계기이다. 위의 인용은 이런 세 사람과는 다른 삶을 살아온 '문상기'의 각성을 보여준다. 이때 그 각성은 주체사상을 통해서만이 가능하다. "투쟁의 의무를 회피하면 자신과 겨레에게 더욱 큰 불행을 끼치게 된다는 것"을 "주체사상을 배우면" 알 수 있기 때문이다. 작가 최승칠의 이러한 서술방식에도 불구하고, 우리 사회에서 지금까지의 고증과 연구에 따르면 '미국놈들'을 항쟁의 원인으로 규명하고 원망하는 일은 5월 광주 당시의 시민들에게는 거의 없었던 일이고, 오히려 당시에는 미국을 시민의 편으로 착각마저 한다. 더욱이 5·18광주민주화운동을 주체사상과 관련지어 생각하던 경향도 존재하지 않는다. 그럼에도 이 소설에서는 민주화를 향한 열망과 자유의 실현이라는 광주 시민의 소망을 노골적으로 '주체사상'으로 전유하고 만다.

《돌멩이 하나 못 던지고…… 개죽음 당하다니…… 이걸 어떻게 하오?…… 이 미물을 때려주오. 때려주오!……》

투사들은 동정과 리해의 눈으로 그를 바라보았다.

《좋은 사람이군…… 친구, 알겠소. 그만해요.》

윗도리를 벗기운 젊은이가 입에 물린 수건을 뱉으며 걸그렁거리는 쉰소리로 말하자 중년의 사나이가 끼어들었다.

《장하오. 끝내 자기를 이겼구만. 우리의 무덤을 찾는 사람들은 피가 왜 붉은 빛으로 타는가 하는 걸 꼭 깨달을 거요.》[13]

위의 인용은 '문상기'가 "돌멩이 하나 못 던지고" 붙잡히어 온 것을 심히 자책하면서 주체사상을 수용한 삶을 살지 못한 자신을 반성하고

---

13) 최승칠, 앞의 소설, p.68.

자책하는 부분이다. 주체사상을 수용하는 삶은 "자기를 이"기는 극기에 도달하는 삶이고, 그런 삶만이 의미 있는 것이다. 이런 과정을 거치면서 '문상기'의 죽음이 주체사상의 찬양으로 끝나는 것은 정해진 수순이다. "공기를 산산이 찢는 련발사격소리 사이로《주체사상 만세!》,《민주 만세!》를 피타게 웨치는 소리가 들렸다."라는 구절이 바로 그것이다. 이처럼 표 나는 주체사상 강조는, 우리 사회보다 북한 사회의 체제 우월성을 강조하는 목적이 숨어 있음은 물론이다.

5. 결론

지금까지 북한문학이 우리 사회에 관심을 가지는 이유과 그 실상에 대해서 살펴보았다. 북한문학은 비교적 지속적·반복적으로 우리 사회에 관심을 가지는데 그것은 당의 문예정책과 체제 우월·내부 결속이라는 두 목적이 서로 어울리기 때문이다. 북한문학은 당의 문예정책에 기본적으로 충실히 부응하는 위치에서 우리 사회보다 더 우월한 체제임을 강조하고 내부의 모순을 감추는 목적에 따라서 남한 사회를 비판적·문제적으로 서술한다. 이 글에서는 그 구체적인 실례 중 하나로써 5·18광주민주화운동을 전유하는 북한문학의 실상을 주목했다. 먼저, 북한문학이 우리 사회에 지닌 관심을 살펴봤다. 우리 사회에 대한 북한문학의 관심은 건국 이후 지금까지 지속적이고 반복적이었다. 평화적 건설시기 이후 늘 우리 사회는 비판의 대상이었다. 그 중에서 5·18광주민주화운동에 대해서는 상당한 관심을 보여왔다. 시의 경우, 상당히 격양된 목소리로 우리 사회의 지배권력이 보여준 폭력성을 비판하는 경향을 보였는데, 선전·선동의 수준에 머무는 약점이 있었다.

그리고, 북한문학과 비교·대조하고자 우리의 5·18광주문학을 살펴보았다. 우리 문학 속의 광주민주화운동은 언론을 장악한 신군부에 의해 광란의 폭동으로 매도당한 현실에서 광주에 대한 진실 찾기의 유형으로 나타났다. 시의 경우 시선집『누가 그대 큰이름 지우랴』와『하늘이여 땅이여, 아아 광주여』, 박몽구의『십자가의 꿈』, 임동확의『매장시편』, 김희수의 서사시『오늘은 꽃잎으로 누울지라도』가 발행됐고, 소설의 경우 문순태, 정도상 등이 모여 소설선집『일어서는 땅』, 임철우의 장편『봄날』등이 출간됐는데, 모두 5월 광주가 어떤 진실을 지니는가 하는 실존적 물음에 초점이 맞춰져 있었다.

반면, 5·18광주민주화운동을 서술한 북한문학은 5월 광주를 정치적 목적으로 전유한 혐의가 있었다. 고병삼의 단편「미완성조각」과 최승칠의 단편「함정」은 북한문학이 5·18광주민주화운동에 접근하는 독특한 전유의 방식을 보여줬다. 5월 광주라는 공간이 문제적인 까닭은 민주화 대 反민주화의 갈등인데, 이 소설들은 교묘하게 그 갈등을 체제 전복 대 체제 인정의 갈등으로 전도시켰고, 5·18광주민주화운동을 북한 내부체제의 통합·유지와 우월성을 강조하는 데에 적절히 활용한 혐의가 있었다. 고병삼의 단편「미완성조각」은 민주화를 위한 자유라는 의미를 교묘하게 체제전복의 열망으로, 그리고 최승칠의 단편「함정」은 '문상기'라는 인물의 죽음이 갖는 의미를 주체사상의 찬양으로 전유하는 특징을 보여줬다.

이렇게 볼 때 5·18광주민주화운동에 접근하는 북한문학은, 우리문학과는 달리 상당히 결정론적인 시각에 기댔다는 점을 중요한 특징으로 들 수 있다. 이 결정론적인 시각은 당의 문예정책과 체제 우월성·내부 결속성에 근거를 둔 것은 물론이다. 이때 이러한 시각에 근거한 북한문학의 경향은, 과거를 기억하는 것 혹은 역사화하는 것이란 무엇인가 하는 질문을 다시금 떠오르게 만든다. 우리와 북한이 만나는 일은, 상이한 역사의 판을 다시 짜는 일에서부터 시작되어야 하기 때문이다.

참고문헌

강인철 편, 『1980년대 시선』, 문예출판사, 1990.

고병삼, 「미완성조각」, 『조선문학』, 1983. 8.

고봉준, 「1960~70년대 북한문학의 흐름」, 『북한문학의 이해』, 청동거울, 1999.

권영민, 「북한의 문예 이론과 문예정책」, 권영민 편, 『북한의 문학』, 을유문화사, 1989.

김병진, 「해방 이후 북한 소설사」, 『북한문학의 이해 2』, 청동거울, 2002.

노희준, 「해방 후 1960년까지 북한문학의 흐름」, 『북한문학의 이해』, 청동거울, 1999.

문병란 · 이영진 편, 『누가 그대 큰 이름 지우랴』, 인동, 1987.

윤동재, 「도식성과 산문화경향 극복을 위한 모색」, 최동호편, 『남북한 현대문학사』, 나남출판, 1995.

이성욱, 「오래 지속될 미래, 단절되지 않는 '광주'의 꿈」, 『비평의 길』, 문학동네, 2004.

조영식, 「5.18 문학적 형상화에 대한 고찰」, 『비평문학』, 1999.

최승칠, 「함정」, 『조선문학』, 1998.

주체 사상의 정서적 지향
―6·15남북공동선언 이후 북한 시문학의 동향

박주택

1.

세계사적 변동과 북한을 둘러싼 정치의 민감한 변화에도 불구하고 북한의 시문학은 '주체 사상'에 입각한 문예이론이 여전히 작동하고 있는 것처럼 보인다. 오히려 '신자유주의'로 대표되는 미국의 패권주의와 남북의 첨예한 문제인 통일에 대해 투쟁과 자각의 고삐를 더욱더 바투 잡고 있는 것으로 보인다. 이는 문학예술 활동이 대중의 정치적 교화 기능에 복무해야 하고 인민이 투쟁의 선도에 앞장서야 한다는 북한 문학의 기본 틀에 말미암은 바가 크다. 최근 사랑을 통해 계급이나 노동의식을 고취하려는 의도나 고향과 어머니를 통해 통일에 대한 의지를 다지고는 있으나, 이 역시 김일성 사망 이전의 문학과 비교해 볼 때 뚜렷하게 달라진 점을 발견할 수가 없는 것이 사실이다. 창작 방법론에 있어서도 작가들이 당과 운명을 같이 하여 참된 주체형의 혁명적 문예전사로서의 숭고한 사명을 깊이 자각하고, 사상 예술성이 높은 다양한 주제, 다양한 종류의 성과작을 많이 창작해야 한다는 김정일의 문예창작 방법에도 불구하고 인간의 복잡한 내면에 대한 서정이라든가 일상에 대한 깊은 성찰이 이루어지지 않는 것으로 보아 주제의 다양성이나 표현 다양성은 그다지 눈에 띄지 않는다고 볼 수 있다.

6·15남북정상회담은 김대중 전 대통령과 김정일 국방위원장이 2000년 6월 13일에서 6월 15일까지 민족의 화해와 협력, 조국의 통일을 위해 함께 뜻을 모았던 회담이다. 이 회담은 민족사적 요구와 과제를 놓고 남북이 서로 머리를 맞대고 민족 통일과 국가 건설이라는 숙원을 풀고자 했다는 점에서 중요한 의의를 지닌다. 이산가족 재회의 추진, 금강산 관광을 통한 인적 자원의 교류, 북한의 남한 주최 스포츠 경기 행사 참가 등 남북 교류 사업이 진척되고 북한과 미국의 국교 정상화 교섭 등은 이 회담이 가져다 준 성과물들이다. 이에 북한문학은 6·15정상회담 결과에 대한 기대와 열망을 문학을 통해 고취시키며 시의 다양성을 모색하고 있다.

류만은 「시인은 누구나 시를 쓰고 있다. 그러나……(3)」[1]라는 글에서 시의 다양성을 '서정의 다양성'과 '형식의 다양성'으로 분류하고 '서정의 다양성'이 시인의 창작적 개성과 뗄 수 없이 연관되어 있다며, 시인은 항상 새로운 대상을 잡고 거기서 체험되고 환기된 느낌을 가지고 시를 써야 한다고 주장한다. 그는 그러나 아무리 서정시가 인간의 서정을 담아 내는 것이라 할지라도 시는 '주체 사상'적 내용을 담아 그것을 다시 구체적 형상이나 미세한 정서적 색깔로 표현해내야 한다고 역설한다. 이는 개성이라는 것이 '서정의 다양성' 속에서 더 잘 살아난다는 뜻을 포함하여, 개성이란 시대 혹은, 시대 정신과 별개로 생각할

---

1) 『조선문학』 1호, 2003, p.55.

수 없다는 것을 의미한다. 바꿔 말해, 시인의 개성과 '서정의 다양성'이란 시대와 시대 정신 속에서 이루어져야 한다는 것이다. 류만이 다양성의 새 경지를 보여준 작품으로 들고 있는 것은 오영재의 「한 비전향 장기수에게」(『조선문학』 5호, 2001년)라는 8편의 연시(連詩)로, 류만은 이들 시가 그 이전에 창작되었던 비전향 장기수들을 노래한 시들 「불사조들이 조국에 돌아왔다」(정성환), 「받으시라 이 꽃다발을」(정혜경), 「태양의 빛발엔 어둠이 없다」(박근원) 등에 비해 혁명가의 량심, 변심 없는 마음의 진정과 순결함, 무서운 옥고와 고독을 이겨낸 힘, 인간의 아름다움과 참된 삶과 관련한 문제를 깊은 사색의 나래를 펼쳐 노래하고 있다고 높이 평가하면서, 이들 시가 명백한 사색이 철학성 있게 도출되어 시의 지성도가 매우 높다고 주장한다. 김정곤의 「전야의 사랑가」(『조선문학』 1호, 2001년)에 대해서도 고상하고 아름다운 사랑의 감정은 청년들의 사상 정신 세계를 더욱 윤택하게 하여, 서정의 다양성에 보탬을 준다며 역설하고는 제대 군인과 처녀와의 사랑을 노래한 이 시가 선군 시대의 혁명적 군인 정신이 맥박치는 시대 감정으로 승화되어 있다고 갈파한다. 또한 김석주의 「고향과 추억」(『조선문학』 7호, 2002)에 대해서도 시적 사상이 직선적으로 생경하게 드러나거나, 정서적 느낌보다 표상적 주정 토로가 절제 없이 씌어진 일부 시에 비해, 이 시는 자신의 의도를 극력 형상 뒤에 감추고 독자로 하여금 형상적 느낌 속에 시를 감수하려고 애를 썼다고 평가하고 있다.

그러나, 류만의 이 같은 평가는 시가 격동하는 시대의 역사적 흐름을 힘 있게 선도함으로써 시대 정신과 사상적 무기로서의 역할을 다해야 하고 시의 감정과 정서가 그 시대의 감정과 정서와 융합되고 토로되어야만 교양적 가치를 지닌다는 북한 시문학의 특징을 염두에 두더라도 그의 주장은 일반적으로 우리가 생각하는 정서의 다양성과는 분명 거리가 있다. 이 점은 류만이 김석주의 시 「고향과 추억」을 서정의 다양성에 한층 접근하고 있는 시라고 높이 추켜세우면서도 이 시가 '주체 시문학'에서 벗어난 채 개인적 감정 토로에 그치고 있다고 신랄하게 비판하고 있는 것에서도 발견된다. 문학 예술이 시대와 함께 전진해야 하고 인민 대중의 투쟁을 선도하여 생활의 참된 교과서로, 인민 대중을 혁명과 건설에로 힘있게 불러일으키는 사상적 무기로서의 역할을 원만히 수행하여야 한다[2]는 주체 사실주의 문학이론에 비추어 볼 때 서정의 다양성에 관한 문제는 주제나 소재의 다양성이라기보다는 표현이나 수사의 다양성에 머무를 공산이 크다. 비록 '입체'의 문제[3]를 전거(典據)하고는 있지만 서정시 본래의 기능이라 할 수 있는 '내면의 입체'를 가리킨다고 단정짓기에는 아무래도 무리가 따르는 까닭이다.

이는 류만이 김석주의 「고향과 추억」에 대해 언급하면서 "시인의 의도가 직선적으로 도출되어 시적 사상이 생경하게 드러나고, 정서적 느낌보다 표상적 주정 토로가 절제 없이 씌어진 시"[4]라는 비판에서도 짐작할 수 있다. 그러나 류만의 이 같은 발언은 북한 시문학 내부에서 문학 자체의 반성과 분발을 촉구하고 있고 사상을 표현하되 시가 지니고 있는 본래의 정서적 기능을 되도록 손상시키지 말아야 한다는 것을 의미한다는 점에서 북한 시문학 내부의 변화 조짐을 보여준다. 이는 리학철이 한정실의 가사 「나는야 선군 시대 총대 처녀」라는 작품을 평하면서 이 작품이 주체의 총대관에 기초하여 총대 중시의 사상 감정을 작품의 창작 목적과 사상 미학적 의도에 맞게 잘 창작하여 약동적인 정서가 흐른다[5]라고 말하고 있는 대목에서도 발견되는 점이다.

---

2) 방형찬, 「선군혁명문학은 주체사실주의 문학발전의 높은 단계이다」, 『조선문학』 3호, 2003, p.15.
3) 앞의 책, p.57.
4) 위의 책, p.61.
5) 리학철, 「무게있는 내용을 밝은 정서로 인상 좋게 노래한 시적 형상」, 『청년문학』 2호, 2003, p.45.

2.

'주체 문학'은 항일 혁명 문학을 시원으로 하여 김일성을 영생 무궁토록 칭송하는 '수령 영생 문학'으로 발전한다. '수령 영생 문학'은 주체 사실주의 문학 발전 과정에서 특출한 지위를 차지하는 귀중한 문학적 성과이며 수령 형상 창조의 가장 높은 경지에 올라선 것으로, 주체 사실주의의 높은 단계인 선군 혁명 문학의 사상적 기초를 밝혀주는 문학[6]이라 할 수 있다. 수령 영생 문학은 또한 주체 철학의 계승에 대한 의지를 다지는 동시에 미제국주의자들의 반공화국 압살 책동과 천만 부당한 '악의 축론', 그리고 미제가 내흔드는 '핵 의혹설' 등에 대한 분노와 증오를 가열화시키며, 선군 정치의 기치를 높이 들어 인민 대중의 위업과 사회주의 위업을 끝까지 완성해 나가자[7]라고 외치고 있다. 1950년대 조국 결사 수호 정신과 사생 결단의 각오를 가지고 사회주의를 압살하려는 미제와 끝까지 싸우겠다[8]는 결의를 다지고 있는 '주체 문학'과 '수령 영생 문학'은 그 위용에 있어 과거와 같이 시 속에서 여전히 맹위를 떨치고 있는 것으로 보인다.

축복의 꽃송이런가/소담한 함박눈 내리고 내리는/영광으로 빛날 주체 92(2003)년/새해에는 더 큰 승리를 새기라고/내 마음속에도 흰 눈이 내리는가//무적의 서리발총검이 지켜서/맘 놓고 행복이 꽃 펴나는 조국의 뜨락 우에/펑펑 내리는 축복의 흰 눈/그 어떤 사연, 그 무슨 행복이/저 눈송이에 어려 있는것입니까//내리는 눈을 보며 생각합니다/왜 간밤에 온 나라 집집의 창가마다/고운 웃음 피우며 불빛 환했는가를/은은한 제야의 종소리 들으

---

6) 방형찬, 앞의 글, p.15.
7) 『청년문학』 3호, 2003, p.3.
8) 위의 책, p.4.

며/숫눈우의 발자국들은 어디로 향했는가를//(……)//그이만 계시면/그이만 건강하시면/수령님나라는 김정일시대에 /기쁨도 행복도 우리 앞날처럼 끝 없으리니//강성대국건설로 불타는 심장마다/위훈의 큰 날개 달아 주시며/인민군초소와 과학원, 공장과 농촌으로……/장군님 이어 가신 전선길은 그 얼마?!//제국주의자들의 압살과 흉계를 짓부셔/친선과 평화의 만년초석 다지시며/장군님 이어 가신 길 님 정녕 천리입니까? 만리입니까?/낮에도 밤에도 가고 가신 그 길은//반세기가 넘도록 오도가도 못한/북남의 끊어 졌던 철길도/그이의 거룩한 손길 따라 /김일성민족의 피줄처럼 이어지게 되었나니//

—김남호, 「새해의 흰눈 우에」 부분, 『청년문학』 3호, 2003

선군 사상을 고취시키며 미제국주의자들에 대한 타도를 외치고 있는 이 시는 '눈'을 모티프로 하여 수령 영생과 김정일 시대의 축복을 비장하게 그리고 있다. 인간에게 참답게 복무하기 위해서는 작가가 시대와 함께 전진해야 하며 인민들을 교양하고 동원하는 역할을 수행하는 선도자, 혹은 기수가 되어야 한다는 주체 문학의 논리에 비추어 볼 때 이 시 역시 다른 여느 시와 마찬가지로 시대와 현실이 요구하는 문제를 첨예하게 그리고 있다. 그러나, '축복의 꽃송이' '그 어떤 사연, 그 무슨 행복이 저 눈 속에 어려 있는 것입니까' '집집의 창가마다' '고운 웃음 피우며 불빛 환했는가' '은은한 제야의 종소리' '숫눈우의 발자국들은 다 어디로 향했는가' 등과 같은 표현에서 알 수 있는 바와 같이 서정적 기반 위에 대중 교화와 교양의 임무를 수행하려는 시적 의도가 엿보인다. 통일에 대한 염원과 사회주의 위업을 완성하자는 신념을 시의 바탕에 깔고 있으면서도 '눈'이라는 자연적 소재를 통해 밝은 서정을 노래하고 있는 이 시는 '주체 사상의 정서적 지향'에 한층 다가서 있는 느낌을 준다. 다시 말해 '눈'의 서정을 형상적으로 전환시켜 시대가 요

구하는 미제국주의자들에 대한 타도, 통일에 대한 열망, 수령 영생에
대한 확고한 믿음 등을 미학적으로 가공한 공민적 자각이 담겨져 있다
고 하겠다. 이에 반해 다음의 시들은 비록 단시(短詩)에 불과하지만 시
적 서정과 사상이 잘 결합되어 북한 시문학이 말하고 있는 '서정의 다
양성'이 밀도가 있으면서도 탄력 있게 그려져 있음을 알 수 있다.

1)
피 어린 격전의 고지에
홀로 쓰러졌을 때
누구도 나를 일으켜 세우지 못했다

허나 마지막 힘을 모아 움켜진 총대가
나를 일으켜 세웠다
아, 그것은 조국이었다

—권오준, 「조국」 전문, 『조선문학』 2호, 2003

2)
꽃은 피네
꽃은 피네

꽃은 지네
꽃은 지네
이 땅우에 알찬 열매 맺어주려

피며 지며 꽃이 묻네
나에게 묻네

너는 어떻게 이 땅을 받드느냐고

―천일수, 「꽃이 묻네」 전문, 『조선문학』 2호, 2003

1)과 2)는 각각 '총대'와 '꽃'을 소재로 하여 서정적 주인공(화자)의 정서를 표현하고 있다. 그러나 이들 시에서는 북한 시문학의 전범(典範)이라 할 수 있는 표현의 직접적 표출이 과감하게 제거된 채 시적 감수성이 문면에 나서는 형상을 띠고 있는 특징을 보인다. 이는 최근 북한 시문학이 내세우고 있는 이른바 서정과 표현의 '다양성'이라는 문제와 긴밀하게 연결되어 있다. "시인은 한편의 시를 써도 자기 얼굴과 자기 목소리가 뚜렷한 서정세계를 펼쳐 놓아야 한다"는 북한의 문예이론을 상기할 때 이들 시에서는 창작자인 시인의 개성과 상상력, 비유와 주제 의식 같은 미학적 태도가 잘 전개되고 있다. 특히, 시적 메시지를 시의 기본적 장치 뒤에서 암시적으로 전달하고 있는 방식은 최근 변화하고 있는 북한 시의 양상을 알 수 있게 해준다. 혁명적인 문학을 통하여 혁명 투쟁과 건설 사업을 다그치고 있는 북한 시문학에 있어 이 같은 변화는 분명, 생활의 구체적 체험이나 강성 대국 건설의 투쟁 의지가 약화되었다는 비판을 받을 만한 소지가 있다. 서정에의 경사(傾斜)가 선군 기치에 따라 인민들의 투쟁을 고무 추동해야 할 임무를 잊고 자칫 감상에 빠뜨려 투쟁 의지를 상실시킬 수도 있기 때문이다.

인민 대중의 자주 위업 수행에 이바지하는 것은 북한 시문학의 근본적 사명이다. 따라서 북한의 시문학은 반미자주화, 사회의 민주화, 조국 통일에 대한 투쟁 등 현실에 당면한 문제들에 대해 민감하게 반응하고 있으며 현실에서 부딪치는 문제들을 작품 안에 수용하려고 애써 왔다고 할 수 있다. 그러나 앞서 언급했듯이 북한의 시문학은 주체 사실주의 문학의 이론적 틀 안에 문학의 제 측면을 용해하고 있기 때문에 시적 본질이 훼손되거나 축소되는 위험을 내포하고 있다. 역사적 흐름을 선도하고 사회주의 혁명 앞에 사명을 다하는 길은 혁명에 대한 투철한 자각, 인민에 대한 헌신적 복무 정신이 없이 이를 이룰 수 없는 까닭이다. 이런 가운데 위 인용 시들은 류만이 제기하고 있는 시의 다양성 즉 개성의 확산이라는 측면에서 상당한 성과를 거두고 있는 것으로 평가되며, 동시에 북한의 시문학이 제기하고 있는 주체 사실주의 문학의 사상 예술성에도 한층 다가서고 있다는 느낌을 주기에 충분하다. 다양성이라는 측면에서는 다음과 같은 시도 예외는 아니다.

1)

문패를 다네/정히 쓴 내 이름 석자/뜨거움에 소중히 받쳐 들고/내 오늘 문패를 달자니//보여 와라 이 문패너머/물고기 욱실대는 양어장/물결 출렁이는 발전소언제를 지나/언덕우에 풀 뜯는 하얀 염소떼//허리띠를 졸라 매며 터전을 닦을 땐/아득히만 그려 보던 이 선경/이렇듯 꿈같이 황홀하게/내 사는 우리 집 우리 마을에 펼쳐 졌으니//생각나라/우리 마을 찾아 오신 장군님/새집들이 하나같이 멋 있고 똑같으니/주인들도 문패를 달아야 제 집을 찾을 거라고/호탕하게 웃으시며 하시던 말씀//문패를 다네/어제 날머슴군이었던 나의 할아버지에게/수령님 손수 문패를 써주시더니/오늘은 또 우리 장군님/내 집에 달게 해주신 사랑의 문패//

―지희경, 「문패를 다네」 부분, 『청년문학』 3호, 2003

2)

인생은 기다림이라 하더라/바라는 것이 없다면/기다리는 것이 없다면/삶이 허무하리라/굽이굽이 머나먼 한생이 힘겨우리라//금방 찾아 올듯/손에 닿을듯/가슴 울렁이며/더 좋은 더 아름다운 래일을/기다림속에 나는 사노라/목마르게 기다리는 그것은/예고도 없이 집집의 문을 두드리기도 하며/때로 늦어지기도 하고/안개속에 쌓인듯 희미한 때도 있거니//믿음이 없으면 기다릴수 없으리/험난한 길 웃으며 갈 수도 없으리/우리의 래일은 어떻게 왔던가/고난의 시련속에서/눈보라길의 진거름썰매행렬에 실려왔고/마대전, 등짐으로 쌓아 올린/발전소언제우에 받들려 오지 않았던가//저 멀리 그려 보던 강성대국의 래일을/벌써 흐뭇이 안아 보는 오늘이여/끊임없는 장군님의 선군길 자욱자욱우에/련이은 준공식과 새집들이 경사……/기다릴 사이도 없이/또 새것을 기다리는 숨가쁨이여//(……)//오오 래일! 래일은/멀리에서 오지 않나니/흥건히 땀배인/우리의 손에 받들려 오고 있다

—송명근, 「래일」 부분, 『조선문학』 3호, 2003

구체적 사물인 '문패'를 통해 주제 의식의 확산을 가져오는 1)의 시는 명료한 이미지를 시적 기반으로 하고 있는 특징을 보인다. 문패를 달고 나니 문패 너머 물고기가 욱실대고 언덕 위에는 풀 뜯는 하얀 염소떼가 한가하게 노닐고 있으며 그리하여 '이렇듯 꿈같이 황홀하게/내 사는 우리 집 우리 마을에' 선경(仙境)이 펼쳐졌다. 그리고 이 모두는 수령님과 장군님의 덕택이다라는 것이 이 시의 요지이다. 그러나 이 시는 주제를 전달하는 방식이 미의식과 잘 버무려지고 있다는 점에서 서정적이다. '문패'를 달며 '장군님 은덕으로 새집의 주인이 된 생각' '무릉도원에서 살게 된 생각' 그리고 '내 조국에 강성대국문패를 달 기쁨을 그려보'는 서정적 주인공의 행위와 희원(希願)이 생동감 있게 시 전면에 확산되어 있기 때문이다. 생생한 이미지와 구체적 풍경을 통해 그려진 낙원 의식 그리고 '집'과 '주인'이라는 주체 사상에 기반한 자주 의식, 나아가 '강성대국의 문패'라는 조국에 대한 숭엄한 자존 의식 등이 서로 긴밀하게 얽혀 '사상의 정서적 지향'이라는 북한의 문예 미학과 잘 맞아떨어지고 있다. 나아가, 이 시가 생활 체험을 바탕으로 폭넓은 공감을 자아내고 있는 것도 이 시가 지니고 있는 강점으로 지적된다.

2)의 시는 북한 시에서는 좀처럼 만나기 어려운 추상적 어휘를 사용하고 있다. 제목에서부터 범상치 않은 이 시는 '인생' '기다림' '허무' '믿음' '래일'과 같은 추상적 어휘들을 반복하며 시련과 고통이 계속되더라도 참고 기다리면 반드시 강성대국의 래일이 오고야 만다는 인생론적 통찰을 담아내고 있다. 감상이나 낭만에 빠져 있다는 비판의 소지에도 불구하고 인생의 기다림은 곧 강성대국을 바라는 기다림이며 이 기다림 속에 사는 것이 곧 조국의 경사를 맞이하는 것이라는 것을 차분하면서도 설득력 있게 그려낸다. 삶이 '예고도 없이 집집의 문을 두드리기도 하고/때로 늦어지기도 하고/안개속에 쌓인듯 희미한 때도 있'다는 비유적 표현은 이 시의 아름다움을 더욱 고양시키며 마침내 '오오 래일! 래일은/멀리서 오지 않나니/훙건히 땀배인/우리의 손에 받들려 오고 있'나니에서는 그 기다림 끝에 오는 것들이 '땀'에 의한 것이라는 것을 인상 깊게 보여준다.

1)과 2)의 시는 각각 '강성대국에 대한 희원(希願)'이라는 공통된 주제를 담고 있으면서도 시가 지니고 있어야 할 서정과 시적 장치들을 동원시켜 미적 완성을 성취한다. 서정을 바탕에 깔고 주체 위업이라는 사상을 담고 있는 이들 시에서는 소재의 다양함뿐만 아니라 주제를 접근하는 데 있어서도 표현 방식이 순치(馴致)되고 정화된 느낌을 준다. 다만, 화자의 복잡한 내면이 단순화된 채 일반화되어 나타나는 점은 '인간학'을 내세우는 북한 시문학이 앞으로 개척해 나가야할 과제라 하겠다.

1)

아이들이 렬차를 바래운다/시내가에 은모래 무지무지 쌓아놓고/기차놀이 신나던 꼬마들이/일어서서 두발 동동 나를 바래운다//잘 가라고 꽃잎같이 고운 손 흔드는/아이들아 너희들은 알지 못하리/이 산굽이 돌아서면 종착역이 되는줄을/어쩔수 없이 나도 렬차에서 내려야 함을//그래서가 아니라/너희들의 바래움에 답례하는//이 렬차의 기적소리조차/민족분렬의 가슴 아픈 웨침으로/겨레의 울분으로 들리는 것은//오 민족의 혈맥이 둘로 끊기여/반세기년륜에 십년이 또 감겨졌으니/너희들의 바래움을 받는 내 마음속에/쌓이고 덧쌓이는 미제에 대한 증오//이제는 더 그냥 보낼 수 없다/이대로는 세월을 흘러보낼 수 없다/그리운 남녘땅 눈앞에 두고/백년숙적 미제를 살려두고/산굽이 역전에서 내릴수 없다//6·15북남공동선언에 따라/우리 민족끼리 힘 합쳐 열어제끼자/장군님 이끄시는 선군혁명의 렬차/이 세상 그 무엇도 막지 못하리//

—하복철, 「아이들이 렬차를 바래운다」 부분, 『청년문학』 11호, 2005

2)

어제도 바라고/오늘도 바라는 통일/대화와 교류, 접촉이 활기를 띠는/이 벅찬 6·15통일시대에/통일이여 너 정녕 어떻게 오느냐//부산행 렬차타고 씽씽 가닿고픈/너와 나 우리 소망 안고서 오누나/가족친척방문단으로 평양에 와서/함께 모여살 날 눈물겹게 하소하던/남녘의 내 할머니 그 소원도 안고 오누나//긴세월 갈라졌던 겨레의/헤아릴수 없는 슬픔의 대하넘어/파도쳐오는 통일/이미 벌써 왔어야 할 그 통일이/다시는 헤어져 살수 없는 겨레의 맘속에/날마다 시간마다 가까워오나니//눈물속에 갈라졌다가/웃으면서 오는 통일이구나/귀여운 제 아들 제 딸 이름찾듯/피가 통하고 언어가 통하는/제 민족을 찾아오는 통일이구나//기세높아라/애국의 기운은 삼천리에 뻗쳐라/우리 민족끼리의 통일을 방해하는/양키들의 기를 꺾을 선군의 힘이 있어/분렬의 장벽이 흔들리고있거늘//횡포한 원쑤들의 도전을 맞받아/굴함없이 오고있는 통일이구나/반목과 불신의 어둠 가시며/반미항전의 불길을 높여가는/북과 남이 굳게 잡은 손과 함께 오는 통일이구나//

—송정우, 「통일은 어떻게 오는가」 부분, 『조선문학』 3호, 2006

김광철은 「조국통일 주제 시문학 창작과 시적 체험」이라는 글에서 6·15 북남 공동 선언은 통일 성업의 대진군길에서 커다란 전변으로 이러한 새 세기의 벅찬 환경은 통일 주체 문학 작품의 활발한 창작을 요구한다며 역사적인 현실을 예술적으로 형상화해야 하는 의무를 지닌다고 주장한다.[9] 최희건 역시 주체의 문예관은 창작을 단순한 직업으로서가 아니라 혁명 사업으로 보며 당과 수령에게 끝없이 충실한 참다운 혁명가, 조국과 인민에게 끝없이 충실한 열렬한 애국자만이 진실로 혁명적이며 인민적인 우수한 문학예술작품을 창작할 수 있다는 문예지침을 인용하며 시가 푸른 나래를 펼쳐 미적 형상을 바탕으로 완성의 도약을 꾀해야 한다는 것 역설하고 있다.[10] 그런가 하면 오영재는, 6월 15일 5월 단오날 금강산에서라는 부제를 단 「6·15는 밝은 달」이라는 시에서 "비바람이 몰아 쳐도 달은 떠 있으리/화약내가 풍겨와도 달은 떠 있으리/밝고밝은 민족의 달 6·15달을/언제나 마음에 안고/사랑하면 애국자/외면하면 반역자//우리 민족끼리 마음 다해/소중히 키워가자 6·15달을/구름이 가리우면 힘을 합쳐 걷어내자/이 달이 만월로 둥글어/하늘에서 웃으면 통일이 되리/빛나는 새 아침이 밝아오고/통일의 해님은 누리를 밝히리라//[11]"라며 달에 민족의 염원을 비는 한편 고도의 시적 비유를 통해 신념과 체험의 진실미를 획득하고 있다.

앞서 인용한 1)의 시는 열차의 기적 소리를 민족 분열의 아픈 외침과 겨레의 울분으로 비유하며 더 이상 기차가 나아가지 못하는 아픔을 비통하게 노래한다. 아이들을 시 속에 등장 시켜 '은모래' '꽃잎' '고운 손' 등과 같은 서정적 언어를 사용하여 통일의 염원을 6·15남북공동선언에서 찾으려는 주제 의식을 강렬하게 보여준다.

---

9) 『청년문학』 8호, 2003, pp.56~58.
10) 『조선문학』 8호, 2001, pp.62~68.
11) 『조선문학』, 2002, 19호.

2)의 시 역시 길을 이어주는 '열차'의 상징성을 통해 대화와 교류, 접촉과 통일이라는 민족적 요구를 그려내며 '눈물속에 갈라졌다가/웃으면서 오는 통일이구나'에서와 같이 밀도 있게 시대적 의의를 형상화한다. 1)과 2)의 시가 비록 '선군 혁명' '장군님' '미제' '원쑤' 등을 등장시키고는 있지만 이는, 주체 사상과 주체 문예이론에 바탕을 둔 것으로 그 기저에는 류만이 제기하고 있는 바 서정적 언어와 시적 비유와 같은 다양한 서정성을 예술적으로 형상화하려는 의도가 내재되어 있다. 독창성과 개성 그리고 종자론적 발견의 형상성을 강조하는 북한 시문학은 앞으로 새롭고 다양한 서정의 세계를 펼쳐보일 것으로 기대된다.

3.

주체 사상에 입각한 주체 사실주의 문학은 북한 시문학의 기본 노선이다. 사회주의 위업 수행의 무기라고 일컬어지는 사회주의 또한 북한 시문학이 나아가야 할 방향이며 시는 이를 위해 복무할 의무를 지닌다. 그간 북한의 시는 이 같은 경향을 충실하게 수행한 것이 사실이다. 인민의 앙양된 혁명적 열의와 일심 단결된 위력을 조직 동원하여, 혁명과 건설을 다그쳐 나가는 데 있어 문학 예술이 이를 수행해야 한다고 강조하고 있는 김정일의 문학 교시, 그리고 최고 사령관인 김정일 동지의 사상과 령도를 높이 받들어 우리 식 사회주의 위업 수행에 적극 이바지하는 작품을 창작하자는 북한 시인들의 다짐은 시가 시대와 역사에 대한 숭고한 임무를 지니고 있음을 말해준다. 불타는 애국의 열정과 창작적 정열로 웅대한 전략적 구상과 애국의 뜻을 작품 형상에 전면적으로 구현해 나가야 한다[12]는 주체 사실주의는 그러나 시가 지니고 있는 서정성을 바탕으로 인민들을 교양 시켜야 한다는 시 창작 방법론에 의거, 새롭게 변화하려는 시도를 보이고 있다.

6·15남북 공동 선언으로 화해와 협력의 분위기는 류만이 제기하고 있는 '서정의 다양성'에 부합하고 있는 것으로 판단된다. '서정의 다양성'을 위해 표현의 변화를 요구하는 북한의 시문학은 시가 지니고 있는 본래의 서정 위에 시대와 시대 정신이 요구하는 것을 형상화시키고 있다. 비록 과거의 시에 비해 그다지 큰 변화를 보이고 있지 않은 점은 북한 시가 지니고 있는 특수성에 말미암은 바가 크지만 그러나, 점점 최근 서정의 깊이와 넓이가 더 하고 있다는 점을 간과해서는 안된다. 표면에서 내면으로, 생경에서 미의식으로의 점진적인 이동이 시가 성취해야 할 본령이자 북한 시가 내세우고 있는 '주체 사상의 정서적 지향'과 잘 맞아 떨어지기 때문이다.

---

12) 방형찬, 앞의 글, p.4.

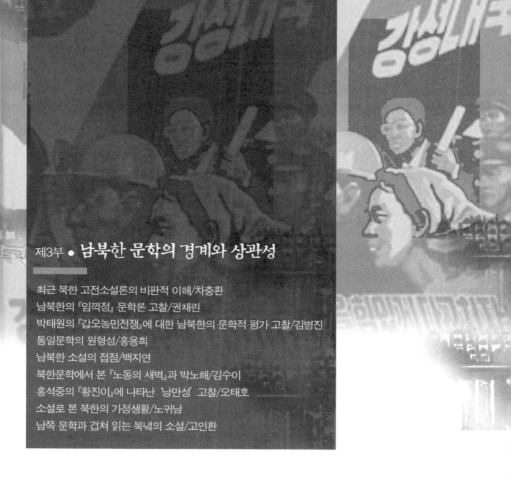

제3부 ● 남북한 문학의 경계와 상관성

최근 북한 고전소설론의 비판적 이해
― 18세기 소설사를 중심으로

차충환

1. 머리말

최근 한국에서는 북한의 문학과 문학론에 대한 관심이 고조되고 있는 바, 그러한 관심에는 북한학계의 고전문학 연구에 대한 것도 비중있게 자리하고 있다. 북한의 고전문학 연구에 대한 이러한 관심은 북한학계의 연구물들이 직간접적으로 전해지면서 북한의 연구 사정을 학적으로 접근해 볼 수 있는 형편에 이른 때문이기도 하지만, 무엇보다도 한민족 공동의 문학유산에 대한 공통된 인식을 정립하여 미래에 있을 통일문학사의 초석을 마련하기 위한 학자적 사명감이 보다 더 크게 작용했기 때문이다.

이에 따라 본고에서 검토하고자 하는 고전소설 부문에서의 북한의 연구성과에 대해서도 많은 관심을 두어 왔다. 1986년 김일성종합대학 출판사에서 간행된 김춘택의 『조선고전소설사연구』가 1993년에 『우리나라고전소설사』라는 이름으로 한국에 소개된 것, 『우리나라고전소설사』의 말미에 수록된 박희병의 「최근 북한학계에서의 고전소설사 연구의 성과와 문제점」(1993), 조희웅의 「북한소재 고전소설 서목 검토」(1998), 장효현의 「남북한고전소설 연구의 쟁점과 전망」(2000), 전영선의 「북한에서의 고전소설 수용 연구」(2000) 등이 모두 그러한 관심의 결과물이거니와, 이외에 수종의 북한문학 연구서에서도 북한에서의 고전소설 연구에 대한 다양한 연구 성과가 언급되고 있다. 특히 연변대학 교수인 최웅권의 저작『북한의 고전소설 연구』(2000)는 현단계 북한의 고전소설 연구의 동향을 알려주는 다양한 논문들과 평가를 소개하고 있어 큰 참고가 된다. 또한 현재 한국에서는 1992년에 완간된『고전소설해제』(상·중·하)와, 1991년부터 2000년까지 만 10년간에 걸쳐 이루어진 전 15권의『조선문학사』를 고찰할 수 있게 됨에 따라, 최근 북한의 문학연구사를 좀더 정밀하게 검토할 수 있게 되었다.

본고에서는 최웅권의 저서와 한국에서 이루어진 여러 선행 연구들을 참조하여 북한에서의 고전소설 연구 성과 중 주요한 부분을 먼저 간략히 검토하기로 한다. 이를 통해 고전소설 부문에 대한 북한에서의 연구 역사를 개괄적으로 이해하고자 한다. 다음으로, 최근에 이루어진 전15권의『조선문학사』중 18세기 소설사를 다룬 제5권을 바탕으로 하고, 또 기존에 출간된 몇몇의 고전문학사, 고전소설사, 고전소설해제 등을 참고하여, 18세기 소설사를 바라보는 북한의 시각을 조명해 보기로 한다. 특히 18세기 소설사의 서술체계, 작품의 서지학적 연구, 작품의 해석과 평가 등에 초점을 두고, 필요한 경우 한국의 연구 현황과 대비하면서 검토해 보기로 한다.

2. 그동안의 연구 성과

북한에서 민족문화유산에 관심을 가지고 문화유산의 발굴과 응용 및 현대화 작업을 시작한 것은 북한 정권 수립기부터였다. 이 점은 1949년 10월 15일 김일성이 묘향산 박물관 및 휴양산 일군들에게 한 「민족문화유산을 잘 보존하여야 한다」는 담화문에 단적으로 나타나 있고, 그후로도 1958년 4월 30일 김일성이 김일성종합대학 교원 및 학생들에게 한 담화 내용, 1964년 9월 16일 김정일이 조선로동당 중앙위원회 선전선동부 일군들에게 한 담화문 등을 통해 지속되었다.[1] 특히 1970년 3월 4일에 김정일이 「민족문화유산을 옳은 관점과 립장을 가지고 바로 평가 처리할데 대하여」에서 표명한 다음과 같은 언급은 문학유산에 대한 계승의 당위성을 매우 구체적으로 천명하고 있다.

> 지난날의 문학작품에 봉건적이며 자본주의적 요소가 있다고 하여 그것을 덮어놓고 다 빼버린다면 우리의 역사는 남을 것이란 하나도 없을 것이며, 인민은 과거 아무것도 창조해 놓은 것이 없는 민족이 된다. 과거가 없는 현재가 있을 수 없고, 계승이 없는 혁신을 생각할 수 없듯이 사회주의 민족문학예술은 지난날의 문학예술 가운데서 낡고 반동적인 것을 버리고 진보적이며 인민적인 것을 시대의 요구와 계급적 성격에 맞게 계승 발전시키는 토대 위에서 건설하고 발전시켜 나갈 수 있다.[2]

문학유산에 대한 이러한 강조는 본고의 관심인 고전소설 연구 부문에서도 그대로 실현된다. 광복 후부터 1956년 8월 15일까지의 연구 동향을 반영한 『조선문학사년대표』에는 65여 종의 고전소설이 거론되고

---

1) 이에 대해서는 전영선, 『북한 민족문화정책의 이론과 현장』, 역락, p.55~76. 참조.
2) 전영선, 위의 책, p.85에서 재인용.

있는데, 이 중에서 윤세평이 주해를 붙인 〈흥보전〉은 이미 1954년 4월에 단행본으로 출판되었으며, 1956년 6월까지의 작품집 발간 현황만보더라도, 〈장화홍련전〉, 〈홍길동전〉, 〈심청전〉, 〈연암작품선집〉, 〈토끼전〉, 〈박씨부인전〉, 〈장끼전〉, 〈사씨남정기〉, 〈조웅전〉, 〈임진록〉, 〈배비장전〉, 〈춘향전〉, 〈서옥설〉 등의 작품집이 단행본으로 출간되었다. 이러한 양은 기실 동시기 한국에서의 현황을 앞선다고 할 정도로 많은것이다. 또한 북한에서는 1958~1960년의 3년간에 걸쳐 전 33권의『조선고전문학선집』을 발간하면서 다수의 고전소설 작품집을 출판하였는바, 〈김만중작품선집〉, 〈옥루몽〉, 〈전우치전〉, 〈두껍전〉, 〈임경업전〉, 〈류충렬전〉, 〈창선감의록〉 등은 이때 새로 단행본으로 간행된 것이다.

그후로도 북한에서는 고전소설의 발굴과 조사 및 출판이 지속적으로이루어졌다. 그 결과, 1986년 이래 간행되고 있는 전 90권집『조선고전문학선집』에는 〈하진양문록〉, 〈옥린몽〉, 〈김태자선기〉, 〈백학선전〉, 〈신유복전〉, 〈정을선전〉, 〈진장군전〉, 〈이대봉전〉, 〈어룡전〉, 〈현수문전〉, 〈홍계월전〉, 〈몽유달천록〉, 〈영영전〉, 〈황백호전〉, 〈황월선전〉, 〈운영전〉, 〈보심록〉, 〈금방울전〉, 〈난초재세기연록〉, 〈천군연의〉, 〈김시습작품집〉, 〈원생몽유록〉, 〈화사〉, 〈수성지〉, 〈사성기봉〉, 〈쌍천기봉〉 등이 새롭게 실려 있다.[3] 또한 북한에서는 1992년에『고전소설해제』세권을 완간하였다. 이 해제집은 1988년 4월 15일에 상권, 1991년 2월15일에 중권, 1992년 7월 25일에 하권이 출판되었는데, 여기에는 총193종의 고전소설에 대한 줄거리, 예술특성, 시대적 제한성 등이 기술되어 있다. 다음의 인용문은『고전소설해제』에 실려 있는「〈고전소설해제〉에 대하여」의 일부이다.

---

3) 이상의 작품 출판 현황에 대해서는 최웅권,『북한의 고전소설 연구』, 지식산업사, p.9~16. 참조.

1984년부터 1989년까지 아직 학계에 알려져 있지 않았거나 이름만 알려져 있던 200여 종에 달하는 고전소설들이 새로 발굴, 조사되었으며 500여종에 달하는 고전소설들의 내용이 기본적으로 장악되었다. 그 가운데는 가치 있는 단편소설들로부터 세계 굴지의 가장 큰 분량의 장편소설들도 들어 있다.[4]

이를 통해 1990년대 초반 현재 북한에서는 500여 종의 고전소설 작품이 존재하고 있음을 알 수 있다. 2006년 현재 한국에서 파악된 885 종[5]에는 미치지 못하지만, 500여 종 역시 적지 않은 수량이라고 할 수 있다. 그리고 이때 발굴된 작품 중에는 장편소설뿐만 아니라 한국에는 소개돼 있지 않은 작품도 존재하는 것으로 보인다. 다음의 인용문은 1984년에서 1989년에 걸쳐 행해진 고전소설 작품의 발굴 조사에 대하여, 그 가치를 평가한 내용이다.

유산발굴사업을 통하여 무엇보다도 지금까지 알려지지 않았던 〈하진양문록〉, 〈사성기봉〉, 〈쌍천기봉〉, 〈옥린몽〉 등의 대장편소설들과 반침략 애국 주제의 〈백학선전〉, 〈여중호걸〉, 〈현수문전〉, 〈홍계월전〉, 〈왕제홍전〉, 민족 주의 의식을 고취한 〈삼국리대장전〉, 〈신유복전〉, 〈남윤전〉, 예리한 사회 정 치적 문제를 취급한 〈황백호전〉, 〈옥포동기완록〉 등의 장중편소설들이 수많 이 새롭게 발굴되었다. 지금까지 우리나라 고대, 중세 문학사에서 〈구운몽〉, 〈옥루몽〉 등의 몇몇 장편소설들과 김시습의 〈금오신화〉에 실린 단편소설들 을 포함하여 수십편의 고전소설이 소개되었다는 사정을 고려할 때 문학사 적으로 가치 있는 장중편소설만도 백수십여 편을 새로 발굴, 조사한 것은 참으로 민족문학유산 발굴사업에서 이룩된 자랑찬 성과가 아닐 수 없다.[6]

---

4) 보고사 편, 『한국고전소설해제집』(상, 하), 보고사, 1997, p.5.
5) 조희웅 편, 『고전소설연구보정』(上), 박이정, 2006, 머리말.
6) 김철환, 「고전문학의 찬란한 개화 발전」, 『문학신문』, 1992년 5월 8일자. 최웅권, 앞의 책, p.17에서 재 인용.

이 중에서 〈하진양문록〉, 〈사성기봉〉(한국에서 〈임화정연〉으로 알려진 작품임), 〈쌍천기봉〉, 〈옥린몽〉 등은 장편소설에 속하고, 〈왕제홍전〉, 〈황백호전〉, 〈옥포동기완록〉 등은 한국에는 전하지 않는 작품이다.

『고전소설해제』에 의하면, 〈왕제홍전〉은 18~19세기에 많이 유행했던 〈정수정전〉류의 공안소설과 〈홍계월전〉류의 군담소설의 영향을 받아 창작된 작품이고, 〈황백호전〉은 주인공이 억울하게 죽은 부모의 원수를 갚는 이야기로서, 이례적으로 서지적인 소개가 잘된 작품이다. 〈옥포동기완록〉은 한문필사본으로서 두꺼비를 주인공으로 내세운 중세의인소설 중에서 예술성이 가장 높은 작품으로 평가되고 있다. 한편, 종래 북한 소재 유일본으로 알려졌던 〈난초재세기연록〉은 현재 한국 장서각에도 내용이 이와 유사한 〈난초재세록〉이 소장되어 있어, 북한 소재 유일본이라고 할 수는 없다.[7]

최근 조희웅은 金大종합도서관 간행의 『金大종합도서관서목록2, 漢書분류목록』(1957년 간), 『조선문학통사(上)』(1959년 간), 『조선문학사 1』(1982년 간), 『조선문학개관 1』(1986년 간), 『조선문학사 3~5』(1991~1994년 간), 『조선고전소설사 연구』(김춘택, 1986년 간), 『고전소설해제』(1988~1992년 간) 등 7종의 문헌을 바탕으로 북한 소재 고전소설 서목을 정리한 바 있는데[8], 그에 의하면 북한에서 작품명이라도 언급된 고전소설 작품수는 대략 250여 종이 된다고 한다. 그리고 조희웅은 그 중에서 북한 소재 유일본으로 판단되는 30종의 작품 서목도 정리해 놓았다. 그 중에서 현단계 한국의 연구사를 반영하여, 한국에도 이본이 전하는 〈강로전〉, 〈난초재세기연록〉, 〈부용헌〉, 〈전옹치전〉을 제외하고, 김춘택의 고전소설사에도 등장하고 여러 종의 문학사에도 거론

---

7) 〈난초재세기연록〉의 주변 정보와 작품론에 대해서는 서신혜, 「공작동남비」의 변용, 〈난초재세기연록〉」, 『김소행의 글쓰기 방식과 삼한습유』, 박이정, 2004 참조.
8) 조희웅, 「북한소재 고전소설 서목 검토」, 『한국고전소설과 서사문학 (상)』, 집문당, 1998.

된 〈일치전〉을 포함하면 다음의 27종이 현단계 북한 소재 유일본이라고 할 수 있다.

귀영전, 금섬전, 금수기몽, 김해진전, 백흑란, 부인관찰사, 서씨전, 석일태전, 설용운전, 섬노장전, 섬노전, 염라왕전, 옥봉쌍인, 옥포동기완록, 왕제홍전, 일치전, 임진병란기, 조일선전, 조창전, 진문공, 창낭전, 축빈설, 칠선기봉, 학강전, 한태경전, 황백호전, 황설현전

한편, 북한에는 한문소설집 『화몽집』이 전해지고 있어 주목된다. 이 작품집은 북한에서 1950년대에 이미 거론된 것으로 보아, 근래에 새로 발굴된 것은 아니다. 여기에는 〈원생몽유록〉, 〈운영전〉, 〈주생전〉, 〈영영전〉, 〈동선전〉, 〈몽유달천록〉, 〈피생명몽록〉, 〈금화영회〉, 〈강로전〉 등 모두 9편의 한문소설이 실려 있는데, 이 소설집이 중요한 것은 1626년(天啓 6년) 이후의 17세기 전반기라는 '성립시기'이다. 성립시기가 17세기 전반기라고 하면 고전소설사에서 상당히 앞선 시기에 해당하므로, 이 소설집에 실려 있는 작품이 여러 이본들 중에 가장 원모습을 잘 갖추고 있다고 볼 수 있는 것이다. 이 『화몽집』은 현재 한국의 일반인에게는 공개되지 않았다. 그러나 최근 소재영은 원본의 복사본을 입수하여 검토함으로써 이 자료의 실체에 좀더 접근할 수 있게 되었고,[9] 또 소인호도 동 복사본을 토대로 이 소설집에 실려 있는 작품들의 면면을 한국에 있는 이본들과 대비하면서 보다 더 자세히 검토한 바 있다.[10] 북한에서 고전소설사는 지금까지 총 4종이 출간되거나 발표되었다. 『증보조선소설사』(김태준, 1939), 「소설의 역사를 더듬어」(윤기덕,

---

9) 소재영, 「필사본 한문소설 〈화몽집〉에 대하여」, 『민족문화연구』 35, 고려대 민족문화연구원, 2001.
10) 소인호, 「17세기 고전소설의 저작 유통과 『화몽집』의 소설사적 위상」, 『고소설연구』 21집, 한국고소설학회, 2006.

1966~67), 『조선고전소설사 연구』(김춘택, 1986), 『조선소설사』(김일성종 합대학출판사, 1989) 등이 그들이다. 이 중에서 김태준의 저서는 오래 전부터 한국에도 널리 알려져 쉽게 구해 볼 수 있는 것이고, 김춘택의 저서 역시 앞서 언급한 대로 『우리나라 고전소설사』(한길사, 1993)란 이름으로 한국에 널리 소개되어 있다. 그리고 『조선소설사』는 학생들의 학습 교재용으로 『조선고전소설사 연구』를 축약하여 간행한 것이라고 한다. 따라서 내용상 주목되는 점은 없다고 하겠다. 윤기덕의 「소설의 역사를 더듬어」는 1966년 11월 1일부터 1967년 4월 4일까지 총 10회에 걸쳐 『문학신문』에 발표한 것으로서, 한국에는 아직까지 알려지지 않은 것이다.[11]

3. 18세기 소설사의 비판적 이해

북한의 고전문학 연구에서는 17세기 문학이 유독 강조되어 왔다. 이점은 그동안에 간행된 문학사의 편차를 일별해 보면 바로 확인할 수 있다. 1977년 간 『조선문학사』의 편차를 보면, '제7장 15~16세기 문학, 제8장 17세기 문학, 제9장 18~19세기 중엽의 문학'으로 구성돼 있다. 그리고 1982년 간 『조선문학사 1』, 1986년간 『조선문학개관 1』 등도 이를 따르고 있다. 이와 같은 경향에 맞추어 고전소설사에서도 17세기 소설이 특히 주목을 받았는바, 김춘택의 『조선고전소설사 연구』를 보면 '제1편 고전소설의 발생과 초기발전(15~16세기), 제2편 고전소설의 본격적 발전(17세기), 제3편 고전소설의 활발한 창작(18~19세기 중엽), 제4편 소설문학에서의 근대적 요소'와 같이 17세기 소설사

---

11) 이상 북한에서의 고전소설사 간행 현황에 대해서는 최웅권, 앞의 책, pp.28~29. 참조.

를 단독으로 편차하고 있다. 이처럼 북한 학계가 17세기 소설을 강조하게 된 것은, 17세기에 들어와서 국문소설이 새로 발생하고 날로 발전하는 한편 한문소설도 15~16세기의 성과에 기초하여 더욱 다양하게 분화 발전한 점, 주제 영역이 확대되고 사회적으로 의의 있는 다양한 문제들을 다루고 있다는 점, 〈사씨남정기〉, 〈구운몽〉 등이 출현하면서 구성조직의 정제와 생활 묘사의 구체화, 인물 형상의 개성화에서 커다란 진전을 이룩한 중장편소설 양식이 발달하게 되었다는 점 등을 요인으로 들고 있다.[12]

그런데 근년에 완간된 신간『조선문학사』(전 15권)의 고전문학사 부문을 보면, 편차가 조금 달라졌다. 15~16세기와 17세기를 각각 분단한 것은 종전과 같으나, 18세기와 19세기 문학은 종전에는 이를 '18세기~19세기 중엽'과 같이 한데 묶었으나,『조선문학사』에서는 18세기 문학과 19세기 문학을 분권하여 전자를 제5권, 후자를 제6권에 배치하고 있다.

그러면 신간『조선문학사』에서는 18세기 소설사를 어떻게 평가 서술하고 있는가. 이는『조선문학사 5』를 살펴보면 잘 드러날 것이다. 제5권은 1994년에 김하명에 의해 편찬되었다.[13]

18세기 문학을 다루는 신간의 편차에서 고전소설과 관련된 항목은 '제4장 소설의 다양한 발전, 제5장 구전설화에 토대한 국문소설, 제6장 봉건사회의 악덕을 풍자한 우화소설, 제7장 춘향전, 제9장 연암 박지원(1737~1805)' 등이다. 전체 아홉 장 가운데 소설 관련 부문이 다섯 장을 차지하고 있으니, 18세기 문학을 따로 분권한 것은 무엇보다도 소설에 대한 서술량이 그 전 시기보다 획기적으로 늘어났기 때문임을

---

12) 17세기 소설에 대한 이러한 논점은 김하명, 「17세기 소설발전과 민족적 특징」, 제3차 조선학국제학술토론회, 1990에서 표명했고, 이를 장효현이 요약한 것을 참조했다. 장효현, 「남북한고전소설 연구의 쟁점과 전망」, 『한국고전소설사연구』, 고려대출판부, 2002, pp.698~699.
13) 앞으로 본문에서 '신간'이라고 하는 것은 모두 이『조선문학사 5』를 지칭한다.

쉽게 짐작할 수 있다. 그리고 서술량의 확대는 특히 평가 대상 작품수가 늘어났을 경우, 또 평가 잣대가 폭넓게 열려 있어 평가 항목이 늘어났을 경우에 가능한 것이다. 그러면 신간에 전개된 소설사를 바탕으로 현단계 북한에서의 고전소설 논의가 어떻게 전개되고 있는지를 살펴보기로 한다. 먼저 장절의 표제를 정리하면 다음과 같다.

제4장 소설의 다양한 발전
    제1절 소설의 보급과 여러 종류들
    제2절 장편소설의 발전과 〈옥루몽〉, 〈옥린몽〉
    제3절 부녀자들의 산문문학
제5장 구전설화에 토대한 국문소설
    제1절 〈장화홍련전〉과 〈콩쥐팥쥐〉
    제2절 〈심청전〉
    제3절 〈흥보전〉
제6장 봉건사회의 악덕을 풍자한 우화소설
제7장 춘향전
    제1절 〈춘향전〉의 창작경위와 이본들
    제2절 〈춘향전〉의 주제
    제3절 주인공들의 형상과 사상예술적 특징
제9장 연암 박지원(1737-1805)
    제1절 연암의 생애와 창작활동
    제2절 연암의 미학적 견해
    제3절 제1기의 창작, 〈방경각외전〉
    제4절 제2기의 창작, 〈열하일기〉
    제5절 제3기의 창작
    제6절 연암의 시작품들

1) 18세기 소설사 개관

제4장 제1절은 표제의 성격상 18세기 소설사에 대한 전체적인 개괄을 시도하고 있는 것처럼 보인다. 그러나 18세기의 모든 작품들을 다 포괄한 것은 아니다. 여기에는 주로 제4장 2절과 3절, 제5장, 제6장, 제7장, 제9장에 포괄될 수 없는 작품들을 대상으로 정리를 하고 있다. 이런 점에서 서술상의 체계는 균일하지 않다고 할 수 있다. 여기에서 신간의 저자는 18세기 소설을 세 유형으로 나누어 파악하고 있다. 특징적인 부분을 기술하면 다음과 같다.

■ **제1계열** : 〈홍길동전〉, 〈박씨부인전〉 등 세칭 '이야기책' ─국문소설의 전통을 계승하여 발전한 대형식의 소설.

영웅전기소설	전통	〈박씨부인전〉, 〈임경업전〉 계승
	성격	민족자주정신과 애국적 영웅주의 반영
	작품	류충렬전, 장국진전, 소대성전, 조웅전, 정수정전, 이대봉전, 보심록 등
가정윤리소설	전통	〈사씨남정기〉 계승
	성격	가부장적 가족제도의 모순 반영, 부녀자들의 독서수요에 응함.
	작품	장화홍련전, 콩쥐팥쥐전, 정을선전, 어룡전, 정진사전, 진대방전, 신유복전, 옥린몽, 쌍천기봉, 사성기봉 등
애정윤리소설	전통	〈구운몽〉 계승
	성격	청년 남녀의 해방적 지향을 반영하는 낭만적 소설, 긍정적 주인공들의 생활과 정신세계를 이상적으로 미화.

(기봉기연소설)	작품	옥루몽, 사성기봉, 옥환기봉, 옥쌍환기봉, 명주기봉, 황한기봉, 옥연재합록, 하진량문록, 쌍주기연, 옥소기연, 황주기연, 명주기연 등
복합소설	성격	영웅적, 가정적, 애정적 요소의 복합
	작품	하진량문록, 쌍천기봉, 사성기봉 등

이와 같이 분류한 뒤, 이들의 종합적 성격을 다음과 같이 해석하고 있다.

이 작품들은 그 대부분이 현실적인 생활자료에 의하여 구성된 것이 아니며 작가의 이야기로 엮어나가는 것이 주로 되고 인간들의 초상묘사, 내면세계의 제시에서 개성화에 응당한 주목이 돌려지지 못하였다. (…중략…) 그러나 긍정적 주인공들의 형상에 체현된 애국주의와 인도주의 정신으로 하여, 그리고 복잡하게 얽힌 구성조직의 특성으로 하여 많은 독자를 가지였으며 사람들을 애국주의 사상으로 교양하고 사회적 시야를 넓혀줌에 있어서 그리고 부녀자들의 교양자로서 거대한 역할을 수행하였다.(109쪽)[14]

인용문에서 저자는 작품에 구현된 애국주의 사상을 상기 작품의 핵심 요소로 평가하고 있는 바, 이는 지나친 단순화로 보인다. 기실 위의 작품들에서 독자들의 공감 요인은 오히려 '가족과 만남'의 문제에 있다고 볼 수 있다. 영웅전기소설의 주인공들은 서사의 진행 동안 국가에 공을 세우고 해체된 가족을 재건하게 되는데, 이 과정에서 주인공들의 주관심사는 국가에 대한 충성보다는 이를 계기로 획득되는 가족의 복원이다. 그리고 가정윤리소설과 기봉기연소설도 가족과 만남의 문제가 서사의 핵으로 자리하는 유형이다.

---

14) 앞으로 『조선문학사 5』에서 인용할 경우, 특별한 언급이 없는 한, 이와 같이 본론 중에 해당 쪽수를 표시한다.

한편 제1계열을 서술하는 자리에서 신간은 일련의 장편국문소설에 대하여 다음과 같은 평가를 하고 있다.

　그들(량반사대부들)은 소설작품을 자신이 읽었을 뿐만 아니라 그것을 봉건제도를 유지 공고화하기 위한 데 리용할 수 있다는 것을 타산하고 봉건적 충효와 절의를 장려하는 충효록, 선행록을 창작보급시켰다. 이러한 계렬의 작품으로서 〈소씨충효록〉, 〈서문충효록〉, 〈삼대충효록〉, 〈설문충효록〉, 〈류효경선행록〉, 〈하씨선행록〉, 〈위소명행록〉,〈명행정의록〉, 〈쌍성효행록〉, 〈김씨봉효록〉, 〈리씨효문록〉, 〈성현공숙렬기〉 등 수십종이 있다. 이 작품들은 한문으로 표기되여 주로 량반사대부들 속에서 그들의 도덕교양 자료로 읽히였다. 그것은 사회생활이나 사람들의 내면세계를 진실하게 그릴 것을 자기 과업으로 제기하지 않고 주로 당시 봉건도덕을 장려하는 이야기들을 가공하여 꾸며 내였기 때문에 예술적으로는 론의할만한 가치가 없다. 더구나 그것이 한문으로 표기되였기 때문에 독자도 좁은 범위에 국한되였다.(111~112쪽, 밑줄 필자)

그런데 위의 내용은 미심쩍은 부분이 많다. 인용문에 언급된 작품들은 김춘택의 『조선고전소설사연구』는 물론 이전의 북한문학사에는 전혀 거론된 적이 없는 것들이다. 그리고 이들 작품이 한문으로 표기되었다고 한 것도 잘못된 것이다. 이에 대하여 조희웅은 "이들 서목들은 저자가 실제 확인한 작품들이라기보다는 아마도 쿠랑의 『조선서지』 서목이나 혹은 김태준의 『조선소설사』를 참조한 것으로 생각된다."[15]고 평가하면서, 이들을 북한 소재 고전소설 서목에 포함시키지 않았다.

---

15) 조희웅, 앞의 논문, p.86.

■ **제2계열** : 판소리계 소설. 이에 대해서는 "지금 전해지는 12마당의 판소리 작품은 생활을 있는 그대로 진실하게 묘사하려는 사실주의적 산문정신이 지배적이며 그것은 형식에 있어서도 진실로 민족적이다. 그것은 선행시기에는 볼 수 없던 우리 인민의 일상적인 평범한 생활을 재현하고 그 사회의 본질과 민족적 특성을 뚜렷이 반영하고 있으며 당대의 각계각층 인물들의 생동한 전형을 창조하고 있다."(113쪽)라고 개괄적으로 평가하면서, 뒤에 가서 자세한 작품론을 전개하고 있다.

■ **제3계열** : 한문소설. 여기에서는 박지원의 소설과 함께 김려의 〈단량패사〉, 작자불명의 〈황강잡록〉, 〈기담수록〉, 단편집 〈삼설기〉, 장편인 〈류미당기〉와 〈삼한습유〉 등을 간략히 소개하고 있다. 그리고 〈류미당기〉와 〈삼한습유〉에 대하여 "이 작품들은 그 작자들의 계급적 처지와 세계관상 제한성에 의하여 렵기적인 사건전개에 치중하고 현실을 진실하게 사실적으로 재현하지 못하였으며 시대가 제기하는 절실한 미학문제들에 해답을 주지 못하였다."(117쪽)라고 평가하고 있다. 그러나 여기에서 〈단량패사〉, 〈황강잡록〉, 〈기담수록〉 등은 소설이나 소설집이 아니라 야사 패설집이다. 그리고 〈류미당기〉를 김재육이 지었다고 하였는데 김재육이 아니라 서유영(1801~1874)이 지은 작품이다. 따라서 이 작품은 18세기 작품이 아니다. 〈삼한습유〉도 김소행(1765~1859)이 1814년에 지은 작품이기 때문에 18세기 작품이 아니다.

그러면 이전의 문학사나 소설사에서 기술된 고전소설 관련 내용과는 어떠한 차이가 있는지 정리해 보기로 한다.

먼저 거론된 작품수가 늘어났다. 특히 애정소설(기연기봉소설) 유형에 속하는 작품들 중 옥환기봉, 옥쌍환기봉, 명주기봉, 황한기봉, 옥연재합록, 쌍주기연, 옥소기연, 황주기연, 명주기연 등은 신간에 와서 처음으로 언급된 작품들이다. 또한 기존의 문학사에서는 숙영낭자전, 옥단춘전, 소학사전, 옥낭자전 등은 애정소설로, 금방울전, 옹고집전, 숙향전, 육효자전 등은 인정세태소설로 분류되어 '18세기～19세기 중엽의 소설사'에서 거론되어 왔으나, 신간에서는 이들 작품이 모두 19세기 문학사를 다룬 『조선문학사 6』으로 이월되었다. 그러나 그 중 〈숙향전〉은 17세기 말에 창작된 작품으로서, 시대가 상당히 앞선다. 그 외에도 신간에서는 "소설은 이 시기 부녀자들의 중요한 교양도서였다. 그들은 소설 작품들을 통하여 륜리도덕적으로 교양되었을 뿐 아니라 사회를 알고 력사를 배웠으며 봉건적인 남존녀비사상에 대한 일시적인 불만의 해결책을 보고 싶어 하였던 것이다."(109쪽)라는 언급에서 알 수 있는 것처럼, 18세기 국문소설의 발달과 관련하여 부녀자들의 관여를 비중있게 고려한 것도 기존의 문학사 서술과는 다르다.

2) 〈옥루몽〉과 〈옥린몽〉, 그리고 부녀자들의 문학

한편 신간에서는 장편소설들 중 〈옥루몽〉, 〈옥린몽〉, 〈쌍천기봉〉, 〈사성기봉〉, 〈하진양문록〉 등을 높이 평가하면서, 그 중에서 〈옥루몽〉, 〈옥린몽〉에 대하여 자세한 해석을 내놓고 있다. 〈옥루몽〉은 북한학계에서 일찍부터 주목을 받은 작품이다. 1958～1960년에 걸쳐 이루어진 전 33권집 『조선고전문학선집』을 통해 이미 단행본으로 소개된 후, 최고의 예술성을 갖춘 작품으로 찬사를 받아왔다. 신간에서도 역시 높은 평가를 내리고 있다. 〈옥루몽〉은 환상적 계기가 많이 남아 있고 또 불교, 유교, 도교 사상의 영향으로 말미암아 사실주의적 진실성이 크게 훼손되었으나, 인물 형상의 개성적 창조, 언어 구사의 역동성, 생활적 자료에 대한 충실한 묘사, 남녀 인물들의 현실적 관계성 등의 측면에서 최고의 수작에 해당한다고 평가하고 있다. 심지어 저자는 평가가 다소 지나쳐, 인물들이 현실적 인간으로 생애를 마치는 결말 구조를 실학사상의 영향으로 해석하고, 또 작가가 작품에 제기된 사회정치적 문제들에 대하여 실학적 입장에서 평가하고 있다고 해석하는데, 이러한 해석은 〈옥루몽〉의 예술적 성취를 끌어올리기 위한 지나친 억측이다. 〈옥루몽〉의 원작에 대해서 북한학계에서는 처음부터 국문창작설을 주장하였다. 북한학계의 최장섭은 「고전소설 옥루몽 연구」[16]에서 〈옥루몽〉은 원래 국문필사본으로 창작되고 그 이후 국문본, 언토 및 현토본, 한문본으로 각각 출판 전승되었다고 보았다. 그리하여 〈옥루몽〉의 계통을 '국문본 〈옥루몽〉 → 한문본 〈옥루몽〉 → 한문본 〈옥련몽〉 → 국문본 〈옥련몽〉'으로 파악하였다. 또한 최장섭은 〈옥루몽〉의 작가를 남구만으로 추정하였다. 그러나 〈옥루몽〉의 이러한 서지학적 연구는 한국의 그것과 큰 차이가 있는 것이다. 이에 대해서는 장효현이 앞의 논문에서 꼼꼼히 비판 정리한 바 있다. 현재 한국에서는 〈옥루몽〉의 작가는 남영로(1810~1857)이며, 그가 한문 〈옥련몽〉을 지었고 이를 다시 한문 〈옥루몽〉으로 스스로 개작하였으며, 이후 이에 대한 국문본이 각각 나와 유전된 것으로 보고 있다. 이와 같이 한국학계의 논의에 따르면 〈옥루몽〉은 18세기 소설이 아니다.

그런데 신간에서는 〈옥루몽〉의 작가에 대한 언급은 없고 원작의 형태에 대하여 장황한 기술을 하고 있다. 더구나 신간의 어느 곳에도 찾아볼 수 없는 협주를 특별히 마련하여 〈옥루몽〉의 국문창작설을 재차 강조하고 있는 바, 이는 한문본 〈옥련몽〉 원작설을 주장하는 한국의 연구동향을 직접적으로 의식한 결과이다. 북한학계의 주장과 근거를 들면 다음과 같다.

---

16) 『문예론문집』 4, 과학백과사전종합출판사, 1988.

이 작품이 본래 한문으로 씌여졌던 것을 국문으로 번역하였다는 설에 대하여 다음과 같은 몇가지 점으로 보아 원작이 국문으로 씌여지고 후에 한문으로 번역한 것으로 보는것이 타당하다고 생각한다.

첫째로, 그것은 이 작품의 창작동기가 〈구운몽〉의 예술적 성과와 관련되여 있다는 점이다. 〈옥루몽〉은 새로운 사상예술적 성과에도 불구하고 그 사상주제적 기초에 있어서나 인물배치와 구성조직에 있어서 〈구운몽〉을 본딴 것임이 명백하다. 그런데 〈구운몽〉은 국문본으로 씌여졌고 그로 하여 교육을 받지 못한 인민들 속에서도 널리 읽히였다. 〈옥루몽〉을 구상하면서 작자가 〈구운몽〉에서 배운 것이 사실이므로 이 문체에 대하여도 고려하지 않을 수 없었을 것이다.

다음으로 이 작품에는 주인공들이 창작하였거나 노래한 시와 가(노래)가 적지 않게 들어 있는데 그 중에 〈가〉, 〈가사〉라고 이름한 작품들은 우리나라 고유의 민족시가형식인 시조, 가사, 민요 작품들이다. 지금 전하는 국문본과 한문본을 대조해 보면 한문본(원문 한문언토)에도 시조, 가사, 민요 그대로가 국한문혼용체로 표기되어 있다.

〈홍랑의 가(노래의 뜻)
　초장
　　　전당호 밝은 달에 채련하는 아이들아
　　　십리 청강 배를 띄여 물결이 급다 말라
　　　네 노래에 잠든 룡 깨면 풍파 일가 하노라〉

고 한 것을 한문본에서는

　초장에 왈
　　　전당명월하에 채련아야

범주십리청강아야 막언수파염하라
이가에 경잠룡이면 공기풍파하노라

라고 하였는데 이것은 원시가 우리 시가형식으로 된 것을 한문본에서 한시
투로 번역한 것이 명백하다. (… 중략…) 또 국문본에서

배저어라 배저어라 로화는 날아가고 강천에 달돋는다
은린옥척 꿰여들고 행화촌 찾아가자
배저어라 무릉도원 어드메뇨 부춘산이 여기로다
영천수 맑은 물에 소 목이는 저 사람아
요순이 재상하니 네 절개 자랑말아
……

라고 한 이 어부사는 한문본에서도 국한문혼용체로 국문본의 가사 그대로
표기되어 있다. 이러한 점들에 비추어볼 때 일부 학자들이 주장하듯이 〈처
음은 한문으로 표현되었으며 그후 역시 이름을 알 수 없는 어떤 사람에 의
하여 번역되었다.〉고 보기보다 그 반대로 국문으로 씌여진 후 그것이 인기
를 얻게 되면서 량반사대부를 대상으로 한문번역본이 출현한 것이라고 보
는 것이 타당하다고 생각한다.(125~126쪽)

위의 내용은 기실 김춘택이 그의 『조선고전소설사연구』에서 〈옥루
몽〉의 국문창작설을 주장하면서 세웠던 논거들이다. 그런데 전체적인
내용이 설득력이 없다. 특히 첫 번째의 주장과 근거는 터무니없는 것
이다. 〈옥루몽〉이 〈구운몽〉을 모방했으니 〈구문몽〉과 같이 국문으로
창작했을 것이라는 것은 지나친 견강부회다. 더구나 한국에서는 〈구운
몽〉의 원작을 한문으로 보는 경우도 있다. 두 번째의 주장도 설득력이

약하다. 위에서는 국문필사본 〈옥루몽〉과 한문현토본 〈옥루몽〉을 대비하면서 국문선행설을 주장하는데, 현토본은 20세기 초반에 형성된 것이기 때문에 창작 표기를 추정하는데 적절한 자료가 아니다. 원작이 한문이라 하더라도, 해당 작품이 오랫동안 유전되는 동안에 '국문 한문'으로의 전화 현상은 얼마든지 일어날 수 있다.

다음으로 〈옥린몽〉에 대한 논의를 살펴보자. 〈옥린몽〉은 전 90권집 『조선고전문학선집』을 통해 처음으로 소개된 이후,[17] 문학사에서는 1986년 간 『조선문학개관 1』에서 처음으로 언급된다. 신간에서는 〈옥린몽〉이 한문 원작이었다가 후에 국문으로 번역 출판된 것으로 추정하고 있다. 또 작가에 대해서는 이정작과 조관번을 상정하고 문헌기록으로는 아직 확인되지 않는다고 한다. 한국에서는 〈옥린몽〉의 작가를 이정작(1678~1758)으로 보고 있다. 관련 문헌 기록은 조언림의 『二四齋記聞錄』에 적혀 있는 "悔軒閑見北軒春澤之九雲夢南征記等書 乃作玉麟夢十五卷(회헌 이정작이 북헌 김춘택의 구운몽, 남정기 등을 보고 옥린몽 15권을 지었다)"이다. 〈옥린몽〉의 원작이 국문이냐 한문이냐 하는 문제는 한국에서도 여전히 논란이 되고 있다.[18] 신간에서 〈옥린몽〉은 소설적인 언어 묘사, 자연 묘사, 생활 세태 묘사, 초상 묘사, 내면 묘사 등에 있어서 중세소설 발전의 새로운 경지를 개척했다고 평가되고 있다. 그러나 봉건군주제도에 대한 미화, 긍정적 주인공들을 지나치게 미화한 점, 한문으로 창작한 점 등의 제한성도 아울러 가지고 있다고 평가하고 있다.

신간에서는 '부녀자들의 산문문학'을 '제4장 소설의 다양한 발전' 아

---

17) 김하명 서문, 오희역 역으로 1986년에 『조선고전문학선집』 제14, 15권으로 출판되었다.
18) 근래의 논의만 보더라도, 정창권, 김경미 등은 한문원작을, 최호석은 국문원작을 주장하고 있다. 정창권, 「〈옥린몽〉의 작가 고증과 이본 양상」, 『한국고소설사의 시각』, 국학자료원, 1996; 김경미, 「〈옥린몽〉의 주제와 의미」, 『한국고전연구』 2, 한국고전연구학회, 1996; 최호석, 「옥린몽 연구」, 고려대 박사논문, 2000.

래에 배치하고 있는바, 이는 전례가 없는 것으로서 매우 이채롭다. 여기에서 다뤄지는 작품은 〈제침문〉, 〈규중칠우쟁공론〉 등의 '수필적 수기'와 〈계축일기〉, 〈인현왕후전〉, 〈한중록〉 등의 '수기 형태의 산문작품'들이다. 그러나 이들 작품은 그동안의 문학사나 소설사에서는 소설로서 언급된 적이 없다. 신간에서는 이들에 대하여 "이 작품들은 봉건시기 부녀자들의 처지, 교양, 그들의 정서 생활을 리해함에 있어서뿐만 아니라 서정성이 풍부하고 우아한 문체상 특성으로써 우리 문학을 더욱 다양하고 풍부하게 하였다."(134쪽)는 의의를 부여하면서, 그 중에서 〈인현왕후전〉을 특히 높이 평가하고 있다.

신간에서 〈계축일기〉와 〈한중록〉을 '실화문학'으로 명명하고 〈인현왕후전〉을 '전기소설'로 명명하는 데서 알 수 있듯이, 북한에서는 이들의 장르적 성격을 확정짓지 못하고 있다. 이 점은 한국에서도 마찬가지다. 현재 한국에서는 이들에 대해 '궁정(중)문학', '궁정(중)소설', '실기문학' 등의 용어로 명명하고 있는 실정이다.

3) 구전설화에 토대한 국문소설

'구전설화에 토대한 국문소설'은 북한에서 가장 중시하는 소설 유형이다. 이는 민족문화유산으로서의 고전소설 작품을 발굴하고 소개하기 시작한 벽두부터 지속된 일이다. 고전소설 중 가장 먼저 단행본으로 출간된 것도 구전설화에 토대한 국문소설인 〈흥보전〉(1954년 간)이며, 전 90권집 『조선고전문학선집』에도 이 유형의 소설들이 가장 많이 들어 있다. 구전설화에 토대한 국문소설에 대한 강조는 신간에 와서 한층 강해진다.

이 시기 인민대중의 장성하는 미학적 요구에 따라 국문소설이 널리 보급되고 활발히 창작되였으며 그 작품들이 많은 경우에 구전설화를 토대로 하고 있다.

18세기 이후에 인민출신작가들에 의하여 창작된 우수한 소설작품들은 거의 례외없이 구전설화의 주제와 사건체계 및 인물형상을 토대로 하고 있다. 인민출신작가들은 자기들이 제기한 주제사상적 과업에 적응한 인민구두창작을 선정하고 그 형상체계에 토대하여 당대의 사회생활을 생동한 화폭으로 재현하였으며 본래의 형상에 자기 시대 사람들의 성격적 특성을 구현시켰다.

이 시기 소설이 인민구두창작에 토대하여 발전한 것은 문학의 세계를 락천성으로 충만되게 하는 주요한 요인의 하나로 되었다. 우리나라의 고전소설이 거의 례외없이 긍정적 주인공들의 승리로, 그들이 온갖 시련을 이겨내고 행복을 쟁취하는 것으로 결말을 짓고 있는 것은 이 작품들이 구전설화를 토대로 한 것과도 관련되여 있다. 우리나라 고전소설 작품들의 행복한 결말은 모든 부정적인 것을 증오하고 정의를 사랑하는 우리 인민의 고상한 도덕적 품성, 행복한 미래에 대한 확고한 신념, 그 아무리 험한 세파라도 뚫고나가는 불굴의 정신, 강렬한 정의감 등을 반영하는 것이다.

이 시기 소설의 작자들은 구전설화와 우화 등 각이한 형태의 인민구두창작에 관심을 돌리였으며 각이한 주제를 가지고 각계각층의 전형들을 창조하였다. 이 형상들의 전형성과 깊이는 오랜 세월에 걸친 인민들의 창조적 지혜를 집약하고 있다.(138쪽)

위의 인용문에서 저자는 구전설화에 토대한국문소설을 '인민성'을 초점으로 하여 매우 높이 평가하고 있다. 이는 이 시대의 국문소설의 왕성한 창작을 '인민들의 미학적 요구'와 '15～17세기에 걸친 창작 경험'에서 찾고 있는 1977년 간 『조선문학사』의 시각이나,[19] "18세기 이

---

19) 『조선문학사』(고대중세편), 과학백과사전출판사, 1977. p.420.

후 구전설화에 토대한 국문소설의 활발한 창작은 대체로 서민문학의 발전과 밀접한 관련을 가지고 있으며 구전설화를 소설화한 작가는 대개 서민출신의 진보적인 문인들과 어리광대들이었다."[20]와 같이 언급한 86년간『조선문학개관 1』, 그리고 18세기 이후 국문소설의 발전을 '진보적 소설작가'들의 '사실주의적 창작' 성향에서 찾고 있는 김춘택의『조선고전소설사연구』에서의 언급[21] 등과 비교해 볼 때, 신간에서 '인민성'을 얼마나 강조하고 있는가를 잘 알 수 있다.

인민성을 강조하기 위해 신간에서는 '인민구두창작', '인민출신작가' 등의 용어를 사용하기도 하고, 고전소설의 보편적 형식인 '행복한 결말 구조'도 인민의 낙천성에 기인하는 것으로 보고 있으며, 급기야는 긍정적 주인공의 승리와 행복한 결말 형식으로 구조화한 소설은 모두 구전설화의 영향으로 평가하고 있다. 그런데 설화를 인민구두창작이라고 하는 것은 이상할 것이 없으나, 인민출신작가에 의해 창작된 작품은 현단계에서는 밝혀진 것이 없으므로, 인용문의 "인민출신작가들에 의하여 창작된 우수한 소설작품"이라는 말은 타당하지 않다. 또한 대부분의 고전소설을 구전설화의 영향으로 평가하는 것도 설득력이 떨어지는 견강부회에 가깝다. 이는 '인민성'을 지나치게 강조한 결과로 생긴 관점의 파탄이라고 할 수 있다.

주지하듯이 북한에서 고전소설을 평가할 때에 활용하는 기준은 어느 정도 정해져 있다. 북한에서는 계급적 성격이 결여되어 있고 종교적인 색채나 민속적인 요소 등과 같이 비과적인 측면이 강하며 비조선적인 작품에 대해서는 부정적으로 평가를 하고, 반대로 진보적이고 인민적이며 애국사상을 담고 우리식을 따른 작품에 대해서는 긍정적인 평가를 내린다. 전자를 고전소설의 비판 기준, 후자를 고전소설의 수용 기

---

20)『조선문학개관 1』, p.236.
21)『우리나라고전소설사』, 한길사, 1993, p.329.

준이라고 할 수 있는데, 북한에서는 이러한 기준이 큰 틀의 평가 기준
으로 활용돼 왔다.[22]

그러나 작품의 구체적인 평가 수준에서는 보다 세분화된 잣대를 활
용하고 있다. 몇 가지 예를 들어보기로 한다.

사건체계는 평면적이고 단순하며 작가의 서술이 지배적이다. 동시에 작
품은 인물의 성격창조에 응당한 관심이 돌려져 있지 않다.(〈장화홍련전〉에
대한 부정적 평가)

추상적이며 도식적인 설화나 개념적인 서술은 현저히 극복되고 생활적
진실감이 풍만하게 생동하고도 구체적인 묘사가 주어져 있으며 주인공들의
형상은 개성화되어 있다.(〈흥보전〉에 대한 긍정적 평가)

모든 등장인물들은 내부적으로 긴밀히 연결된 통일적인 화폭 속에서 생활
과 성격발전의 논리에 의하여 행동하고 있으며 각각 일정한계급적 성격을
뚜렷이 체현하고 있으면서 아주 개성적이다.(〈춘향전〉에 대한 긍정적 평가)

이를 통해 볼 때, 인물의 개성적 성격 창조, 입체적 사건체계, 성격
발전의 논리, 생활적 진실감, 구체적인 묘사, 구조의 통일 등이 긍정적
평가 기준이고, 평면적 구성, 작가의 개념적 서술, 성격 창조(개성화)의
미비, 추상적 묘사, 구조적 통일성의 결여 등은 부정적 평가 기준이 됨
을 알 수 있다. 앞으로 보게 될 구전설화에 토대한 국문소설은 물론 우
화소설, 박지원의 소설 등에도 모두 이러한 큰 틀의 평가 기준과 세부
기준을 잣대로 작품을 평가하고 있다.

---

22) 북한에서의 고전소설의 수용 기준에 대한 개괄적인 논의는 전영선, 「북한에서 고전소설 수용 연구」,
『북한연구학회보』 제4권 제2호, 북한연구학회, 2000 참조.

구전설화에 토대한 국문소설을 설명하는 자리에서 먼저 거론된 작품은 〈장화홍련전〉과 〈콩쥐팥쥐〉다. 그런데 이들 작품은 구전설화의 영역을 벗어나지 못한 것으로 평가를 받고 있다. 그러나 〈심청전〉과 〈흥보전〉에 대해서는 절을 달리하면서 꼼꼼히 살피고 있는바, 매우 훌륭한 작품으로 평가하고 있다. 먼저 심청전에서, 신간의 저자는 심청의 형상, 곧 고상한 희생정신, 성실성 및 근면성과 낙관주의 등을 높이 평가한다. 이는 작품 평가에서 인민성을 강조하는 기준에 의한 결과임은 말할 것도 없다. 그러나 이는 "심청이가 숭고하고 비장한 결단으로 효행을 위해 자기를 희생시키는 데 대해서 작품 자체가 여러모로 간접적인 반론을 제기하고 있다."[23]라는 한국의 평가와는 상당한 차이가 있다. 또 신간에서는 심청이가 제물로 바쳐지는 것, 심청의 환생, 심봉사의 개안 등 소위 '비과학적' 요소에 대해서도, "설화의 고대적 기원을 말해주는 것"(146쪽)이며 "당시 봉건사회에서 심청 부녀와 같은 가난한 사람들이 행복하게 될 수 있는 현실적 토대가 없었기 때문에"(149쪽) 불가피하게 설정한 것으로 평가함으로써, 대개의 적용 사례와는 달리 환상 요소에 대하여 부정적으로만 재단하지 않고 있다.

다음으로 〈흥보전〉을 보자. 신간의 저자는 흥보 부부의 형상을 "부지런하고 성실하며 정직하고 가난을 말없이 이겨나가는 가부장적 농민의 성격적 특성"(151쪽)을 생동하게 체현하고 있다고 해석한다. 반면에 놀보에 대해서는 "부모도 형제도 몰라보고 오직 이기주의적 본능에 의하여서만 행동하는 기형적인"(152쪽) 인간으로 평가하고 있다. 또 놀보의 박에서 나온 양반, 무당, 초란이, 왈짜 등을 봉건사회제도의 착취적 본성을 반영하는 기생충적 존재들로 보고 있다. 그런데 작품상에서는 이들 존재들이 놀보의 악행을 징치하는 기능을 담당함으로써, 일정 부

---

23) 조동일, 『제4판 한국문학통사 3』, 지식산업사, 2005, p.591.

분 긍정적인 역할을 수행하고 있다. 이로 볼 때, 놀보도 부정적인 인물, 왈짜 등도 부정적인 인물로 보는 신간의 서술시각에는 논리적 모순이 있는 것으로 보인다. 또 신간의 저자는 작가가 무당이나 복술가, 상여군 등을 등장시켜 미신을 반대하고 관혼상제의 폐해를 비판하고자 했다는 해석을 하고 있는 바, 이것 역시 타당성이 결여되어 있다. 왈짜 등과 마찬가지로 이들도 놀보를 징치하여 놀보의 수준을 끌어내리기 위해 동원된 기능적인 존재에 불과하다.

4) 우화소설과 〈춘향전〉

제6장 '봉건사회의 악덕을 풍자한 우화소설'에서 거론된 작품은 〈서동지전〉, 〈서대쥐전〉, 〈섬동지전〉(두껍전), 〈토끼전〉, 〈장끼전〉 등이다. 이들은 우화소설의 특성상 "의인화의 수법을 이용하여 합법적으로 봉건통치계급의 정체를 들추어내고 폭로 비판하며, 이로써 인민들을 그 자들에 대한 증오와 멸시의 감정으로 교양하는데 적합"(155쪽)한 작품들이다. 이 중에서 신간에서는 〈토끼전〉을 가장 높이 평가한다. 그런데 신간에서는 "토끼가 피압박인민들의 처지와 지혜를 체현하는 형상이라면 룡왕과 자라를 비롯한 수국 신하들은 당시 봉건사회 량반통치배들의 성격적 특성을 반영하고 있다."(165쪽)라는 언급에서 알 수 있듯이, 토끼를 긍정적 인물로 자라를 부정적인 인물로 보는 관점이 매우 견고하다. 따라서 자라의 충성이 강조된 이본에 대해서는 개작된 것으로 평가하고 그 가치를 전혀 인정하지 않는다. 그러나 주지하듯이 〈토끼전〉에서 토끼는 지혜가 있긴 하나 허욕에 꽉 찬 존재이며 자라는 비록 우둔하고 우직하나 윗사람에 대한 충성심이 대단한 존재이다. 신간에서는 자라의 충성을 반시대적이고 반인민적이라고 해석하나, 이는 인민성을 지나치게 강조한 나머지 초래된 편향된 시각이다. 신간에서

의 해석이 정당하려면, 토끼로 상징되는 인민들의 허욕과 기회주의 속
성도 아울러 비판해야 한다.

한편, 북한에서는 일찍부터 〈춘향전〉을 가장 높은 수준의 작품으로
평가하여 왔다. 그래서 신간에서도 따로 장을 설정하여 자세하게 고찰
하고 있다.

북한학계의 고전소설 연구에서는 작품이나 이본의 서지적 연구가 불
충실한 것이 일반적인 현상이다. 그러나 〈춘향전〉에 대해서만은 일찍
부터 서지나 이본에 대한 설명을 해오고 있다. 근래에 간행되고 있는
전 90권집 『조선고전문학선집』 제41권 〈춘향전〉의 해제에는 한국에도
널리 알려진 완판, 경판, 안성판 외에, 〈리도령춘향전〉(김일성종합대학도
서관 소장), 〈춘향전 단〉(인민대학습당 소장), 〈춘향전〉(사회과학원 도서관 소
장) 등도 존재한다고 한다.[24] 그러나 이들의 서지사항은 물론 내용적
특성에 대해서도 알려진 것이 없다. 최웅권은 위의 책에서 상기 3종을
필사본이라고 쓰고 있으나, 근거는 제시하지 않고 있다. 현재 한국에
서는 판본, 필사본, 국문본, 한문본을 통틀어 100여 종이 넘는 이본이
있는데, 그 중에서 〈리도령춘향전〉이라는 표제의 이본은 없다. 따라서
이 이본은 이본적 가치를 가지고 있는 것으로 보인다. 한편, 북한학자
권택무는 「〈춘향전〉의 두 이본」[25]을 통해, 16장본 경판본과 유사한 판
본 1종과 가사체 운문 형식이 특징인 필사본 1종의 서지와 내용을 각
각 자세히 소개한 바 있는데, 그를 통해 볼 때 이들도 각각 이본적 가
치를 지닌 것으로 판단된다.

북한에서 이해하는 〈춘향전〉의 주제는 다음과 같은 김일성과 김정일
의 교시에 압축적으로 나타나 있다.

---

24) 최웅권, 앞의 책, p.161. 참조.
25) 『조선어문』, 1991년 2호, p.23(최웅권, 위의 책, p.161에서 재인용).

〈춘향전〉에 대하여 말한다면 이 작품은 량반의 아들이 신분적으로 천한 사람의 딸과 련애를 하는 것을 주제로 하고 있습니다. 이것은 봉건사회에서 잘사는 사람들과 어렵게 사는 사람들 사이, 량반과 상민 사이의 사회적 불평등을 비판하고 남녀청년들이 재산과 신분에 관계없이 서로 사랑할 수 있고 같이 살 수 있다는 것을 보여준 것으로서 그 당시에는 진보적인 작품이었다고 말할 수 있습니다.(김일성 교시, 신간 170쪽)

고전소설 〈춘향전〉에서는 사람을 빈부귀천에 따라 갈라놓고 신분이 다른 사람과는 사랑할 수도 결혼할 수도 없게 하였던 봉건적 신분제도를 비판한 것이 기본핵입니다.(김정일 교시, 신간 170쪽)

이를 보다 압축하면 "양반 신분의 청년남자가 천인 신분의 처녀와 맺은 순결한 사랑의 이야기를 통하여 봉건사회의 신분적 불평등을 반대하는 시대의 요구와 인민의 지향을 형상적으로 밝혀낸 작품"(170쪽)이라고 할 수 있다. 한편, 신간에서는 〈춘향전〉에 대한 한국의 시각을 다음과 같이 비판하고 있다.

오늘 남조선의 반동부르죠아문예학은 춘향에 대한 리몽룡의 사랑을 변학도와 다름 없는 〈색마적인 희롱〉으로, 반대로 리몽룡에 대한 춘향의 사랑을 〈지배계급인 량반에 대한 맹종〉으로, 봉건사회에서 철칙으로 되어 있던 〈량반과 서민간의 주종관계〉로 묘사하고 있다. 이자들은 이렇게 함으로써 조선문학의 전통은 〈무저항주의〉라는 황당한 리론을 조작하고 있다. 그러나 이것은 작품의 형상 자체에 의하여 여지없이 론박되고마는 전혀 무근거한 비방중상에 불과하다.(173쪽)

그러나 이러한 비판은 전혀 터무니없는 것이다. 왜냐하면 현재 한국의 어떠한 학자도 위와 같이 평가하고 있지 않기 때문이다.

신간에서는 〈춘향전〉이 인물들의 생동한 전형화, 세부묘사의 진실성의 증대, 대화에서의 언문일치 등 사실주의의 새로운 발전을 가져온 작품임엔 분명하나, 이몽룡의 형상에 당대 실학자들의 성격적 특성이 전면적으로 구현되어 있지 않고, 사건 진행이나 정황의 설정에서 생활적 타당성이 부족한 면이 있으며, 상투적인 한문 성구를 많이 쓴 제한성도 가지고 있다고 평가하고 있다. 그러나 1986년간 『조선문학개관 1』에서 볼 수 있는바, "이 작품에서 량반계급의 신분적 차별을 반대하는 사람 자체가 다름 아닌 량반의 아들이며 그와 애정관계를 맺고 있는 춘향의 성격 자체도 봉건적 울타리를 넘어서지 못하고 있다."(248쪽)라는 지적은 신간에는 빠져 있다. 계급성과 반봉건성, 그리고 인민성을 작품 해석의 토대로 삼을 경우, 이러한 지적은 사실 정곡을 찌른 것이라고 할 수 있다. 그런데도 신간에 와서 빠진 것은 이몽룡과 춘향의 형상을 지나치게 긍정하고 미화한 신간의 서술태도에 기인한다.

4. 맺음말

이상으로 북한학계의 고전소설 연구에 대한 연구성과와 18세기 소설사에 대한 해석과 평가를 개괄적으로 살펴보았다. 북한에서는 이른 시기부터 고전소설 작품집을 간행하면서, 민족문화유산의 하나로서 고전소설에 대한 각별한 관심과 애정을 표출하였다. 그리고 1950년대 이후 근래에 이르기까지 고전소설에 대한 발굴과 소개도 지속적으로 하고 있다. 그 결과로 1992년에는 193종의 작품을 대상으로, 각각의 줄거리와 예술 특성을 서술한 고전소설 해제집을 발간하기도 하고, 또 『조선고전문학선집』을 통해서도 수십여 종의 고전소설 작품을 공간한 바 있다. 그러나 작품집의 발간이 대부분 원본의 형태가 아니라 현대 활자화한 형태로 된 것이기 때문에, 해당 작품의 원형태가 어떠한 모습으로 되어 있는지를 알 수가 없다. 또한 작품의 문헌학적 연구가 전반적으로 불충실하기 때문에, 연구나 출판 대상으로 삼은 작품이 어떠한 대표성을 가지고 있는지도 미심쩍은 부분이 많다.

18세기 소설사를 고찰하면서 언급한 바 있지만, 북한에서는 〈옥루몽〉의 작가를 남구만으로 추정하고 이 작품을 18세기 소설 작품으로 보고 있다. 그러나 한국에서는 〈옥루몽〉을 남구만의 후손인 남영로가 지은 작품으로 보고 19세기 소설사에 포함시키고 있다. 이러한 차이는 〈옥루몽〉의 작가 고증을 위한 자료가 북한학계에서 부족했기 때문에 생긴 결과가 아닌가 한다. 이런 점에서 작품과 자료에 대한 남북한의 공유가 매우 시급하다. 그래야만 올바른 작품론이 나올 수 있다. 이 점은 〈춘향전〉의 경우에도 마찬가지다. 북한에서는 84장본 완판 〈열녀춘향수절가〉를 〈춘향전〉의 대표 이본으로 간주한다. 그러나 한국에서는 이에 못지않게 〈남원고사〉나 각종의 필사본도 매우 중시한다. 그 결과로 한국에서는 〈춘향전〉에 대한 논의와 이해 수준이 매우 풍성하고 다채롭다.

한편, 한국에서는 어떤 작품이건 해석과 평가가 대체로 폭넓다. 이 점은 작품론을 전개할 때 다수의 이본을 고려한 결과이기도 하지만, 작품을 보는 관점이 다양하게 열려 있기 때문이다. 그러나 북한에서는 주지하듯이 해석과 평가가 한 방향으로 집중된다. 이는 계급성, 인민성, 당성이라는 평가 기준이 일관되게 적용된 때문이다. 물론, 평가 기준이야 여하간에 정곡을 찌른 작품론도 매우 많다. 이는 한국학계에서도 수용할 필요가 있다. 반대로 북한에서는 한국학계에서의 해석의 다양성을 수용해야 한다.

요컨대, 남북한의 고전소설 자료들을 원본의 형태로 공유해서, 각 작품마다 정본을 확정하고, 이를 토대로 상호간의 긍정적인 시각을 교환·수용하는 연구 풍토가 빨리 마련돼야 하겠다. 이를 통해 적어도 고전문학 유산에 대한 해석과 평가에는 큰 격차가 없도록 해야 할 것이다.

남북한의 『임꺽정』 문학론 고찰

권채린

1. 『임꺽정』 연구의 현 단계와 접근의 방향성

대하장편역사소설 『임꺽정』이 한국근대문학사에서 차지하는 기념비적인 의의와 화려한 명성에도 불구하고 본격적인 학계의 연구 대상이 된 것은 비교적 근자의 일이다. 발표당대(1928~40)[1]에 문단의 지식인과 독자층에 이르기까지 많은 관심과 찬사를 받았지만 1948년 홍명희가 남북연석회의 참석차 월북하면서 『임꺽정』은 문학적 논의 밖으로 밀려났다. 대표적인 월북작가의 작품으로 금서가 되어 더 이상의 공개적인 관심 표명이 불가능해져 버린 것이다. 1985년 사계절출판사에서

---

1) 『임꺽정』은 무려 13년에 걸쳐 《조선일보》에 연재되었다. 홍명희의 투옥과 신병 등으로 잦은 연재 중단과 재개를 거듭한 결과이다. 『임꺽정』 연재 전까지 신간회를 이끄는 등 식민지시기의 정치인이자 사회운동가로 주로 활동하던 홍명희는 『임꺽정』 연재를 통해 본격적인 직업적 문인의 길로 들어선다. 강영주는 1930년대 들어 일제의 군국주의 파쇼체제가 강화되고 신간회가 해소되는 등 민족해방운동이 난관에 부딪히자 홍명희가 자의반 타의반 『임꺽정』의 창작에 전념하게 된 것으로 보고 있다. 민족운동을 대신하여 문학을 자신의 삶의 형식으로 받아들이게 된 것이다. (강영주, 『벽초 홍명희연구』, 창작과비평사, 1999, pp.279~281 참조. 이하 『연구』)

전 9권이 출간된 이후에서야 비로소 활발한 조명과 연구가 가능하게 된다.

북한에서의 상황도 크게 다르지 않다. 월북 후 홍명희가 북한 정권에서 누린 화려한 경력[2]에도 불구하고 북한의 문학계에서『임꺽정』은 주목의 대상에서 밀려나 있었다. 1954년 12월부터 이듬해 4월까지 평양 국립출판사에서 「의형제편」과 「화적편」이 각각 3권씩 전 6권으로 간행되었지만 1950년대 후반에 절판되어 잊혀지다시피 했다가, 정치적·문화적 분위기가 달라진 1980년대에야 평양 문예출판사에서 재간행되었다. 일각에서는 이 작품이 북한에서 중시하는 계급투쟁적 성격이 미약하다는 등의 이유로 시비가 일기도 했으므로 홍명희가 자진해서『임꺽정』을 절판시켰다고 한다.[3] 문학사에서『임꺽정』이 구체적으로 거론된 것 역시 최근의 일이다.『조선문학통사』하권(1959)에서 짧게 언급[4]된 이후로『조선문학사』(1977~81)나『조선문학개관』(1986)까지 보이지 않던『임꺽정』에 대한 언급은 1990년대 이후 간행된『조선문학사』에 들어서야 발견된다.

이렇듯 한동안 홍명희의『임꺽정』은 남북 어디에서도 온당한 평가와 주목을 받지 못해 왔다. 남한에서는 월북 작가라는 사상적 행적을 이유로, 북한에서는 작품에 반영된 인물들의 계급의식이 그들의 교조적 기준에 미달한다는 이유로,『임꺽정』은 좌우 이데올로기 어느 편에도

---

2) 북한 정권에서 홍명희는 1948년부터 1962년까지 내각 부수상직을, 이어서 1968년 사망 시까지 조선최고인민회의 상임위원회 부위원장직을 연임하였다. 이 외에도 과학원장, 북조선올림픽위원회 위원장, 조국평화통일위원회 위원장 등 여러 직책을 겸임하였다. 그러나 북한에서 홍명희는 외견상 화려한 직책을 지녔을 따름으로 실제 권력과는 거리가 멀었다. 북한 문제 전문가들에 의하면, 그는 "단지 공산주의자들의 통일전선 이론에 부합되면서 김일성과 개인적인 관계를 맺고 있던 명목상의 지도자였을 뿐"이었다고 한다.(강영주,『벽초 홍명희 평전』, 사계절출판사, 2004, pp.281~288 참조. 이하『평전』)
3) 강영주,『평전』, pp.288~290.
4)『조선문학통사』하권은 이기영, 한설야, 이북명, 엄흥섭 등의 프롤레타리아문학이사회주의 사실주의 문학의 요구들을 보다 성숙되게 작품 속에 구현하는 뚜렷한 발전을 한 것으로 평가하면서, 부가적으로, 작가가 카프 맹원이 아니고 작품도 결코 프롤레타리아적 입장에 있지는 않지만 "그 시기에 있어 조선인민의 이해관계를 일정하게 대변해주는 진보적" 작품으로 홍명희의『임꺽정』을 들고 있다.(이상경, 「1926~45년의 소설」, 민족문학사연구소 지음,『북한의 우리문학사 인식』, 창작과비평, 1991, p.331.)

환영받지 못했다. 동일한 작품 혹은 작가에게 상이한 사상적 잣대를 부여하는 이러한 이율배반적 상황은 당대의 남북 이데올로기가 서로에 대해 가지는 편협하고 공고한 거리를 드러냄과 동시에 역설적으로 특정 이데올로기에 편향되지 않는 홍명희 혹은『임꺽정』텍스트 자체의 사상적 유연함과 다양함을 방증한다. 일례로『임꺽정』에 대해 당시 《조선일보》에 게재된 독후감을 보면 좌우파를 막론하고 찬사를 바치고 있음을 알 수 있다.[5] 이러한 사실은 사상이나 이념의 구획된 틀을 벗어나고 가로지르는 분방함 속에서 비로소『임꺽정』의 풍부한 의미와 가치가 드러나며, 그럼으로써『임꺽정』에 대한 진정한 접근이 가능해질 수 있다는 것을 의미한다.

이러한 점은 작가 홍명희의 사상적 행적과 관련해서 보다 설득적으로 설명되어진다. 홍명희 자신이 전통적인 한학의 세계로부터 근대 민족주의, 그리고 사회주의 사상에 이르기까지 자신의 사상을 부단히 혁신해 나간 특이한 지성의 소유자였을 뿐 아니라, 그가 이끈 신간회는 좌우익 세력이 최초로 연대한 민족협동전선 단체였다. 때문에 최근의 많은 평자들은 '계급'에 우선하여 '민족'을 강조했던 '민족주의자'로 그를 자리매김한다. "보편적 인간해방을 지향하는 애국적 민족주의"[6], "인간해방으로서의 민족 해방",[7] "계급문학에 대립적인 것이 아니라, 새로운 차원의 사회주의 이념을 수용한 현실주의 민족문학"[8] 등 많은 논의들이 특정 이념이 아닌, 이념들을 포괄하는 '민족'이라는 거시적인 범주에 홍명희의 사상을 위치시키고 있다.

---

5)《조선일보》1939년 12월 31일자에는 이기영, 이효석, 박영희, 김상용, 이광수, 한설야, 김윤경, 김동환, 김남천, 정인섭, 박종화 등 좌우를 아우르는 인물들의 독후감이 실려있다. (염무웅, 임형택, 반성완, 최원식 좌담, 「한국 근대문학에 있어서『임꺽정』의 위치」, 임형택·강영주 편, 『벽초 홍명희와 임꺽정의 연구자료』, 사계절출판사, 1996, p.293 참조. 이하 좌담.)
6) 좌담, 위의 책, p.348.
7) 채진홍, 「홍명희의 문학관과『임꺽정』의 창작의도」, 『홍명희』, 새미, 1996, p.18.
8) 임형택, 「벽초 홍명희와 임꺽정—그 현실주의 민족문학적 성격」, 『임꺽정』10권, 사계절출판사, 1990, p.153.

홍명희의 사상적 특징은 그의 문학관에도 고스란히 반영된다. 그는 문학을 정치에 예속되는 것으로 보는 속류 좌익 문학관에 대해 비판하는 한편, 우익측 문인들이 주장하는 이른바 '순수문학'에 대해서는 더욱 부정적인 견해를 취하였다. 그는 문학이 인생과 정치를 떠나서는 존재할 수 없다고 보면서도, 문학은 어디까지나 문학을 통해서 그에 기여하는 것이라 보았다.[9] 홍명희의 사상과 문학관에 대해서는 별도의 논의가 필요하지만, 간략하나마 이러한 특징들은 『임꺽정』을 연구하는 데 있어서의 접근의 방향성을 알려준다. 『임꺽정』에 나타난 특정 이데올로기의 경향을 확인하는 데서 나아가 그들 이데올로기를 뛰어넘어 작가가 지향하는 바가 무엇인지에 주목하는 것이 『임꺽정』이라는 텍스트를 대하는 합당한 태도일 것이다. 이러한 데에 초점을 맞출 때 『임꺽정』은 식민지 시대에 양산된 위대한 소설작품이라는 시대적, 역사적 조건을 뛰어넘어 문화적 분단 극복의 고리로서의 현재적 의미와 위상을 획득할 수 있을 것이다.

지금까지 진행된 『임꺽정』을 둘러싼 남한과 북한의 문학론은 양측의 체제적 차이를 반영하듯 다소 상이한 국면을 드러내고 있다. 하나의 텍스트에 대한 남북의 문학론을 함께 조명하는 작업은 단순히 체제와 문학적 입장의 차이를 확인하는 것이 아니다. 이러한 작업이 진정 의미를 지니기 위해선 차이와 단절을 가로질러 분단 극복을 위한 문학적 공유점과 지향점을 일구어 나가야 할 것이다. 따라서 이 글에서는 양측 논의의 차이와 연속, 일치와 단절의 미세한 지점들을 아우름으로써, 남북한 견해의 격차를 좁힐 수 있는 가능성을 발견하고자 한다.

---

9) 강영주, 『연구』, p.607.

2. 북한의 문학론
—인민성·현대성의 구현과 반봉건적 투쟁의식의 고취

남북한을 막론하고『임꺽정』에 대해서 가장 활발한 논의가 진행되는 부분은 '임꺽정'을 비롯한 인물들의 성격과 형상화의 문제이다. 실제 역사적 인물이었던 '임꺽정'을 소설화시키면서 당대의 역사 사회적 맥락 속에 어떻게 인물을 위치시켰는지에 대한 고찰은 필연적으로 인물의 '전형성'과 '역사의식'에 대한 질문으로 이어진다. 이 과정에서, 임꺽정이 투철한 역사의식을 보여주지 않는다거나 혁명적 인물이 되기엔 미흡하다는 의견은 남북한이 공통적으로 인식하는 부분이다. 앞서 언급했듯이 북한에서는『임꺽정』이 계급투쟁적 성격이 미약하다는 이유로 시비가 일기도 했거니와, 남한에서도 일찍이 임화가 전형적 성격의 결여와 플롯의 미약 등을 거론하며『임꺽정』을 '세태소설'로 격하[10]하기도 하였다. 중요한 것은, 이러한 인식을 기반으로 남과 북이 어떠한 방향으로 논의를 진행 혹은 발전시켰느냐이다.

북한의 논의는 주체문예이론의 창작원칙 중 하나인 '인민성'[11]을 임꺽정을 비롯한 중심인물들에게 적용시켜 '인민'으로서의 전형을 임꺽정에게 부여하고 있다.

이렇듯 소설에서 림꺽정은 비록 백정의 자식이지만 봉건사회에서 천대받

---

10) 임화, 「세태소설론」,《동아일보》1938. 4. 1~6.(임형택·강영주, 앞의 책, pp.260~271 참조) 비교적 최근인 신재성의 논의도 "풍속들은 상호 유기적 연관이 없는 삽화로 나타난다"는 점을 비판함으로써 본질적으로 임화의 논의에서 벗어나지 않는다.(신재성, 「1920~30년대 한국역사소설연구」, 서울대 석사논문, 1986)

11) 인민성은 다른 미학적 원칙에 비해 역사적으로 문학 속에서 구체화되면서 일관되게 적용되어온 미적 개념이다.『조선문학사』(1977~1981)의 경우 인민구전문학을 문학사의 중심에 자리매김함으로써 문학사 서술에서 인민성을 강조하고 있다. 인민창작이 아닌 작품들에 대한 평가에서는 그 작품들이 인민들의 사상, 감정, 요구들을 반영하는가를 중요시 여기고 있다.『임꺽정』이 바로 이러한 경우에 해당한다고 말할 수 있다. 최근의『조선문학사』(9권, 1995)의 서두에서도 "무산대중의 사회적 해방을 위한 지향"을 해방 전 창작된 진보적 문학의 주요 특징으로 강조하고 있다.

고 멸시당하는 **인민대중의 지혜와 힘의 체현자로, 그들의 넘원의 구현자**로 형상되었으며 그의 성격속에서 착취자들과 착취사회의 모순에 대한 무자비한 폭로와 항거정신이 깊이있게 반영되어 있다.[12]　　　　　　　　　　(강조는 필자)

우리 나라에서는 1920년대와 30년대에 력사소설들이 많이 창작되어 소설문학의 한 갈래를 이루었다. 하지만 작품의 내용과 규모에있어서나 사상성과 예술성에 있어서 그 어느 력사소설도 《림꺽정》을 따르지 못하였다. 특히 《림꺽정》은 **인민성과 민족적 특성을 풍부히 구현**한 것으로 하여 이채를 띠였다.[13]　　　　　　　　　　(강조는 필자)

'인민대중'으로 임꺽정과 의형제들을 자리매김함으로써 북한의 논의가 도달하려는 바는 비교적 명료하다.

첫째, 인민이 역사 발전의 근간이자 주역으로 자발적인 자주성을 실현하고 있다는 점. 대부분의 문학사와 평론들은 『임꺽정』에 하층계급들이 주인공으로 등장하고 있다는 점을 강조하면서, 그 일환으로 그들의 출신 성분에 대해 과도한 지면을 할애하고 있다. 따라서 인물들이 백정, 역졸, 농민, 관노비 등의 아들로서 '비천한 출신 성분'을 가지고 있음에도 불구하고 '뛰어난 재주'를 통해 '가난한 근로인민의 힘과 슬기'를 예술적으로 확인해 준다는 당위적인 논법이 주류를 차지한다.

둘째, 그들이 펼치는 애국주의적인 행위에 대한 강조. 이와 관련해 특별히 눈에 띄는 부분은 주인공들이 '을묘왜변'에 참전한 사실에 대한 부각이다. 임꺽정, 배돌석, 이봉학 등이 을묘왜변에 참전한 에피소드는 "반침략조국방위투쟁에서 하층근로인민들이 중요한 역할을 보여"[14]주는 사례로 평가된다. 이는 반침략 애국주의를 인민적이고 진보

---

12) 위의 책, p.242.
13) 한중모, 「다부작장편력사소설 《림꺽정》과 주인공들의 형상」, 『조선문학』 주체95, 2006. 4, p.65.

적인 문학의 기축으로 하는 북한 문학사의 오랜 특징[15]과 접목된다.

셋째, 봉건사회 혹은 봉건지배계층에 대한 저항과 항거의지의 강조. 이 점은『임꺽정』의 인민적 성격이 겨냥하는 궁극적인 지점이다. "하층 근로인민들을 도탄 속에 신음하게 만든 리조봉건사회현실의 모순과 불합리성에 대한 고발", "봉건사회에서의 농민봉기의 필연성"[16], "량반통치배들을 반대하여 투쟁에로 나가지 않을 수 없는 생활적인 타당성"[17] 등의 언급에서 알 수 있듯, '반봉건'적 투쟁은 인민들의 저항의식의 발로이자 필연적인 지향이다. 따라서 북한의 저술에서『임꺽정』은 비록 투철한 계급의식과 혁명의 성공을 보여주는 소설은 아니지만, 당대의 봉건적 지배계층에 대한 저항의지를 보여준 소설로 자리매김한다. 문제는『임꺽정』을 지배계급인 '봉건통치배'와 피지배계급인 '인민'의 대립이라는 단순한 양분구도로 일반화함으로써 홍명희의 역사의식이나 소설이 지닌 다양한 사상적 측면 등을 면밀하게 드러내지 못한 점이다.

'인민성'이 인물 형상화의 원칙이라면, 이와 더불어『임꺽정』 문학론을 구성하는 북한측의 또 다른 원칙은 '현대성'이다. 현대성 논의는 1992년 간행된 김정일의『주체문학론』에서 본격화된다.『주체문학론』은 역사성과 현대성을 민족문화유산의 계승 원칙으로 제시하고 있는데, 그 중 현대성은 당과 인민의 현재적 상황, 즉 미래적 지향점에 부합하는 문학작품들을 긍정적으로 평가하는 것을 말한다. 1991년부터 새롭게 간행된『조선문학사』에서 식민지 시대 문인들을 복권, 재평가하게 된 이면에는『주체문학론』의 이러한 영향이 놓여 있다.[18] 오

---

14) 위의 책, p.67.
15) 민족문학사연구소 지음, 앞의 책, p.6.
16) 한중모, 앞의 글, p.69.
17)『조선문학사』 9권, p.241.
18) 고봉준, 「남북한 시문학의 접점과 근대문학」,『북한문학의 이해』 2권, 청동거울, 2002, pp.179~180 참조.

랫동안 문학사에서 사라졌던『임꺽정』에 대한 서술이 1995년 간행된
『조선문학사』(9권)에 다시 모습을 드러낸 배경 역시 이러한 맥락에서
설명할 수 있다. 실제로,『조선문학사』에서는 김정일의 교시를 인용[19]
하며, 식민지의 암울한 상황에서 "력사물창작으로 현대성을 비교적
실속있게 구현한 작품"[20]으로『임꺽정』과 현진건의『흑치상지』를 함
께 거론하고 있다.

그렇다면『임꺽정』에서 현대성의 면모란 정확히 어떤 것을 지칭하는
것인가. 역사적 사실을 현대적 요구에 비추어 형상화하는 방법인 현대
성의 원칙은 다음의 지문을 통해 보다 구체적으로 파악된다.

> 홍명희는 소설《림꺽정》을 창작하는데서 력사자료를 순전히 흥미본위적
> 인 관점과 현실도피적인 립장에서 취급하고 라렬하는 부르죠아력사소설가
> 들과는 달리 소재의 선택과 인물들의 성격창조, 사건줄거리의 엮음과 생활
> 묘사 등에서 현대적 요구를 구현함으로써 **예술적 형상을 일제식민지통치시**
> **기 조선인민의 생활에서 절실하게 제기되는 문제를 밝히는 데로 지향**시키기
> 에 노력하였다.[21]
> (강조는 필자)

현대성이란 단순히 과거의 역사적 사건이나 사실을 그대로 옮겨 놓
지 않고, 당대의 시대적 요구를 소설 안에 반영하는 것이다. 그러므로
역사 소설이 현대성의 요구를 구현하기 위해선 작품 속의 직접적인 배
경으로서의 과거를 다루는 이외에, 작품이 창작된 당대 시대에 의미와
파장을 던져 줄 수 있어야 한다.『임꺽정』이 현대성을 가진 작품인 이

---

19) "위대한 령도자 김정일 동지께서는 다음과 같이 지적하시였다.《장편력사소설〈임꺽정〉은 현대성이
    강한 작품이라고 볼 수 있습니다. 장편력사소설〈림꺽정〉에서 좋은 점은 인민대중의 생활과 투쟁으로
    이야기를 엮고 그것을 매우 생동하고 진실하게 형상하고 있는 것입니다.》(『조선문학사』 9권, p.240.)
20) 위의 책, p.240.
21) 한중모, 앞의 글, p.66.

유는, 그것이 조선 중기사회의 부조리를 폭로할 뿐 아니라 창작 당시인 일제 시대의 억압적 현실에 대해서도 저항의 의미를 담은 텍스트이기 때문이다. 임꺽정의 인물형을 "현대에 재현시켜도 능히 용납할 사람"이라고 했던 벽초 스스로의 언급[22]은 북한의 현대성 논의에 힘을 실어준다. 결국 북한의 문학론은 현대성의 원칙을 통해 『임꺽정』을 재인식함으로써 일제 식민지 통치에 대한 인민들의 저항의식 고취야말로 『임꺽정』이 지닌 진정한 의의임을 강조하고 있는 것이다. 본래적으로 문학사적 의미는 과거와 현재가 공명하는 접점에서 산출되는 것이지만, 북한의 이러한 서술 태도에는 '항일혁명문학'의 전통을 강조하는 기존의 문학론적 입장이 간접적으로 반영된 것임을 알 수 있다.

지금까지 살펴보았듯, 북한의 문학론은 인민성과 현대성을 근간으로 반침략, 반봉건적 저항의식을 고취시키는 소설로 『임꺽정』을 높이 평가하고 있다. 그러나 이와 더불어 주목해야 할 것은, 인물들의 성격과 투쟁의식에 대한 부족함과 한계를 부가적으로 지적하고 있는 부분이다. 한계에 대한 지적은 북한 문학이 최근 들어 『임꺽정』을 해방 이전의 진보적 문학의 성취로 편입하고 있음에도 불구하고 여전히 그들의 문학적 전통에 일치하지 않는 부분이 있다는 것을 말한다. 이를 통해 『임꺽정』이 한동안 문학사를 비롯한 문학적 저술에서 언급되지 않았던 이유뿐 아니라, 남한의 문학론과 어떠한 해석과 입장의 차이를 지니는지를 간접적으로 확인할 수 있다.

가장 일반적으로 지적되는 점은, 임꺽정 일당이 "뚜렷한 포부나 뚜렷한 투쟁목표를 가지고 있지 못"하며 조직적인 투쟁을 펼치지 못하고 산발적인 타격을 주는 데 그침으로써 "근로인민들을 구제"하지 못했으며, 성격 묘사에 있어서 "때로는 분별없고 무지막지하게 행동하는 조

---

22) 홍명희, 『삼천리』 창간호, 1926. 6(임형택 · 강영주 편, 앞의 책, p.34에서 재인용).

폭한 인간으로 묘사"되고 있다는 점[23] 등이다. 이러한 지적은 표현 방법이 다를 뿐 남한의 문학계에서도 동일하게 거론되는 내용이다. 문제는 그러한 '미달된' 성격 형상을 작품의 내적 리얼리티와 사회적 영향 관계와의 고려 하에 해명하지 않고, 북한 문예이론의 원칙과 기준에 비추어 바라보고 있다는 점이다.

특히『임꺽정』의 후반부에 나타나는 임꺽정의 행적을 해석함에 있어서 북한의 문학론이 보여주는 태도는 매우 비판적이다. 임꺽정이 서울에 와서 첩을 셋씩이나 두고 기방 출입을 하는 등 방탕한 생활에 빠져드는 대목은 흔히 임꺽정의 투쟁의식의 후퇴로 해석이 된다. 그러나 최근에 쓰여진 정진혁의 논의는 이전에 비해 한 걸음 나아간 모습이다.

이것은 작가의식의 후퇴인 것이 아니라 화적 림꺽정의 갈 길은 바로 이 길뿐이라는 것에 대한 강조였다. 위대한 령도자 김정일동지께서는 과거에도 림꺽정과 같은 사람들이 통치배들을 반대하여 싸웠지만 이것은 참다운 애국주의가 못되며 오직 항일혁명투쟁시기에 와서야 참다운 애국주의 가창 시되였다고 가르치시였다. 새로운 지도사상—사회주의 사상을 접할 수 없었던 림꺽정의 갈 길은 명백하며 림꺽정이 벌린 싸움은 단지 조금이라도 제 한몸이라도 고통을 면해보려는 소극적인 몸부림에 지나지 않았다.[24]

"작가의식의 후퇴인 것이 아니라 화적 림꺽정의 갈 길은 바로 이 길 뿐이라는 것"을 보여준다는 지적은 문예이론의 당위론적 재단에서 벗어나, 임꺽정이 '화적'에 그칠 수밖에 없는 당대 역사적 한계를 고려한 해석이라 할 수 있다. 이것은 '혁명'이 성공할 수 없는 당대의 조건을

---

23) 한중모, 앞의 글, p.70.
24) 정진혁, 「홍명희와 장편력사소설《림꺽정》」, 『조선문학』 주체 92, 문학예술출판사, 2003, p.72.

명철하게 파악하고 있었던 홍명희의 작가의식에 대한 고려이기도 하다. 그러나 동시에 김정일의 가르침을 언급하며 "사회주의 사상을 접할 수 없었던" "항일혁명투쟁시기" 이전의 필연적인 결과로 최종 해석하는 모습에서 여전히 작품을 바라보는 북한의 경색된 논리를 읽을 수 있다. 결국, 북한에서 『임꺽정』은 인민들의 반봉건적 투쟁의지를 확인할 수 있는 진보적 문학이지만, 항일혁명문학의 투철한 계급적 역사적 전통에는 미치지 못하는 다소 아쉬움이 남는 작품으로 평가되고 있다. 그럼에도 불구하고 『임꺽정』을 적극적으로 문학적 논의의 틀 속에 끌어들이려는 최근의 움직임은 분명 북한 문학의 유연한 변화를 감지할 수 있는 징후가 아닌가 한다.

　참고적으로, 『임꺽정』에 대한 문제적 인식과 관련해 북한이 지향하는 문학관을 직접적으로 확인할 수 있는 자료로 홍석중의 『청석골 대장 임꺽정』이 있다. 홍명희의 손자 홍석중이 청소년을 위한 함축본으로 만든 이 작품은, 미완성으로 끝난 원작의 마지막 부분—청석골과 구월산 싸움장면—을 완결시킨 것 이외에 몇 가지 점을 원작을 윤색하고 있다. 홍석중이 직접 밝히고 있듯, 논란이 되었던 작품 후반부의 임꺽정의 행적 부분을 삭제, 수정하고 임꺽정을 낭만주의적으로 이상화한 점이 두드러진다.[25] 또한 군도적 성격이 가미되어 있었던 임꺽정의 부대를 농민무장대적 성격으로 은근히 규정지어 나가는 점, 임꺽정의 성격을 자기 부하와 농민들에게는 한없이 자애롭고 관군과 양반들에 대해서는 지극히 엄혹한 인물로 그려 놓은 점, 계급적 모순과 적대감이 곳곳에서 강하게 전면에 노출되도록 만들어 놓은 점[26] 등은 『임꺽정』을 보다 계급투쟁적이고 혁명적인 소설로 바라보고자 하는 북한 측의 솔직한 욕망을 보여준다.

25) 홍석중, 「벽초의 소설 『림꺽정』과 함축본 『청석골대장 림꺽정』에 대하여」, 『노둣돌』, 1993 봄, p.337.
26) 홍정선, 「벽초 홍명희의 문학관과 임꺽정」, 『청석골 대장 임꺽정』, 동광출판사, 1989, pp.346~347.

3. 남한의 문학론
—객관적 리얼리티의 확보와 폭넓은 민중성의 구현

북한의 논의가 인민성과 현대성, 반봉건적 저항의식의 기조 아래 『임꺽정』을 위치시킨 후 인물들의 계급적, 역사적 의식의 미비에 대해서는 김정일의 교시를 인용해 '사회주의사상의 부재'로 성급하게 마무리하고 있다면, 남한의 논의는 그러한 인물형의 문제점과 원인을 다각적인 관점에서 면밀하게 고찰하고 있다. 우선, 임꺽정과 의형제 무리의 성격을 어떻게 규정할 것인가의 문제를 살펴보자. 북한에서 임꺽정 무리를 '화적'이나 '폭동군'으로 명명하고 있듯이, 남한의 논자들도 대부분 임꺽정을 '혁명가'가 아닌 '의적'으로 보는 데 합의하고 있다.

의적은 단순한 행동자이지 사회조직이나 정치조직에 관해서 새로운 비전을 제공할 수 있는 혁명가는 아니란 겁니다. 임꺽정의 경우도 조선 후기에 발전하게 되는 농민운동의 지도자라기보다는 의적의 최고 형태 가운데 하나라고 봐야 할 것 같습니다. 그런데 요즈음 『임꺽정』을 읽는 독자들이 이 점을 오해하고 있습니다. 임꺽정을 혁명가로 생각하고 책을 읽고서 왜 임꺽정이를 혁명가로 그리지 않았느냐는 겁니다. 그러나 그렇게 그리지 않은 **홍명희의 필치야말로 가장 리얼한 것**이라고 해야 하겠습니다.[27]   (강조는 필자)

임꺽정이 혁명가가 아닌 단순한 의적으로 설정된 점이 "가장 리얼한 것"이라는 남한 논자들의 평가는 북한의 정진혁이 "화적 림꺽정의 갈 길은 바로 이 길뿐"이라고 말한 부분과 일맥상통한다. 즉, 혁명이 성립되기에는 임꺽정 당시의 사회, 역사적 조건이 아직 미비했다는 사실을

---

27) 좌담, 앞의 글, p.308.

인물 이해의 기초로 삼고 있는 것이다. 따라서 임꺽정이 혁명의식을 갖고 있지 못하고 결함 많고 무지한 인물이라는 점은 역사의식의 빈곤이라기보다는 '사실성'에 대한 뛰어난 감각이라는 것이 남한 논자들의 일반적인 시각이다.

홍정선[28]은 인물들의 이러한 '사실성' 논의를 보다 구체적으로 분석하고 있다. 그는 '16세기 중엽의 당대적 현실'과 '일제시대라는 시대적 제약' 그리고 '자신(홍명희—인용자)이 그려내고자 하는 임꺽정의 모습'이 적절히 조화되는 과정에서 임꺽정의 인물형이 탄생되었다고 말한다. 이러한 논리에 따르면, 『임꺽정』은 임꺽정의 혁명가적 모습을 상당부분 훼손시키면서도 당대에 기록된 역사적 사실을 존중하려 결과로 볼 수 있다. 당대적 기록을 존중함으로써 작가의 현재적 해석이 지나치게 개입할 때 나타날 수 있는 비현실적 이상화를 방지하고 객관적 리얼리티를 확보할 수 있었던 것이다. 홍정선의 논의는 작가의 욕망과 당대 역사적 사실간의 상호 길항 관계 속에서 텍스트를 파악하려는 관점이 돋보인다.

김윤식[29]의 논의도 비슷한 맥락에서 이루어지지만 '역사소설'이라는 장르론적 관점에서 접근하고 있다는 점에서 새롭다. 김윤식은 역사소설을 네 가지 유형으로 나누면서 『임꺽정』을 '의식적 역사소설'로 규정하고 있다. 즉, 디테일, 풍속, 일상적 삶의 측면이 역사적, 사회적 조건의 제약성을 반영한다고 보면서, 이른바 "의식성과 묘사의 결합"으로 벽초의 방법론을 설명한다. 이에 따르면 『임꺽정』은 '저항의식'을 일방적으로 내세우지 않고 '묘사'를 통해 균형감각을 취한다고 볼 수 있다. 김윤식의 논의는 『임꺽정』이 담고 있는 조선 중기 풍속사와 제도사에 대한 풍부한 용례를 사상적·이념적 측면과 연관지어 설명하려는 점이

---

28) 홍정선, 앞의 글, p.347.
29) 김윤식, 「역사 소설의 네 가지 형식」, 『한국근대소설사연구』, 을유문화사, 1986, pp.420~421.

주목된다. 이외에도 이남호, 임형택 등 많은 논자들이 『임꺽정』의 인물형을 객관적 리얼리티의 확보라는 관점에서 파악하고 있다.

그러나 이러한 논의와 달리 조동일은 임화와 비슷한 맥락에서 비판적 견해를 보여준다. 조동일[30]은 서구 근대소설의 관점을 기준으로 『임꺽정』을 영웅소설의 확대판으로 보고 있다. 일곱 장사들의 놀라운 재주나 임꺽정이 혁명거사로 치닫지 않았다는 점이 그 이유이다. 결국 세태의 여러 국면에 대한 부분적 인식이 역사의 총체적 안목으로 이어지지 않음으로써 『임꺽정』이 역사소설과 영웅소설 사이에서 어중간하게 위치하고 있다고 비판하고 있다.

따라서 『임꺽정』의 인물형에 대한 논의는 종국적으로 『임꺽정』을 객관적 리얼리티를 확보한 역사소설로 볼 것이냐, 전근대적인 영웅소설 혹은 세태소설의 일종으로 볼 것이냐의 논란으로 이어진다. 이에 대해서는 많은 요소들을 종합적으로 고려해야 할테지만, 『임꺽정』에 나타난 '민중성'을 높이 평가함으로써 근대 리얼리즘 문학 혹은 근대 역사소설의 기념비적인 작품으로 자리매감하려는 시도들이 그에 대한 답이 될 수 있다. 임꺽정이 투철한 혁명의식을 지니고 있지 않다 해도 소박한 차원에서 민중의식을 구현하고 있으며[31], 임화 등이 엄격한 계급성을 전제로 한 리얼리즘 문학관을 주장하였다면 벽초는 보다 폭넓은 민중성을 염두에 두고 리얼리즘을 실현하고자 했다[32]고 볼 수 있다. 또한 식민지 시대 역사소설이 왕조사 중심의 역사소설인데 반해, 『임꺽정』이 민중사 중심의 역사소설[33]이라는 점도 『임꺽정』이 지닌 근대적 역사소설의 자질에 포함될 수 있을 것이다.[34]

민중성과 더불어, 『임꺽정』에 나타난 동서양 문학양식의 혼종화 양

---

30) 조동일, 『한국문학통사』 5권, 지식산업사, 1994, pp.323~325.
31) 이남호, 「벽초의 『임꺽정』 연구」, 이남호 편, 『한국 대하소설 연구』, 집문당, 1997, p.123.
32) 좌담, 앞의 글, p.349.
33) 임형택·강영주 편, 앞의 책, pp.398~399.

상은 근대적인 장편소설로서의 『임꺽정』의 위상을 가늠할 수 있는 요인이다.

　　『임꺽정』을 우리나라 야담이나 중국소설과의 관련 속에서만 봤는데, 사실 벽초는 가장 먼저 근대교육을 받은 사람이고 또 서구의 근대문학을 가장 일찍 접해본 사람으로서 서구문학의 수용이 일정하게 이 소설에 영향을 끼치지 않았겠는가 하는 생각입니다. 제가 『임꺽정』을 읽고 받은 느낌은 근대 서구소설의 리얼리즘적 요소가 매우 강하다는 점입니다. 기본적인 틀과 기법은 앞에서 말씀하신 바와 같이 상당한 부분 전통적 소설에서 영향을 받았겠지만, 이 작품의 기조를 이루고 있는 것은 현실을 바라보는 근대적인 시각과 의식이 아닌가 생각됩니다. 구태여 『수호지』와 비교해 본다면 『수호지』의 경우 당시의 시대적 상황을 반영하는 리얼리티가 없는 것은 아니지만 인물과 사물을 묘사하는 태도와 의식이 다른 것 같습니다. 『수호지』를 읽으면 어쩐지 옛날이야기를 읽는 느낌이 많이 들지만 『임꺽정』은 그런 생각이 전혀 안 들어요.[35]

　　조동일이 『수호지』의 영향을 언급했듯이, 『임꺽정』 논의 초기에는 『수호지』나 『삼국지』 『홍길동전』 등의 동양문학과의 영향관계 속에서 『임꺽정』을 파악한 것이 사실이다. 그러나 최근 많은 논자들이 지적하듯이, 『임꺽정』은 동양문학의 전통을 계승하면서도 아울러 서양 근대문학의 성과를 충분히 계승한 작품이다. 등장인물을 각 계층의 전형으로 형상화하고, 서술적 설명이 아니라 장면 중심의 객관적 묘사에 치

---

34) 이외에도, 한승옥은 "계급의식을 첨예하게 드러낸 소설이라기보다는 오히려 민중의 참삶을 진솔하게 표출한 우리 문학의 금자탑"(한승옥, 「벽초 홍명희의 임꺽정 연구」, 『한국현대장편소설연구』, 민음사, 1989, p.178)이라고, 홍정선은 "민중들의 혁명의지를 조용하게 뒤에서 응집시켜 주는" 소설(홍정선, 앞의 글, p.348)이라 평가했다.
35) 좌담, 앞의 글, p.326.

중하며, 극도로 치밀한 세부묘사를 추구한 점 등은 우리 고전소설의 전통에서는 찾아보기 힘든 요소로서, 서구 리얼리즘의 성과를 흡수한 결과[36]로 보아야 한다.

인물의 성격 규정에 이은 연장선상에서, 작품 후반부의 임꺽정의 행적에 대한 논의를 살펴보자. 북한의 논자들이 임꺽정이 작품 후반에 보여주는 축첩 행위 등의 파행적 면모를 지적한 것과 동일한 논리로, 남한의 많은 논자들도『임꺽정』이 전반에서 후반으로 넘어가면서 긴장감이 떨어진다는 점을 지적하고 있다. 즉, 봉단편, 양반편, 파장편에 비해의 형제편, 화적편은 의식의 후퇴를 보여준다는 점이다.

이에 대한 해명은 크게 두 가지로 나뉜다. 첫째는, 작가가 살았던 시대와 관련해 설명하려는 태도.[37] 1930년대 초 이후 신간회가 해체되고 민족운동이 침체되어 가는 시대의 정황은 작가의 사회의식의 약화를 불가피하게 노정했다. 연재가 중단되는 1939년에 오면 일제의 악랄한 사상운동 탄압에 의해 표면적으로 계급운동은 소멸되어 버렸는데, 임꺽정의 축첩문제 등은 바로 1930년대 후반(화적편)에 씌어진 부분이라는 지적이다.

둘째, 화적편의 문제점은『임꺽정』의 한계라기보다는 역사적 인물로서의 주인공 임꺽정의 한계에서 기인한다는 논의.[38] 여기서는 민중운동이 본격화되기 이전인 조선 중기의 인물을 통해 사회적 전망이 결여된 화적 활동의 문제점이라든지, 민중과의 괴리 등 그들이 끝내 패배할 수밖에 없었던 요인들을 드러냈다는 데 의의를 두고 있다.

이렇듯 남한의 논의는 텍스트와 텍스트를 둘러싼 외적 현실과의 상호영향 관계 속에서 객관적 리얼리즘과 민중성이 구현된 근대적 역사

---

36) 강영주, 『연구』, p.612.
37) 위의 글, p.334. 홍정선, 앞의 글, p.348.
38) 임형택 · 강영주 편, 앞의 책, pp.394~395.

소설로 『임꺽정』을 자리매김하는 데 이르고 있다.

지금까지 주로 인물형과 작품 후반부의 문제점과 관련해 북한의 문학론과 상호 비교가 가능한 논의를 다루었다면, 이제 북한이 아닌 남한 측에서만 주로 집중적으로 부각되는 언어와 풍속에 대한 논의를 살펴보자. 물론 북한의 문학론에서도 『임꺽정』에 나타난 풍부한 고유어와 구어체 문장의 활용, 생활과 풍속의 묘사 등의 우수성에 대해 언급하고 있지만 대부분 단편적이고 부가적인 논의에 그치고 있다. 이에 비해 남한의 문학론은 어휘, 문체, 풍속의 재구 등의 여러 측면에서 『임꺽정』이 지닌 민족문학적 성취를 조명하고 있다. 특히 여기서 주목할 만한 것은 『임꺽정』이 보여주는 포괄적이고 다층적인 '조선 정조'의 재현에 관한 것이다.

> 『임꺽정』은 우리 민족의 삶을 포괄적으로 묘사함으로써 조선의 정조를 구체적으로 재현한다. 양반의 삶과 상민의 삶, 역사적 인물과 역사 뒤에 묻힌 인물, 백두산에서 한라산까지의 방방곡곡, 정사에서부터 야담까지 조선적 삶의 구체를 다층적으로 조명한다. 때문에 플롯의 미흡이라는 지적을 받기도 하지만 이는 중요한 문제가 아니다. 『임꺽정』은 플롯을 경시한 대신 엄격하고 단선적인 플롯이 담아내지 못하는 거대한 세계를 보여주며, 아울러 플롯의 힘을 빌리지 않더라도 강력한 독자 흡입력을 과시한다. 『임꺽정』이 대작이라고 말하는 것은 그것의 산술적 크기보다도 그 속에 담겨 있는 세계의 풍부함 때문이다.[39]

『임꺽정』에 대한 편견 중 하나는 '임꺽정'을 비롯한 하층민들의 삶에만 초점을 맞추어 민중적, 민족적 형식의 특성을 찾으려는 태도이다.

---

39) 이남호, 앞의 글, p.121.

민중성이 민족적 형식과 등가적으로 취급되면서 『임꺽정』은 민중들의 삶의 풍속과 구어체 대사의 묘미, 일상생활의 묘사를 핍진하게 보여주는 민족적인 텍스트로 취급되곤 한다. 하지만 그러한 논의는 절반의 진실에 불과하다. 실제로 텍스트를 꼼꼼히 살펴보면, 각종 언어 사용, 일상의 묘사, 풍속의 재현 등의 다양한 범주에서 상하층을 동시에 아우르고 있음을 알 수 있다. 양반과 상민의 삶, 정사와 야사, 토박이말과 한자말 등이 어우러지면서 『임꺽정』은 그 자체로 당대 풍속을 재구해 놓은 거대한 세계가 된다. 이렇듯 민중적 입장을 견지하면서도 언어와 풍속의 재구에 있어서 포괄적이고 다층적인 필치를 보여준다는 점에서 『임꺽정』의 민족문학적 성격은 열린 관점을 견지한다고 볼 수 있다. 물론 지배층과 민중의 생활상이 충분히 유기적으로 연결되지 못했다는 지적[40]도 있지만, 『임꺽정』이 지닌 이러한 양가적이고 다층적인 성격이 서구적 합리주의를 넘어서는 우리만의 독특한 문학적 지평이 될 수도[41] 있을 것이다. 특정 계급에 한정되지 않는 열린 민족문학의 관점은 북한의 문학론과 변별되는 남한측 논의의 유연함을 보여주는 한 방증이기도 하다.

4. 문학적 교류와 소통으로서의 『임꺽정』

지금까지 『임꺽정』을 둘러싼 남북한의 논의를 상호 대별되는 몇 가지 쟁점을 중심으로 살펴보았다. 북한의 논의가 주체문예이론의 기본 원칙과 김정일의 교시 아래 단일하고 도식적인 양상을 띤다면, 남한의 논의는 비슷한 문제의식을 시대와 역사, 장르와 양식 등의 다층적인

---

40) 임형택·강영주 편, 앞의 책, p.396.
41) 이남호, 앞의 글, p.138.

관점에서 고찰하고 있다. 이 과정에서, 인물의 역사의식 미비와 작품 후반부의 임꺽정 행적에 대한 남북한의 입장과 서술 차이는 주목할 만 하다. 북한의 논의가 『임꺽정』을 해방전 이루어진 진보적 문학의 성과로 높이 평가하면서도, 역사의식의 부족과 후반부의 행적을 작품의 '한계'로 규정하거나 김정일의 교시로 비판적 '재단'을 하는 데 비해, 남한의 논의는 오히려 그것을 작품의 객관적 리얼리티를 살리는 요소로서 적극적이고 긍정적으로 평가하고 있다. 그리하여 북한의 논의가 긍정적 평가와 부정적 비판, 작품 전체에 대한 관점과 부분에 대한 지적이 서로 단절되어 있는 형국이라면, 남한의 논의는 부정적 논란 요인을 긍정적 가치로서 새롭게 인식하고자 하는 연속적이고 전회적 관점이 두드러진다.

이러한 문학론의 차이는 양측의 체제의 차이에서 기인한 필연적인 결과라 볼 수 있다. 북한의 논의가 인민의 투쟁을 강조하는 계급적인 측면에 치우쳐 있다면, 남한의 논의는 민족 문학의 범주에서 그 의의를 구하고자 한다. 중요한 것은 세목과 접근 방식의 차이에도 불구하고 『임꺽정』을 바라보는 남북한의 관심이 자주 동일한 지점에서 만나며 유사한 문제의식을 공유한다는 점이다. 해석과 관점의 차이를 좁히는 일에 앞서 중요한 것은 서로의 논점을 공유하고 이해하는 작업일 것이다. 『임꺽정』에 관한 한, 남북한의 문학론은 매우 근접한 거리에서 그 가능성을 타진할 수 있을 듯하다. 홍석중의 『청석골 대장 임꺽정』을 사이에 두고 홍정선과 홍석중이 서로의 관점을 공유하고 그에 반응한 경우가 가능성의 작은 실례가 될 수 있을 것이다. 『임꺽정』과 같은 민족문학의 위대한 자산을 각자의 논리에서가 아니라 분단 극복을 위한 문학적 교두보로 인식할 때 남북한의 문학적 교류와 소통은 보다 활발해질 수 있을 것이다.

박태원의 『갑오농민전쟁』에 대한
남북한의 문학적 평가 고찰

김병진

1. 머리말

남북한 문학사에서 박태원의 생애와 작품 세계는 각각 다르게 선택적으로 기억되고 평가되었다. 남한에서는 1930년대에 집중하여 「소설가 구보씨의 일일」(1938), 『천변풍경』(1938)으로 대표되는 탁월한 모더니즘 소설을 발표한 모더니스트로 박태원을 기어간다. 북한에서 평가하고 있는 박태원은 『계명산천은 밝아오느냐』(1965)와 『갑오농민전쟁』이라는 탁월한 역사소설, 사회주의 리얼리즘의 전범적 작품을 발표한 '당원작가'[1]로 기록되어 있다. 동일한 인물의 작품에 대한 평가가 온전하게 이루어지지 않고, 각각의 정치적 논리에 기인한 이와 같은 선별

---

[1] 「이런 사람이 바로 당원작가이다」, 『로동신문』, 1980. 8. 26. 반면에 식민지시대와 월북 이전의 생애와 문학은 배제되거나 부정적으로 폄하되고 있다. 『로동신문』의 다음 기사는 그 대표적 예라 할 수 있다. "박태원 동무는 당의 품속에 안기어 40대에 비로소 재생의 삶을 지니게 된 사람이었다. 해방전과 8·15 후 남조선에서 보낸 20여 년의 창작생활들, 그것은 그가 벗들에게 늘 말해온 바와 같이 나락과 같이 캄캄한 어둠 속에서 헤매던 암담한 나날이었다. 순수문학의 탁류에 휘감겨 허우적이다가…(후략)"

적 평가와 기억은 민족분단이라는 냉엄한 현실을 반영하고 있을 뿐만 아니라, 또 그러한 현실을 강화한다고 볼 수 있다. 이렇게 박태원은 역사적 한계에 부딪혀 각각 반쪽짜리 평가를 받게 된 작가라 할 수 있다.

그러나 이러한 반쪽짜리 평가에도 불구하고 박태원이라는 작가의식의 동일성을 외면할 수는 없는 일이며, 또한 외면하여 그의 문학적 성과에 대한 기형적인 평가를 고착시켜서도 안 되는 일이라 생각한다. 물론 북한에서 활동하던 박태원의 작품과 그 이전의 작품의 경향이 다른 것은 인정해야 한다. 그러나 역사적 한계 때문에 평가의 전제마저도 자의적 선택이 되어서는 곤란할 것이다.

이에 본고는 이기영의 『두만강』과 더불어 북한 사회주의 역사소설의 최고작으로 평가되는 박태원의 『갑오농민전쟁』에 대한 남북한의 평가를 개괄하고자 한다. 이것은 남북한 문학론의 동일성과 차이점을 구체적으로 검토하는 것이기도 하고, 이러한 접근을 통해 박태원 문학에 대한 북한과 남한의 이질적 이해에도 불구하고, 존재하는 동일성을 찾아보고자 한다.

2. 창작 동기로 살펴 본 『갑오농민전쟁』

박태원의 『갑오농민전쟁』[2]은 동학농민전쟁을 이끈 실제 역사 인물인 전봉준과 허구적 인물인 오상민을 중심으로 부패하고 무능한 봉건 지배층과 간교한 외세에 맞서 싸운 인민들의 항쟁의 전 역사를 다룬 장편역사소설이다. 이 작품에 대한 남북한의 해석의 시각 차이는 창작

---

2) 『갑오농민전쟁』은 1부 '칼노래'가 1977년에, 2부 '타오르는 불꽃'이 1980년에, 3부 '새야 새야 파랑새야'가 1986년에 발표되었다. 본고에서 『갑오농민전쟁』과 『계명산천은 밝아오느냐』에 대한 분석과 인용은 깊은샘에서 출판된 『갑오농민전쟁 1~8』(1989)을 대상으로 한다.

동기부터 드러난다.

먼저 이 작품의 전체적인 구상과 구도를 작가의 발언을 통해 확인해
본다면 다음과 같다.

나는 역사 문헌을 섭렵할 때마다 언제나 세종대왕과 이순신 장군 그리고
갑오농민전쟁에 대한 작품을 쓰고 싶다는 생각이 들군 하였다. 그래서 이와
관련한 자료들에 대하여서는 늘 특별한 관심을 가지고 대하였다.

그런데 오늘 독자들을 확고한 계급 의식과 열렬한 애국주의 정신으로 교
양하기 위해서는 이 세 가지 가운데서도 우선 맨마지막 것에 대한 작품을
쓰는 것이 더 현실적 의의가 있다고 생각하였다.

갑오농민전쟁 당시의 조선 현실은 얼마나 복잡다단하였던가.

외래 침략자들과 국내 반동 통치배들을 반대하는 인민들의 투쟁은 앙양
될 대로 앙양되었던 때다. 이 농민들의 고통스러운 생활과 투쟁을 재현한다
면 그것은 오늘 우리 인민들에게도 교훈으로 되는 점이 많을 것이다.

그런데 갑오농민전쟁을 진실하게 형상화하기 위해서는 그 당시의 몇 년간
의 사회 현실만 취급해가지고서는 불가능하였다. 그것은 갑오농민전쟁이 장
기간에 걸쳐 쌓이고 쌓인 리조 봉건 사회의 모순의 폭발이기 때문이다. 그래
서 나는 1860년 대부터 취급하게 되었다. 이때부터 약 30여 년간에 걸치는
시기는 우리 근세사 상에서 정말 파란 많고 사연 많은 것으로 유명하다.

이 위태로운 시기에 통치 계급은 오직 자신의 일신의 안락을 위해서 조국
도 인민도 다 버리고 천추에 잊지 못할 매국 역적의 짓을 서슴 없이 감행하
였는바 나는 이들의 죄악상을 낱낱이 드러내 놓고 무자비하게 폭로 비판하
려고 한다.

나라의 존망이 경각에 달린 이 때에 인민들은 가만히 앉아 있지 않고 꿋
꿋하게 일어나 싸웠다. 그들은 일곱 번 넘어지면 여덟 번 일어나 간고한 싸
움을 계속하였다. 이러한 줄기찬 투쟁의 련속이 결국 갑오농민전쟁을 불러

온 것이다.

이리하여 나는 여기서 19세기 하반기의 조선 인민의 수난과 투쟁의 피어린 역사를 재현하려한다.

즉 조선 인민의 근세 력사를 예술적으로 개관하려고 한다.[3]

『갑오농민전쟁』의 전작(前作)이라 평가되는 『계명산천은 밝아오느냐』를 발표한 후 1965년 11월 10일 김일성 종합대학 어문학부에서 열린 독후 감상토론에 박태원이 참석하여 발표했다고 하는[4] 위의 글은 월북 이후 박태원의 역사소설 구상과 창작동기를 해석하는 데 중요한 자료이다.[5]

"소재선택으로부터 예술적형상화의 전 과정에 걸쳐 력사주의적 원칙에 충실하면서도 온 사회의 주체사상화가 전면적으로 실현되고 있는 시대적 요구에 맞게 전형화를 실현함으로써 근로자들의 계급교양에 훌륭히 이바지하고 있는 성과작"[6]으로 높이 평가되는 『갑오농민전쟁』의 창작동기에 대한 박태원의 이러한 언급은 사회주의 문학의 기본 노선을 이해하고 수행하려는 작가적 의도에서 가장 적합한 도구로서 선택된 것이 역사소설이라는 것을 잘 말해 준다.

정치적 목적과 이념적 의도에 따른 역사 해석과 재현은 어느 정도는

---

3) 박태원, 「암흑의 왕국을 부시는 투쟁의 력사」, 『문학신문』 1965. 11. 16. 이상경의 「박태원의 역사소설」(정현숙 편, 『박태원』, 새미, 1995), pp.176~177에서 재인용.

4) 이상경, 앞의 글, p.176.

5) 이 자료 외에 「로동당 시대의 작가로서」도 주요한 참고자료이다. "리조 철종 만년, 소위 '진주 우통'으로 불리우는 삼남 농민 폭동이 일어나기 전해부터 고종 31년 갑오농민전쟁을 치른 뒤 을미년에 전봉준이 교수대의 이슬로 스러지기까지의 35년 간을 취급하는 3부작 『갑오농민전쟁』의 완성은 진정 내게는 힘겨운 것이라 할 밖에 없다. 그러나 나는 기어이 이 작품만은 쓰고 싶었다. 해당 시기 봉건 지배층의 부패상, 조국과 인민에게 지은 가지가지의 죄악들 - 그것을 분격에 끓는 붓끝으로 여지없이 폭로하고 싶었던 것이다. '병인양요', '임오군란', 특히는 '갑오농민전쟁'을 통해서 고도로 발양된 인민들의 숭고한 애국주의 사상을 내 필력이 미치는 데까지 찬양하고 싶었던 것이다. 그와 아울러 우리의 온갖 고상한 도덕적 품성들과 전래하는 미풍 양속 등등에 대해서 이야기해 보고 싶었던 것이다." 박태원, 「로동당 시대의 작가로서」, 정현숙 편, 위의 책, p.263.

6) 천재규·정성규, 『조선문학사 14』, 조선 평양, 1996, 사회과학출판사, pp.101~102.

보편적 현상이지만 북한문학의 경우 그 일관성에 있어서 특기할 만하다.[7] 북한문학에서 역사 소설은 이른바 계급적 교양과 애국적 심성 함양에 주요한 역할을 담당하고 있다. "근로자들에 대한 계급교양사업을 강화하여 그들이 착취사회와 착취계급을 끊임없이 증오하고 자주성을 위한 지난날의 투쟁의 력사를 잘 알고 사회주의제도하에서의 삶의 보람과 긍지를 마음껏 느끼고 꽃펴나가도록 하는데서 력사물주제의 작품창작은 중요한 문제"[8]이고, 이러한 체제 요구에 부합하기 위한 '로동당 시대의 붉은 작가'의 면모가 두드러진 작품이 박태원의 역사소설이다.

북한문학사에도 확인할 수 있는 이러한 평가[9]에 근거하여 본다면, 『갑오농민전쟁』을 비롯한 월북 이후의 창작한 역사소설은 문학의 자율성을 확신하고 다양한 형식실험을 한 모더니스트 박태원이라는 기존 평가를 무색하게 한다. 즉 박태원의 작품세계는 월북이라는 정치적 요인에 따라, 모더니즘과 사회주의 리얼리즘이라는 거리가 있는 두 세계로 이해된다.

물론 박태원의 작품 세계 전개와 변모 양상에는 내적인 연속성과 일관성이 있다는 전제에서 『갑오농민전쟁』을 연구한 남쪽의 논의가 있기

---

7) 이에 대해서는 신형기의 『북한소설의 이해』(실천문학사, 1996)와 신형기·오성호의 『북한문학사』(평민사, 2000)을 참고할 수 있다.

8) 박종원·류만, 『조선문학개관 II』, 사회과학출판사, 1986, 인동출판사, 1988, p.317.

9) 박태원의 작품 세계의 전개과정 변모 양상에 대한 북한문학의 평가는 다음과 같다. "장편소설 갑오농민전쟁 의 작가 박태원은 이미 해방전에 창작을 시작하였으나 공화국의 품에 안기기 전에는 옳은 세계관을 가지고 못한데로부터 사상적경향이 뚜렷한 작품을 별로 발표하지 못하였다. 위대한 조국해방전쟁이 일어나고 남반부가 해방되자 상아탑 속에서의 저조한 창작활동을 버리고 종군의 길에 오른 그는 가는 곳마다에서 인민군용사들의 숭고한 영웅주의와 고결한 정신세계를 보았으며 이 거창한 혁명대오의 흐름 속에서 자기의 참된 삶과 생활의 진리를 깨닫게 되었다. 그리하여 그는 새생활의 길에서 얻은 자신의 체험과 생활과 력사에 대한 새로운 관점에 기초하여 중편소설 조국의 품을 비롯하여 조국의 기발, 리순신장군 등을 썼으며 1960년대 중엽부터는 방대한 구상밑에 장편소설 갑오농민전쟁의 집필에 착수하여 1, 2부를 창작하였다. 그후 작가는 신병으로 자리에 눕게 되었으나 당의 크나큰 사랑과 보살핌 속에서 힘과 용기를 얻고 다시 장편소설 갑오농민전쟁의 집필에 착수하여 3부작으로 구성된 소설의 1, 2부를 세상에 내놓았다." (박종원·류만, 위의 책, p.320.) 북한문학 내에서 특히 해방 이전의 박태원의 모더니즘 계열이 소설은 폄하, 배제, 부정의 대상이다. 박태원 스스로도 '재생' '부활'이라는 종교적 어휘를 통해 월북 이전의 작품세계와 삶 전체를 전면적으로 부정한다. 이러한 시각에서 서술된 월북 이후의 박태원의 삶과 문학에 대해 정태은의 「나의 아버지 박태원」(『문학사상』, 2004. 8.)을 참고할 수 있다.

는 하다. 김윤식, 윤정헌, 장수익, 정현숙 등의 연구[10]가 이러한 논의에
포함되는데, 특히 김윤식의 연구는 해방 전후로 두드러진 박태원의 문
학적 변모 과정을 규명하고자 한 첫 번째 시도라 할 수 있다. 박태원의
『갑오농민전쟁』을 비롯한 월북 이후의 역사소설을 '모더니즘적 현실
주의'라는 개념을 통해 해석하고, 이를 통하여 '현실주의 대 모더니즘
이라는 대립적 개념으로 파악해 온 이해 수준'을 극복하고자 한 김윤식
의 시도는 가치있다. 그럼에도 불구하고 작가의 목소리에 견주어 두
시기의 작품 창작 동기의 이질성은 인정하지 않을 수 없는 것이다.

3. 인물 성격으로 본 『갑오농민전쟁』

북한사회는 계급투쟁을 통한 발전론적 시각에서 역사를 해석하고,
그 계급투쟁의 주인공이자 승리자로 인민대중을 설정한다. 그래서 북
한의 역사소설은 역사의 주인공으로 인민대중을 형상화하는 것을 중
요한 창작원칙으로 한다.[11] 『갑오농민전쟁』이 최고의 역사소설로 평가
되는 이유 중 하나도 이러한 이념을 작품 내에서 충실히 구현했기 때
문이다.

갑오농민전쟁(제1부)의 중요한 성과의 다른 하나는 주체의 력사관을 견

---

10) 김윤식, 「박태원론」, 『한국 현대 현실주의 소설 연구』, 문학과지성사, 1990; 윤정헌, 『박태원소설연
   구』, 형설출판사, 1994; 장수익, 「박태원의 소설의 발전과정과 그 의미」, 『외국문학』 1992, 봄; 정현
   숙, 『박태원문학연구』, 국학자료원, 1993.
11) 김정일의 『주체문학론』에서 이순신장군과 인민대중의 관계에 대한 다음 서술을 참고할 수 있다. "리
   순신 장군이 애국명장으로 해전에서 큰 공을 세운 것만은 사실이다. 그러나 독불장군이라고 인민대중
   이 그를 따라 조국을 지켜 영용하게 싸우지 않았더라면 그가 해전에서 승리할 수 없었을 것이다.
   ……력사물에서는 영웅호걸이나 뛰어난 인물에 의해서가 아니라 인민대중에 의하여 력사가 창조되
   고 사회가 발전한다는 사상이 두드러지게 그려야 한다." 김정일, 『주체문학론』, 조선로동당출판사,
   1992, p.103.

지하여 작품에서 자주성을 옹호하기 위한 19세기말의 인민대중들의 투쟁을
생동하고 깊이있게 그려내였다는데 있다.

　　력사소설창작에서 작가가 어떠한 력사관을 가지고 력사적현상을 대하고
평가하면서 인물의 성격과 생활을 창조하는가 하는것은 작품에 로동계급의
립장을 관철하는가 못하는가, 작품의 높은 사상성을 담보하는가 못하는가
하는 근본문제이다.[12]

　　『갑오농민전쟁』에서 '인민대중들의 투쟁'을 구현하는 것은 오상민을
중심으로 한 농민들이다. 오상민은 평범하다 할 농민이지만 혁명적 가
계의 일원이기도 하다. 그는 동학농민전쟁의 전사(前史)라 할 익산민
란의 주도자로 처형당한 오덕순의 손자이며 갑신정변에 무장부대로
활약한 '충의계' 원이자 동학농민전쟁 때 무장부대인 '일심계'의 두령
으로 활약하는 오수동의 아들이다.

　　① 「너희놈들이 아무리 듣기 싫어도 나는 할말을 해야만 허겠다. 우리는
우리 백성들을 못살게 구는 군수 놈이나 담어내구, 또 토호질 해먹는 양반
놈들이나 두들겨패서 버릇이나 고쳐 놓구 허면, 셈이 다 필 줄루만 알았었
다. 그렇게 알구 있었던 우리가 참 어리석다. 우리 백성들이─ 우리 상놈들
이 못살기는 어느 골이나 일반이다. 전라도에서 익산골 하나만 그런 것이
아니란 말이다. 그러니 일어나려면 전라도 일판이 다 들구일어나서 바루 전
주 감영을 들이쳐야 하는 걸 그랬다. 허지만 언제구 그렇게 헐 날이 온다.
꼭 온다─」
　　'익산 민란'의 수창자는 여기서 잠깐 말을 끊었다가 다시 목소리를 가다
듬어 한마디 덧붙였다.

---

12) 동근훈, 「자주성을 옹호하기 위한 인민들의 투쟁에 대한 진실한 화폭 장편소설 갑오농민전쟁(제1부)
　　에 대하여」, 『조선문학』, 1978. 7, p.55.

「이놈들, 똑똑히 들거라! 이제 우리를 죽어거든 우리들의 눈알을 모조리 뽑아다가 전주성 남문 위에 높다랗게 걸어놔 다우. 앞으로 몇 년 후가 될지 몇십 년 후가 될지 그건 모르겠다마는, 우리 농군들이 모두들 들구일어나서 너희놈들을 모주리 때려잡아러 전주성 남문으로 몰려 들어가는 광경을 우리는 기어이 이 눈으로 보구야 말 테다!」

임치수는 말을 다 하고 나서도 그대로 대상을 노려보고 있었다.

녹두〈전봉준: 인용자〉는 저도모르게 몸을 부르르 떨고 있었다. 너무나 벅찬 감동으로 해서 그의 가슴은 뼈개지는 듯 아프기까지 하였다. 그는 실로 비장한 감동을 받은 것이다.[13]

② 「수동아. 너는 결단쿠 놈들의 손에 붙잡혀선 안된다. 어떻게든 살어야 해. 죽지 말구 꼭 살어야 한다. 그리고 이 애비의 원수 꼭 갚구, 갑돌이네 아저씨를 위시해서 여러 아저씨들의 하늘에 사무친 원한을 꼭 풀어 드려야만 헌다. 똑똑히 들었느냐? 수동아―」

……

녹두는, 아버지가 형장에서 마지막으로 저에게다 남기고 갔다는 그 '간곡한 부탁의 말'을 전해 듣고 비분의 눈물을 뿌리며 주먹을 부르쥐고서 몇 번이나 굳게 복수를 맹세하는 그 '오수동'이라는 총각의 비장하기 짝없는 표정을 눈앞에 그려보고 있는 중에 어느 틈엔가 제가 바로 다른 사람 아닌 '오수동'이가 되어버려,

「아아, 아버지― 아버지 원수를 제가 꼭 갚아 드리겠어요. 그리고 갑돌이네 아저씨를 위시해서 모든 아저씨들의 원한을, 모든 농군들, 모든 '상놈'들의 하늘에 사무친 원한을 제가 반드시 풀어 드리고야 말겠어요……」[14]

---

13) 박태원, 『갑오농민전쟁』 1권, pp.310~311.
14) 박태원, 『갑오농민전쟁』 2권, pp.18~20.

인용문 ①과 ②에는 익산민란의 주도자이자 수창자인 임치수와 오덕순이 전주감영에서 처형당하기 전에 한 유언과 그들의 행동과 말에 정서적 충격을 받은 전봉준의 모습이 묘사되어 있다. 한 평자의 지적처럼 "작가는 자신의 시점에서 현상을 객관적으로 묘사하는 동시에 처음으로 이런 어마어마한 사회적 현실을 보는 어린 록두의 시점에서 그가 받는 심각한 충격과 깊은 감동으로 굴절시켜 표현함으로써 공명의 감동을 높이고 독자들의 정서적 체험을 한층 더 심화시키"[15]는 장면이다. 『갑오농민전쟁』의 인물들에 되풀이되어 환기되고 회상되는 중요한 사건인 이 전주성 처형 장면[16]은 이 작품이 동학농민전쟁의 이념과 주도세력이 동학이라는 종교 이념과 조직이 아니라는 것, 동학농민전쟁의 역사적 지도자인 전봉준은 농민들의 인민항쟁 정신의 정신적 아들이라는 것을 명확히 한다. 전봉준의 훈육과 자기 연마를 통해 동학농민군대 총포대장까지 되는 오상민은 혁명적 인민으로 동학농민전쟁 패배 이후에도 생존하여 꺼지지 않는 인민항쟁의 정신을 상징한다 하겠다.

③ 갑오농민전쟁은 부패무능한 봉건통치배들의 매국배족행위로 말미암아 비록 실패는 하였지만 일제침략자들과 봉건적통치체제에 심대한 타격을 주었으며 조선인민의 열력한 애국정신과 강의한 투쟁기개를 남김없이 시위한것으로 하여 커다란 역사적 의의를 지닌다.

......

소설은 이처럼 실재한 사건들을 생동한 예술적화폭으로 펼쳐보이면서 주인공 오상민과 전봉준을 비롯한 각이한 계급과 계층, 인물들의 운명선을 통

---

15) 김하명, 「생동한 개성, 서사시적 생활 화폭의 묘사 장편 소설 계명산천은 밝아오느냐에 대하여」, 『조선문학』, 1966. 6, p.79.
16) 이 장면에 대한 북한 사회 내의 이견에 관해서는 이상경의 앞의 글, pp.189~190. 참고.

해 참다운 력사의 주체는 인민대중이며 인민이야말로 가장 훌륭한 애국자들이라는 진리를 밝혀준다. 동시에 소설은 어떻게 되어 그처럼 거족적으로 떨쳐나섰던 농민전쟁이 실패하였는가 하는 력사의 교훈을 예술적 형상으로 확인하고 있다.

장편소설 『갑오농민전쟁』(제1, 2, 3부)은 착취와 압제를 반대하여 싸운 우리 인민의 슬기로운 투쟁모습과 자랑스러운 력사기록을 통하여 우리 인민의 사회주의건설위업과 조국통일의 력사적과업 실현에 적지 않은 도움을 주리라고 생각한다.[17]

④ 작품창작에서 현대성을 구현하는것은 어떤 경우에나 다 절실한 문제이지만 력사적주제의 작품창작에서 이것은 특별히 중요한 원칙적 요구로 나선다. 왜냐하면 결국 모든 문학예술작품은 오늘의 우리 인민들에게 어떻게 살며 일하며 투쟁할것인가를 가르쳐주는데 복무하여야 하기때문이다.

장편력사소설 『갑오농민전쟁』(제1부)는 오늘 우리 인민들의 혁명투쟁과 직접 관련된 문제인 반봉건침략투쟁을 기본형상과제로 제기하고 그것을 주체의 관점에서 서서 옳게 해명한 것으로 하여 주체사실주의에 기초한 력사소설로서의 응당한 가치와 의의를 가진다.

더우기 소설은 19세기후반기에 들어와서 더욱 로골화된 일본과 미국의 침략행위, 반인민적인 봉건통치배들과 외래침략세력간의 결탁을 력사적사실에 기초하여 생동한 생활화폭으로 낱낱이 고발함으로써 근로자들에게 반미반일교양과 계급교양에 현실적 의의가 큰 작품으로 되였다.[18]

인용문 ③과 ④는 동학농민전쟁의 역사적 성격과 의의가 반제반봉건

---

17) 편집부, 「장편소설 갑오농민전쟁(제1, 2, 3부)를 다시 내면서」, 박태원, 『갑오농민전쟁』, 문예출판사, 1991, pp.1~4.
18) 천재규·정성규, 『조선문학사 14』, 1996, 사회과학출판사, pp.107~108.

애국민주주의 정신에 있다는 것을 규정하면서 지금 현재까지 지속되는 '반봉건침략투쟁'에 커다란 의미를 지니고 있다고 명시하고 있다. 이러한 점에서『갑오농민전쟁』은 사회의 이념과 목적을 규정하는 조선노동당의 지침을 충실하게 따르는 당의 문학이다.

역사소설로서『갑오농민전쟁』에 대한 남한 사회의 해석과 평가는 포괄적인 총론에서 구체적인 각론으로 진행하고 있다고 볼 수 있다.[19] 이재선은 진정한 역사소설의 특징을 '현재의 전사(前史)'로서 재현의 여부, 즉 현재의 성립사라는 관점에서 과거를 생생하게 묘사함으로써 현재에 대한 인식을 보다 풍부하게 하는 소설이라고 전제하고[20]『갑오농민전쟁』이 과연 진정한 역사소설인가라고 묻는다.

⑤ 역사가 전경화(前景化)됨으로써 전봉준, 김개남, 조병갑, 홍계훈, 오오토리 등 많은 역사상의 실재 인물과 동시대의 역사 속에 살아있었을 숨은 인물들을 대리하는 수많은 허구적인 인물들이 함께 등장하고, 역사적인 상상력을 기반으로 실재했던 역사적 사건(동학혁명)이 배경이 되는 가운데 역사를 재구하며, 또 역사에 대한 명상을 하고 있다는 점에서 이는 분명히 역사소설 장르에 해당하는 것이 사실이다. 다시 말하자면 역사에 대한 독특한 비전을 분명히 하고 있다거나 시대적인 반역의 인간인 전봉준과 그를 중심으로 의식과 행동을 같이했던 집단의 삶을 사실과 허구의 융합으로 재현하거나 해석함으로써 이른바 형성력으로서의 역사에서 민중적인 의의를 드러내주고 있다는 점에서 역사소설의 요건을 잘 갖추고 있는 것이 사실이다.

이 작품은 역사소설로서 다음과 같은 특수성이 크게 배려되고 있다. 이

19) 이재선,「사회주의 역사소설과 그 한계」,『한국문학의 원근법』, 민음사, 1996;「강현구,「박태원 소설연구」, 고려대학교 박사학위논문, 1991; 김봉진,「박태원 소설연구」, 한양대학교 박사학위논문, 1992; 윤정헌,「박태원 역사소설 연구」,『영남어문학』24집, 1993; 정현숙,「박태원의 문학세계」, 정현숙 편,『박태원』, 새미, 1995; 이상경, 앞의 글; 홍성암,「박태원의 역사소설 연구」, 현대문학이론연구, 2002.

20) 강영주,『한국 역사소설의 재인식』, 창작과비평사, 1991, pp.19~20. 참고.

작품은 〈역사소설의 고유기능은 역사로서의 현재의 발견을 증진시키는 역사적 과정의 제시를 마련하는 것〉이라는 루카치의 견해와 일치되는 과거와 현재의 병행·병렬론적인 입장이 크게 의식되고 있다. 즉, 과거와 현재를 연결시키는 가운데, 과거에다 현재적인 이념의 스크린을 반영하는 동시에 현재를 조명하고 해석하기 위한 모형으로서 과거를 보려고 하는 것이다. 앞서 인용한 재북 평론가의 지적에서 나타나는 바, 〈……강화하여야 할 시기에 당사상 사업의 요구를 실현하는 데 도움을 준다〉 운운이 이를 방증해준다. 현재와 미래를 조명하기 위해 그 전사(前史)로서의 과거를 조명함으로써 현재를 이루고 연계시키려는 하나의 병렬론적 사유가 깊은 근거를 이루고 있는 것이다.

둘째는 목적의식이 아주 분명하다는 사실이다. 그것은 다음이 아니라, 작가 자신의 개성적인 역사의식보다는 당의 문학으로서의 사회주의적 사실주의의 정치적인 목적성이 짙게 깔려있는 작품이라는 뜻이다. 재북 비평가들이 지적하는 바, 〈계급투쟁〉〈주체사상〉이란 말들이 시사하듯이 계급투쟁의 변증법으로서의 역사관에 근거하고 있는 문학이다. 이를 달리 말한다면, 동학혁명의 근대화 사상 내지는 정신사적 기조를 가능한 한 탈색화하는 대신에, 〈농민전쟁〉이라는 표제가 이미 암시하는 것처럼, 농민의 계급투쟁을 골격으로 한 사회주의 사실주의 문학관 및 이른바 주체사상의 근거에 입각해 역사를 해석하고 재구하고 있다는 점이다. ……

그래서 이 작품은 한국 근대사에서 매우 중요한 의의를 지니고 있는 동학혁명을 인지하고 평가하는 데 동학정신이 지니는 인권이나 민권적인 각성이나 사회모순에 대한 저항과 개혁 및 외세로부터의 자주의식 지향이라는 가치를 프롤레타리아 혁명과 노동계층의 계급투쟁 및 주체적인 반제국주의 투쟁으로서 연결·전화시켜 받아들이고 있다. …… 그 때문에, 전봉준은 동학사상의 실천적인 행동가로서가 아니라, 농민, 기타의 프롤레타리아트와 깊은 친화력을 가진, 계급투쟁을 위해서 무장봉기한 프롤레타리아 영웅으로서, 그리고 사회주의 사실주의의 한 전형인 긍정적인 영웅으로서, 주체적 인간의 한 전형으로서 입상화되고 있는 것이다.[21]

인용문 ⑤에는 이후 남한문학에서『갑오농민전쟁』에 대해 제기되는 여러 문제가 고루 서술되어 있다. 첫째, 당의 문학으로서 사회주의적 사실주의의 문제점에 대한 지적이다. 이것은 작품 내에서 구체화되고 있는 동학농민전쟁의 역사적 의미와 성격에 대한 해석과 전봉준과 오상민의 작품 내 사실성과 전형성에 대한 문제 제기로 구체화된다. 둘째,『갑오농민전쟁』이 현재의 전사로서의 과거를 민중적 입장에서 재현하는 역사소설이라는 견해는 근대 역사소설과의 연계성을 검토하게 한다. 특히 홍명희의『임꺽정』과 황석영의『장길산』이라는 아래로부터 역사를 파악한 역사소설, '민중사 중심의 사실주의적 역사소설'[22]과『갑오농민전쟁』의 관계, 한국 근대 역사소설 전통에서『갑오농민전쟁』의 위상 문제로 검토될 수 있다.

첫째,『갑오농민전쟁』은 사회주의적 사실주의의 입장과 전망 내에서 동학농민전쟁을 재현함으로써, 동학농민전쟁이라는 역사적 사건에 대한 사실적 재구성과 총체적 재현에 문제점을 노정했다고 비판한다. 이에 반해 북한문학은『갑오농민전쟁』의 문학적 탁월성으로 시대와 인물에 대한 '폭넓고' '진실한' 재현을 지적한다.

장편소설 갑오농민전쟁(제1부)은 바로 갑오농민전쟁이 어떻게 일어나게 되었는가를 밝히면서 당시의 복잡한 계급관계, 경제관계, 대외관계 등과 여러 계급과 계층들의 처지 및 사상동향 등을 폭넓게 그림으로써 력대적으로 피압박 근로 대중만이 진정으로 사회적 진보아 변혁을 이룩한 력사의 주체

---

21) 이재선, 앞의 글, p.507.
22) 강영주, 앞의 글, p.182.

이며 지배계급은 흉악한 략탈자일 뿐 아니라 외례침략자들에게 굴종한 무능하고 비렬한 매국배족적인 무리라는 것을 예술적으로 확인하였다.[23]

그러나 남한 연구자들은 작품의 구조가 지나친 계급적 적대의 원리, 계급투쟁의 이론에 따라 구성됨에 작품의 내적 구조는 빈약하다고 비판한다.[24]

특히 등장인물들의 관계 설정에서 기계적 대립구도가 두드러지는데, 그 전형적 예가 농민인 오상민 집안과 지주인 이진사 일가의 대립과 갈등양상이다. 이진사 일가는 인민의 적으로서 성품이나 정치 경제적 측면에서 패덕하고 비열하며 비굴한 자기폐쇄적인 인물들로 형상화되며, 그 반대편의 농민들과 천민들은 하나같이 순박하고 순진한 애국적인 인물들로 제시되는데, 두 유형 모두 지나치게 극단화된 평면형으로 현실성이 떨어진다. 이재선의 지적처럼 역사를 형성하는 민중이라는 시각[25]에서 더불어 반봉건이라는 역사적 모순 해결을 과제로 지니는 동학동민전쟁의 이념 때문에 이와 같은 양분법적인 인물 구도가 이해될 수도 있다. 그러나 당대 사회를 구성하는 다양한 인물군들이 이러한 단순한 이분법적 구도로 이해되지는 않을 것이다. 또한 다양한 인물들의 제시와 그들의 갈등과 조화를 통해서 구현해야 하는 시대의 총체상도 그리지 못할 것이다.

이 점은 『갑오농민전쟁』의 전작인 『계명산천은 밝아오느냐』에서 이루어낸 성취에 대비해 더욱 두드러진다. 이 작품은 북한과 남한 양쪽에서 인물 제시에 있어서 사회 각층의 인물들이 제각기 개성화되었음에도 익산민란이라는 역사적 사건에 유기적으로 결합되어 한 시대의

23) 동근훈, 앞의 글, p.55.
24) 이에 관하여 특히 이재선과 홍성암의 글을 참고할 수 있다.
25) 이재선, 앞의 글, p.522. 이상경은 '민중주의적 편향'이라는 용어를 사용한다. 이상경, 앞의 글, pp.197~203. 참고.

분위기와 경향을 총체적으로 재현하는데 성공했다고 평가된다.[26] 이와는 달리 『갑오농민전쟁』은 그렇지 못하다.

이러한 점은 『갑오농민전쟁』의 주도적인 인물인 오상민과 전봉준을 검토함으로써 좀더 구체화될 것이다. 그들은 현실적인 사회적 관계에서 개연성 있게 문학적으로 재구성한 결과 나타난 인물이 아니다. 이보다는 작가와 사회의 관념을 전달하는 일종의 메가폰으로서의 인물이라는 평가가 남한 연구자들의 대체적인 지적이다. "역사 속에서 생생이 살아 숨쉬는 민중적 주인공"[27]이라는 평가도 있지만, 한 연구자의 지적처럼 오상민과 전봉준은 일종의 쌍생아이자 하나의 인물로서[28] 오늘날까지 북한 사회가 지속적으로 요청하는 낭만화된 영웅적 인물이다.

둘째, 한국 근대 역사소설의 전통, 특히 민중사 중심의 사실주의적 역사소설의 전통에 『갑오농민전쟁』이 가지는 문학사적 가치가 검토되었다. 한 연구자의 주장처럼 "박태원의 역사소설은 작가 박태원의 전체적 모습을 조망하는 데 반드시 고려되어야 하며, 또한 우리나라 역사소설의 전통을 형성하는 데도 매우 중요한 자리에 있다."[29] 『갑오농민전쟁』은 문학사적 선후관계로는 홍명희의 『임꺽정』과 비교 검토되었다.[30] 동학농민전쟁이라는 동일한 역사적 사건을 소설화한 남한 문학 작품들과의 비교, 특히 송기숙의 『녹두장군』과 대비되어 검토되기도 했다.[31] 이것은 남한문학에 국한된 것이기도 하다.

26) 북한문학의 논의로는 「김하명의 생동한 개성, 서사시적 생활 화폭의 묘사」(『조선문학』, 1966. 6.)을 참고할 수 있다. 이상경은 이러한 점을 들어 『갑오농민전쟁』보다는 『계명산천은 밝아오느냐』가 박태원의 대표적 역사소설이라고 판단한다. 이상경, 앞의 글, p.181 참고.
27) 윤정헌, 앞의 글, p.171.
28) "이 양자(전봉준과 오상민; 인용자)는 서로가 표리의 유기성을 가지고 있는 쌍생아인 동시에 하나의 인물로 환원될 수 있는 인물들이기도 하다. 즉, 전봉준이라는 역사적 인물이 소설적인 허구의 옷을 입을 경우 오상민이 되고, 또 허구의 오상민이 역사의 옷을 입으면 전봉준이 될 정도로 밀접한 상관성을 가"진다. 이재선, 앞의 글, p.516.
29) 이상경, 「박태원의 역사소설」, p.163.
30) 이에 관해서는 김윤식의 앞의 글과 이상경의 앞의 글을 참고할 수 있다.

4. 예술적 기법으로 본 『갑오농민전쟁』

『갑오농민전쟁』이 북한 문학에서 역사소설의 대표작으로 평가받는 중요한 이유는 이른바 높은 예술적 형상성(‘구체적인 생활화폭’) 때문이다. 북한문학의 고질적 문제인 생동감의 부족, 예술성의 미달이 이 작품에서 극복되었다는 평가이다.

작품은 력사소설로서 력사적사실을 진실하게 반영하면서 현대성의 요구에 맞게 그것을 예술적으로 진실하게 재현하였다. 소설에는 전봉준, 국왕 리형과 대원군을 비롯하여 실재하였던 인물들과 익산민란, 활빈당의 활동, 고부농민폭동과 고부농민들에 대한 살륙만행, 황토현과 장성전투, 전주입성, 봉기진압을 위한 관군의 파견과 그들의 패배 등 력사적사실이 반영되어 있으며 그것이 구체적인 인간관계 속에서 생활적으로 진실하게 그려져있다. 이와함께 작품은 세태풍속묘사의 생동성, 당대시대상이 드러나는 개성적인 언어형상, 치밀한 구성조직 등으로 높은 예술성을 보여주고 있다.[32]

이 점에 상론하자면 『계명산천은 밝아오느냐』에 대한 고정옥, 김영필, 김하명에 평문을 유의할 필요가 있다. 이들의 평문은 『갑오농민전쟁』에 대한 평가로도 읽을 수 있기 때문이다.

① 박태원의 『계명산천은 밝아 오느냐』에는 고유어의 아름다움과 그 표현

---

31) 이상경, 「동학농민전쟁과 역사소설」, 임헌영·김철 외, 『변혁 주체와 한국 문학』, 역사비평사, 1990; 이영호, 「1984년 농민전쟁의 역사적 성격과 역사소설」, 『창작과비평』, 1990 가을; 김승종, 「『녹두장군』과 『갑오농민전쟁』의 비교 연구」, 『현대소설연구』 2호, 1995; 유기환, 「역사소설의 전형과 전망」, 수원대학교 국어국문학회, 『경기어문학』, 1996; 채길순, 「동학혁명의 소설화 과정과 과제」, 『한국문예비평연구』 6집, 2000; 이주형, 「동학농민운동 소재 역사소설에 나타난 역사인식과 그 소설화 양상 연구」, 국어교육학회, 『국어교육연구』 33집, 2001, 12; 박상준, 「이념의 구현과 역사 구성의 변주」, 민현기 외 저, 『남북한 역사소설 비교 연구』, 계명대학교출판부, 2006.
32) 박종원·류만, 『조선문학개관 Ⅱ』, 사회과학출판사, 1986, 인동출판사, 1988, p.319.

의 생동성과 조형성, 정서성과 음악성이 놀랄 만큼 훌륭하게 표현되였다.

······

『계명산천은 밝아오느냐』는 근대 우리 나라 소설 문학에서 그 류사성은 찾아 볼 수 없는 독특한 개성적인 문체로서 이채를 띤다. 이 작품의 글 줄에는 작가의 얼굴이 비치여 있고 작가의 입김이 서리여 있다.

여기에는 여러 가지 문체가 결부되어 있지만 가장 중요한 것은 이 작가에게만 고유한 단어 결합 수법과 문장 구사법, 음성적 수단들의 기묘한 리용과 산문에서의 음악성과 운률성의 문제일 것이다.[33]

② 우리는 이와 같이 장면의 변화에 따라 묘사의 시점을 적절하게 교체하며, 각이한 묘사 수단과 수법을 능숙하게 활용함으로써 등장인물의 심리 세계를 개방하고 사회적 본질을 깊이 있게 천명한 놀라운 솜씨를 작품의 곳곳에서 볼 수 있다. 특히 일부 작품에서 내면 세계의 개방을 심리 상태의 주관적인 설명으로 대치하고 있는 것과 달리 작중 인물들의 현실에 대한 감수의 사유 과정을 눈으로 볼 수 있고 귀에 들을 수 있게 형상적으로 묘사하고 있는 이 작품의 예술적 성과는 응당 평가는 응당평가 받아야 할 것이다.

《6. 그 날 아침, 류상궁 문전에서 일어 난 일》에서 리 생원이 왕 앞에서 나타나기까지의 박 첨지의 초조하고 긴박한 심리적 체험과 왕의 거동을 중심으로 한 서울 장안의 생활 세태에 대의 폭 넓고 세밀한 사실주의적 묘사도 그러한 데의 하나이다.[34]

③ 장편력사소설 갑오농민전쟁(1, 2, 3부)이 거둔 사상예술적성과는 끝으로 비교적 짧은 시간 동안에 벌어지는 사건을 중심으로 하여 방대한 인물들의 생활과 운명선을 잘 밀착시키고있으며 과거와 현재, 현재와 과거 이야기

---

33) 김영필, 「작가의 개성과 고유 조선어」, 『조선문학』, 1966. 6, pp.73~74.
34) 김하명, 「생동한 개성, 서사시적 생활 화폭의 묘사」, 『조선문학』, 1966. 6.

들을 지그자그형식으로 잘 굴절시켜 이야기를 끌고나감으로써 구성의 립체미를 보장하고 갑오농민전쟁과 같은 력사적사건을 30년전의 익산민란과 그후의 갑신정변, 그리고 청일전쟁과 같은 력사적사변들을 이러저러한 인물들의 과거생활과 련결시켜 폭넓게 펼쳐보이고 있는것이다.[35]

인용문 ①은 박태원 특유의 문체, 이른바 '장거리' 문장[36]에 대해 지적한다. 인용문 ②는 적절한 시점 변화와 그를 통한 등장인물의 내면 심리 복합적 제시와 세태묘사의 탁월성에 대해 언급하고 있다. 인용문 ③은 인과적 선조성 대신 기억과 회상을 통한 교차 제시, 즉 지그재그식 구성형식을 통한 소설의 입체적 구성에 대해 지적하고 있다. 위 인용문에서 제기하고 있는 것은 사실 박태원 소설의 모더니즘 소설의 특징들이다. 소설 문체 자체에 대한 자각적 의식과 탐구, 도시문물과 세태에 대한 세밀한 관찰과 묘사가 1930년대 「소설가 구보씨의 일일」과 『천변풍경』으로 대표될 박태원 소설의 특징이지만 북한 평자들은 모더니즘에 대한 언급이나 박태원의 초기 소설과의 관련성을 언급하지 아니한다.

이와는 다르게 남한 연구자들은 박태원의 역사소설 내에서도 모더니스트로서의 면모를 찾으려 노력해 왔다. 김윤식의 '모더니즘적 리얼리즘'이라는 규정이나, 동학농민군의 전주성 입성 장면을 모더니즘적 조작이라고 해석한 것은 초기 모더니즘의 역사소설 내 지속성을 지적한

---

35) 리창유, 「봉건적억압을 반대하고 나라의 자주권을 지켜싸운 농민들의 투쟁을 폭넓게 그린 작품 장편 력사소설 갑오농민전쟁(1, 2, 3부)에 대하여」, 『조선문학』, 1994. 3.
36) "마지막으로 언어 문제 문제에 대하여 나의 생각을 말하겠다. 나는 본래 남들한테서 '장거리 문장'이라고 들을 만큼 긴 문장을 즐겨쓴다. 그것은 이러한 문장이 바로 인간들의 심리 세계를 상세히 전개시키는 데 알맞기 때문이며, 나의 형상의 체질에도 맞기 때문이다. 그리고 문장을 류창하게 흘러가게 하다가도 가끔 자꾸 걸리게 하는 수법도 사용한다. 만약 미끈히 흘러 가기만 한다면 인상이 희박해질 수도 있기 때문에 사색을 요구할 대목에는 되씹고 곱씹어 읽도록 문장을 조직하군 하였다. 그리고 대화에 개성을 부여하는 데 특별한 노력을 기울이군 한다. 대화야말로 흥미 있고 성격적이어야지 그렇지 않고 사건 전달의 기능이나 하는 무의미한 것이야 무슨 필요가 있겠는가." 박태원, 「암흑의 왕국을 부시는 투쟁의 력사」, 이상경, 앞의 글, p.179에서 재인용.

것이다.[37] 전반적으로 모더니스트로 획득한 뛰어난 심리묘사와 세태묘사가 해방 이후 역사소설에서 한 시대의 사회상과 역사상을 재현하는 데 활용되었다는 점을 통해 월북 이전과 이후의 단절 논의를 극복해 가려는 논의도 있다.[38] 작가의식에서 이질적이나 문학적 표현의 탁월함에서는 모더니스트적 성취가 이어지고 있음을 알려준다 하겠다.

5. 맺음말

박태원은 모더니스트, 세태소설가, 역사소설가로 다양한 작품 세계를 가지고 있는 작가이다. 작품 세계의 다양성은 파국과 단절로 거듭된 한국 근현대사에 적응하려는 작가가 얻어낸 결과이다. 북한과 남한은 이러한 작품 세계 중 한 측면만을 선택적으로 고집해 왔다.

본고는 북한문학에서 최고의 역사소설로 평가받는 『갑오농민전쟁』에 대한 남북한의 해석과 평가를 살펴보았다. 이 해석과 평가를 점검하는 과정에서 주목할 것은 『갑오농민전쟁』 작품 자체 내에도 박태원의 작가적 생애가 나타난다는 사실이다. 『갑오농민전쟁』 내부에 발견되는 모더니스트와 세태소설가로서의 면모가 그것이다. 이처럼 한 작품 내에 존재하는 단절과 연속, 혼합과 혼재의 양상이 어쩌면 현실의 진정한 모습이고 또 문학의 진정한 존재 양상일지도 모른다. 이러한 인식이 남북한의 분단과 단절 양상 극복에 일종의 시사점이 되지 않을까 생각한다.

---

37) 김윤식, 앞의 글, p.168 참고.
38) 이상경, 앞의 글 참고. 기법상의 연속성에 주목한 논의로는 다음을 참고할 수 있다. 장수익, 「박태원 소설 연구」, 서울대학교 석사학위논문, 1991; 박배식, 「박태원의 역사소설 연구」, 『한국언어문학』 33집, 1994; 서덕순, 「박태원의 『갑오농민전쟁』 연구」, 경희대학교 박사학위논문, 1996; 이정옥, 「박태원 소설 연구」, 연세대학교 박사학위논문, 1999.

통일문학의 원형성
―남·북한에서 함께 읽는 정지용과 백석의 시

홍용희

1. 통일문학과 민족적 동질성의 회복

1990년대 이래 분단문학은 통일문학으로 전환되는 양상을 뚜렷하게 보인다. 분단문학이 전쟁의 비극성과 분단체제 이데올로기에 대한 비판이 중심 내용을 이루었다면, 통일문학은 반세기에 걸친 분단의 역사가 침전시킨 이질성의 벽을 허물고 진정한 민족적 화해와 동질성 회복을 추구하는 현실적인 방안에 대한 모색이 중심 내용을 이룬다. 실제로 1990년대 들어 전개된 통일문학의 기본적인 구성 원리는 대체적으로제 3국에서 이루어지는 남·북한의 이산가족의 상봉을 통해 서로에 대한 허구적 망령의 실체와 이질성의 참모습을 확인하고 민족적 동질성의 요소를 창조적으로 모색하는 양상을 띤다.[1] 물론, 1990년 이래

---

[1] 이산가족을 비롯한 남·북한 주민의 직접적인 만남을 소재로 한 작품은 1990년대 들어서면서 전면에 등장한다. 여기에 해당하는 남한의 작품으로는 이호철 「보고드리옵니다」, 이문열 「아우와의 만남」, 최윤 「아버지 감시」, 홍상화 「어머니 마음」, 이순원 「해산 가는 길」 등이 있고,, 북한의 작품으로는 주유훈 「어머니 오시다」, 리종렬 「산제비」, 남대현 「상봉」 등이 있다.

통일문학이 문학사의 전면에 등장한 것은 한반도를 둘러싼 국내외 정세의 변화와 직접 관련된다.

1990년대를 전후로 세계질서는 이데올로기적 명분을 내세운 반목과 대립의 냉전체제에서 상호 의존적인 협력과 경쟁의 경제공동체로 재편된다. 독일의 흡수 통일, 공산주의 종주국인 소련의 해체, 중국과 베트남의 적극적인 시장경제 원리의 수용, 동구권의 붕괴 등의 일련의 사건은 2차 세계대전 이래 미·소 양대 진영을 중심으로 구축된 냉전체제의 와해를 보여주는 구체적인 징표들이다. 이러한 이른바 세기적 변화는 한반도의 분단체제를 규정·강요·강화시켜 온 외적 규정력은 물론 내적 규정력도 약화시키는 결정적 계기로 작용한다. 우리 사회에서 분단 이데올로기가 더 이상 지배세력의 전략적인 내적 통합과 통제를 강화시키는 요소로 작용하지 못하게 된 것이다. 탈북자의 문제가 일상적 사건이 되었고, 금강산 관광을 비롯한 북한 방문이 빈번하게 일어나고 있으며, 남·북한 경제 교류도 점차 확산되고 있다. 이와 같은 양상은 반세기에 걸쳐 우리 사회의 정신 습속 속에 내면화된 반공·반북의식이 점차 민족 공동체 의식으로 전환되는 내적 계기로 작용하고 있다.

한편, 북한의 경우도 1990년대 이래 많은 변화를 겪게 된다. 국제정세가 전지구의 시장화로 요약되는 경제공동체로 급박하게 전환되면서 북한 사회는 이에 대응하여 내부적 통합과 대외적 개방이라는 모순명제를 함께 관철시켜야 하는 절박한 처지에 놓인다. 1990년대 들어 '우리식대로 살자'는 구호를 전국적으로 선전선동하고, 1986년 김정일이 제기한 '조선민족 제일주의'를 더욱 강조하면서 폐쇄적 민족주의를 뚜렷하게 드러내는 양상은 전자에 해당하고, 미국을 비롯한 서방세계와의 경제 교역의 시도, 나진―선봉 지역의 자유경제 무역지대화의 추구 등은 후자에 해당하는 대표적인 사례들이다.

그러나 앞으로 북한 사회는 자의든 타의든 필연적으로 대외적 개방화의 길로 나아가게 될 것이다. 거대한 세계 자본주의의 회로망에 북한 사회 역시 나포될 수밖에 없을 것이기 때문이다. 특히 오늘날 북한 사회가 직면한 절대적인 경제적 궁핍은 역설적으로 시장경제의 수용을 가속화시키는 내적 계기로 작용한다. 인민의 기본적인 생존권을 보장하지 못하는 상황에서 지배 세력의 통치 기반과 내적 결속의 강화는 불가능하기 때문이다.

근자에 발표된 남·북한 정상 회담 합의는 1990년대 이래 가속화되어 온 한반도 주변의 해빙 무드의 한 귀결이면서 동시에 앞으로 전개될 민족 통합의 가능성을 현실화시키는 계기로서 중요한 의미를 지닌다. 전세계에 걸쳐 유일한 '냉전의 섬'으로 남아 있는 한반도에도 근본적인 지각 변동이 본격적으로 전개되고 있는 것이다.

이러한 시대적 상황에 부응하여 우리 문학은 남·북한의 이질성의 참모습을 확인하고 민족적 동질성의 회복과 연대의식의 확장을 위한 창조적 노력에 적극적으로 동참해야 할 것이다. 진정한 민족적 통합은 생활 세계로부터의 이질성의 극복이 이루어질 때 가능할 것이다. 자칫 섣부른 통일 논의는 민족 분단의 경계선을 우리의 일상 생활 속으로 옮겨 놓는 더욱 심각한 혼란을 초래시킬 것이다.

그렇다면, 남·북한의 이질성을 극복하고 민족적 동질성과 공감대를 확장할 수 있는 기본 토대는 무엇일까? 이러한 물음 앞에 다음과 같은 북한 시편은 중요한 시사점을 드러내 준다.

"이 길로 우리 모두 함께 가고 싶다/평양랭면맛에 서울 깍두기 맛도 보며/동서 팔방 내 나라 삼천리 이 땅/반세기도 지난 나날 우리 못가본/내 땅 모든 곳 골고루 디뎌보며 다니고 싶다//아, 가고 싶다 우리 모두 함께 가고 싶다/가다가 향기짙은 강계 산꿀도 맛보고/목 마르면 호남샘물 표주박에 떠 마셔보며/가다가 밤이 되면 정방산이나/춘향도령 지금도 있는 듯한 〈남원

땅)에서 쉬고//강계 산꿀 호남 샘물에 우리 입술 적시일 때/이날을 못보고
간 우리 겨레들만은 잊지 말자/ 그들과 더불어 진도아리랑 들으며 울어도
보고/그들과 더불어 봉산탈춤 보며 웃어도 보며/걸어걸어 그들의 몫까지 우
리 함께 가려니"

—리호근, 「함께 가고 싶다-범민족대회장을 나서며」 일부

1990년대 중반 북한에서 발표된 이 시는 '평양 랭면, 서울 깍두기,
강계 산꿀, 호남 샘물, 진도 아리랑, 봉산 탈춤' 등의 풍물과 민속 예술
그리고 국토에 대한 진한 애정을 통해 민족 공동체 의식을 확인하고
나아가 통일의 당위성을 질박하게 노래하고 있다.

전국에 산재하는 유서 깊은 민속 풍속과 민요들은 어느 특정 지역의
전유물이 아니라 남·북한 모두가 공유해 온 민족적 삶의 근원성을 이
루는 요소들이다. 이러한 소재들은 남·북한의 이질성을 극복하고 민
족적 연대의식을 불러일으키는 가장 직접적인 대상에 해당한다. 이 시
가 북한의 시인에 의해 북한에서 발표되었지만 남한의 독자들에게도
매우 친근하게 다가오는 까닭이 여기에 있다.

이렇게 보면, 남·북한의 민족적 동질성의 원형 요소는 분단 이데올
로기의 층위 이전 단계에 해당하는 우리 민족 고유의 전통적인 원형
심상과 토속적 삶의 세계에서 찾을 수 있을 것으로 파악된다. 해방 이
전에 주로 활동했던 백석과 정지용의 시세계가 단연 빛나는 자리가 여
기이다. 이미 널리 알려져 있듯이 백석과 정지용은 각각 해방 이전 우
리 민족의 토속성의 진경과 세련된 언어 감각을 통해 낙원 상실과 향
수의 정서를 펼쳐 보인 대표적인 시인이다. 백석과 정지용은 각각 재
북 및 월북 시인으로서 분단과 함께 우리 문학사의 뒷전으로 사라졌다
가 1988년 해금조치 이후에야 공식적으로 온전히 복권된다. 물론 이들
에 대한 학계의 연구는 1960·70년대에도 꾸준히 지속되고 있었으나

일반 독자들에게까지 가까이 다가간 것은 1988년 이후부터이다.

한편, 북한에서 정지용과 백석이 문학사의 전면에 논의의 중심 대상으로 등장한 것은 1995년에 간행된 『조선문학사 9』에 와서이다. 특히, 정지용은 해방 이전 진보적인 계급문학과 대립적 관계에 놓여 있었던 『시문학』, 『구인회』, 『문장』지를 중심으로 활동한 보수적 성향에 가까운 시인임을 감안할 때, 북한문학사에서 비교적 상세하게 논의·평가하고 있는 것은 그 자체로도 매우 이색적인 문제적 사건이다. 주지하듯, 북한의 문학사의 기술은 상황에 따라 변화하는 당의 지배정책에 상응하는 공식적인 문예지침에 의해 이루어진다. 1967년 이후 항일혁명문학이 정통으로 확립된 이래 북한 문예학에서 해방 이전의 카프 문학을 비롯한 진보적 문학은 의도적으로 축소·왜곡·배제되어 왔다. 그러나 1990년대 들어 카프를 비롯한 민족 문화 예술 유산에 대한 적극적인 조명이 이루어지고 있는 배경은 무엇일까? 그것은 1992년 김정일이 간행한 『주체문학론』이다. 전 7장으로 구성된 『주체문학론』에서 가장 큰 성격의 변화는 2장 유산과 전통에서 찾아진다. 여기에서 김정일은 "민족문화유산에 대한 긍지와 자부심은 곧 민족자존심과 민족제일주의의 중요한 표현이다."고 전제하고, 조선시대 실학파 문학과 1920~30년대 "카프 문학에 대한 평가와 처리를 공정하게 하여야 한다"고 강조하고 있다. 그리고 여기에서 더 나아가 "작가의 출신과 사회생활 경위가 복잡하다 하여도 우리나라 문학예술 발전과 인민의 문화정서 생활에 이비지한 좋은 작품을 썼다면 그 작가와 작품을 아끼고 대담하게 내세워 주어야 한다."고 지적하고, 리광수, 최남선, 신채호, 한용운, 김억, 김소월, 정지용, 심훈, 이효석, 방정환, 문호월, 나운규 등을 직접 거론하면서 공정하고 응당한 평가의 필요성을 제기하고 있다. 이로써 주체적 입장이라는 제한 조건 속에서나마 북한문학사에서 그동안 실종되었던 우리 문학의 소중한 자산이 복원되는 지평이 열린다. 『주체문학론』에서 적시하고 있는 민족문화예술 유산의 계승 방법과 평가 기준은 역사주의적 원칙과 현대성의 원칙으로 요약된다. 여기에서 역사주의적 원칙이란 "개개의 유산을 해당 시기의 사회력사적 조건과의 연관 속에서 공정하게 분석평가하고 다룬다는 것"을 말하고, 현대성의 원칙이란 "유산계승에서 나서는 모든 문제를 인민의 지향에 맞게 풀어나간다는 것을 말한다." 다시 말해, 역사주의와 현대성의 원칙은 문학예술의 평가 기준을 각각 당대적 상황과 현재의 인민의 지향성에서 찾고자 하는 것으로써, 설령 주체 문예이론의 원칙에 상응하지 않을지라도 나름대로의 의미와 가치를 부여할 수 있다는 유연한 시각의 산물이다. 이러한 정황은 또한 역으로 뒤집어서 보면, 1990년대 북한 사회가 이미 1967년 이래 상투적으로 반복되고 있는 주체문학의 도식성을 돌파했음을 보여주는 증좌로도 인식된다. 김정일이 1980년 제3차 조선문학동맹에서 제시한 문학예술이 나아가야 할 길에 대한 지침에서 "당이 제시한 주체적인 창조체계와 창작 원칙"을 견지하면서도 작가의 "개성적 특성"을 강조한 이래 점차 열린 문학적 자율성과 다양성의 영역이 해방 이전의 다채로운 민족 문학의 유산을 수용할 수 있는 기반이 된 것으로 보인다.

이렇게 보면, 오늘날 남·북한은 이질성을 극복하고 민족적 동질성을 회복할 수 있는 토대가 어느 정도 마련된 것으로 보인다. 여기에서의 남·북한이 함께 읽는 백석과 정지용의 시세계에 대한 논의도 궁극적으로는 오늘날 남·북한의 변화된 시대적 상황의 결과물이라고 할 것이다.

2. 정지용 혹은 낙원 상실과 향수의 언어

정지용(1903~1950)의 문단활동은 일본 동지사대학의 유학생 신분이었던 1926년에「카페프란스」,「슬픈인상화」,「파충류 동물」등의 작품을『학조』1월호에 발표하면서부터 시작된다. 등단 이듬해인 1927년이 되면 우리에게 가장 널리 알려진「향수」를 비롯해서 무려 40여 편의 작품을 국내외에 발표하는 왕성한 활동을 보인다. 그는 동인 활동도 적극적이었는데, 1930년에는 박용철, 김영랑이 주축이 되어 만든『시문학』에 가담하였고, 1933년에는〈구인회〉의 창립에 가담했으며 1939년에는 이태준과 함께『문장』지에 참가한다. 특히 그는『문장』지에서 청록파 시인을 비롯한 박남수, 이한직, 김종한 등을 추천하여 우리 시사의 층위를 확장시키는 데 기여한다. 그가 간행한 저작은『鄭芝溶詩集』(1936),『白鹿潭』(1941) 등 두 권의 시집과『지용문학독본』(1948),『산문』(1949) 등 두 권의 산문집이다. 그는 첫 시집을 간행하면서 이미 "현대적인 호흡과 맥박을 불어 넣은"(김기림) 선구적인 시인으로 평가받으며 당대 시단을 주도하는 중심 인물로 자리잡는다.

그의 시세계는 크게 첫 시집의 간행을 기준으로 전반기에는 전근대성의 탈피와 감각적 이미지즘의 경향이 두드러지고 후반기에는 산수시의 경향 내지 동양적인 정신세계가 표나게 드러난다. 그리고 이 전·후반기의 점이지대에『카톨릭 靑年』지를 중심으로 한 카톨리시즘의 시편들이 발표되었다. 특히, 전반기의 시세계에서 세련된 감각주의적 기법과 내면적인 상실의식이 상호 상승 작용을 일으키면서 형상화된 향토적서정은 지금까지도 폭넓은 감응력을 불러일으키고 있다. 그리고 이 점은 1990년대 북한문학사에서도 동일하다는 점에서 새삼 주목된다.

북한의『조선문학사』(1995)는 1920년대 후반기부터 1930년대 중엽까지의 문학에 대해 항일혁명문학과 프롤레타리아 문학이 주류를 이루었음을 지적하고 이를 높이 평가한다. 그러나 정지용을 비롯한 일련의 시인들 역시 "사회 정치적 문제나 현실적 생활 세계 같은 것은 거의나 관심 밖에 두"었지만, "내용이나 형식에서 민족적이며 향토적인 색채가 짙은 시창작의 길을 걸었다"는 점에서 긍정적으로 평가한다. 정지용이 직접적으로 계급의식에 입각한 선명한 현실 비판의 시세계를 보여주지는 않았지만 우리의 삶과 정신의 터전이 근본적으로 박탈당한 식민지 시대에 민족적·향토적 정서를 환기시킨 것은 긍정적이라는 시각이다. 물론 북한문학사에서의 정지용 문학에 대한 이러한 긍정적인 평가는 "형식주의, 예술지상주의적" 경향의 시편들까지 적용되지는 않는다. 북한문학사에서 역사주의적 관점의 평가 기준은 계급성을 비롯해서 민족성, 진보성이 중심 항목으로 꼽히기 때문이다. 북한에서 정지용 문학에 대해 비판적 시각에서 논의하는 "형식주의, 예술지상주의적" 요소는 모더니즘의 감각주의적 기법에 대한 편향과 반카프적 입장에서 순수문학을 표방한 〈구인회〉(1933) 활동 등을 염두하고 있는 것으로 보인다.

북한의 『조선문학사』에서 언급하고 있는 정지용 시세계의 작품 유형과 시편은 "「향수」, 「압천」, 「고향」, 「그리워」 등 향토애를 노래한 시들과 「할아버지」, 「홍춘」, 「산엣 색시 들녘 사내」 등 세태풍속을 노래한 시들 그리고 「석류」, 「백록담」을 비롯한 자연을 노래한 시들"을 대상으로 하고 있다. 그러나 이중에서 가장 정지용 시의 본령으로 파악하고 인용, 평가하고 있는 시편들은 「고향」, 「그리워」, 「산에서 온 새」 등 상실의식과 향수의 정서를 노래한 작품이다.

여기에서는 북한문학사에서 감상하고 있는 작품을 중심으로 논의해 보기로 한다.

고향에 고향에 돌아와도

그리던 고향은 아니러뇨

산꽁이 알을 품고
뻐꾹이 제철에 울건만

마음은 제 고향 진히지 않고
머언 港口로 떠도는 구름.

오늘도 메끝에 홀로 오르니
힌점 꽃이 인정스레 웃고,

어린시절에 불던 풀피리 소리 아니나고
메마른 입술에 쓰디 쓰다.

고향에 고향에 돌아와도
그리던 하늘만이 높푸르구나.

—「故鄕」

　이 시의 주조음인 그리움의 정서는 타향에서 고향을 향해 있지 않고, 고향에서 고향을 향해 있는 특이한 형상을 하고 있다. 고향에 왔으나 정작 고향을 보고 느끼지 못하는 절대적인 상실감이 기본 정조를 이루고 있는 것이다. 그렇다면, 현존하는 고향과 상실한 고향은 각각 구체적으로 무엇인가? 현존하는 고향은 "산꽁, 뻐꾹이, 힌점 꽃, 하늘"이고 부재하는 고향은 옛날의 "마음", 풀피리 소리를 내는 어린 시절의 "입술" 등이다. 고향의 자연사는 변함이 없지만 인간사는 이미 무상하게 변하고 왜곡되었다는 것이다. 다시 말해, 예전과 같은 평화로운 삶의 공간으로서의 고향은 박탈당했다는 인식이다. 그래서 고향에 돌아와도 이내 그의 "마음"은 "머언 港口로 떠도는 구름"처럼 다시 방황하기 시작한다. 이러한 근원적인 상실의식은 일제강점기 주권과 국토를 완전히 빼앗긴 당시 식민지 상황과 암유적인 연관성을 지닌다. 그래서 이 시의 처연한 상실감과 비애의 정서는 당시 이 땅의 모든 백성의 공통된 생활상으로서의 보편성을 지닌다.

　이와 같이 이미 부재하는 것에 대한 그리움과 안타까움의 정서는 다음 시편에서도 동일하게 드러난다.

　　　새삼나무 싹이 튼 담우에
　　　산에서 온 새가 울음 운다.

　　　산엣 새는 파랑치마 입고.
　　　산엣 새는 빨강 모자 쓰고.

　　　눈에 아름아름 보고 지고.
　　　발 벗고 간 누의 보고 지고.

　　　따순 봄날 이른 아침 부터
　　　산에서 온 새가 울음 운다.

—「산에서 온 새」 전문

　이 시는 "새"를 매개로 하여 곡진한 슬픔과 그리움의 정서를 표현하고 있다. "산엣 새"가 파랑 치마, 빨강 모자를 쓰고 세상으로 내려온다. 눈에 "아름 아름"거리는 "발 벗고 간 누의"가 보고 싶어서이다. 그러나 누이는 이미 이 세상에 없다. 그 누이는 "발 벗고 간" 누이이기 때문이다. 그래서 "따순 봄날 이른 아침 부터/산에서 온 새"는 슬픈 울음을 운다. 이 대목은 시인의 참척의 슬픔이 배어 있는 시, 「유리창 1」을 연상시킨다. "발 벗고 간 누의"가 보고 싶어 이른 아침부터 우는 "산에서 온 새"의 울음의 정황은 "肺血管이 찢어진 채로" "山ㅅ새처럼 날러" 간 죽은 자식에 대한 애통한 그리움과 유사성을 지닌다.

결국, 이 시 역시 "고향에 고향에 돌아와도 그리운 고향은 아니더뇨" 라와 같은 심층적인 상실감과 비애의 정서를 그리고 있다. 이미 이 세상에 없는, 부재의 대상을 향한 형언할 수 없는 그리움의 정감을 표출하고 있는 것이다.

이 시편을 중심으로 한 북한문학사의 평가에 귀 기울여 보면 다음과 같다.

"동시대의 프롤레타리아 시인들이 짓밟히는 삶과 잃어진 고향을 두고 분노를 터뜨리며 항거를 외칠 때 정지용은 이 정도의 서정세계에서 더 벗어나지는 못하였다. 그러나 그는 고향을 대상으로 하든 자연과 풍속을 대상으로 하든 식민지 시대 민족이 당하는 고통과 불행을 제 나름의 설움과 울분으로 터트림으로써 민족적 의분을 나타냈으며 특히는 그것을 짙은 민족적 정서로 민요풍의 시풍으로 그려내여 민족시가의 전통을 살려 나갔다."

일제치하의 시기에 우리 말을 청신하게 갈고 닦아 토속적인 전통적 정서와 질감을 노래한 것은 그 자체로도 민족 저항의 의미를 지니는 것이었음을 지적하고 있다. 또한 이러한 북한에서의 평가는 정지용의 고향 상실로 표상되는 상실의식이 결국 현실에 대한 깊은 비관적 인식의 산물이라는 데 기반한다. 현재적 삶에 대한 부정이 고향에 대한 그리움을 낳고, 고향에 대한 그리움은 다시 박탈당한 고향, 즉 식민지 현실을 재인식하는 과정이 되는 형국이다. 따라서 정지용 시인에게 상실한 고향에 대한 그리움의 열도는 국권 회복에 대한 갈망의 의미를 지닌다는 것이다. 따라서 그의 고향에 대한 향수의 정서를 노래한 시편은 그 자체로 당시 일제강점기에 대한 울분과 비판의 한 표현 방식이 된다는 것이다. 이와 같은 1990년대 북한의 『조선문학사』의 관점은 민족문학 유산의 수용에 대한 매우 유연하고 개방적인 태도의 산물이다. 그러나 북한에서 정지용을 적극적으로 평가하는 이보다 더 본질적인 이유는 그의 시세계가 우리 민족의 향토적 정서와 원형 심상을 성공적으로 구현하고 있기 때문인 것으로 보인다. 다시 말해 정지용의 문학세계가 '역사주의적 원칙'뿐만이 아니라 오늘날의 인민의 지향성에 부합하는 '현대성의 원칙'을 훌륭하게 감당하고 있기 때문이라는 것이다.

3. 백석 혹은 토속적 풍속의 진경

1912년 평북 정주에서 태어난 백석의 문단활동은 소설을 통해 먼저 시작된다. 그는 1930년 《조선일보》 제2회 공모에서 「그 母의 아들」로 소설부문에 당선한다. 그의 시작 활동은 이로부터 5년이 지난 1935년에 역시 《조선일보》에 고향의 지명을 딴 「定州城」을 발표하면서부터 시작된다. 그는 1936년 정지용의 『정지용 시집』이 출간되었던 같은 해에 시집 『사슴』을 간행하면서 일약 중요한 신예 시인으로 자리를 잡게 된다. 김기림, 박용철, 오장환, 임화, 박아지, 안석영 등 당시 문단의 중심 인물들이 그의 시세계에 대해 대체로 긍정적인 시각에서 논평을 개진한다. 1930년대 중반 우리 문단은 카프의 해산과 잠복, 순수문학적 경향을 표방했던 구인회, 최재서, 김기림 등이 주도한 모더니즘 등의 다채로운 경향들이 혼재하고 있었지만 백석은 그 어느 부류에도 뚜렷하게 소속되지 않는다. 이후 그는 서울을 떠나 함흥으로 가서 교직

생활을 2년여 하고, 다시 서울로 와서 잠시 직장 생활을 하다가 중국 만주 지방으로 거처를 옮긴다. 만주 지방에서 측량사 일을 하기도 했던 그는 해방과 더불어 신의주에 잠시 머물다가 고향 정주에서 안주한다. 이러한 공간적 이동은 그의 시세계의 소재와 구성 원리의 중심축을 형성한다. 그의 문단활동은 분단된 이후에도 지속되었는데, 1961년까지 북한 문단에서 12편의 시와 3편의 아동문학 평론, 각각 1편의 수필, 번역 등을 발표한다. 그러나 그 이후 그의 생애는 미답의 지대로 남아 있다. 북한 문예지에서도 더 이상 그의 이름이 등장하지 않고 있으며 1995년에 간행된 『조선문학사 9』에서도 사망 연도가 밝혀져 있지 않고 있다.

30여 년에 걸쳐 전개된 백석의 문학적 삶은 크게 세 시기로 나누어진다. 문학활동을 시작한 때부터 1936년 시집 『사슴』을 발간할 때까지의 시기, 그리고 한국전쟁 이전 함흥, 만주, 신의주 등에서 작품을 창작하던 시기, 민족분단 이후 조선작가동맹 맹원으로서 『조선문학』에 작품을 발표하던 시기가 그것이다. 여기에서 그의 세 번째 시기의 작품 세계는 북한의 이른바 전후복구건설시기에 충실히 복무하는 공식적인 제도 담론으로서 타성적인 상황에서 창작되었기 때문에 앞의 시기와 연속성 속에서 논의하기는 어렵다.

두 번째 시기까지의 백석 시세계에 관류하는 가장 핵심적인 특성은 토속적인 서민의 삶에 대한 곡진한 묘사에서 찾을 수 있다. 그는 평안도의 투박한 방언을 살려 민중들의 토속적인 풍속과 생활 감각을 산문적인 호흡을 통해 실감 있게 재현한다. 특히 그의 시적 대상은 대가족제하의 명절 풍경, 다양한 전통 음식, 무속 신앙에 바탕을 둔 농경 생활, 이국에서의 궁핍한 삶 등에 걸쳐 다채롭게 나타난다. 그는 이와 같은 민중들의 생활 세계의 원형상을 적절한 심미적 거리의 유지, 주관적 감정의 절제, 유소년 시대에 대한 회상의 양식, 기행의 양식, 내적 고백의 양식 등의 창작 방법론을 통해 효과적으로 표현한다. 이러한 시적 내용과 미학적 원리를 종합해 보면, 백석의 시세계는 기본적으로 유년회상을 통한 과거적 상상력에서 다양한 현재적 삶의 풍경으로, 가족사에서 풍속사로, 개성적 시점에서 민중적 보편성으로 교직·확장되어 가는 면모로 정리된다. 북한의 『조선문학사』에서 역시 백석의 시세계에 대해 "대체로 하나의 풍속도라 할 만큼 세태적인 생활감정으로 일관되어 있다"고 지적한다. 그리고 「녀승」(1934), 「비」(1935), 「모닥불」(1939) 등 3편의 시편을 예시하고, 「통영」, 「고성가도」, 「삼천포」의 시편을 각각 일부 인용하고 있다. 인용 시편들은 공통적으로 기행의 형식을 통해 삶의 풍경의 단면을 응축적으로 객관화하는 작품들이다. 백석은 「남행시초」, 「함주시초」, 「산중음」, 「서행시초」 등의 여러 편의 기행시를 남겼다.

여기에서 북한에서 중요하게 다룬 작품을 중심으로 함께 감상해 보도록 한다.

統營장 낫대들엇다

갓한닙쓰고 건시한접사고 홍공단단기한감끈코 술한병바더들고

화룬선 만저보려 선창갓다

오다 가수내 들어가는 주막압헤
문둥이 품바타령 듯다가

열닐헤달이 올라서
나루배타고 판데목 지나간다 간다

—「統營 -南行詩抄 2」《조선일보》 1936. 3. 6) 전문

이 시는 시인의 경상남도 통영 지역의 짤막한 여행기이다. 시인이 구사하는 평안북도 방언과 남부 지방 통영의 장터 풍경이 서로 대칭관계를 이루면서 여행의 정취를 자연스럽게 살려내고 있다. 그의 통영기행은 장터, 선창, 바다로 이동하고 있다. 장터에서는 직접 갓을 쓰고 건시(곶감) 한접, 홍공단단기(붉은 공단천으로 만든 댕기) 한 감, 술 한 병을 산다. 장을 본 그는 선창으로 갔다가 주막 앞에서 "문둥이 품바타령"을 들은 후 바다로 가 "나루배 타고 판데목"을 지나간다. 바다 위로는 "열닐헤달이" 소리 없이 떠오른다. 이미 늦은 저녁 시간이 된 것이다. 낯선 지방의 여행 과정이 짧은 시상 속에 면밀하게 담겨 있으나 묘사만이 있을 뿐, 주관적 감정은 엄격하게 통어되고 있다. 시인은 대상을 받아들이는 '수용의 거리'와 이를 시적으로 구현하는 '표현의 거리'를 동시에 엄정하게 유지하고 있다. 그래서 시적 주체가 화자 자신임에도 불구하고 모든 정황이 객관화되어 있다. 미적 거리를 통해 내밀하게 묘사된 여행기는 이제 독자들의 객관적인 관찰 대상으로 치환된다. 이러한 시적 방법론은 백석이 1930년대 중반에 풍미한 모더니즘의 이미지즘의 기법의 영향으로 보인다. 백석의 시세계에서 대체로 짧고 간결한 시편들은 빈번하게 이와 같은 이미지즘의 기법을 통해 독자들의 창조적 상상력을 유도한다. 위의 시편 역시 시적 화자의 주관적 감정이 생략됨으로써 통영장의 풍경과 "문둥이 품바타령"으로 부각되는 토속적인 풍물과 바다의 정경에 대한 독자의 상상력의 공간을 응축적으로 열어 놓는다.

한편, 다음 시편 역시 기행의 형식을 통해 남도 지역의 삶의 풍경을 그리고 있다. 여기에서는 시인의 내면적 정조가 어느 정도 불거져 나오고 있다. 대상과의 미적 거리가 훨씬 가깝게 조정되고 있는 것이다. 그러나 역시 시인 특유의 내면적 절제와 관찰자의 평상심은 흐트러지지 않는다.

졸레졸레 도야지새끼들이간다
귀밋이 재릿재릿하니 볏이 담복 따사로운거리다

재ㅅ덤이에 까치올으고 아이올으고 아지랑이올으고

해바라기하기조흘 벼ㅅ곡간마당에
벼ㅅ집가티 누우란 사람들이 둘러서서
어늬눈오신날 눈을츠고 생긴듯한 말다툼소리도 누우라니

소는 기르매지고 조은다

아모도들 따사로히 가난하니

―「三千浦」 전문

위의 시의 캔버스는 모두 따스한 봄 햇살의 명도 속에서 그려지고 있
다. 그래서 궁핍한 현실의 생활상도 정겹고 따뜻하게 반사되고 있다.
이 시는 의태어의 반복적인 구사를 통해 삼천포 지역의 인상을 정겹게
그리고 있다. 계절적 배경은 "볏이 담복 따사로운" 초봄이다. 검은 겨
울 땅 "재ㅅ덤이에" 아지랑이가 피어 오른다. 봄의 생기가 약동하기 시
작한다. 그래서 시인은 아지랑이와 함께 "까치"와 "아이"도 "재ㅅ덤이
에"서 올라온다고 표현한다. 아지랑이가 피어 오르듯 새나 사람도 활
기를 띄기 시작한다는 것이다.
　봄의 활력은 3연으로 이어지면서 "벼ㅅ집가티 누우란 사람들"의 해
바라기의 풍경으로 나타난다. 누우런 색채가 주조를 이루는 고요한 캔
버스 위에 "말다툼 소리"의 청각적 심상이 생동감을 부여한다. 안장을
등에 지고 조는 소의 풍경을 포함해서 삼천포는 가난하지만 따사롭다.

아마도 이 시편에 묘사된 풍경이 비극적이고 처연한 분위기를 자아내지 않는 것은 기행시의 관조적인 미적 거리에서 기인하는 것도 있지만 무엇보다 따스한 초봄의 절기 탓일 것이다. 위의 시편에는 가난하지만 따뜻하고 정감 어린 농촌의 정경이 실감 있게 드러나고 있다.

북한의 『조선문학사』에서도 이들 시편에 대해 "생활의 일상사, 사말사를 아무렇게나 그려놓는 것 같은데 거기에는 간고한 시기 생활에 시달리는 사람들의 인생이 있고 가난 속에서도 한때의 즐거움이나마 느껴 보는 인정세계가 있으며 퇴락한 농촌마을의 전경이 있다. ―이 시들을 읽으면 마치도 하나의 〈풍속도〉를 보는 듯싶다"고 적고 있다.

다음 시편은 이러한 시적 정황이 좀 더 현장감 있게 심화되고 있다.

> 새끼오리도 헌신짝도 소똥도 갓신창도 개니빠디도 너울쪽도 집검불
> 도 가락닢도 머리카락도 헌겊조각도 막대꼬치도 기와장도 닭의짗도
> 개털억도 타는 모닥불
>
> 재당도 초시도 門長늙은이도 더부살이아이도 새사위도 갖사둔도 나
> 그네도 주인도 할아버지도 손자도 붓장사도 땜쟁이도 큰개도 강아지
> 도 모두 모닥불을 쪼인다
>
> 모닥불은 어려서우리할아버지가 어미아비없는 서러운아이로 불상하
> 니도 몽둥발이가 된 스븐 력사가있다
>
> ―「모닥불」 전문

백석 시에 자주 등장하는 표현적 특성인 판소리 투의 병렬과 열거의 수사가 집약적으로 드러나 있다. 여러 사람이 둘러 서서 "모닥불"을 지피고 쪼이는 모습을 통해 고단한 삶의 역사의 애한과 고통을 해학적으

로 표현하고 있다. 1연의 가난한 생활사에서 나온 모든 허섭쓰레기는 물론 "새끼오리"까지도 모닥불에 태우는 장면은 고통스런 현실에 대한 절망과 분노의 감정을 자아낸다. 2연은 1연의 모닥불의 재료들을 태우고 쪼이는 당사자들이다. "모닥불"이 희망 없는 사람들의 어두운 마음을 일시적으로나마 위무하고 정화시키는 분출구로 작용하고 있다. 그래서 "모닥불"은 차라리 어린 시절 "우리 할아버지", "어미아비 없는 서러운 아이", "몽둥발이가 된" 불구자들의 "ㅅ븐 력사"이다.

백석의 시 세계는 이와 같이 일상사의 현장 속에서 이 땅의 민중들의 고심참담한 삶의 역정을 형상화하는 특징을 보인다.

북한의 『조선문학사 9』에서 역시 이 작품에 대해 "시인은 별치 않은 듯이 농촌마을에 타오르는 모닥불과 그 둘레에 모여 앉은 사람들에 대해서 소묘하고 있지만 거기에는 인간생활의 심각한 의미가 반영되어 있는 것이다."라고 해석한다. 또한 백석의 시세계 전반에 대해서는 "민족적인 모든 것이 짓밟히던 시기 시문학의 진보성, 민족성을 지켜내는 데서 한 모습을 보여주었다"고 평가한다. 백석의 세태 풍속 및 전통적인 풍물에 대한 핍진한 묘사와 재현이 곧 일제강점기의 민족말살 정책으로부터 우리의 민족성을 지키는 저항 운동으로서의 의미를 지닌다는 것이다. 그러나 정지용과 더불어 백석의 시세계 역시 북한문학사에서 복권될 수 있었던 것은 오늘날 남·북한에서 동시적으로 공감할 수 있는 민족적 삶의 원형 요소를 성공적으로 재현하고 있는 점에서 찾아진다.

4. 맺음말

앞으로 통일문학은 매우 활발하게 전개될 것이다. 특히 남·북 정상회담 이후 이산가족의 상봉을 비롯한 상호 왕래와 교류가 확대되면, 진정한 민족적 화해와 통합을 모색하는 통일문학의 양상도 다양하게 심화·확대될 것이다. 이를테면, 주제의식과 소재도 퍽 다양해질 것이며 작품 배경 또한 제3국에 편중되지 않고 한반도 전역까지도 확장될 수 있을 것이다. 그리고 이러한 변화는 남·북한의 생활 세계의 실상과 통일의식을 상호관계성 속에서 입체적으로 조명하고 이를 바탕으로 진정한 민족적 화합을 위한 창조적인 대안을 제시할 수 있는 토대가 될 것이다.

그러나 또한 여기에서 강조되어야 할 것은 통일시대를 향한 문학적 도정에는 분단 극복과 민족적 공감대의 형성을 위해 창작되는 오늘날의 작품뿐만이 아니라 우리 민족의 고유한 원형 요소와 정감의 세계를 형상화한 작품에 대한 적극적인 발굴과 평가도 중요하다는 점이다. 앞에서 북한문학사에서 다룬 정지용과 백석의 시세계를 다시 읽어 본 것도 이러한 문면에서 중요한 의의를 지닌다. 일제강점기에 토속적인 풍속의 진경과 낙원 상실과 향수의 정서에 대한 노래가 그 자체로 민족적 정체성을 지키는 저항의 역할을 담당했다면, 오늘날에는 분단을 극복하고 통일을 열쳐내는 동력으로서의 역할을 담당할 수 있을 것이다. 우리 민족의 고유한 정체성과 삶의 근원성을 환기시키는 이들 문학은 오늘날 요구되는 통일문학의 원형성을 이루기 때문이다.

남북한 소설의 접점
—구인회 작가를 중심으로

백지연

1. 식민지 근대의 성찰과 통일문학사의 가능성

2000년대에 접어들어 우리 학계에서 진행되어 온 북한문학 연구는 초창기의 연구자료 발굴을 넘어서 점차 다양한 주제론적 접근과 방법적 성찰로 나아가고 있다. 자료를 확보하기 힘들었던 시기의 어려움을 거쳐서 이제는 자료에 대한 비판적 접근 및 단순한 이해나 소개 차원을 넘어서는 문학사적 평가의 방식이 적극적으로 도입되고 있는 것이다. 남한문학과의 상호관련성 속에서 적극적으로 북한문학의 존재를 규명해 보려는 시도는 최근 북한문학 연구의 발전된 부분이라 하겠다. 자주 거론된 이야기이긴 하지만, "북한문학을 민족문학으로, 통일문학 혹은 통합문학의 한 대상으로 인식"[1]하는 태도야말로 북한문학을 바라보는 데 있어서 가장 필요하고 중요한 시선이라고 할 수 있다.

---

1) 남송우, 「북한문학 연구의 현황과 과제」, 김종회 편, 『북한문학 연구의 현황과 과제』, 국학자료원, 2005, p.63.

범위를 좁혀서 남북한 소설사의 경우를 살펴보아도 통일문학의 관점에서 바라볼 때 상당히 다양한 쟁점과 문제제기가 도출됨을 알 수 있다. 분단 이후에 전개된 각각의 문학적 흐름도 그렇지만, 분단 이전의 문학 역시 어떻게 해석하느냐에 따라 상당히 다른 평가가 전개되고 있다. 한 예로 근대 소설의 경우에도, 남한문학사에서 채만식, 김유정, 이효석, 이상, 김동리, 황순원 등을 거론하고 있는 반면 북한문학사에서는 이기영, 한설야, 이북명, 강경애, 홍명희 등을 집중적으로 논의해왔다. 흥미로운 점은 최근의 남북한 문학사 모두 처음에 논의했던 작가의 폭이나 평가를 점점 넓혀 가고 있다는 점일 것이다. 월북작가 해금조치 이후 우리 문학사에서도 카프 작가에 대한 조명이 적극적으로 이루어져 왔으며, 최근 북한문학사에서도 부르조아적이라고 매도되었던 일부 작가들에 대한 서술이 비교적 객관적으로 이루어지기 시작했다. 김성수의 제안대로 식민지 시기의 문학사를 이해하는 데 있어서 필요한 시각 중의 하나는, "민족주의 문학이념에 기반을 둔 프롤레타리아 문학의 대립적·상호보완적 총체로 이 시기의 문학을 이해"[2]하는 방식이라 할 것이다.

본고에서 구체적으로 살펴볼 남북한 문학사 속에서 구인회가 지니는 의미 역시 식민지 시기 문학사를 고찰하는 데 있어서 매우 흥미롭고 중요한 주제라고 할 수 있다. 이태준, 정지용, 김기림이 중심이 되어 1933년에 결성된 구인회는 "순연한 연구적 입장에서 상호의 작품을 비판하며 다독다작을"[3] 목적으로 한다고 표방하였다. 특정한 문학운동 이념을 표방하지는 않았지만 폭넓은 의미에서 문학의 예술성과 자율성을 옹호했던 구인회는 식민지 시대뿐만 아니라 해방공간 이후까

---

2) 김성수, 『통일의 문학, 비평의 논리』, 책세상, 2001, p.39.
3) 「'구인회창립' 기사」, 《조선일보》, 1933. 8.30; 김민정, 『한국 근대문학의 유인과 미적 주체의 좌표』, 소명, 2004, p.44. 재인용.

지 연결되는 복잡한 맥락 속에서 그 문학적 의미를 규정받고 있다. 이태준, 박태원 등 구인회의 중심 작가들이 해방 이후 전격적인 사상의 변화과정을 보여주며 월북한 전기적 사실을 고려한다면 이들의 문학적 행보는 더욱 심상치 않게 다가온다. 실제 1930년대 등장한 구인회의 존재를 어떻게 바라보느냐는 문제는, 카프 문학과 민족주의 문학이 쇠퇴하는 시기에 이르러 새로운 미학적 감수성을 대두하고 나타난 일군의 문학 흐름을 어떻게 보느냐라는 문제로 집약된다. 더욱이 이 구인회가 포괄하고 있는 다양한 구성성원의 성격은 해방 직후 혼재한 문학공간의 성격을 밝히는 데까지 연결되는 중요한 대목이 아닐 수 없다.[4]

당대 문학에서 카프, 시문학파, 해외문학파와도 변별되는 구인회의 문학동인적 성격이 무엇인지를 해석하는 일은 식민지 시대 작가들이 감내해야 했던 현실적 삶이 어떤 것인지를 입체적으로 들여다보게 하는 중요한 계기가 된다. 특히 남북한 문학사에서 구인회의 문학적 활동을 평가하는 대목을 살펴보는 일은 분단 이후 각각 진행되어 온 남북한 문학사가 공통적인 체험을 바탕으로 어떠한 접점을 모색할 수 있는지를 살펴보는 데 중요한 매개고리가 될 수 있다고 판단된다. 이러한 논의를 위해 본고에서는 소설 영역에 초점을 맞추어 남한문학사 속에서의 구인회의 의미, 북한문학사 속에서의 구인회의 의미를 차례로 살펴보고 여기서 도출된 결론들을 바탕으로 통일문학사의 가능성에 대한 고찰을 이끌어내도록 할 것이다.

---

4) 최원식은 이태준 소설의 위상을 설명하면서, 1930년대 구인회를 통해 나타난 모더니즘 운동이 서구의 모더니즘과는 달리 사회적 현실과 일정한 연계성을 갖고 있음을 지적한다. 그에 따르면 이태준은 "민족주의 좌파"에 근사한 사상적 거처를 갖고 있는 인물이며 그를 비롯한 구인회 동인들이 해방 후 조선문학가동맹에 합류할 수 있었던 것도 이러한 공통점을 지니고 있기 때문이다. "모더니스트의 자기 비판과 카프의 자아 비판이 해후하는 지점에서 조선문학가의 동맹이 싹텄"다고 보는 최원식의 논의는 근대문학사에서 프로문학의 주류성 명제를 해소할 때 구인회 및 당대 문학의 흐름을 올바르게 볼 수 있다는 주장까지 나아간다. (최원식, 「한국문학의 근대성을 다시 생각한다」, 민족문학사연구소 편, 『민족문학과 근대성』, 문학과지성사, 1995, pp.59~62.)

2. 남한문학사 속의 구인회

문학적 친목 단체의 성격을 내세운 〈구인회〉는 이종명, 김유영 측과 이태준, 정지용, 김기림이 중심이 되어 발의한 것으로 알려져 있다. 이후 조용만, 이효석, 유치진, 이무영 등이 초기 멤버였다가 탈퇴하고, 이후 이태준, 김기림, 정지용, 박태원, 이상, 김유정, 김환태, 박팔양, 김상용이 구인회 동인으로 확정되었다.[5] 모임을 결성하긴 했지만 구인회 실제 활동에서 어떤 특정한 이념이자 주장을 건 정치적 성격을 보여주지는 않았고 유일한 기관지인 『시와 소설』 역시 단 한 차례 발간했을 따름이다. 구인회가 결성되던 시점(1933)은 우리 문학계에서 다양한 문인단체가 생겨난 때이기도 하다. 카프의 활동이 정치적 탄압으로 축소되면서 기타 여러 문인단체가 생겨났는데, 〈시문학〉(1930), 〈해외문학파〉(1931), 〈카톨릭 청년〉(1933), 〈삼사문학〉(1934), 〈시인부락〉(1936), 〈단층〉(1937) 등이 그 예이다.

분단 이후 남한문학사에서 구인회는 식민지 시대에 카프의 정치적 문학운동에 맞서는 예술적 지상주의와 모더니즘 문학운동으로 많은 조명을 받았다. 특히 분단 후 남한문학사에서 구인회가 정치적 이데올로기에 맞서는 '순수'한 예술단체로 조명된 데는 조연현의 해석이 많은 영향을 끼쳤다. 조연현[6]의 해석은 '구인회'를 해방 이후 남한문학사의 순수주의, 예술주의의 시원으로 위치시켰으며, 활동 당시는 문학적 친목 단체, 혹은 프로 문학의 공백기를 메우는 예술운동 정도로 언급

---

5) 김민정, 앞의 책, pp.46~47. 참조.
6) 조연현은 구인회의 문학사적 의의를, '시문학' 파에서 유도된 순수문학적 방향을 계승하여 이를 1930년대 이후의 한국현대문학의 주류로서 육성 확대시키는 동시에 이를 다음 세대에 전계시킨 점, '시인부락'과 기타 1935년 이후의 각종의 순수문학적인 제동향은 직접간접으로 모두 이 '구인회'의 영향을 조금씩은 다 받았다는 점, 그리고 종전까지의 한국현대문학이 지닌 그 근대문학적 성격을 현대문학적 성격에로 전환시키는 데 중요한 역할을 한 점으로 나누어 평가한다. (조연현, 『한국현대문학사』, 성문각, 1969년 초판, 1992년 판, p.500.)

되었던 구인회의 존재를 상당히 비중있는 존재로 격상시켰다. 문단사적인 맥락에서 구인회의 존재를 파악했다는 점에서 조연현의 연구는 매우 시사적이지만, 정치 대 예술, 카프 대 모더니즘 등으로 나누는 경직된 구도는 이후의 문학사 연구에도 부정적인 영향과 한계로 작용하는 문제점을 낳는다. 물론 구인회의 초기 결성의미가 프로문학운동을 염두에 두고 있었음은 사실이며, 구인회의 문학사적 의미가 리얼리즘과 모더니즘이라는 한국근대문학의 기본적 구도의 정당성을 살펴볼 수 있게 해준다는 점, 한국근대문학의 특수성과 관련된 문제를 다루고 있다는 점 자체를 부정할 수는 없다.[7] 그러나 '순수예술'의 관점에 한정되어 구인회를 바라보게 된다면, 활동 당시 이들이 보여주었던 다양한 문학적 성향을 해명하기 힘들게 되며 해방 직후 이들의 일부가 보여주었던 정치적 노선조차 이해하기 힘들게 된다.

조연현의 논의와 더불어 구인회가 결성된 1933년을 기점으로 하여 식민지 시대 조선에서 일어난 도시 세대의 모더니즘 문학운동의 전개과정을 집중적으로 규명한 서준섭의 논의는 구인회의 집단적 문학활동을 실증적으로 규명했다는 점에서 많은 시사점을 던져 주었다.[8] 모더니즘 문학운동의 주체로서 구인회를 의미 규정하는 서준섭의 논의는 근대 체험이라는 폭넓은 의미에서 당시 구인회가 보여주었던 활동을 매우 적극적으로 평가한다. 구인회의 핵심적 체험으로 이들이 "근대화된 도시 경성의 체험을 문학의 근간으로 삼"고 있음을 예민하게 지적해보이며, 이들의 산책자 의식이 "군중을 체험하는 행위가 문학기술과 동격을 이루는"[9] 것임을 강조한 최혜실의 논의도 동일한 맥락에 서 있다고 할 수 있다.

7) 박헌호, 「구인회를 어떻게 볼 것인가」, 『식민지 근대성과 소설의 양식』, 소명, 2004년, p.309.
8) 서준섭, 「'구인회'와 새로운 문학정신」, 『한국모더니즘 문학연구』, 일지사, 1988, pp.13~15.
9) 최혜실, 『한국모더니즘 소설 연구』, 민지사, 1992, pp.200~201.

모더니즘 문학운동의 맥락에서 살펴본 논의 이후로 최근 구인회에 대한 문학사적 의미탐구는 해방 이후 이들이 개별적으로 보여온 사상의 변화과정 속에서 역동적으로 작품을 읽어내는 데 초점을 두고 있다. 실제적으로 구인회 작가에 대한 입체적 조망은 당대의 카프 작가에 대한 연구 진척 상황 아래 가능해졌다. 개별 작가와 작품론을 바탕으로 진척된 최근의 구인회 연구들은 구성 멤버들이 지닌 사상적 성향이나 창작 경향이 매우 다양하다는 사실에 관심을 두고 있다. 단편소설의 미학을 심도 있게 추구했던 이태준과, 모더니즘과 세태소설을 자유롭게 넘나든 박태원, 시와 소설에서 실험적인 성향을 강하게 드러낸 이상, 서정적인 언어로 시대의 궁핍상을 포착한 김유정, 프로 문학 출신인 박팔양 등 이들의 작품 세계는 일관된 경향으로 아우르기 힘들 정도로 넓은 폭을 지니고 있다. 식민지 시대 말기와 해방 이후에 이들이 보여준 창작활동의 변모는 더욱 복잡한 사고의 맥락을 필요로 한다.

식민지 말기에 동양적 고전주의에 침잠한 이태준의 경우 "사회와 예술을 분리시키는 식민지적 방식이 1930년대 후반의 상황에서 일본에 대한 대타적 자기 확인으로 전통에의 친화성을 드러낸 것"으로 평가받았다. 결국 이태준을 비롯한 구인회 동인들이 보여준 식민지 말기의 창작활동은 "근대의 열망에 대한 자책과 성찰이 근대 부정으로 나타나고 그것이 상고주의, 전통적 세계로의 회귀, 정관적 세계로의 몰입 등으로 구체화"되고 있음을 드러낸다.[10] 정지용의 자연귀의적인 동양적 정관의 세계와 자신의 정신을 지키기 위한 일련의 산수시, 이태준의 상고주의와 동양의 미에 대한 극찬, 박태원의 장편소설과 역사소설로의 전이, 등은 근대에 대한 비판과 부정의 정신을 보여준 구인회의 변

---

10) 이명희, 「『시와 소설』과 '구인회'의 의미」, 『근대문학과 구인회』, 깊은샘, 1996, p.171.

화 행로였던 것이다. 이처럼 구인회 멤버들이 보여준 "근대성 지향과 근대 부정이라는 이율배반적인 명제"[11]는 이들 작업에서 나타나는 강한 현실지향성, 상고주의, 복고주의와의 관련성을 들여다보게 만든다.

구인회에 대한 문학사적 평가를 시대순으로 고찰해 보면, 남북한 문학사 속에서 오랫동안 공통적으로 작용해 온 일종의 암묵적 편견이 있음을 알 수 있게 된다. 그 편견 중의 하나는 구인회가 프로 문학에 대한 대항적 의미를 지녔다는 사실이다. 실제로 구인회는 결성 당시부터 카프와의 대립적 성격을 지닌 집단으로 평가받았지만 식민지 시대의 현실 인식의 측면에서는 카프 구성원이 내세웠던 사회적 지향성을 함께 지니고 있던 측면이 더 많다고 할 수 있다. 구인회의 좌장 격인 이태준의 경우, 그의 사상적 출발이 민족주의 좌파에 기대고 있음[12]이 밝혀진 바 있고, 초기 멤버인 이무영, 조벽암, 유치진, 이효석 등의 존재는 구인회가 프로 문학 작가와 적지 않은 사상적 공감대를 지녔음을 알려 준다. 당시 구인회 동인들이 보여주었던 정치 감각과 현실지향성은 여러 자료에서 드러난다. 예컨대 이상은 파리에서 열린 '국제작가대회 소식'에 적극적인 관심을 보였으며, 하스코프에서 열린 혁명작가회의를 국내에 처음 소개한 자는 박태원이었고, 죽음 직전의 김유정이 "크로포토킨의 상호부조론이나 맑스의 자본론이 훨씬 새로운 운명을 띠이고 있다"라고 표현한 것은 여러 논자들이 주목하고 있는 부분이다. 이태준과 정지용이 식민지 말기에 심취했던 동양적 고전주의, 상고주의 역시 반근대적이거나 복고적인 의식의 한계라기보다는, 속세로부터 맞서려는 치열한 미의식의 성격을 지닌다는 논의도 비슷한 맥락에서 주목된다. 이태준이 자신들을 비판하는 사람들에게 맞서 "'구인회 작가여 용감하여라. 민중도 생각하여라' 하는 것들은 참으로 무엇

---

11) 위의 글, p.169.
12) 최원식, 앞의 글, p.60.

에 그렇게 놀랜 사람들인지 알 수가 없다. 우리도 그만한 민중 관념, 그만한 자기 반성에 게을리하지 않는다. 그냥 막연히 민중 운운한다고 지금은 수가 아니다."[13]라고 심경 토로를 한 것은 이들이 예술적 기법과 대응 전략에 대한 자부심을 바탕으로 다른 종류의 사회적 연관성을 강조했음을 알 수 있다.

그런 의미에서 구인회와 카프와의 이분적 대결 구도에 대한 강박과 편견이야말로, 남북한 문학사 속에서 거듭 극복되어야 할 지점이라고 할 수 있을 것이다. "카프의 해산을 〈구인회〉 결성의 직접적인 원인으로 간주한다거나, 〈구인회〉의 문학적 사유를 리얼리즘적 문학이념에 대타적인 것으로 설정하는 것은 반드시 재고되어야 할 전제들"[14]이다라는 지적은 최근 연구 동향에서 거의 합의되고 있는 부분이기도 하다. 구인회가 맞섰던 것은 프로 문학의 현실지향성 그 자체가 아니라, 새로운 문학적 형식 발굴에 소홀했던 프로 문학의 안이함이며, 계몽주의에서 급격한 통속주의로 전락해 가는 구세대 문인의 질서라고 할 수 있다.

해방 이후 구인회 동인들은 각기 다른 정치노선을 걸었다. 이들은 신탁통치의 문제에 있어서도 각기 다른 입장을 보여주었는데, 정지용은 신탁통치의 문제에서 반탁의 입장에 서 있으며, 이태준은 찬탁의 입장에 서서 민주주의를 따졌다. 김기림은 1939년 이후의 전쟁이 근대를 파산할 계기라는 식민지 시대의 인식을 연장하여 이 시기야말로 초근대인으로 나설 때라고 주장했다.[15] 이렇듯 상이한 정치노선의 선택에도 불구하고 이들을 공통적으로 묶어주는 신념은 "도덕성과 정치·문화적 민주주의에의 지향"[16]이라고 할 수 있다.

---

13) 이태준, 「구인회에 대한 난해·기타」, 《조선중앙일보》, 1934. 8. 10.
14) 김민정, 앞의 책, p.31.
15) 위의 글, p.45.
16) 박헌호, 앞의 글, p.44.

구인회 동인 중 이태준과 박태원의 경우는 월북 후 북한에서의 각기 다른 삶 때문에 더 뚜렷이 조명된다. 이태준의 경우에는 해방 이후, 좌익 진영에 가담하여 〈조선문학가동맹〉의 지도적 역할을 수행하였고 당시 좌익통일전선체인 '민주주의 민족전선'의 간부를 지내던 중 월북하여 북한에서도 중요한 직책을 역임하다 마침내 숙청당하였다.[17] 박태원은 이태준과 더불어 조선문학가동맹에서 활동하였으며, 전쟁 중 서울을 찾아온 이태준, 안회남, 오장환 등을 따라 월북하여 종군기자로 활동하다가 전쟁이 끝나자 작가 활동을 재개한다. 이태준의 후원으로 '국립고전예술극장'의 전속 작가로 선임되어 창극대본을 쓰기도 하였고 평양전문대학의 교수로 재직했었고 1956년 대대적인 남로당 숙청이 일어나기 전까지 창작활동을 지속했다. 이태준, 임화가 남로당 작가로 숙청, 처벌된 반면 박태원은 함경도 벽지 학교의 교장으로 좌천되어 창작활동을 금지당했으나 이후 곧 역사소설의 구상과 집필로 본래 작가의 면목을 회복하게 된다. 1963년, 1964년 『계명산은 밝아오느냐』 1, 2부를 발표하고 1977년부터 『갑오농민 전쟁』 1부를 집필하기 시작하여 1984년 완간을 보게 된다. 1986년 77세를 일기로 타계하기까지 박태원이 북한문학사에 받은 대우는 상당한 것이었다.[18]

이태준이나 박태원이 해방 직후 정치적 이데올로기에 휩싸이고 또 전향성명서를 냈다가 월북하는 등 파란만장한 문학적 행보를 보여준다는 점은 문학사적인 평가에서 매우 미묘한 맥락을 갖는다. 남한 문학사에서 해금 이전까지 두 작가는 제대로 된 평가의 자리를 갖지 못했으며, 한동안은 이들의 일부 작품에 한정된 모더니즘 문학쪽에서만 조명되곤 했다. 남한문학사에서 이들의 해방 이후 작품은 작가의식의

---

17) 민충환, 「이태준의 전기적 고찰」, 『이태준 문학연구』, 깊은샘, 1993, pp.33~35 참조.
18) 강진호·정현숙, 「박태원의 월북과 북한에서의 행적」, 『박태원 소설 연구』, 깊은샘, 1995년, pp.427~430 참조.

퇴조, 갑작스러운 정치적 변신 등으로만 설명될 따름이었다. 다행스럽게도 최근 이들의 해방후 작품들이 차례로 조명되고 새로운 각도의 작가론, 작품론이 등장하고 있다. 최근의 연구자들은 이들의 행적을 두고 모더니즘 소설에서 리얼리즘 소설로 변모하는 극단적인 측면이 아니라, 애초에 이들의 작품 자체에 공존하는 상이한 경향이 있었음을 규명한다. 한 예로, 박태원 소설에 "반전통적인 실험기법과 전통적인 장르 인식이, 주관적 보편성과 객관적 총체성이 공존하거나 혼재한다."[19]는 지적은 이들을 포함한 구인회 작가들이 추구했던 문학적 형식의 새로움, 프로 문학에 대항하는 형식의 저항적 추구가 식민지 상황 앞에서는 온전한 의도를 지닐 수 없음을 알려준다.

결론적으로 구인회 작가들이 상징했던 새로운 문학 경향의 추구는 식민지 말기의 의고주의나 복고주의적 취향과 변모하는 정치활동의 과정을 거쳐서 일종의 현실에 대응하는 미적 전략의 일관성 속에서 해명될 수 있다는 것이 최근 연구자들의 공통된 의견이라고 할 수 있다. 물론 이러한 배경에서 이들의 모든 작품이나 외부 활동이 높은 평가만을 얻는 것은 아니다. 이태준이나 박태원의 경우에도 역시 가장 빛나는 작품을 이끌어낼 수 있었던 시기는 자신들의 미적인 가치를 억압적인 상황 속에서 긴장감 있게 투영했던 1930년대 구인회 활동 시기이다. 이들이 해방후, 혹은 월북 후 쓰게 된 작품들은 한국문학의 특수한 환경 속에서 배태된 고통스러운 자의식의 산물이라 할 것이다.

---

19) 정현숙, 「박태원 연구의 현황과 과제」, 강진호 외, 『박태원 소설연구』, 깊은샘, 1993, p.23.

3. 북한문학사 속의 구인회

북한문학사 속의 구인회의 평가 내용을 살펴보기 전에 먼저 북한문학사의 전체적인 변화 과정을 간략하게 살펴볼 필요가 있다. 분단 이후 북한문학사에서 일관되게 주창되어 온 문학사적 가치 기준 중의 하나는 '항일혁명문학'이라 할 수 있다. 특히 식민지 시대의 문학을 살펴보는데 항일혁명문학은 핵심적인 해석의 중추로 작용하고 있다. 1950년대에 처음으로 씌어진 문학사에서 항일혁명문학은 '진보적 문학'이라는 폭넓은 이름 아래 포함되고 있다. 김일성 종합대학이 발간을 주도해 교육도서 출판사에서 펴낸 『조선문학사』(1955~56)나 1959년 사회과학원문학연구소가 펴낸 『조선문학통사』에서도 '역사주의 원칙에 입각하여 우리의 진보적 문학을 관류하고 있는 열렬한 애국주의, 풍부한 인민성, 높은 인도주의의 전통을 밝히려'고 한다는 주장을 읽을 수 있다.[20] 분단 이후의 북한문학사 서술 초기에서부터 두드러진 항목으로 강조되는 항일혁명문학의 존재는 이후 문학사를 서술하는 데 핵심적인 평가 내용이 된다.

1977년에서 1981년에 걸쳐 5권으로 간행된 『조선문학사』(과학백과사전출판사 편)에서 식민지시기의 우리 문학은 '사회주의적 사실주의 문학'으로 구체적인 명명을 얻는다. 이 책에서는 김일성의 교시가 반영된 주체의 방법론으로 문학사를 서술하고 있음을 주장하면서 항일혁명문학의 존재를 전면적으로 부상시키고 있다. 1980년대에 간행된 정홍교, 박종원, 류만의 『조선문학개관』(1986)에서도 '항일혁명문학'은 '진정한 인민의 문학, 참으로 혁명적인 노동계급의 문학'으로서 위치를 인정받는다. 주목할 것은 이 책에서 평가되는 계몽문학의 대목인데 그동안

20) 김영민, 「남북한 근대문학사의 비교」, 목원대학교 국어교육과 엮음, 『북한문학의 이해』, 국학자료원, 2002, p.124.

북한문학에서 거의 언급되지 않았던 이광수 소설에 대한 평가가 비교적 객관적인 자료를 토대로 하여 이루어지고 있다는 점이 눈에 띈다. 김영민은 이 대목을 지적하면서 "1910년대 이광수의 활동이 봉건적 속박에서 벗어나 근대문명을 갈구하고 있다는 점, 민족주의적 계몽성을 띠고 있다는 점, 언문일치를 실현했다는 점 등을 문학사적 공적으로 꼽은 것"[21] 등의 변화된 평가 내용을 거론한다. 부르조아 계몽주의 내지 신지식층 계몽주의 문학에 대한 북한문학사의 평가 역시 남한문학사와 학계에서 내리고 있는 평가에 상당히 근접하고 있다는 것이 논자의 판단이다.

1990년대 이후 간행되기 시작한 『조선문학사』(사회과학원 주체문학연구소)는 북한문학사가 그동안 고민해 왔던 항일혁명문학의 위상과 기타 다른 문학과의 관계에 대한 변화된 시각을 보여준다. 1990년대 들어 북한은 우수한 민족적 유산과 전통을 적극적으로 발굴하고 조명해야 하는 당위성을 대내외적으로 강조하기 시작했다. 김정일은 『주체문학론』에서 '작가의 출신과 사회 생활 경위가 복잡하다 하여도 우리나라 문학예술 발전과 인민의 정서 생활에 이바지한 좋은 작품을 썼다면 그 작가와 작품을 아끼고 대담하게 내세워줘야 한다'라고 말하였으며 문학사 집필자들은 이러한 원칙을 적극적으로 서술에 반영하였다.

우리는 문학사 서술에서 지난 시기의 성과와 경험을 살려 주체성의 원칙, 당성, 로동계급성의 원칙과 력사주의적 원칙을 철저히 구현함으로써 사대주의와 복고주의를 극복하고 조선 문학 발전의 합법칙적 과정을 보다 정확히 밝혀낼 수 있게 시기 구분과 서술 체계를 세우며 새로 발굴 수집된 진보적이며 인민적인 작품들을 문학사의 응당한 위치에 올려 세우고 매 시기를 대표

---

21) 위의 글, p.127.

하는 작가들의 역사적 공적과 제한성을 올바로 천명하는데 힘을 넣었다.[22]

『조선문학사』의 1권 머리말에서 '새로 발굴 수집된 진보적이며 인민적인 작품들을 문학사의 응당한 위치에 올려 세우'겠다는 편자들의 의지는 최근 북한문학사가 달라지고 있는 지점을 뚜렷하게 표현한다. 그간 항일혁명문학 중심의 문학사 서술에서 제외되었던 다양한 문학 경향들을 포괄하고 그것을 지난 시대의 '유산'으로서 인정하겠다는 방침이 선명히 드러나는 것이다. 북한문학사의 달라진 면모는 "민족 고전 문학예술 유산의 평가와 계승에서 몇 가지 원칙적 문제를 고려해야 한다고 하면서 1)인민적이고 진보적인 유산의 비판적인 계승 발전 2)주체적인 입장의 견지, 3)역사주의 원칙과 현대성의 원칙의 구현, 4)복고주의와 민족허무주의의 배격의 네 가지 원칙을 내세운 데서도 잘 드러난다. 북한 역사학계의 민족주의 사관의 부활과 '우리 민족 제일주의'의 등장은 문학사 기술에도 영향을 미치게 되는데, 그 결과 금기시했던 작가들인 정지용, 백석, 윤동주, 심훈, 채만식의 부활과 신채호, 한용운 등의 작가에 대한 서술의 강화가 확연히 드러난다.[23]

최근의 북한문학사가 그간 언급되지 않았던 작가들에 대한 비교적 객관적인 서술을 시도하고 있는 것은 남북한 문학사가 서로의 접점을 향해 조심스럽게 진전하고 있음을 알려주는 긍정적인 변화 조짐이라 할 수 있다. 구인회의 작가로 논의를 좁혀 보더라도 정지용의 경우는 일부 시에 대한 적극적인 의미 발굴을 함으로써 점차 기준이 달라지고 있음을 알 수 있다. 북한문학에서 1930년대 문학작품의 경향을 서술하는 작업은 카프 문학에 대한 집중적인 조명을 통해 시도되는데 이에

22) 정홍교,『조선문학사』 1권, 사회과학출판사, 1991, p.3.
23) 박태상,『북한문학의 사적탐구』,「북한의 역사인식 변화와 한국문학사 기술」, 깊은샘, 2006, pp.112~113.

따라 초창기 문학사에서 구인회는 철저한 비판의 대상으로 등장하고 있다. 한동안 구인회에 대한 문학사적인 평가는 철저한 저항문학으로서의 카프에 반대하는 의식없는 '예술지상주의'로 몰려서 공격적인 비판으로 일관되었다.

초창기 간행된 북한문학사에서 식민지 시기의 조선문학이 '일본 제국주의의 살인적 탄압과 일제의 어용 문학—부르죠아 반동 문학과의 치열한 투쟁' 속에서 진행되었다는 식의 평가만 살펴보더라도 구인회가 온전한 문학적 평가를 얻기 어려웠음을 잘 알 수 있다.

> 카프가 창립된 이듬해인 1926년에 이미 맑스주의 문학 운동을 반대하여 동경에서 《해외문학 연구회》라는 문학 단체를 조직해 가지고 있던 리 헌구, 김 광섭 등의 꼬스모뽈리스트들은 30년대로 들어서면서부터 하나의 문단 세력을 형성하여 《시문학》과 《문예월간》 《해외 문학 연구》 등을 발간하면서 반동 사상을 선전하기에 광분하였다.
>
> 이 시기에 리 태준은 반동 문학 단체 《9인회》(1933년 8월)를 조직해 가지고 《해외문학파》와 마찬가지로 예술 지상주의 문학의 중간 로선 등을 고창하면서 카프 문학을 반대하여 진출하였다. 그는 자기의 창작 활동을 통하여 반동적 사상을 퍼뜨리였을 뿐만 아니라 기타 문학 활동을 통하여도 일체의 리익 앞에 전적으로 복무하여 왔는바 그는 자기의 주간 잡지 《문장》을 통하여 오늘의 리 승만 괴뢰에게 충성을 다하는 일련의 반동 문학가들을 길러 내었다.[24]

카프와 구인회를 대립적 구도 속에 놓고 '반동문학'으로 매도하는 이러한 논의는 해방 직후 우리 문학사에서 카프 자체를 거의 논하지

---

24) 조선민주주의 인민공화국 과학원 언어문학 연구소 문학연구실 편, 『조선문학통사』, 과학원출판사, 1959, p.150.

않았던 분위기와 묘하게 맞물린다. 북한문학사에서처럼 공격적인 비판의 대상까지는 되지 않았지만 해금 이전 우리 문학사에서 월북 작가 및 정치적 활동노선을 보여준 카프 문학의 존재는 거의 침묵과 공백 속에 던져져 있었던 것이다. 그런데 당시 구인회 결성 과정이나 동인들의 취향을 볼 때, 실제 구인회 멤버들은 맑스주의 문학 운동 자체를 반대하는 특정한 이념단체의 성격을 지녔다기보다는 당시 문학 지형도 속에서 새로운 기법의 혁신과 세계관을 주창하는 신세대의 성격을 뚜렷이 보여준다고 보는 것이 더 적합하다. 구인회 초창기 멤버의 일부가 프로 문학 단체 활동과 관련이 있다는 것을 염두에 둔다면, '카프 문학을 반대하여 진출'였다는 해석은 지나치게 도식적이고 정치적인 문맥을 지닌 것이라 할 수 있다. 이러한 문학적 서술 방식은, 분단 후 얼마 되지 않아 벌어진 임화, 이태준 등의 남로당계 문인들에 대한 북한 정국의 대대적인 숙청 사건과 깊은 연관관계에 있다. 특히나 구인회 동인들 중에서도 유달리 이태준이 카프 문학에 맞서는 '반동문학가'의 선봉으로 표현되고 있는 점은 의미심장하다.[25] 이 시기 구인회의 문학사적 맥락 역시 동일선상에서 고찰되는데, "리광수, 김동인, 렴상섭, 현진건, 황석우, 오상순 등의 자연주의 문학은 이 시기에 와서 리태준을 중심으로 한《9인회》김광섭, 리헌구를 중심으로 한《해외문학파》박영희, 림화, 김남천, 리원조, 최재서, 백철 등 단합된 반동문학가들에 의하여 자기의 유력한 후예들을 발견하였다."[26]는 지적은 남한문학사에서 조연현이 모더니즘 문학 유파의 중심으로 구인회를 설정한 부분과 맞물린다. 북한문학사에서는 이러한 모더니즘적 문학 경향을

25) 1953년 남로당계의 숙청 때, 이태준에 대한 비판에는 한설야가 깊숙하게 개입해 있다고 알려져 있다. 한설야는 이태준을 거론하며 "구인회는 카프를 반대할 목적으로 조직된 부르주아 반동문화의 조직체로서 이태준이 조직자이며 지도자"라는 비판을 제기하고 그가 월북 후 창작한 작품들에 대해서도, 반미의식이 철저하지 못하고 북한이 실시하는 지도사업에 대해서도 회의적이라는 비판을 멈추지 않았다. (조영복, 『월북예술가, 오래 잊혀진 그늘』, 돌베개, 2002, pp.284~285.)
26) 『조선문학통사』, pp.150~151.

'반인민적, 반민족적 사상, 꼬스모뽈리찌즘, 개인주의의 설교' 등으로 압축하고 있으며, 특히 구인회의 좌장인 이태준에 대한 문학적 평가는 지나치게 폄하하고 있다. "리태준은 사상적 경향과 대립하는 순수 투명한 경지에서만 예술의 정도는 열린다고 지꺼렸다"[27]는 비난이나, 내성적이며 기교적이며 〈순수예술〉적인 상아탑을 쌓아 올리기에 광분하였다는 대목은 객관성을 거의 보여주지 못하고 있다.

북한문학사에서 구인회의 존재를 카프 단체와의 반대선상에서 관찰한 점이나, 해외문학파, 시문학파와 구인회의 연관성을 인정하는 대목은 앞서 언급한 대로 남한문학사와 비슷한 문맥을 지니고 있다. 단지 남한문학사에서 이러한 '순문학적 흐름'을 적극적으로 인정하고 발굴했다면 북한문학사에서는 반민족적, 반인민적인 경향으로 매도하고 있다는 점일 것이다. 구인회를 둘러싼 이러한 대립적 평가를 살펴보면, 그간 전쟁과 분단이 남과 북의 문학사에서도 얼마나 깊은 상흔을 남겼는지 여실히 느낄 수 있다. 남한문학사에서 해금 이전까지 제도적인 문학사와 문학교육에서 카프 및 프로 문학 경향에 대한 서술을 지워 버린 것처럼 북한문학사 역시 카프에 대한 논의만을 중심에 놓고 이외의 문학 흐름과 경향에 대해 철저히 공격적이고 부정적인 진술로 일관하고 있었던 것이다.

1981년 과학백과사전출판사에서 편찬된 『조선문학사』에서도 구인회에 대한 평가는 매우 부정적이다.

(가) 부르죠아반동문학은 1930년대에 들어서면서 일제의 이러한 적극적인 비호밑에 자기의 반동적인 본색을 더욱 로골적으로 들어내놓았다. 그리하여 이 시기에 이미 1920년대에 출연한 자연주의, 퇴폐주의, 예술지상주의

---

27) 위의 책, p.151.

등의 반동적 문예조류들이 더욱 머리를 쳐들고 나섰으며 순수예술, 모더니즘 등 각종 형식주의문예조류들과 그에 추종하는 반동적 부르죠아작가들이 출현하였다. 바로 이 시기에 1920년대 말에 출현한 부르죠아반동문학단체인《해외문학파》(1927)가 부르죠아형식주의문학잡지《시문학》(1930)의 동인들과 손을 잡고 반동적인 문학활동을 벌리였다. 1933년에는 부르죠아반동작가 리태준을 중심으로 한 반동문학단체《9인회》가《순수문학》의 간판을 들고 프로레타리아 문학을 반대해나섰다.[28)

(나) 리태준은 본래 전형적 부르주아 반동작가로서 일찍이 그는 프롤레타리아문학 예술 문학단체인 카프를 반대할 목적으로 반동 문학 단체인 '구인회'를 조직하였으며, 여기서 소위 '순수문학'의 간판 밑에 '문학의 정치로부터 자립'을 떠들면서 민족 해방투쟁의 무익성을 설교하였고 또한 색정주의적, 허무주의적 소설들로써 인간들에게 타락과 퇴폐적 감정을 선동하였다.[29)

1980년대에 간행된 문학사 속에서도 이태준을 비롯한 구인회 작가들의 작품은 '부르죠아 반동문학'으로 지칭되며, 지식인 소설의 평가와도 맞물려 적지 않은 공격을 받고 있다. 1930년대 후반부터 나타난 문학적 흐름의 중요한 경향이었던 지식인 소설, 인텔리 소설을 평가하는 대목에서 '일부 나약한 인테리들 속에서 일제의 가혹한 탄압과 회유 기만을 이겨내지 못하고 놈들에게 굴복전향하거나 시정배로 굴러떨어지는 현상들이 나타나고 여기에 일제의 사촉을 받은 부르죠아 반동작가들이 문학작품을 통하여 혁명의 배신자들과 타락분자들을 적극 미화해 나섰던 실정에서 중요한 문제로 제기되지 않을 수 없었다.'라고 서술된 대목을 보면 구인회에 대한 평가가 개개의 작품, 작가론적 접

---

28) 김하명, 류만, 최탁호, 김영필 저,『조선문학사』, 과학백과사전 출판사, 1981, pp.364~365.
29) 사회과학원 문학연구소,『조선문학통사』, 현대문학편, 도서출판 인동, 재간행, 1988, p.247.

근 이전에 정치적 문학이념의 문맥 속에서 철저하게 재단되고 있음을 알 수 있다.

항일혁명문학과 카프 문학 이외의 문학 흐름에 대한 노골적인 비하와 공격을 서슴지 않았던 북한문학사의 서술 방침은 이후 1992년 5월 김정일의 주도 아래 제 2차 문예혁명이 이루어지기 시작하면서 본격적인 쇄신작업에 들어서게 된다. 1989년부터 1992년까지 진행된 사회주의 국가들의 붕괴 아래 북한 지도층은 사회주의 체제를 고수하기 위하여 문학을 비롯한 문화예술 분야의 정신적 중요성을 크게 강조하였다. 특히 민족문학 발전의 합법칙성을 찾으려는 시도 하에 민족주의 역사학과 조선민족제일주의에 대한 적극적 평가가 이루어지면서 문학사에서 이에 부합한 작품 성향을 지닌 작가들이 적극적으로 발굴, 지지되기 시작했다. 물론 여기서도 여전히 구인회 및 이태준과 해외문학파 및 박영희, 최재서, 백철, 임화, 이원조, 김남천, 이광수, 김동인, 염상섭, 현진건, 황석우, 오상순, 김광섭, 이헌구 등은 여전한 비판의 대상이되, 정지용, 김기림, 백석은 따로 고평되고 있는 점이 흥미롭다.

1990년대 초부터 연차적으로 간행되고 있는 15권 분량의 『조선문학사』는 식민지 시대인 1926~1945년 기간을 두 권으로 나누어 현대문학 부분을 본격적으로 고찰하고 있는데 여기서 최근 변화한 북한문학사의 동향을 짐작할 수 있다. 『조선문학사』는 항일혁명문학에 가리워져 있던 카프 문학을 '유산'이라는 측면에서 독자적으로 고찰하고 있으며, 비판적 사실주의의 영역에서 채만식, 심훈 등의 동반자적 성향이 강한 작가들을 높게 평가하고 있다. 이들의 작품에 대한 설명 중 세계관 및 미학적 제한성에도 불구하고 당대 현실의 불합리성을 예리하게 비판하고 선진적 이상을 진실하게 사실주의적으로 구현했다는 평가는 북한문학사가 최근 변화한 기준을 여실히 보여준다. 그러나 동반자 작가에 대한 긍정적인 평가에도 불구하고 현재의 북한문학사에서 여전히 중시되고 있는 것은 궁극적인 측면에서의 계급적 지향이다. 1930년대 후반 소설문학의 주요 흐름으로 등장했던 신변 세태소설이나 지식인 소설에 대한 평가는 부정적인 뉘앙스로만 등장한다. 박태원, 이태준, 김남천 등의 소설이 이 시기에 언급되고 있지 않는 것도 이러한 맥락에서이다.

　일제의 탄압이 강화되는 속에서 다른 한편에서는 순수 문학적인 경향이 복잡한 양상을 띠고 나타나기 시작하였다. 작품을 통하여 계급투쟁이나 민족의식, 현실폭로와 부정, 항거의식 같은 것을 표현할 가능성이 없어진 1930년대의 현실에서 일부 작가들이 모대기고 방황하던 끝에 출로를 순수 문학적 경향에서 찾았다. 순수문학을 표방해나선 작가들 가운데는 사회정치적 문제나 현실과는 담을 쌓고 자기의 정신적 방황과 번뇌 같은 것을 화조월석을 노래하고 생활세태를 다루는 것을 통하여 보여준 량심적인 작가들이 있은 반면에 그와는 달리 프로레타리아문학운동의 반동으로서 순수문학을 부르짖고 순수의 허울을 쓰고 인민들의 민족의식과 계급의식을 마비시키며 그들에게는 노예적 굴종사상과 무저항주의 같은 것을 설교해나선 작가들도 있었다.[30]

　프로 문학운동이 금지되고 구인회를 비롯한 다양한 문학 경향 및 창작관을 표방하는 문학단체들이 등장하기 시작한 1930년대 중후반을 평가하는 데 있어서 북한문학사의 시각이 뚜렷이 드러난 대목이다. 프로 문학과 대응하는 '순수문학'의 입장을 두 가지로 나누어 살핀 부분이 흥미롭다. 이전의 문학사와 달리 다양한 문학 경향의 등장을, '계급투쟁이나 민족의식, 현실 폭로와 부정, 항거의식 같은 것을 표현할 가

___
30) 류만, 『조선문학사』, 과학백과사전종합출판사, 1995, p.20.

능성'이 없어졌기 때문이라고 비교적 객관적으로 진단하고 생활세태를 다룬 작가들의 입장도 적극적으로 읽어낸 점이 눈에 띈다. 구인회에 대한 소개 및 평가 역시 종전의 문학사보다는 자세히 진술되고 있다.

> 잡지《시문학》과《문예월간》이 순수시문학운동을 일으켜나가는 데서 중심이었다면 소설에서의 순수문학운동은 주로《9인회》가 중심이 되어 벌어졌다.《9인회》에는 리효석, 리태준, 정지용, 박태원, 리무영, 유치진, 김기림, 김유영, 김종명이 망라되였는데 뒤에 조용만, 리상 등이 여기에 참가하였다.《9인회》는《순연한 연구의 립장에서 상호의 작품을 비판하며 다독다작을 목적으로 하고 문인적 사교그룹을 만든다.》는 리념밑에 모인 조직으로서 그 성원들은 순수 문학적립장에서 작품에서 주로 문장문제에 주되는 관심을 기울였다. 그들은 당시 널리 퍼지고있던 자연주의, 감상주의, 형식주의 등 부르죠아문학사조에 편승하여 무사상적이며 퇴폐적인 작품들도 적지 않게 창작하였다.
> 이와 함께 1934년을 전후하여 시인 편석촌에 의한 모더니즘 시운동과 최재서에 의한 주지파문학의 소개와 도입 등은 이 시기 순수문학운동의 일단을 말해주고 있다.[31]

초기 구인회가 결성된 배경과 구인회의 이념도 비교적 객관적으로 진술하고 있는 위 대목은 '무사상적이며 퇴폐적인 작품들도 적지 않게 창작하였다'라는 비판을 동반하긴 하지만, 객관적 정보의 수록 측면에서 이전보다 진전된 지점을 보여준다. 더불어 이 소설사에서는 강경애, 이효석, 채만식 등 프로 문학과 사상적 토대를 같이한 진보적 작가도 적극적으로 포괄, 수용하는 양상을 보여주고 있다.

---

31) 위의 책, p.21.

구인회의 작가 중에서 소설가인 이태준과 박태원은 월북 이후 지속된 창작활동을 통하여 북한체제 속에 정착하고자 노력하였으나 두 사람이 받은 문학적 대우는 각기 달랐다. 이태준은 남로당 숙청 사건에 휩싸인 이후로 해방전의 창작 성향이 허무주의적이고 미적이라는 이유로 끈질긴 비판에 시달렸으며 북한체제에 철저히 부합하는 정치적인 작품들을 쓰지 못했다. 반면 박태원은 역사소설이라는 적극적인 출구를 찾아 자신의 창작 성향과 체제와의 타협점을 만들었으며, 이 결과로 탄생한 『갑오농민전쟁』으로 격찬을 받았다. 박태원의 『갑오농민전쟁』은 북한소설사에서 이기영의 『두만강』과 더불어 북한문학의 성과를 대변하는 작품으로 꼽힌다. 1986년 7월 북한의 『조선문학』은 박태원의 사망 소식을 알리면서, "서울에서 창작생활을 하다 공화국 북반부로 들어와 우리 당의 문예 사상을 받들고 소설문학을 발전시키는 데 자기의 정열과 재능을 다 바쳤다"라고 추모의 말을 실었다.[32]

3부작으로 된 장편력사소설 《갑오농민전쟁》(1, 2부는 박태원 작, 3부는 박태원, 권영희 작)은 위대한 수령 김일성동지께서 갑오농민전쟁의 커다란 인민사적 의의를 새롭게 규정하여주시면서 소설을 쓸데 대하여 주신 간곡한 교시를 높이 받을고 창작한 작품으로써 오늘 수많은 독자들속에서 널리 읽히우고있으며 사랑을 받고있다.

작품이 거둔 사상예술적 성과는 무엇보다 먼저 우리 인민이 지나온 력사를 취급함에 있어서 일정한 력사적 사변을 줄거리로 하면서도 폭넓은 예술적 화폭의 중심에 주인공을 비롯한 다양한 인물군상의 성격을 확고히 내세우고 형상을 창조한 데 있다.[33]

---

32) 조영복, 앞의 책, p.318. 이외에도 방철림, 「작가 박태원과 장편소설 갑오농민전쟁」, 『천리마』(1993년 11월호)에도 박태원 소설에 대한 고평이 실려 있어 북한체제 내에서의 박태원의 문학적 위치를 짐작하게 한다.

박태원의 역사소설은 북한에서 김정일이 강조했던, "문학에서 인간을 화폭의 중심에 세운다는 것은 결국 그의 성격을 위주로 하여 형상을 창조하는 것을 말한다. 문학은 사건이 아니라 성격을 위주로 하여 형상을 창조하여야 한다."[34]라는 원칙을 충실히 이행한 작품으로 고평되고 있다. 남한문학사 속에서도 박태원의 이 작품은 "사회주의체제의 '농민전쟁론'에 입각해 역사를 바라보는 시각을 단순, 경직화시킨 한계는 있으나, 역사적 총체상의 핵심에 자리한 민중의 전형 오상민의 인물 창조와 적확한 세태풍속 묘사로 허술한 역사의 공간을 메워가는 작가 특유의 기량에 힘입어 1894년 농민전쟁을 소재로 한 역사소설의 새로운 위상을 보여준 작품으로 평가"[35]된다고 보고 있다.

물론 이 소설이 지니는 '가치중립적'인 순수 민족주의와 혁명적 민족주의가 작품 속에서 막연한 개념으로 상정되고 인물들 역시 추상적 영웅의 세계로 집중됨으로써 당대의 역사적 방향성이 매몰되는 한계를 노출하는 점은 남한문학사 속에서 지적되는 항목이다. 역사적 모순이 지배와 피지배의 갈등으로 단선화되고 영웅들에게 혁명이데올로기가 강화된 체제 내의 작품이라는 이유는 남북한 문학사가 각기 다른 평가를 내리게 되는 내용인 것이다. 북한문학사가 『갑오농민전쟁』에서 영웅의 민중적 성격과 혁명적 이데올로기의 중요성을 부각시킨다면 남한문학사는 박태원의 이전 소설과의 연계성 속에서 『갑오농민전쟁』을 읽어낸다. 장편역사소설에서 부분적으로 등장하는 뛰어나는 세태풍속의 묘사와 입담은 해방 이전의 모더니스트로서 박태원이 보여준 감각의 연장선상에 있다는 것이 남한문학사와 학계의 평가이다.[36]

지금까지 살펴본 대로 최근 북한문학사에서 시도되고 있는 문학 자

---

33) 리창유, 『조선문학』, 1994년 제3호, 강진호 외, 『박태원 소설 연구』 재수록, 깊은샘, 1993, pp.431~32.
34) 위의 책, p.432.
35) 위의 책, p.423.

료의 발굴과 복원은 사실주의의 외연을 넓히는 작업, 카프 문학의 복권 등으로 실질적인 성과를 기록하고 있다. 아쉬운 것은 이러한 작업이 일부 정치적인 맥락에 해당하는 작가에게는 여전히 이루어지지 않고 있다는 지점이다. 김재용의 주장대로 북한에서 카프 문학사의 복권이 온전히 이루어지기 위해서는 두 가지 장애물을 넘어서야 하는데, 하나는 한국전쟁 종반 무렵에 일어난 남로당계 작가 숙청이고 다른 하나는 전쟁 직후 제기된 항일혁명문학의 발굴이다.[37] 이 두 가지로 인해 임화를 비롯한 카프계 작가에 대한 비판 및 카프 문학의 전체적인 발전 과정은 아직도 북한문학사 속에서 온전히 서술되지 못하고 있다. 마찬가지로 남한문학사 역시 분단 이후 월북작가들의 행적이나 작품에 대한 객관적인 자료의 축적이 현재로는 부족한 실정이다. 프로 문학 및 카프 작가의 복권, 월북작가에 대한 객관적 자료 등이 선행되지 않고서는 구인회에 대한 조명 역시 온전히 이루어질 수 없다. 그런 점에서 구인회에 대한 문학사적 규명은 누락된 자료의 복원이라는 의미를 넘어서 통일을 지향하는 남북한 문학사가 나아가야 할 중요한 과제를 제시한다고 할 수 있다.

4. 남북한 소설의 접점과 구인회의 문학사적 의미

남한문학사에서 구인회의 작품 활동에 대한 문학적 평가는 모더니즘

---

36) 서덕순은 박태원의 『갑오농민전쟁』이 지닌 세계인식과 창작기법을 적극적으로 분석하면서 이 작품에 나타난 박태원의 언어의식이 북한문예이론에 함몰되지 않고 다양한 서술층위를 구성함으로써 소설 내적 대화를 가능하게 한다고 분석한다. 그에 따르면 이 작품에 나타난 언어의 사회적 지향성은 작가의 평판작인 「소설가구보씨의 일일」과 『천변풍경』에서 한걸음 나아가고 있다. (서덕순, 「박태원의 『갑오농민전쟁』연구」, 경희대 박사학위 논문, 1996. 8.)
37) 김재용, 「북한의 근대문학사 인식비판(1)」, 구중서 최원식 편저, 『한국근대문학연구』, 태학사, 1997, pp.206~207.

의 미학적 특질을 규명하는 작업을 중심으로 이루어져 왔다. 월북작가에 대한 해금조치 이후에는 구인회 작가들에 대한 개별적 접근은 해방이후의 작품들을 중심으로 진행되어 왔다. 더불어 최근 구인회에 대한 연구들은 1930년대라는 식민지 근대에서의 복합적인 상황 속에서의 활동 방식을 규명함으로써 당시 문학현실이 감당해야 했던 과제를 입체적으로 조명하고자 한다. 해방 이후 구인회 작가의 일부가 본격적인 정치노선을 표방하고, 월북을 함으로 인해서 급격한 사상의 전향을 맞은 것처럼 인식되었던 것은 구인회에 대한 문학적 평가를 가장 모호하게 만드는 지점이기도 하다. 이태준이나 박태원의 경우에는 빼어난 문장과 섬세한 미의식이 주를 이루었던 단편 미학의 세계가 해방 이후 장편 서사로 집중적으로 전환됨으로써 평가를 달리하기도 했다.

구인회 작가에 대한 연구들이 문학 대 정치, 모더니즘 대 리얼리즘이라는 이분법적 구도를 넘어서서 한국 근대문학이 놓인 특수한 환경을 고려하는 방향으로 선회하고 있는 것은 최근 남한문학사 연구의 진전된 부분이라 할 만하다. 프로 문학의 공식 활동이 금지된 당시의 억압적 식민지 현실의 특수한 상황을 염두에 둔다면 구인회의 치열한 자기모색과 실험의식은 예술지상주의의 몰입이라기보다, 문학적 가치를 현실 속에 구현하는 또 다른 방식이 될 수 있다. 새로운 언어 미학을 추구했던 구인회 역시 식민지 말기에는 프로 문학과 마찬가지의 수순을 밟을 수밖에 없었다. 해방 이후 이 모든 정치적 억압 상황이 일시적으로 해소되면서 구인회 작가들은 자신들의 현실적 정치감각을 전면적으로 드러내게 된다. 그런 맥락에서 논자들의 지적대로 구인회의 존재는 당대 문학사 속에서 프로 문학과 대립하는 존재보다는, 서로 공존하는 상호보완적인 존재로 읽는 것이 적합하다.

문학의 정치화에 대한 편견과 강박이 남한문학사의 일정한 시각을 구성해 왔다면, 북한문학사에서 1930년대 구인회를 비롯한 다양한 문학운동의 평가는 좀더 복잡한 맥락 위에 서 있다. 항일혁명문학의 존재를 중심에 둔 북한문학사에서 카프의 독자적인 문학사 복권도 1990년대 이후에서야 본격적으로 이루어지고 있는 현상을 감안한다면 구인회의 존재를 객관적으로 규명하는 것은 좀더 많은 시간을 필요로 한다고 하겠다. 최근 북한문학사가 장려하고 발굴해야 할 민족적 유산의 하나로 카프 문학 및 다른 문학의 흐름과 작품을 적극적으로 발굴하고 있는 추세 속에서 구인회 역시 개별 작가의 차원에서만 조금씩 복권이 이루어지고 있는 추세이다. 앞에서 살펴본 대로 북한문학사에서 구인회의 존재 규명은 카프 문학사에 대한 복권, 특히 남로당계 숙청 사건으로 문학사에서 강제적으로 지워진 이태준, 임화, 그리고 역시 숙청에 휘말려 문학사에서 지워진 한설야 등의 작가에 대한 온당한 조명과 더불어 이루어질 수 있는 문제이다.

이처럼 아직도 남북한 각각의 문학사가 갖고 있는 시각과 평가의 차이는 선명하고 뚜렷하지만, 2000년대 이후로 남북한 문학사가 모색하고 있는 연구의 방향은 통일문학사에 조금씩 가까워지는 공통점을 보여준다. 식민지 근대의 특수성에 대한 문제, 월북작가에 대한 입체적인 접근 등으로 나아가고 있는 남한문학사의 경우나, 정지용, 채만식 등 일부 작가에 대한 정보 서술과 기술을 바탕으로 조금씩 평가의 범위를 넓혀 가고 있는 북한문학사의 시각 변모는 남북한 문학사가 하나의 접점을 모색하고 있는 가능성을 선명하게 제시한다고 할 수 있을 것이다.

북한문학에서 본 『노동의 새벽』과 박노해
―1980년대 시에 대한 재조명을 경유하여

김수이

1. 시와 정치, 시인과 정치적 시인

"정치적 시인은 상상적 과거를 구축하는 것이 아니라 거대한 현재를
붙들고 그것을 해석하려 든다."(C. M. 바우라)는 관점에서 볼 때, 우리
현대사의 상당 부분은 시인들에게 정치적 시인의 역할을 요청하고 독
려해 온 역사라고 할 수 있다. 최근의 시기 가운데 특히 1980년대는 시
인들에게 정치적 시인의 길을 숙명적으로 걷도록 강권한 시대였다. 착
취와 분노, 살육과 항쟁으로 점철된 1980년대는 시인들이 완벽한 망각
이나 아무런 죄의식이 없이 '거대한 현재'를 외면하는 것이 불가능한
시대였던 것이다.

이런 논지를 문학 일반으로 확대하면, '문학은 현실을 반영한다'는
고전적인 명제는 '현실'의 함의에 초점을 맞추어 보다 정밀하게 재음
미될 필요가 있다. 문학이 반영하는 실물(實物)의 현실에는 '정치적'이
라는 수식어가 내장되어 있으며, 어떤 측면에서든 정치적이지 않은 현

실은 존재하지 않는 까닭이다. 문학이 현실에 개입하고 현실을 해석하는 행위 또한 그 자체로 정치적인 성격을 띤다. 정확히 말하면, '문학은 현실을 반영한다'는 명제는 '문학은 정치적인 현실을 정치적으로 반영한다'는 문장의 축약형인 것이다. 이때 '정치적'이라는 말이 거시적 영역에서 미시적 영역에 이르는 다양한 스펙트럼을 가짐은 물론이다. 이 지점에서 앞서 인용한 정치적 시인에 대한 바우라의 규정은 다음과 같이 보완될 수 있다. 정치적 시인은 상상적 과거를 자의적으로 구축하는 것이 아니라, 거대한 현재를 붙들고 그것을 주체적이고 생산적으로 해석하려 드는 시인이다.

바우라적 의미에서 정치적 시들, 즉 현재의 세계에 투신한 시들은 크게 두 영역으로 나누어진다. 첫째는 현실에 대한 정치적 관점(주로 거시적인)을 전면적으로 드러낸 시들. 이른바 정치시, 사회비판시, 민중시, 노동시 등으로 지칭되는 시들이 여기 속한다. 둘째는 현실에 대한 정치적 관점(주로 미시적인)을 일상의 세부나 시인의 내밀한 자의식을 통해 예각화한 시들. 일상의 구체적인 경험과 내면 풍경을 통해 현실의 모순을 직간접적으로 드러내는 시들이 여기 속한다. 이 시(인)들을 논하는 방법은 대략 두 가지라고 할 수 있다. 하나는 당대의 현실과의 관련성을 해명하는 것이며, 다른 하나는 이후의 시대의 눈으로 이들을 새롭게 재평가하는 것이다. 이 글은 주로 후자의 관점에서 1980년대에 발표된 문제적인 시들을 돌아보면서, 박노해와 그의 첫 시집『노동의 새벽』에 관한 북한문학의 평가를 조명해 보고자 한다. 이는 오늘의 시대와 우리 문학의 변화 과정을 체감하는 일과도 직결되게 될 것이다.

2. 기율의 수정

1990년대 이후 우리 문학에서 정치적 발언과 상상력은 빠른 속도로 자취를 감추어 왔다. 대신 두 가지의 영역이 시단을 점유하게 되었다. 하나는 아름다운 자연에 대한 기억과 가상이며, 다른 하나는 감각적·혼종적·다국적적인 문화 경험과 문화적 상상력이었다. 시간상으로는 전자가 앞서고, 후자가 그 뒤를 따르는 중에 있다. 아름다운 자연에 대한 기억과 가상은 정치적 발언과 상상력의 약화 과정에서 출현했고 동시에 그것을 가속화했다. 이에 반해, 다채로운 문화 경험과 상상력은 정치적 상상력의 변형 및 대안의 부분과 연관되었다. 문화적 전복과 저항이 정치적 전복과 저항을 대행하는 형국이 전개된 셈인데, 이는 당사자인 창작 주체들에게도 뚜렷이 자각되지 않거나 의도되지 않은 채 최근 우리 문학의 독특한 흐름으로 자리잡고 있다.[1]

문학지형의 재편은 문학의 기율을 수정하면서 자연스럽게 전 시대 문학의 지위 변화를 가져왔다. 원천적으로 현재의 시점에서 소환되는 과거의 문학은 애도나 재평가의 대상이어서 자신의 시대의 목소리를 투명하게 내지 못한다. 그 목소리는 현재의 진공관을 거쳐 굴절되어 지금 여기의 잡음이나 침묵과 함께 재생된다. 2007년의 시공간에서 20여 년 전에 씌어진 1980년대의 시들을 호출하는 순간에도 그러한 상황이 벌어진다. 당시 시인들이 죽음의 현실을 향해 퍼부은 저주와 살풀이의 말들은, 진정성과 강렬성이 감소된 채 지난 시대와 현 시대의 간극에서 어딘가 낯선 음색으로 울려 퍼진다.

우리를 에워싸는 이 캄캄한 어둠,

---

1) 문화적 전복과 저항이 정치적 전복과 저항을 대행하게 된 최근의 문학 흐름에 대한 구체적인 분석과 논의는 별도의 지면을 필요로 한다.

나를 유혹하는 이 악마의 손길,
가위 눌린 길고 긴 악몽 속에서
생이별의 기나긴 서른네 해 속에서
부르다 부르다 시진한 목소리여
악마들은 사방에서 모여들어
식칼 들고 껄껄대며 야단법석인데
끊어져버린 오작교여
기나긴 이별이여.

―문병란, 「직녀의 노래」(『실천문학』 제2호, 1981) 부분

더 이상 노래하지 말라 오 殺菌된 땅에
더 이상 벌레 울음소리 들리지 않으므로
더 이상 울지 말라 울지 말고
어서 가라 焦土를 버리고
이곳의 온갖 이름과 언약을 버리고
납세고지서를 주민등록증을 버리고
오 화해할 수 없는 이 지상을
벗어 나가라
밤마다 그대 도려낸 흉곽의 웅덩에
世世孫孫 푸른 넝쿨 내리고
世世孫孫 맑은 물줄기 타고
그대의 幻聽 속의 수천의 弔鐘으로
떠내려 오는 저 만수산으로
어서 가라
어서 가라

―황지우, 「만수산 드렁칡·2」(『실천문학』 제2호, 1981) 부분

문병란의 시는 '캄캄한 어둠' '악마의 손길' '긴 악몽' '식칼' 등의 끔찍하고 살벌한 이미지를 동원해 "끊어져 버린 오작교"로 상징되는 민족분단의 고통을 노래한다. 이 시는 서른네 해 동안 누적된 민족분단의 비극을 악마들의 카니발에 비유하면서 그것을 물리칠 힘과 당위성을 설화적 상상력을 통해 찾고자 한다. 황지우의 시 역시 전통적인 제의의 형식과 언어를 빌려 시대의 가련한 희생자들을 위무한다. 그들에게 "벌레 울음소리"조차 "들리지 않"는 '살균된 땅'을 버리고 "세세손손 푸른 넝쿨 내리"는 "만수산으로 어서 가라"고 간절히 권하는 이 시는 도탄에 빠진 민중과 시대 전체에 바치는 조곡(弔哭)의 성격을 띤다.

　그런데 두 편의 시가 통렬히 담아낸 역사·사회적 정황은 비단 1980년대만의 것은 아니다. 분단의 비극은 21세기인 지금에도 여전히 계속되고 있고, 죽음의 상황(육체적 죽음이든 사회적 죽음이든)에 내몰리는 가난하고 힘없는 이들은 여전히 도처에 존재한다. 그럼에도 이 시들이 생경한 느낌으로 다가오는 것은 시의 어법과 미학적 요소에 기인하는 바가 크다. 최근 시에서 보기 힘든 전통 음률과 어법의 차용, 격앙되고 선동적인 어조, 역사의 무게를 짊어진 거대한 서정적 자아의 비장하고 둔중한 목소리 등이 그것이다. 그러나 이보다 결정적인 이유는 동일한 문제의식을 지닌 시들을 근래의 시단에서는 만나기 어렵기 때문이라고 할 수 있다. 1990년대 이후 우리 시단은 민족분단과 가진 것 없는 이들의 수난을 과거형의 주제로 판결했고, 이를 갈래화한 민중시와 노동시 등을 서둘러 과거에 편입시켰다. 이 과정에서 해당 계열의 시들은 역사적 시간과 사회 변화의 속도보다 사실상 더 빨리 과거에 귀속되었다. 주지하다시피 문학사에서 개별 작품과 작가, 특정 갈래와 경향이 누리는 생명력은 각기 다르며, 이들에게 적용되는 시간의 속도 또한 다르다. 이 다른 시간들이 만나고 어긋나며 문학사 내부의 다양한 지류를 형성하는 것인데, 적어도 근래 우리 시단에서 역사와 '민중'

(현 시점에서는 적절치 않은 용어이지만, 무엇이라 칭하든)의 현재에 할애된 시간은 가까스로 흘러가거나 지체 상태에 있다고 할 수 있다.

이와 관련해, 1980년대 말에 임동확이 비탄과 오욕에 휩싸여 써내려 간 '생존자의 비망록'은 그 시대보다 차라리 오늘의 시대를 위한 것이 었다고 볼 수 있다. '비망록(備忘錄)'이라는 단어의 사전적 의미가 잊었 을 때를 대비하여 기록해 두는 책자라는 점을 상기할 때 더욱 그러하 다.

고백하거니, 그 어디서고, 우린 성자일 수 없었어. 피할 수도 없었지만, 피해서도 안 된다는 걸 알았지만, 물러나, 끝이 보일 때까지, 다시 그 끝이 보이지 않을 때까지, 생존의 주위를 배회하는 욕망의 순례꾼, 살아남아 간 계를 부리는 밀정이었어.

아무것도 안 돼, 아무것도 할 수 없어⋯⋯

그리하여, 너와 내가 한가로이 아파하고, 보이지 않는 거리만큼 그리워하 는 동안, 어느새 메마르고 단조로운 어조의 총성이, 유리문을 뒤흔들며, 지 속적으로 공포를 확인시켜 주고 있었지. 또한 그렇게 오고가는 세월과 부끄 럼, 그리고 갑작스레 찾아드는 경건을⋯⋯ 애써 거부하거나 구하지 않아 도, 기억은 상처를 남기지 않은 채, 대오를 지어 행진해 가버렸어.

—임동확, 「생존자의 비망록」(『실천문학』, 1988. 가을) 부분

죽음의 시대에 "그 어디서고" "성자일 수 없었"던 '우리'는 비겁하게 "물러나" "생존의 주위를 배회하는 욕망의 순례꾼, 살아남아 간계를 부리는 밀정"으로 여기에 서 있다. 살아남은 우리들의 실체가 이성과 양심을 저버리고 오직 생존에 투신한 '욕망의 순례꾼'이며 '간계를 부 리는 밀정'임을 자백하는 이 시는 공포에 대한 기억과 그 공포 앞에

"끝이 보이지 않을 때까지" 굴복했던 죄의식을 처절하게 기록한다. 그러나 정작 이 시가 말하고자 하는 가장 참담한 부분은 지난 시대가 남긴 상흔이나 죄의식에 있지 않다. "애써 거부하거나 구하지 않아도, 기억은 상처를 남기지 않은 채, 대오를 지어 행진해 가버렸어"라는 마지막 구절이 시사하듯, 그것은 우리가 집단적으로 행하는 현재의 망각에 있다. 임동확이 간파한 것처럼, 고통스러운 기억은 "애써 거부하거나 구하지 않아도" "상처를 남기지 않은 채, 대오를 지어 행진해 가버렸"고, 이제 그 기억의 내용물은 잊었을 때를 위해 마련해 둔 비망록 속에 우두커니 남아 있다. 그 빛바랜 페이지들을 들추면 다음과 같은 서슬 푸른, 비애에 찬 장면들이 앞다투어 나타난다.

어디로 가나 이제
예닐곱 살 계집아이는
무엇에 질렸는지 울지도 않고
흩어진 세간 주워 모으는 에미의 빨간 손만 말똥말똥 바라본다
찾아가 기대볼 언덕이 있으면
여기까지 기어들었을까
비닐 장판을 걷어내 세간을 마저 덮고
망가진 살림살이를 둘러보는 여자의 눈에
파랗게 인불이 인다

—김사인, 「철거」(『실천문학』 제5호, 1984) 부분

동생은 이 나라의 노동자로 땀 흘렸지만
그 애는 한 번도 사람대접을 받지 못했지.
(…)

친구들과 함께 체불노임을 찾으러
부산 마산 등지로 반 년 여 쏘다니며
이 세상 삶이 너무 지긋지긋했음이었을까
너의 얼굴은 점점 창백해져 갔지.
정신병원에 갇힌 이 년 동안
식칼을 들고 너는 몇 번이나 탈출해 왔지만
너를 짓밟고 패대기친 이 세상 어디에도
네가 들고 온 식칼로 찌를 곳이 없었지.

— 임정남, 「내 둘째 동생」(『실천문학』 제5호, 1984) 부분

전쟁 같은 밤일을 마치고 난
새벽 쓰린 가슴 위로
차가운 소주를 붓는다
아
이러다간 오래 못 가지
이러다간 오래 못 가지

(…)

탈출할 수만 있다면,
진이 빠져, 허깨비 같은
스물아홉의 내 운명을 날아 빠질 수만 있다면
아 그러나
어쩔 수 없지 어쩔 수 없지
죽음이 아니라면 어쩔 수 없지
이 질긴 목숨을,

가난의 멍에를,

이 운명을 어쩔 수 없지

—박노해, 「노동의 새벽」(『실천문학』 제4호, 1983) 부분

세 편의 시는 각기 더 이상 물러설 곳 없는 삶의 막장에서 살아가는(/죽어가는), 가난의 멍에를 운명처럼 짊어진 사람들의 삶을 생생히 그려낸다. 김사인의 「철거」는 무허가 판자촌이 철거된 겨울날 아침 갈 곳모르고 아연해 하는 모녀의 모습을 비애 서린 언어로 포착한다. "망가진 살림살이를 둘러보는 여자의 눈에/파랗게 인불이 인다"는 구절은이 모녀가 감당해야 할 가혹한 삶의 현재와 미래를 절박하게 응집해낸다. 임정남의 시 「내 둘째동생」에서 대학을 졸업한 큰형인 '나'의 원고료로 2급 정비사 자격증을 딴 동생은 열심히 일하고 월급 받는 노동자의 소박한 꿈을 끝내 이루지 못한다. 돈에 밀리고 빽에 밀려 "한 번도사람 대접을 받지 못한" 동생은 일곱 번째로 간신히 정착한 구로공단의공장에서는 악덕 기업주에게 임금을 고스란히 떼이고 만다. 분노를 억누르지 못하고 정신병원에 갇힌 동생은 '식칼'을 들고 탈출을 반복하다실종 11개월 만에 도봉산 골짜기에서 "소나무 가지에 아무렇게나 걸쳐놓은/퇴색한 핏빛 빨랫줄 아래" "썩은 해골바가지 한 개"로 발견된다. 자본주의의 간교한 착취에 희생당한 혈육의 삶과 죽음을 그린 이 시의언어는 미학적 형상화 이전이나 이후의 차원에서 발화된 것이다.

핍진성의 강도는 절실하지만 김사인과 임정남의 시가 관찰자의 위치에서 쓰인 것인 반면, 박노해의 「노동의 새벽」은 가난한 노동자가 노동현장에서 스스로 육성을 분출한 문제작이다. "전쟁 같은 노동일을 마치고 난/새벽 쓰린 가슴 위로 차가운 소주를 붓는" 자생적인 노동자—시인/시적 주체는 1980년대 시단에 출현한 놀랍고 의미심장한 사건이었다. 이 시를 표제로 1984년에 출간된 시집 『노동의 새벽』은 1988년

계간 『문예중앙』이 40명의 중견 평론가에게 의뢰한 설문에서 지난 십 년간의 최고의 작품으로 선정[2]된 바 있으며, 세기의 경계를 넘어 현재 까지도 스테디셀러의 목록에 오르고 있다. 『노동의 새벽』이 당대의 현 실과 문학에 기여한 바에 대해서는 평자들의 이견차가 그다지 크지 않 을 것이다. 문제는 『노동의 새벽』이 지난 시대의 고전이 된 오늘의 현 실에 있으며, 그에 대한 가치 평가의 격차와 그 의미에 있다. 이에 관 해서는 『노동의 새벽』이 고전의 반열에 들기 시작한 시점, 즉 『노동의 새벽』과 민중·노동문학이 '과거사'가 되기 시작한 시점에 북한문단이 내놓은 박노해에 대한 평가가 좋은 경유 지점이 된다. 1996년에 북한 의 평론가 박종식이 발표한 장문(長文)의 평론은 동시대의 남한 문인 을 집중 조명하고 고평한 매우 이례적인 글이다. 단적으로 말하면, 이 평론이 발표된 1996년을 기점으로 『노동의 새벽』과 그 시절의 박노해 는 남한보다 북한의 문단에서 현재성과 가치를 인정받는 셈이 되었다. 무엇보다 우리 문학의 인접한 타자인 북한문학은 이 평문을 통해 20세 기 말의 우리 시사의 전환점을 목도하게 해준다. 박종식은 『노동의 새 벽』과 시인 박노해의 문학적·역사적 의의를 상찬하면서 남한 평론가 들의 박노해 해석을 함께 비판한다. 이 부분은 남한문학과 북한문학의 해후 지점을 보여주는 흥미로운 장면이기도 하다.

(…) 실로 박노해의 시집 《로동의 새벽》의 출현은 썩고 병들어 몰락하는 낡은 자본주의사회를 반대하는 치렬한 싸움을 통해 싹트고 성장하는 사회 주의 미학적리상을 압박받고 고통받는 대중적삶의 총체성속에서 시화하고 전형화한 남조선 시문학의 경이적인 사변이였다.

그럼에도 불구하고 1980년대말, 1990년대초 남조선의 적지 않은 평론가

---

2) 강무성, 「'저주받은' 고전의 기억, '얼굴 없는' 시인의 얼굴」, 박노해, 『노동의 새벽』, 느린걸음, 2004, p.162.

들은 그의 시문학이 가지는 획기적 의의를 옳게 평가하지 못하였다.

그 구구한 평가들중에 반드시 지적해야 할것은《로동자의 삶의 진실을 담고 있어 감동적이면서도 문학적형식의 미숙성》(《로동해방문학》 1989년 11월호 422페지)을 주장하는 평론가 백락청의 평가이다. 그는 내용은 진실하고 감동적이라고 하면서도 그 형식의 미숙성을 지적하는것으로 내용과 형식을 분리하는 형식주의미학관의 오유를 범하였다.

그리고 시집《로동의 새벽》을《로동문학》의 초기 생산자들의《수기》,《실화》문학과 동일시하면서《쟝르확산운동》의 한 단계로 보는 백진기의 견해와 그것을《대중문학운동을 추구해나가자는 경향》으로 평가하는 채광식(채광석의 오기—인용자 주), 김명인의 평가들도 일면성과 피상성을 면치 못한 견해들이다. 이러한 평가들은 모두 박노해의 문학적세계의 새로움을 몰리해한 견해들이라고 말할수 있다. 왜냐 하면 박노해의 시집《로동의 새벽》은 그 사상예술성에 있어서나 그것으로 인한 미학적의의에 있어서 그리고 해당시대에 남조선 로동계급의 새로운 미학을 정립함에 있어서도 최고봉을 이루고있음을 그 누구도 부정할수 없기때문이다.[3]

박종식은 박노해 시의 "문학적 형식의 미숙성"을 지적한 백낙청에 대해 내용과 형식을 분리하는 형식주의 미학관의 오류를 범했다고 비판한다. 북한 문단 전체의 견해로 보아도 무방한 박종식의 판단으로는, 『노동의 새벽』은 "낡은 자본주의사회를 반대하는 치렬한 싸움을 통해 싹트고 성장하는 사회주의 미학적리상을 압박받고 고통받는 대중적삶의 총체성 속에서 시화하고 전형화한 남조선 시문학의 경이적인 사변"이며, "남조선 로동계급의 새로운 미학"의 "최고봉"이기 때문이다. 『노동의 새벽』은 남한에서 사회주의의 미학적 이상을 탁월하게

3) 박종식,「《로동의 새벽》과 열리는 새 시대의 지평」,『조선문학』 586호, 문학예술종합출판사(평양), 1996. 8. pp.66~67.

성취한 작품이기에 이에 대한 미학적 비판은 용인될 수 없다. 박종식은 백진기, 채광석, 김명인이 행한 장르와 문학운동 차원의 해석에 대해서도 "일면성과 피상성을 면치 못한 견해들"이라고 폄하한다. 박종식의 비판이 1980년 말과 1990년대 초의 박노해 평론에 가해진 것이라는 점은 주목해야 할 필요가 있다. "90년대에 들어서면서 우익반동세력들은 1980년대에 쌓아올린 진보적 문학유산을 헌신짝처럼 짓밟고 있고 부르죠아문학과 민중문학 사이의 경계선도 《예술성》의 이름으로 없애버리려 하고있다."[4]는 박종식의 박노해론은 결국 1990년대 남학문학의 미학적·내면적·개인적 선회를 공격하는 것으로 귀결되기 때문이다.

따라서 북한 문단이 1990년대 중반에 제출한 『노동의 새벽』과 초기 박노해에 대한 새삼스러운 예찬은 남한의 민중·노동문학의 퇴조에 대한 우려를 표명하기 위한 것이었음을 알 수 있다. 남한의 1990년대 문학이 1980년대에 쌓은 진보적 문학유산과 계급문학의 경계를 부정한다는 북한 문단의 진단은 철저히 그들의 체제 이데올로기에 뿌리박은 의견임에도, 우리가 그리 석연치는 않게 정리하고 온 전 시대의 자취를 돌아보는 계기를 마련해 준다. 시대는 바뀌었지만 현실의 모순은 같거나 다르게 심화되는 상황에서 단지 특정 경향의 문학을 부정한 것이 아니라, 그 문학이 치열하게 끌어안고자 한 현실도 부정하거나 외면해 온 것은 아닌가에 대한 반성의 계기가 그것이다. 반성은 1980년대의 문학을 복원하자는 단순 논리의 차원에서 이루어져서는 안 된다. 그 문제의식을 계승해(그것이 오늘의 문제의식이기도 하므로) 2000년대 산(産)의 또 다른 정치적 문학(다시 반복하건대, 상상적 과거를 자의적으로 구축하는 것이 아니라 거대한 현재를 붙들고 그것을 주체적이고 생산적으로 해석하는)

---

4) 박종식, 위의 글, p.72.

을 창작하는 일과 연결되어야 한다. 이를 요청하는 구체적 사안들은 곳곳에 산적해 있다. 분단체제의 고착화와 전쟁의 위험, 북한의 핵실험과 안보 불감증, 정규직과 비정규직으로 재편된 노동계급 구조, 비정규직 보호법안(2007. 7. 1. 시행) 통과에 따른 비정규직 노동자의 대량 해고 사태, 갈수록 공고화되는 부와 학력과 계층과 거주지의 세습, 부의 메카인 강남구에만 8,500여 명에 달하는 기초생활보장 수급자, 사라지는 노동의 즐거움, 자본의 메커니즘에 점점 더 깊이 예속되는 인간, 권력과 자본에 봉사하는 지식, 친절의 이름으로 강요되는 감정노동 등등. 그리하여 지금 여기의 우리의 삶과 현실을 구성하는 모든 실재(the real)들.

3. 일상 속의 미시적인 정치성, 삶의 가능한 변화들

그 모든 것이 일상 속에서 정치적으로 동시에 의식할 수 없을 만큼 미시적으로 작용하고 있음을 명확히 자각하게 된 것 역시 1980년대 문학에서였다. 이하석의 시 「우주선」에 등장하는 '세일즈맨 김모돌씨'에게 세상과 우주는 '텔레비전'을 통해 그의 '안방'으로 수신된다.

저녁을 먹고, 세일즈맨 김모돌씨는 텔레비전을
켠다. 광막한 우주 속으로 게으르게, 또는 비현실적으로
흰 쇳덩이가 유영하는 게 보인다. 고요하게
(…)

토요일이거나 일요일 저녁이거나 요즈음은
자주 우주선의 창이 텔레비전에 비친다.

그가 장부와 카탈로그를 껴안고 골목을 기웃거릴 때,
때때로 힐끗거리는 하늘에는 많은 안테나들이
보인다. 그것들은 새로 섰거나 헐어서 폐기 직전이거나
한결같이 하늘 쪽의 끝이 녹슬어 하늘 깊숙이
녹물을 흘려보낸다. 우주는 녹물을 타고 외롭게
선을 따라들어 김모돌씨의 안방에서 펼쳐진다.
그는 우주 속에서 벗어나 텔레비전 밖에
누워 있다. 그는 다만 볼 수 있을 뿐이다. 하나님도
민주주의도 자유도 혁명도 그의 집 방에 들어온다.
그는 다만 볼 수 있을 뿐이다. 그는 다만 볼 수 있을
뿐만 아니라, 여차하면 텔레비전 꺼버릴 수도 있다.
그 일만은 누구보다도 당당하게 해낼 수 있다.
담배를 피우는 김모돌씨의 게으른 연기 속으로
우주선도 안테나가 붉게 녹슬어 어둠 속으로
무엇인가가 어슴프레히 녹아내리는 게 보인다.
그리고 그 다음, 그 녹물 속으로 새로운 쇳덩이의 싹이
솟아오르는 것이 보인다. 저런, 저런, 김모돌씨는
마른침을 삼킨다. 그것은 무서운 광경이다.

　　　　　　　　—이하석, 「우주선」(『실천문학』 제3호, 1982) 부분

　김모돌 씨는 텔레비전을 켜고 끄는 행위로 세상과 우주를 열고 닫는
다. 그러나 정작 텔레비전 앞에서 열리고 폐쇄되는 것은 김모돌 씨 자
신이며, 김모돌 씨는 세상과 우주와 자신에 대해 아무런 영향력도 행
사하지 못한다. 왜냐하면 "그는 다만 볼 수 있을 뿐"이기 때문이다. 그
것도 단지 습관적이고 수동적으로. 김모돌 씨가 "볼 수 있을 뿐만 아니
라, 여차하면 텔레비전 꺼버릴 수도 있"으며 "그 일만은 누구보다도 당

당하게 해낼 수 있다"고 하여도, 결과는 달라지지 않는다. 김모돌 씨가 유일하게 "당당하게 해낼 수 있"는 텔레비전을 끄는 일이란, 세상과의 단절과 자기 존재의 사회적 소멸을 의미하기 때문이다. 이런 방식으로 "하나님도/민주주의도 자유도 혁명도 그의 집 방에 들어"와 그 안에서 격리되고 소멸된다.

　SF의 상상력을 빈 이 시는 하늘에 떠 있는 '흰 쇳덩이'의 '우주선'과, 그것을 수신하는 '많은 안테나들'을 통해 현대 사회의 메커니즘과 그것이 실현되는 방식을 상징적으로 그려낸다. '우주선'의 안테나와 각 개인의 '안방'에 설치된 안테나들이 모두 녹슬어 서로 '녹물'을 흘려 보내는 시적 정황은 그 메커니즘의 파행성을 만화적 풍경으로 알레고리화한다. 그러나 이 알레고리의 원천이며 원본인 현실은 얼마나 무시무시하고 삭막한 세계인가. 김모돌 씨가 "마른침을 삼키"며 보는 '무서운 광경', 즉 '녹물 속으로 새로운 쇳덩이의 싹이 솟아오르는 것'은 유기체처럼 번식하는 현대 자본주의 사회의 가공할 생명력에 대한 상상의 차원에 그치지 않는다. 그 앞에서 김모돌 씨가 행하는 '당당한' '꺼버림(turn off)'의 동작은 일시적이고 무력한 행위의 반복이 되기 쉽다.

　이 모든 일이 '안방'에서 일어나는 세계에서 우리는 벌써 수십 년째 살고 있다. 텔레비전은 더 첨단의 기기들로 진화했고, 다양한 기기를 켜고 끄는 행위는 자본주의 일상의 주된 일부가 되었다. 그것을 켜고 끄는, 그리고 다시 켜는 극히 짧은 시간 사이에 불안과 강박이 넝쿨처럼 자라난다. 보이지 않는 선으로 24시간 시스템에 접속되어 있는 '안방', 그 접속의 빈틈을 메우고 있는 신경증과 무의식적이며 자발적인 투항의 선들, 이곳(/이것)이 바로 우리의 새롭고 무한한 전선(戰線)이 되었다. 삶의 가능한 변화들을 꿈꾸고 실현하기 위해 끊임없이 투쟁해야 하는, 오늘의 시대에 시가 보다 폭넓게, 또한 치밀하게 정치적이 되어야 할 이유는 너무 많고 거대하다. 우리가 속한 세계와 현실이 더욱 복잡한 구조와 방식으로 재편성되며, 세계와 현실을 보다 나은 곳으로 만드는 일의 필요성과 어려움이 갈수록 커지고 있기 때문이다. 그러므로 우리의 시대에 씌어지는 '현재의 시'들은 제도와 일상을 탈주하는 동시에 내파하는 방식으로 보다 다채로우면서도 폭넓게, 보다 치밀하면서도 경쾌하게 '정치적'이 되어야 한다. 적어도 이 세계와 현실이 내장하고 있는 기제들의 정치적 맥락과 기능이 갈수록 고도화하고 있는 것과 비례해서 그렇다. 1980년대에 산출된 역사적이고 이념적인, 일면적이지만 시인의 전 존재를 건 정치적인 시들과 '녹슨' 안테나로 교신(?)하고 있는 현재의 상황을 다시 돌아보아야 할 이유도 여기에 있다.

홍석중의 『황진이』에 나타난 '낭만성' 고찰[1]

오태호

1. 남북한 문학 교류의 점이지대 확장

　　홍석중의 『황진이』는 민중적 계급성의 표상인 '놈이'와 자유연애주의자의 표상인 '황진이'의 연애담을 중심으로 북한식 에로티시즘의 현재적 양상을 보여준다. 하지만 『황진이』가 보여주는 에로티시즘의 양상은 역사적 실존 인물을 토대로 한 역사소설이라는 점에서 북한의 현실 사회주의의 모습을 소재로 한 작품에서 드러나는 애정의 양상과는 사뭇 다르다. 북한 소설에서 남녀의 사랑은 동지애적 관계와 올곧은 신념에의 확인이 감정 교류에 우선하는 것으로 그려지기 때문에 자유주의적 감성이나 본능에 충실한 남녀 관계는 찾아보기가 어렵다.[2] 특히 개인의 욕망보다는 공적 담론에 충실한 '혁명적 사랑'의 유형이 사회적으로 공인받고 있기 때문이다.[3]

---

1) 이 글은 필자가 '2005 북한연구학회 연말 학술회의'(2005. 12. 2)에서 발표한 논문을 수정한 원고이다.
2) 졸고, 「북한식 사랑법을 찾아서」, 김종회 편, 『북한문학의 이해 3』, 청동거울, 2004.

벽초 홍명희의 손자이자 국어학자 홍기문의 아들로 익히 남한 사회에 알려진 홍석중은 1941년 서울에서 태어나 1969년 김일성종합대학 어문학부를 졸업하고 1970년 단편소설 「붉은 꽃송이」를 발표하였으며, 1979년 조선작가동맹 중앙위원회 작가로 창작활동을 시작한 이래로 다부작 역사소설인 『높새바람』(1983)을 통해 작가적 지위와 명성을 높이고 있는 작가이다. 홍석중의 『황진이』(2002)가 남한에 소개되어 2004년 판매되고 만해문학상을 수상한 이후, 기존에 발표된 1930년대 이태준의 『황진이』(1938), 1970년대 최인호의 「황진이」(1972)와 정한숙의 『황진이』(1973), 2000년대 김탁환의 『나, 황진이』(2002), 전경린의 『황진이』(2004) 등의 작품들과 함께 다시금 주목을 받으면서 『황진이』는 남북한 문학의 이질성과 동질성을 확인할 수 있는 작품으로 세간의 관심을 집중시킨 바 있다.

홍석중의 『황진이』에 대해 남한 평자들은 '조숙한 자유인의 초상'을 읽어내기도 하고[4], 비극적 사랑과 민중적 사랑의 힘을 짚어내기도 하며[5], 계급을 초월한 에로스적 사랑의 모습을 주목하기도 하고[6], 북한 소설의 이례적 예외성으로 '인민주의적 상상력과 민중 황진이'를 평가하기도 하며[7], '황진이'를 분열과 욕망, 탈이데올로기적 표상 등을 보여주는 인물로 검토하기도 하고[8], 질박한 어휘력을 통해 드러난 놈이와 황진이의 비극적 사랑을 주목하기도 하며[9], 확고한 사회주의적 계

3) 고인환, 「북한소설에 나타난 사랑의 존재 방식과 이원적 서사구조」, 『결핍, 글쓰기의 기원』, 청동거울, 2003.
4) 최원식, 「남과 북의 새로운 역사감각들—김영하의 『검은 꽃』과 홍석중의 『황진이』」, 『창작과비평』, 2004년 여름.
5) 황도경, 「황진이, 꽃으로 피다—홍석중과 전경린의 '황진이'」, 『문학동네』, 2004년 겨울.
6) 박태상, 「북한소설 『황진이』 연구」, 『북한의 문화와 예술』, 깊은샘, 2004.
7) 김경연, 「황진이의 재발견, 그 탈마법화의 시도들」, 『오늘의 문예비평』, 2005년 여름.
8) 우미영, 「복수(複數)의 상상력과 역사적 여성—최근의 '황진이' 소설을 중심으로」, 『여성이론』 12호, 2005년 여름.
9) 김재용, 「"운우의 꿈을 깨니 일장춘몽이라…"—비극적이지만 아름다운 사랑이야기」, 『통일문학』, 2003년 겨울.

급관을 표방하는 '놈이'의 설정을 통해 이념적 세계관에 기울어진 북한 소설로 읽어내기도 한다.[10] 이상의 평론들을 살펴보았을 때, 이 작품이 '민중적 계급성'과 '자유로운 에로티시즘의 결합'이라는 차원에서 새로운 북한 소설의 전형으로 주목되고 있음을 확인할 수 있다. 특히 '에로티시즘'의 측면에 주목하여 고찰한다면, 남북한 문학 교류의 점이지대를 확장하는 작품으로 검토될 수 있는 것이다.

홍석중의 『황진이』는 '황진이'라는 역사적 실존 인물에 대한 낭만적 접근에서뿐만 아니라 민중성과 계급성을 덧씌워 해석하고 있다는 점에서 흥미로운 작품임에 분명하다. 특히 '황진이'는 남북을 아울러 남성 중심 권력에 저항하는 기표로 활용되기도 하며, 자유로운 예술적 영혼의 소유자로 그려지면서 문학적 흠모의 대상으로 자리매김되기도 하고, 에로티시즘의 육체적·정신적·지적 정수(精髓)로 그려지기도 한다는 점에서 남북 모두가 연정을 품을 만한 표상이기 때문이다.

2. '낭만성'의 개념과 범주 설정

필자는 홍석중의 『황진이』가 기존 북한 소설이 보여주고 있는 이데올로기적 경직성을 넘어서고 있는 모습을 가능하게 한 매개 개념인 '낭만성'을 주목하고자 한다. '낭만성' 개념은 '낭만주의문학'이 '감정, 자연, 상상력'을 중시하면서 '감성의 해방, 무한에 대한 동경과 불안, 질서와 논리에 대한 반항'[11]을 드러낸다고 범주를 설정하는 것에서 유추할 수 있다. 즉 '자유로운 감성의 표출과 기존 현실에 대한 불만 속

---

10) 김종회, 「북한대표소설의 계급적 관점과 탈계급적 관점―홍석중의 『황진이』가 우리 문학과 같은 점, 또는 다른 점」, 『문학사상』, 2004. 5.
11) 고소웅, 「낭만주의」, 이선영 편, 『문예사조사』, 민음사, 1986.

에 미지에 대한 동경과 불안, 열정 등을 표출하는 속성'을 '낭만성'이라고 정의할 수 있을 것이다. 이런 점에서 홍석중의 『황진이』는 '낭만성'을 드러내는 작품으로 볼 수 있다. 소설의 낭만성은 기생 황진이를 둘러싼 인물들, 즉 계급성을 체현한 인물로 형상화된 '놈이'와 리충남, 김희열, 서경덕, 리사종 등의 양반들을 비롯하여, 진이와 놈이의 비극적 사랑을 현실 속에서 낭만적으로 대리 실현하는 이금이와 괴똥이 등의 인물들을 통해 구현된다.

역사소설 『황진이』는 조선시대 남녀간의 사랑을 주목한 작품이다. 따라서 기생 황진이를 둘러싼 낭만적 사랑과 열정이 작품의 전면에 깔려 있다. 북한에서는 '낭만주의'를 "작가, 예술인들의 희망과 리상에 따라 그들이 바라는 생활을 조건적인 형식으로 보여주는 문학예술의 창작방법 또는 사조"로 정의하고 김정일의 지적을 들어 "랑만주의문학예술은 거기에 표현된 창작가의 지향과 념원이 지나간 과거를 향한것인가 아니면 미래를 향한것인가 하는데 따라 반동적인것과 진보적인 것으로 갈라집니다. 우리가 보통 랑만주의라고 할 때에는 진보적랑만주의문학예술을 념두에 둡니다"¹²⁾라고 명시하면서 주정토로가 많고 서정성이 강한 문학을 말한다고 설명한다. 또한 '역사소설'을 "지난날의 력사적 사실과 인물들을 취급한 소설"로 개념 정의하면서 "력사소설에서는 지나간 력사에서 의의있는 사건들과 인물들을 형상하며 그것을 통하여 해당 력사적시기의 사회계급적 및 경제문화적 관계와 민족적 풍습과 생활세태 등을 구체적으로 생동하게 보여준다"¹³⁾고 설명하면서 '력사적 주제작품'으로 홍석중의 『높새바람』 등을 예로 들고 있다. 그러나 홍석중의 『황진이』는 북한에서의 '낭만주의'와 '역사소설'에 대한 사전적 정의에서 한걸음 비껴 서 있다는 점에서 남한 독자들에게

---

12) 사회과학원, 『문학대사전2(ㄹ~ㅂ)』, 사회과학출판사, 주체 89(2000), p.24.
13) 사회과학원, 위의 책, pp.32~33.

북한문학의 유연성을 보여주는 작품이라고 할 수 있다. 즉 미래가 아니라 '조선'이라는 과거를 대면하고 있으며, 역사 자체의 사실적 복원이 아니라 에로티시즘의 양상을 들여다보고 있기 때문이다.

홍석중의 『황진이』는 모두 3편으로 구성되어 있다. '제 1편 초혼(1534년 갑오년)'(전 26장)에서는 진이가 양반집 고명딸로 태어나 놈이와의 애정 속에 기생이 될 것을 결심하는 부분까지 서술되어 있고, '제 2편 송도삼절(1539년 기해년)'(전 26장)에서는 기생 생활에서 만나는 다양한 남성들과의 관계를 추적하고 있으며, '제 3편 달빛 속에 촉혼은 운다(1539년 기해년 겨울~1540년 경자년 봄)'(전 20장)에서는 류수사또와의 갈등 속에 '놈이'가 효수당한 뒤 송도를 떠나는 이야기가 그려지고, '그후의 이야기(1546년 병오년 가을)'에서는 리사종과 진이가 방랑 생활을 하는 이야기와 황진이 사후 임제가 황진이의 무덤을 찾는 이야기가 덧붙여진다. 본고는 작품의 흐름을 따라가면서 소설 『황진이』가 그려내는 '낭만성의 표상'을 통해 조선시대를 읽어내는 작가의 표정과 함께 북한문학의 현재성과 낭만성을 우회적으로 읽어내고자 한다. 그러한 우회적 읽기가 남북한 문학의 점이지대를 확장하는 초석이 될 수 있기 때문이다.

3. 신분 차이에 의해 파열되는 낭만적 환상
—제1편 초혼(1534년 갑오년)

1) 외곬수적 사랑과 의리의 화신— '놈이'의 낭만성

홍석중에 의해 황진이의 연인으로 새로이 기입된 '놈이'는 '제 1편 초혼'에서부터 양반 계급에 대립하는 하층민 남성의 표상으로 그려진다. '놈이'는 황진사댁에 드난살던 하인의 아들로 태어났기에 원래는 종이 아니다. 하지만 일곱 살에 아비를 잃고 어미가 장돌뱅이를 따라 도망간 뒤 의지가지 없는 천애고아가 되어 황진사댁 하인방에서 눈칫밥을 먹으며 잔뼈를 키워 '불악귀' 같은 존재로 인식된다. 다섯 살 어린 황진사댁 고명딸 진이에게 '애기씨와 참년'이라는 호칭을 번갈아 부를 정도로 울뚝불뚝한 '놈이'는 진이가 상놈이 량반에게 욕하면 되느냐고 하자, "개 팔아 두량반 소 팔아 세량반 하는 그 량반 말이냐?"라고 조롱할 정도로 『춘향전』의 방자나 『봉산탈춤』의 말뚝이의 성정을 닮아 있는 인물이다.

황진사가 작고하던 해 열두 살이던 놈이는 일곱 살 진이를 데리고 4월 초파일에 등불놀이 구경을 갔다가 진이를 거리에 내려놓고 숨는다. 그 뒤로 후원에서 진이와 노는 것이 금지되자 그날 진이에게 참나무잎에 첫물앵도를 주고 사라진 놈이는 '훌륭한 사람'이 되어 나타나겠다는 속다짐을 한다. 그러나 10년 동안 여릿군·도두목·화적패 노릇 등을 거친 '놈이'는 신분의 차이를 강요하는 전근대적 질서의 한계를 넘어서지 못한 채로는 '훌륭한 사람'이 될 수 없음을 깨닫고 황진사댁에 조용히 다시 들어오게 된다. 황진사댁의 바깥일과 안일을 도맡아 주관하는 '차지'가 된 '놈이'에게 진이는 예전처럼 상전답게 천연스럽고 놈이는 하인답게 공손스러운 관계를 유지한다.

그러나 진이의 친어머니가 논다니 '현금'이라는 사실을 알게 된 놈이는 자신이 흠모하는 진이를 서울 윤승지댁 도령에게 빼앗길 수 없다는 집착으로 진이의 출생의 비밀을 윤승지댁에 알려 파혼을 하도록 만든다. 놈이가 진이의 신분을 양반에서 종으로 추락하도록 만드는 것은 '욕망과 양심' 사이에서 진이를 향한 애정을 해소할 길 없었던 낭만적 애욕의 표정을 보여준다. 북한의 현대 소설에서는 대개의 긍정적 주인공이 놈이처럼 개인적 목표 달성을 위해 양심을 저버리는 행동을 하지 않는다는 점을 감안한다면 북한식 애정소설의 새로운 양상을 제시하는 부분으로 해석할 수 있다. 유년 시절 진이와의 기억을 평생의 낭만적 환상으로 품고 있는 놈이의 일방향적 사랑의 감정은 조선시대의 계급적 구조에 대한 비판적 각성을 거친 이후에도 변함이 없다. 놈이는 전형적인 '낭만의 화신'으로 그려지고 있는 것이다.

2) 양반(낭만적 환상)에서 종(환상의 부재)으로의 전락—진이의 낭만성

황진사댁 고명딸 진이는 어려서부터 뛰어난 문장 솜씨, 빼어난 글씨, 절묘한 가야금 기예, 천하절색의 외모로 이름을 날린다. 열여덟 살이 되어 서울 윤승지댁 자제와 정혼을 하게 된 진이는 정혼 이후 혼자 숲속을 거닐며 자신의 낭만적 미래를 꿈꾼다. 어릴 적부터 '위선과 거짓'에 대한 저항감을 가지고 있던 진이는 하늘이 '사랑'을 위해 아름다운 자연을 만들어 주었다고 생각하며, 얼굴도 모르는 정혼자를 향한 열렬한 사랑의 감정 속에서 '불안스러운 안도감'(31쪽)을 느낀다. 양반 사회가 제공하는 '사랑의 완성'에 대한 낭만적 환상에 빠져 있으면서도 진이는 스스로를 '붙임성이 없고 욕구불만에 몸부림치며 안존하지 못하고 무모할 정도로 위험한 열정을 지닌 존재'로 인식한다. 그리하여 별당 후원에서 벗어나 사내옷으로 갈아 입고 거리의 풍경을 즐긴다. 번잡한 길거리에서 "오, 자유여! 자유로운 귀신이 묶이운 신선보다 낫고 여윈 자유가 살진 종살이보다 낫다"(78쪽)라면서 '자유로운 영혼'이 되기를 갈망하는 것이다.

하지만 금지구역인 청교방 큰길 색주가로 들어서면서 '소름 끼치도록 무서운 느낌'과 더불어 '섬찍함'을 느끼게 된다. 자신의 낭만적 세계 인식과는 다른 세계가 존재함을 어렴풋하게 확인하게 되는 것이다.

또한 상상의 정혼자를 향해 달콤한 사랑을 토로하던 진이는 어머니 대신 귀법사에 음식공양을 드리고 돌아오는 길에 자신의 친어머니 장례 행렬인 줄도 모른 채, 밝고 경쾌한 음악과 함께 상복 없이 화려한 채색 옷을 입은 여인들의 기괴한 행렬(줄무지장)을 통해 다른 생의 종말을 들여다보며 자신의 미래적 표정을 선취하게 된다.

달콤한 낭만적 환상과 섬쩍한 현실 세계 사이에 두 발을 걸치고 있던 진이는 어머니로부터 파혼을 통보받은 이유를 들으며, 어머니가 친정에서 데리고 온 '교전비 현금'이 친어머니임을 친어머니 사후에야 알게 된다. 그후 그토록 존경과 사랑의 대상으로 흠모하던 '황진사'가 실은 단지 색마에 불과했음을 알게 된 진이는 '사랑'에 대해 막연한 환상을 품고 있던 양반 소녀에서 종의 신분으로 격하되어 '칠성님'을 외치며 "그러니 이제부터 나는 누구란 말인가?"(139쪽)라는 질문 속에 자기 정체성에 대한 회의를 진행하게 된다.

위선과 거짓의 허울이 벗겨진 황진사를 떠올리며 위인이나 성현들의 신비한 우상이 '가공된 진실'임을 깨닫게 된 진이는 아버지의 족자 두 폭을 불태워 버리는 것을 시작으로 자신의 환골탈태를 준비한다. 진이는 자신을 사랑하다 상사병으로 죽은 또복이의 장례 행렬에 자신의 혼수였던 꽃무늬의 붉은 슬란치마를 꺼내어 관곽을 덮으며, 죽은 혼백과 저승의 사랑을 약속한다. 그리하여 사랑의 감정을 송두리째 죽은 혼백한테 바쳤으므로 이승의 목숨이 다할 때까지 자신은 사랑의 감정을 전혀 느낄 수 없는 목석 같은 여인이 되었음을 자각한다.

마지막 허물벗기에서 가장 중요한 몫을 놈이에게 맡기려는 진이는 자신의 향후 삶을 '색주가의 논다니가 되는 길'로 선택한다. 그리하여 청루로 가려는 진이는 믿음직하고 성실한 기둥서방이 필요하다며 '여인의 정절'이 자신의 발목을 묶는 '거추장스러운 착고'와 같은 것이기에 놈이에게 귀밑머리를 풀어달라고 이야기한다. 간절하고 안타깝고 애절한 놈이의 눈빛을 받으면서 진이는 놈이와 몸을 섞게 되고, 멀리서 봉은사의 종소리가 양반으로서는 이미 죽은 '옛 진이의 넋'을 보내려는 애절한 초혼의 메아리처럼 구슬프게 울어댄다.

결국 양반에서 기생으로 변신하고자 하는 진이의 허물벗기는 '아버지의 족자 불 사르기, 놈이가 친어머니를 만났던 자남산 중턱에 가보기, 친어머니의 묘소 찾아보기(인륜의 도리이자 핏줄을 받아들이는 용감한 의식), 청교방 색주가 장덕집에 들러 색주가 여인들에게 큰절 올리기, 또복이의 장례 때 혼례옷 바치며 저승 사랑 약속하기, 놈이에 의한 귀밑머리 풀기'라는 단계를 거쳐 '초혼 제의'로 완성된다.

4. 여성적 자유혼의 표상, 기생 진이의 연애담
—제2편 송도 삼절(1539년 기해년)

2편 서두에 '불학무식한 리왕가'라는 표현에서 알 수 있듯이 조선 왕조에 대한 비판의식으로 시작하는 2편은 도학군자인 척하는 리충남을 생과부로 위장한 명월이 유혹하는 내용을 필두로 하여 진이의 기생 생활을 그린다. 리충남의 빈정거리는 찬웃음이 모계의 유전이며, 술집 작부였던 5대조 할머니의 가살스러운 천성이 그에게 이어지고 있다는 서술자의 말(168쪽)은 핏줄에 대한 유전 의식을 강조하는 작가의 세계관을 보여준다. 이 부분을 확대 해석한다면 결국 '피는 못 속인다'인데, 이것은 암묵적으로 '김일성—김정일'의 세습체제의 정당성을 확보하는 표현으로도 읽을 수 있다. 이것은 수직적 혈연관계가 모든 것을 결정한다는 결정론적 세계관의 도식성을 강조할 우려가 있다는 점에서 비판적으로 검토해야 할 대목이다.

1) 선비의 허위적 가면을 벗기다—진이와 리충남

옥골선풍으로 생겼지만 경박스러워 보이는 '벽계수 리충남'은 40대의 중늙은이로 보이는 서른 살이지만, '정신적 나이와 지성 있는 사대부'를 입에 달고 사는 양반이다. 색계에 대한 금욕적 절개가 있어야 도학군자라고 생각하는 리충남은 기생을 천하의 요물로 여긴다. 하지만 기생 명월이가 생과부인 것처럼 위장하여 충남의 색심과 육욕을 충동질하자 충남의 허울 좋은 위선의 가면이 벗겨진다.

송도류수 김희열과 동문수학했던 서울 선비 리충남은 달빛 아래 소복단장을 한 요염한 여인을 보며 귀신 같은 아름다움이라고 탄식하면서도 견물생심을 느낀다. 독수공방하는 생과부 신세임을 들은 충남은 남의 집 여인을 엿본다는 것이 괴로우면서도 달콤한 것임을 깨달으며 여인의 집으로 월담을 하게 된다. 여인과의 격렬한 성행위 이후 친구들의 조롱과 험담을 걱정하던 충남은 여인이 치마폭에 신표로 시를 써 달라고 부탁하자 시를 써준다.

이튿날 그 여인이 기생 명월이였음을 알게 된 충남은 도학자연했던 자신이 장난과 희롱의 희생물이 되었음을 깨달으면서도, 밝은 달빛 같은 명월이의 달콤하고 매혹적이면서 애틋한 설움이 깃든 목소리에서 풍겨오는 애수에 찬 외로운 혼의 노래에 감동하며 서울로 줄행랑을 치게 된다. 벽계수 리충남의 모습은 고전소설 『배비장전』의 배비장을 닮아 있다는 점에서 작가가 역사소설을 쓰면서 다양한 설화적 이야기를 삽입하여 이야기를 풍성하게 만들고 있음을 보여준다.

2) 기생의 내면 풍경을 읊조리다—진이와 상상의 파혼자

도고한 양반댁 아씨에서 하루 아침에 노류장화라는 천기로 굴러 떨어진 비참한 운명의 진이는 대청마루에서는 기예가 뛰어난 기생 명월이가 되고, 건넌방에서는 위선의 허울을 쓴 사내들의 불쌍한 넋을 희롱하는 '지옥의 악귀' 같은 또 다른 기생 명월이가 된다. 명월의 건넌방 문턱을 넘어선 사내는 명월에게서 환락의 즐거움을 맛보는 대신 자신의 넋을 빼앗겨야 한다. 명월은 기생 생활 속에서 "사내들이란 계집 앞에서 벌거벗으면 얼굴 생김새가 서로 다를 뿐 모두가 어슷비슷한 '짐승'들"(226쪽)이며, "일단 넋을 빼앗긴 그림자는 악귀한테 소용 없는 무용지물에 불과"(227쪽)한 것임을 체감하면서, '사랑'을 '두억시니' 같은 것이라고 생각한다. 사내와 기생의 관계가 짐승과 악귀의 관계로 치환됨으로써 '낭만적 사랑'은 부재할 수밖에 없는 것이다.

진이가 유일하게 명월이 아닌 진이로 자리할 수 있는 공간은 주역 책이 펼쳐져 있는 검소한 '웃방'밖에는 없다. 그러므로 그 방에서 어릴 적 낭만적 환상의 대상이 되었던 파혼자를 향해 진이는 일기를 쓰듯 자신의 내면 풍경을 토로한다. 가상의 정인에게 가을의 외로움을 전하며 '되돌아올 수 없는 어제와 피할 수 없는 내일'을 가진 것이 인생이라고 독백하고, 당신이라는 존재가 형체 없는 혼령뿐이기에 마음속으로 불러내어 솔직하게 흉금을 털어놓는다고 고백한다. 그리하여 6, 7년 전 진이로 인해 '사랑의 벼락'을 맞았던 탁발승 만석을 얼마 전에 구해낸 이야기가 세간에서는 진이가 생불을 유혹하여 파계시킨 음담패설로 둔갑되었다고 진실을 토로하게 된다. 낭만적 사랑과 현실적 정분의 성취가 불가능해진 진이에게 진실하고 참된 사랑의 관계는 이금이와 괴똥이의 순수하고 아름다운 사랑으로 현현된다. 그들의 사랑이란 진이에게 결핍되어 있는 낭만적·현실적 사랑의 관계로 인식되는 것이다. 하지만 그 둘의 모습은 진이로 하여금 자신이 '사랑'을 모르는 불쌍한 계집이자 가련한 인간임을 자인하게 만들 뿐이다.

3) 이루어질 수 없는 사랑을 고백하다—진이와 놈이

스스로를 '괴벽한 계집'에 불과하다고 여기는 진이는 이미 5년 전 달밤 아래에서 놈이에게 '순결한 처녀'를 주며 황진사댁의 고명딸은 죽었다고 생각한다. 놈이와의 정사를, 죽음을 바라고 사약을 마신 행위에 비유하는 진이는 그날 이후 생기를 잃은 채 시들어 가면서 절망에 가까운 슬픔을 느끼는 놈이를 본다. 놈이에게 '처녀를 바친 것'이 사랑과 애정에서 비롯된 행위가 아니라 자신의 신세에 대한 환멸과 혐오로부터 비롯된 자학 행위였음을 느끼는 진이는 그날 밤 자신과 함께 놈이 역시 '죽음의 사약'을 마셨다고 생각하며 스스로를 성정이 이지러진 악귀로 단정짓는다.

4년 전 괴똥이의 대필로 진이에게 남긴 언문 편지에서 놈이는 자신이 진이의 출생의 비밀을 윤승지댁에 알린 장본인이라고 이야기한다. 진이를 향한 애욕의 불길을 제어할 수 없었던 놈이가 반상간의 담장만 가로막혀 있지 않으면 사랑이 저절로 이루어질 것이라고 생각했던 것이다. 특히 놈이 자신에게는 사랑을 얻을 수 있는 절호의 기회이지만 진이에게는 청천벽력의 화를 입히는 일임을 알고 있음에도 불구하고 놈이는 '사랑의 야욕과 도의적 양심' 사이의 무서운 싸움 끝에 에로스적 충동으로 진이의 신분 추락을 유도한 것이다. 진이에게 정조가 아닌 사랑을 기대했던 놈이지만, "그 사랑은 하늘에서 반짝이는 별처럼 영원히 제것으로 될 수 없는 것"(250쪽)이라는 낭만적 인식 속에 옛날처럼 수리날 선물로 첫물앵도를 바치며 용서를 빌고 떠난다. 진이와 놈이의 애정 관계는 처음에는 양반과 하인의 주종 관계에서 나중에는 기생과 기둥서방의 관계로 전이되지만 결코 낭만적 사랑의 결실로 실현될 수 없는 균열을 내포하게 된 것이다.

4) 거짓과 위선을 거부하다—진이와 송도류수 김희열

명문대가집 출신의 송도류수 김희열은 호걸풍의 잘생긴 인물로 수컷의 허세는 있지만 거짓과 위선이 없는 풍류남아이다. 그런 류수 희열에게 진이는 은근히 마음이 끌린다. 둘 다 '성인'이나 '군자'를 믿지 않는다는 점에서 공통점이 있기 때문이다. 하지만 희열은 다른 사람이 자기보다 나을 수 없다는 '소총명'을 지녔기에 인간에 대한 믿음을 갖지 못하는 데에 반해, 진이는 성인과 도학군자의 탈을 쓴 위선자(황진사)의 희생물이기에 인간에 대해 불신을 지닐 수밖에 없다. 결국 성인 혹은 군자에 대한 희열의 몸살이 물귀신 심사라면 진이의 몸살은 희생자의 의분과 같다는 점에서 차이를 지니고 있는 것이다.

하지만 진이에게 희열은 아직 사랑의 대상이 아니다. 진이가 사랑을 줄 수 있는 이상적 사내는 이백이나 매월당처럼 우선 그에게 둘도 없는 벗이어야 하기 때문이다. 진이는 자신의 애정 결핍을 이금이와 괴똥이의 사랑을 보며 채우고자 한다. 그리하여 "아, 사랑이여! 그대의 고민만큼 달콤한 것은 없고 그대의 탄식만큼 아름다운 것은 없으며 그대의 고통만큼 기쁜 일은 없고 그대의 죽음만큼 행복한 일은 없어라."(278쪽)라고 그들의 사랑을 애상조로 부러워하는 것이다. 하지만 진이의 시선은 타자의 사랑을 낭만적 관계로 바라볼 뿐이다. 진이의 욕망은 현실 세계에 부재하는 대상을 향해 있기에 결코 채워질 수 없는 '텅 빈 충만'이라는 결핍으로 드러나는 것이다.

5) 욕정의 본능을 이겨내다—진이와 서경덕

이조정랑 민순이 서경덕을 찾으러 와서 송도류수를 만나러 오자, 희열은 "진이야말로 담박하면서도 화려한 풍치를, 높은 인격과 지성을 보이면서도 육감적인 색향을, 이를테면 희고도 검은 것을 능히 만들어 낼 수 있는 유일한 녀인"(326쪽)이며 그런 '모순의 화신'이자 '모순으로 빚어진 희귀한 존재'이기에 진이를 민순에게 소개한다. 장자나 소강절보다 더 크게 학문을 세운 사람이 화담선생이라고 말하는 민순은 학문을 배우고 스승을 찾는 데에 남녀구별과 귀천이 상관 없다고 이야기하면서 진이에게 화담을 찾아가 보라고 권한다.

서경덕의 됨됨이를 알기 위해 '연사질'에 옮아 보라고 권하는 김희열의 충동을 따라 진이는 거짓과 위선의 허울을 벗기러 화담에게로 향한다. 1539년(기해년) 가을, 쉰하나의 나이인 화담은 글이 곧 사람인 인품 있는 '유물론적 철학사상가'(346쪽)이면서 '꽃늪'을 찾은 진이에게 시종 다정하고 온화한 웃음을 띤다. 진이는 화담과 대화를 나누며 그의 학문 세계에 탄복하며 학문에 대한 존경과 지식에 대한 숭배, 인간에 대한 감탄의 격정을 느낀다. 그러면서 밤이 늦어 한 방에서 이부자리를 폈을 때 화담의 육체를 더듬으며 그를 유혹하려던 진이는 태연한 표정과 침착한 행동거지 속에 정욕의 본능과 처절한 싸움을 벌이는 화담을 보며 감복하게 된다. 그리하여 화담을 향했던 유혹의 손길을 거두고 '꽃늪'을 나와 류수아문으로 온 진이는 희열에게 송도삼절을 '박연폭포, 화담선생, 진이 자신'이라고 이야기한다. 박연폭포의 아름다움과 화담의 학문적 성취와 인품의 고결성, 기생 진이의 문재(文才)와 가무악, 빼어난 미모 등이 송도를 대표하는 세 가지라고 자부하는 것이다.

5. 파열된 육체, 방랑에의 길

　—제3편 달빛 속에 촉혼은 운다(1539년 기해년 겨울~1540년 정자년 봄)

1) 남성 권력에 의해 파열되는 진이의 육체—김희열과 진이

　1539년 10월 호장과 이방은 김희열과 상의 끝에 곰보네 마방집에서 보물을 훔치고 그 식구들을 살해한 뒤 놈이네 화적패에게 죄를 덮어씌우려 한다. 하지만 놈이에 의해 이방과 호장이 범인임이 밝혀지면서 희열은 교활한 아전놈들의 보쌈에 걸려들었음을 깨닫게 된다. 그리하여 이방과 호장을 몰래 죽이라는 명령을 형방비장에게 내리게 된다. 희열은 진이로부터 놈이를 자수시킬 테니 놈이의 뒤를 보아달라는 부탁을 받지만 화적패의 괴수인 놈이가 자수하기 전에 체포해 버리려고 계획한다. 진이가 심혈을 기울여 준비해 온 이금이와 괴똥이의 10월 보름 잔칫날 혼례가 끝난 뒤, 괴똥이가 포도부장에게 잡혀가게 된다. 그리하여 그가 놈이와 한 패인 화적당임을 실토하게 하려는 포도부장은 괴똥이에게 보름 동안이나 끔찍스러운 고문을 자행한다. 하지만 결국 실토를 못 받게 되자 포도부장은 희열로부터 괴똥이를 물고를 내서 없애 버리라는 명령을 받게 된다.

　김희열은 놈이에 대해 남다른 감정을 느끼는 진이를 보며 수컷으로서의 교만성을 느끼게 된다. 그리하여 진이에 대한 사랑의 확신과 긍지가 진이로부터 무시당한 데 대해 분노를 느끼던 중, 괴똥이를 풀어 주면 스스로 자수하겠다는 놈이의 편지를 받은 뒤 괴똥이를 풀어 준다. 그것도 모른 채 진이는 이금이와 괴똥이의 현실적 사랑을 실현시키기 위하여 '난생 처음 비럭질에 나선 거지 같은 심정'으로 괴똥이를 구해달라며 희열에게 자신의 육체를 제공한다. 희열과의 반강제적인 성행위 뒤에 정신을 차린 진이는 혐오감과 증오감, 굴욕감과 수치감에 몸을 떨게 된다. 사또에게 다시 몸을 맡기느니 차라리 거리를 지나가는 거지에게 몸을 주겠다는 진이는 희열로부터 조만간에 다시 이 우물을 찾게 될 것이라는 말을 듣게 된다.

사또와 기생이라는 신분 차이에도 불구하고 서로에게 우정과 배려를 아끼지 않던 진이와 희열의 관계는 희열의 상목 포흠이 빌미가 되어 돌이킬 수 없는 적대적 관계로 돌아서게 되는 것이다. 권력을 무기로 진이의 육체를 파열시키는 3편에서의 희열은 호방한 사또의 모습으로 형상화되었던 2편에서의 희열과는 사뭇 다른 양상을 보여준다. 그것이 결말을 향한 소설적 장치이겠지만 자연스러운 성격 변화를 보여주지는 못한다는 점에서 인물 형상화의 한계를 드러낸다.

2) 사랑의 확인, 생사를 넘어 넋으로 이해하기 — 진이와 놈이

1539년 9월 보름경부터 이금이와 괴똥이의 잔치 준비로 바쁜 진이는 '사랑의 야욕'이 지닌 본성이 이기적인 것임을 느낀다. 사랑의 이기성이란 애정의 소유에 대한 다른 이름이었던 것이다. 어린 시절 놈이와의 깨끗한 순정을 떠올리며 5년 동안 너무도 달라진 놈이의 모습을 보는 진이는 "'시인'의 격렬한 고민과 세찬 격정을 보았으며 자신의 새삼스러운 발견을 환희라고나 이름할 수 있는 들뜬 마음으로 주시"(443쪽)하면서 자신의 이기적 사랑의 대상이 놈이였음을 체감하게 된다.

놈이가 화적당 산채로 피신하며 진이에게 남긴 편지에는 놈이가 '가장 행복하면서도 제일 불행한 사내'라고 적혀 있다. 지난 5년 동안의 내면 갈등 속에서, 놈이가 예측해 본 진이와의 사랑의 결과는 자신이 기둥서방 노릇을 다시 하거나 진이가 화적괴수의 안방을 지켜야 하는 것이었기 때문이다. 어느 결과도 수용하기가 어려운 현실 속에서 놈이는 진이에 대한 낭만적 사랑의 감정을 단념하고자 한다. 하지만 놈이의 편지를 읽으며 진이는 놈이야말로 '인의예지를 갖춘 출중한 인물이요 불 같은 사랑과 열정을 지닌 사내 중의 사내'라고 생각한다. 그러면서 '이승에 사는 저승의 허깨비' 같은 자신에게 "지금 중요한것은 놈이와 자기가 서로 사랑한다는 사실"(467쪽)임을 깨닫는다. 진이는 놈이의 사랑으로 다시 이승의 사람이 되었다고 판단하고 있는 것이다.

그러나 김희열에게 반강제적으로 육체적 치욕을 당한 후 집에 돌아온 진이는 나흘 동안이나 쓰러져 있다가 "빛도 없고 의식도 없고 다만 '존재'가 있을 뿐이었"(505쪽)음을 느끼며 깨어난다. 이후 괴똥이의 석방을 위해 관가에 자수한 놈이가 내일모레 효수를 당한다는 소식을 들은 진이는 옥 안에 갇혀 칼을 쓰고 있으면서도 얼굴 표정이 평온하고 육중한 바위처럼 편안하게 앉아 있는 놈이를 그윽한 눈길로 바라본다. 그것은 "넋이 넋을 사랑하고 넋이 넋을 리해하며 넋이 넋을 떠나보내는 서글픈 바래움이었으니 두 사람의 넋은 비록 영별을 눈앞에 두고 있으나 이미 죽음과 삶을 초월한 정화된 정신의 높이에 함께 올라 섰기 때문"(509쪽)에 가능한 것이다.

마지막까지 괴로움을 끼쳐 죄송하다는 놈이에게 진이는 '우리 사랑의 즐거운 합환과 우리 사랑의 슬픈 고별'을 함께 하는 첫잔이자 마지막 잔을 올린다. 진이의 애절하고 애통한 권주가를 들으며 놈이는 '내일 효수장에는 절대로 나오지 말아 달라'는 부탁을 하고, 진이는 놈이의 평온과 고요를 지켜 보며 자신보다 훨씬 큰 사람임을 느낀다. 이듬해 봄이 되어 진이는 이금이와 할멈 곁을 떠나 배를 타고 방랑의 길을 떠난다. 결국 놈이와 진이의 현실적 사랑은 김희열에 의해 파국을 맞게 되고 둘은 생사를 초월한 '넋맺이 사랑'을 이루는 것이다.

6. 삶과 죽음의 경계를 배회하는 애상적 영혼
　―「그 후의 이야기」

　서술자는 「그 후의 이야기」에서 1546년 병오년 가을, 어느 노마님 칠순 잔치의 풍경을 소략하게 진술한다. 잔칫날 풍경 속에 어떤 선비는 진이의 "동지달 기나긴 밤을/한허리를 둘에 내여/춘풍 이불아래/서리서리 넣었다가/얼운님 오신 날 밤이어드란/구비구비 펴리라"는 시조를 "점잖은 사대부로 입에 올리기에는 좀 멋적은 데가 있지만 뜻은 얼마나 아름답구 재기는 또 얼마나 발랄합니까?"(519쪽)라고 말한다. 그 잔치를 찾은 서른 살의 절대가인 진이와 풍류남아 리사종은 주거니 받거니 하면서 노래를 부른 뒤에 총총히 사라지고 그 뒤로 진이의 소식은 끊긴다.

　이러한 리사종과 진이의 관계에 대한 덧붙임은 당시 조선 사회에 진이가 관능과 낭만의 화신으로 여겨져 소문이 생성되는 진원지의 역할을 하고 있었음을 보여준다. 남성 권력 사회에서 그 권력의 허상성과 애욕의 진솔함을 글과 가무악으로 표현했던 진이는 선비들에게 낭만적 애욕의 대상으로 회자되고 있는 것이다.

　인간은 몇해 살았는가가 중요한 것이 아니라 사람들의 추억속에 얼마나 깊은 자욱을 남겼는가가 중요한 것이요. 그래서 죽음과 함께 비로소 삶이 시작된다는 의미심장한 말이 있는 것이다. 권력과 세도를 휘두르던 폭군들의 웅장한 돌무덤은 흐르는 세월과 함께 무너지고 바사져 모래와 흙이 되였으나 길가에 앉은 진이의 나지막한 봉분은 400여 년이 지난 오늘까지도 그 모습 그대로 남아 있어 오가는 길손들에게 애절한 마음을 불러 일으키고 있으니 뉘라서 그의 짧은 한생을 불우한 것이라고만 이르랴./이제 우리는 주인공 황진이와 작별하면서 백호 림제가 그의 무덤 앞에서 지었다는 문제의 그 시조를 읊어 보며 삶과 죽음의 의미에 대하여 다시 한번 깊이 생각해보기로 하자. 청초 우거진 곳에/자난다 누웠난다/홍안을 어데 두고/백골만 묻혔난다/잔 잡고 권할이 없으니/그를 설어 하노라[14]

사족처럼 덧붙여져 있는 서술자의 마지막 진술은 황진이와 놈이의 사랑을 중심으로 진행되어온 작품의 의미를 삶과 죽음의 애상성으로 마무리하려고 한다. 이것은 거짓과 위선으로 둘러싸인 남성 권력 중심의 양반 사회를 흔들었던 진이의 '깊은 자욱'이 이 작품의 '종자'임을 놓치지 않으려는 작가의 의식에서 비롯된 것으로 보인다.

『황진이』는 놈이의 죽음과 진이의 떠남에서 이미 소설적 마침표를 찍었다고 보는 것이 더 타당할 것이다. 왜냐하면 실제 인물 '황진이'의 사료에서와는 다르게 홍석중에 의해 새로이 첨가된 인물이 바로 하인이자 기둥서방이었다가 화적패가 되는 '놈이'이기 때문이다. 결국 이 작품은 역사적 사건을 호출함으로써 계급성과 낭만성의 어우러짐을 표방하려고 기획된 작품인 것이다.

7. 북한식 낭만성의 색다른 표정

1992년 발간 이후 현재까지 북한문예이론의 지침서인 김정일의 『주체문학론』은 애정문제에 대해 '현실과 이상의 균열'을 그릴 수 있음을 강조한다.

작품에서 정서를 돋군다고 하면서 흔히 사랑선을 넣군는데 사랑선을

---

14) 홍석중, 『황진이』, 문학예술출판사, 주체 91(2002), p.528

넣는 그자체가 나쁜 것은 아니다. 사랑관계를 잘만 형상하면 우리 시대의 애정륜리에 대한 옳은 인식을 줄수 있고 작품을 정성적으로 색깔있게 만들 수 있다. 문제는 그것을 도식적인 틀에 맞추어 어색하고 싱겁게 보여주는데 있다. 작품에서는 대체로 처녀총각이 서로 사랑하다가 오해가 생겼거나 뜻이 맞지 않거나 이러저러한 리유로 사이가 버그러졌다가 다시 결합되는 식으로만 그리고 있다. 사랑하는 남녀사이에 첫 인연이 맺어지는 계기도 어떤 필연적인데서만 찾으려고 하는데 그럴 필요는 없다. 처녀와 총각사이에는 첫 인연이 아주 우연적인 계기에서 맺어질수도 있고 일단 사랑관계를 맺은 남녀가 마지막에 리상의 불일치로 결렬될수도 있다.[15]

그러나 1장에서도 검토했듯이 북한의 현대 소설 속에서는 남녀의 사랑관계를 '도식적 틀에 맞추어 어색하고 싱겁게 보여주는 것'이 대부분이다. 한 인간에게 현실과 욕망의 대립이 있다면 욕망을 내면화하거나 절제하는 것이 북한식 사랑 방정식의 전형이기 때문이다. 그러므로 아무리 '황진이'와 같은 '낭만적 자유인' 혹은 '시대적 경계인'을 그려내려고 할지라도 '주체조선' 이전의 역사소설에서나 가능할 뿐이지 사회윤리적 도덕 원칙과 이데올로기적 경직성을 강제하는 현대 소설에서는 그려내기가 어려운 것이 현실이다. 만약 '현재적 황진이'의 관능적 감수성을 그려낸다면 그 작품은 부르주아적 감수성, 퇴폐주의 미학이라는 낙인이 찍힐 것이기 때문이다.

'실존 인물 황진이'는 끊임없는 문학적 재해석의 대상으로 자리한다. 그만큼 문제적 표상으로 역사의 여러 장면에 새겨진 인물이 '황진이'이기 때문이다. 그러므로 양반에서 기생으로 전락하여 자기 정체성에 대한 고민을 진행하는 과거의 황진이는 남북을 통틀어 현재적이면

---

15) 김정일, 『주체문학론』(1992, 조선로동당출판사), p.243.

서도 미래적인 인물이다. 황진이가 당당한 존재론적 고민과 더불어 문학적 감수성, 남성 권력에 대한 문제제기, 양반 사회(남성성)의 허울과 위선 벗기기, 낭만적 연애의 주체(혹은 대상) 등을 보여주는 천의 얼굴을 지닌 존재이기 때문이다.

홍석중의 『황진이』는 황진이의 에로티시즘적 표상과 더불어 놈이를 통해 계급적 문제의식을 함께 그려내고자 한다. 하지만 놈이의 계급적 자각이 상대적으로 미미하게 그려져 있기에 오히려 남한 독자에게 흥미를 불러일으킨다고 할 수 있다. 특히 기둥서방에서 화적패가 된 놈이가 '욕망하는 주체'라기보다는 황진이에 의해 호출되는 '욕망의 타자'로 그려진다는 점에서 놈이의 계급성은 낭만성 뒤로 밀려나게 된다. 이러한 특색을 당성, 계급성, 인민성의 원리에 철저한 북한 소설에서의 색다른 양상으로 주목할 수도 있겠지만, 그것은 현재와 시대적 거리감을 지닌 조선 사회를 그린 역사소설이기에 가능하다는 점을 염두에 두어야 할 것이다. 그럼에도 불구하고 홍석중이 관능의 표상이자 낭만의 화신으로 그려낸 『황진이』는 기존 북한 소설의 공산주의적 도덕 윤리를 표방하는 사랑 방정식에서 벗어나 있다는 점에서 분명한 의의를 지닌다.

소설로 본 북한의 가정생활[1)]
—1980년대 말 이후를 중심으로

노귀남

1. 머리말

북한 체제의 지속성과 변화의 의미를 찾기 위해 전체 체제에 대한 정치, 경제적 고찰 이외에 일상생활 현상에 대한 다양한 변수들까지 포착하는 작업도 필요하다. 체제를 불문하고 가정은 사회 지속을 위한 세대 재생산의 터전이다. 전통적으로 우리 민족은 가문이나 가족 사이의 유대를 중시해 왔는데, 그런 가족의식이 북한에서는 어떤 모습으로 변화했는가? 그 변화 속에 내재한 체제와의 상호관계의 고찰은 체제를 이해하는 데 새로운 시각을 제공할 것이다.

북한에서 가정은 국가의 개별적 생활 단위이다. 그래서 이혼 같은 문제도 '사사롭거나 행정실무적인 것이 아니라, 사회의 세포인 가정의 운명과 사회라는 대가정의 공고성과 관련되는 사회 정치적인 문제'로

---

1) (공저)세종연구소 북한연구센터 엮음, 『북한의 경제』(한울아카데미, 2005)에 실은 원고를 대폭 수정함.

본다. 이런 측면에서 가정은 혁명화의 기초단위인 셈이다.

그러면서도 가족주의는 종파주의의 하나로 보고 청산 대상으로 생각했다. 가족주의는 조직 내의 사상의 통일단결을 약화시킨다고 보기 때문이다. 가정생활은 사적 영역임에도 불구하고 그와 같이 사회 체제의 집단적 영역과 가치 속에 묶여 있다. 가정과 가족주의 사이의 상충된 가치나, 가정의 사적 가치의 축소와 같은 양가적이고 이중적인 측면은 가정생활에 대해 보다 심층적인 연구를 요구한다.

이 연구는 소설에서 하나의 완결된 생활상을 보면서, 그것을 사회체제의 관계 속에서 재해석함으로써, 가정과 여성의 일상적 삶에 투영되어 있는 체제와 이념의 영향을 살펴보고자 한다.

그런데 북한 가정생활에서 1960년대 초반에 '사회주의적 대가정'이라는 특징적 이념형이 나타났다. 그것은 종파주의를 청산하고, 물적 토대를 사회주의적으로 개조한 후에도 인민의 단합된 힘으로써 계속 혁명의 추동력을 만들어 김일성 체제를 굳건히 하는 과정에서 나왔다. 대가정의 요구는 '단결이 힘의 원천이며 승리의 결정적 담보'라는 단순한 논리 속에 담겨 있다. 집단주의를 압축한 〈하나는 전체를 위하여, 전체는 하나를 위하여〉라는 구호 아래, 북한 공산주의 사회에서 모든 사람들은 서로 돕고 고락을 같이하면서 화목하고 단합된 하나의 대가정을 이룬다. 이것은 가정의 혁명화를 요구하고 사적 가정생활의 의미도 바뀌게 했다. 당과 대중의 혈연적 연계를 강화하여 전체 인민을 당 주위에 묶어 온 사회를 단합된 하나의 대가정으로 전변시킨 일은 인민들을 혈연관계처럼 무조건적이며 이념적으로 무장시켜 김일성 유일체제에 있어서 당정책을 일사불란하게 관철하는 실행력이 되었다.

시기별로 가정생활의 변화를 볼 때, 국가주의 이념이 가정생활에 어떤 영향을 미치고 가정을 어떻게 변화·개조시키는가 하는 문제, 즉 체제와 가정과의 관계가 주요 구분점이 된다. 첫 번째, 해방과 전쟁시기에는 개별 가족성원이 사회적 성원으로 사회화하는 경향이 나타난다. 두 번째, 전후 천리마 시기는 사회주의적 개조가 시작되면서, 가족주의적 소시민 의식을 버리고, 집단 속의 성원으로서 새로운 가족 역할을 강조했다. 세 번째, 1967년을 전후해 주체사상 일색화가 시작되면서 가정을 혁명의 최전위로 내세워 모든 가정을 붉은 가정으로 혁명화하는 시기가 오랫동안 지속되었다. 네 번째, 1989년 무렵부터 서방세계 영향과 가정이 경제적 자립단위로 서서히 변화함으로써 가정생활에서 여성의 자의식이 강화되고 가족관계의 변화가 일어났다.

1989년 제 13차 세계청년학생축전은 탈냉전기로 접어든 국제사회와 접촉하는 계기가 되고 개방 물결의 틈입이 생기게 했다. 이에 따라, '우리식 사회주의'를 더 한층 강조하지만, 안에서는 경제난이 고조되어 가고, 밖에서는 개방 요구가 높아짐으로써 생활 여건이 변화하고 가정생활도 영향을 입게 되었다. 따라서 1989년을 전환점으로 삼아 가정생활의 새로운 국면을 중점적으로 파헤칠 것이다.

2. '붉은 대가정'의 위기

사회주의 체제에서 가정은 모든 성원들이 서로 돕고 이끌면서 전 사회의 발전을 위해 투쟁하는 단위가 된다. 가정은 사회주의, 공산주의 건설의 성과적 추진에 따르는 근로자들의 물질문화생활 조건의 끊임없는 개선, 낡은 사상 잔재와 인습의 청산, 공산주의 사상과 도덕의 발전, 여성과 아동에 대한 사회적 배려의 증대 등을 꾀하며 지속적으로 발전한다고 말한다.

따라서 가정의 혁명화는 모든 인민들의 주요한 임무가 된다. 가정의 전체 성원들을 혁명화하는 것은 가정을 더욱 단란하고 화목하게 꾸리며 가족들의 사회적 역할을 높이고, 혁명과 건설에 적극 이바지할 수 있도록 하는 실마리로 본다. 가정에서 사회적 임무는 자녀들에게 가정교육을 잘 시켜 그들이 공산주의 건설의 역군이 되게 하는 것이다. 즉, 가정교양이 학교와 사회 교육의 기초가 되는 것으로 본다.

> 공산주의사회에서도 가정이 있고 제 아들과 제 딸이 있을 것입니다. …공산주의사회에 가서는 온 사회가 하나의 가정으로 되고 자기 아들, 남의 아들 할것없이 모든 어린이들을 다같이 귀여워하고 사랑하게 될 것입니다.[2]

이처럼 북한은 가정을 사회 혁명의 기초로 삼고, 〈사회주의 대가정〉을 만드는 것을 교양한다. 다시 말해 가정생활에 대해 정치적 개입이 이뤄지면서, 가정을 혁명의 세포단위로 규정하고, 전통적 친족의 범위를 6촌까지만 인정(1990년 가족법에서는 8촌까지 확대)하는 등, 가정의 형태를 사회주의적으로 개조하는 데 주력했다.

가족법 제 1조는 "가족은 사회주의 혁명리론의 실습장이며 생산의 최저단위"라고 규정한다. 가족을 사회주의적 집단주의 제도에 알맞게 변형시키는 작업으로, 1946년 9월에 호적제도를 폐지하고 공민증제도를 도입했다. 이로써 가장을 중심으로 한 서열과 조상 숭배의 풍습 등 전통적 가족제도는 폐기했다.

가정의 혁명화는 2세들을 공산주의적 인간으로 육성하기 위한 기초 조직으로 가정을 내세우는 데서 시작한다. 1968년 3월 여성동맹회의에서 이 구호를 제기하고, 1970년 11월 당 5차대회에서 가정을 혁명화하는 것을 근간으로 하여 분조작업반, 인민반을 혁명화하고, 나아가 직장과 마을 전체를 혁명화하는 것을 강조했다.

---

2) 김일성, 『김일성저작선집』 3권, p.216.

그런데 사회 전체가 "하나의 사회주의적 대가정"이 되는 것은 생산 체계상 협력관계의 완성 상태를 의미한다. 이를테면, 모든 협동농장들에서 다 논농사를 해야 이밥을 먹는 것이 아니라, 사회 전체가 "하나의 사회주의적 대가정"이므로 협동농장마다 다 논농사를 하지 않아도 이밥을 먹을 수 있다고 말한다. 모두 논농사를 짓겠다고 나서면, 다락논을 만드느라고 많은 논두렁이 생겨 오히려 쓸 땅이 줄어 버리는 모순이 생기지만, 여건에 맞춰 무슨 곡식이든지 많이 생산하기만 하면, 대가정의 전체 입장으로 보아 이익이 된다는 뜻이다.[3]

이때 가정의 의미는 매우 정치적인 가치와 북한에서 강조하는 사회정치적 생명을 우선하는 가치를 담보하는 것이다. 그러나 1990년대 이후 북한 사회경제적 변화와 함께 가족의 개념과 가치는 사회주의적 집단주의 지향과는 거리가 있게 되었다. 국가가 가족을 보호하고 지켜주는 것이 아니라, 가족주의 관계에 의존해 서로 돕고 살아남아야 하는 상황이었다.

북한 사회의 근간의 이루는 혁명적 가정에 균열이 일어나는 한 단면을 백남룡의 중편 「벗」(1988)에서 찾아볼 수 있다. 현실 생활 문제를 정치사상으로 호도하고 해결할 수 없는 한계 지점을 보여준다.[4]

가정은 사회의 세포다.[5] 주인공 정진우는 바로 이 가정의 가치를 회복시키려고 하는 인물이다. 하지만 이 작품의 심층적 의미를 분석하면, 가족 성원인 여성 주체의 각성과 나아가 인민 주체의 의미를 사회적 관계 속에서 비판적으로 성찰하게 한다. 줄거리는 인민재판소 정진우 판사가 이혼을 청구한 채순희와 그의 남편 리석춘을 만나 부부 불

---

3) 김일성, 「농업근로자동맹의 중심과업에 대하여: 조선농업근로자동맹 제2차대회에서 한 연설 1972년 2월 16일」, 『김일성 저작집 27』, 평양: 조선로동당출판사, 1984, pp.72~73.

4) 「벗」에 대한 작품 분석은 노귀남, 「'인민성'의 문제로 읽은 북한문학의 변화와 전망」(『경희어문학』 제17집, 1997) 참조.

5) 김일성, 「사회주의교육에 관한 테제」, 『김일성 저작집 32』, 평양: 조선로동당출판사, 1986, p.397.

화의 원인이 어디에 있는지 객관적으로 조사하고 조정하는 과정을 그린 것이다. 여기에 다른 부부 이야기가 겹쳐진다. 이미 이혼 판결을 내렸던 채림과 그 아내 이야기, 이들의 이혼으로 갈라진 자녀를 가르치고 있는 여선생의 가정, 판사 자신의 부부 관계 등을 통해, 이혼을 제기한 채순희 부부 문제만이 아니라, 이 주제를 자녀를 포함한 가정 문제와 사회 전체 차원의 문제로 확대 조명한다. 말하자면, 이혼이 지극히 개인 차원이 아님을 말한다. 오히려 이혼을 매개로 하여 사회 전체 인민의 삶의 윤리 문제를 다루고 있다. 이 점에서 주제와 관련하여 '벗'을 뜻하는 인물 관계를 말하면, 사회주의 사회 생활의 실질적인 관계를 장악하는 관료의 문제가 제기된다. 즉, 관료의 이상형을 '벗'이라 설정하면, 정진우형의 긍정적 관료와 채림형의 부정적 관료가 작품상의 주된 대립관계가 된다.

채림형의 관료 문제는 반인민성에 있다. 이 점이 리석춘의 결혼생활에 파경을 부른 요인으로 작용한다. 석춘은 오직 인민들을 위해 창안에 몰두하고 헌신하지만, 그 스스로 한 인민으로서 받는 대우에 대해서는 초연하다. 반면 아내 채순희는 성과도 없고 응당한 대우도 못 받는 남편에게 불만이 많다. 또 공업기술위원장인 채림은 리석춘과 같은 인민의 무한한 충성심을 담보삼아, 인민이 헌신한 것에 대한 보상을 외면하고, 그들에 복무할 마음 없이 안이하게 이익을 챙기기에 급급하다. 이런 문제를 전형화한 일화가 〈도자기 꽃병 사건〉이다.

리석춘은 5년이나 고생해 '다축라사 가공기'를 성공적으로 만들어도 기술축전에서 3등을 한다. 창안에 성공하여 타온 상은 손쉽게 구할 수 있는 도자기 꽃병 하나와 창안증서가 전부였다. 정진우가 이혼 판결을 하기 앞서 만났던 기능공 아바이는 창안증서만 던져 준 현실을 비판한다. 즉, 인민은 관료의 일방적 처사에 항의할 별다른 방법을 가지고 있지 않았던 것이다. 이런 문제제기는 작품 주제와 관련하여 '반인민성'을 혁파하는 이상적 관료형을 찾아낼 수 있는 중요한 계기를 제공한다. 정진우는 인민의 곁으로 가서 그들의 의견을 직접 듣고 반영하는 인민적 관료형이고, 채림은 인민에게 불평을 말라는 군림형이다.

여기서 채림에 대한 비판은 인민의 노력을 과소평가한 점에 있다. 그가 석춘에 대해 "기술자의 인격을 떨궈버리고 전망이 없는 사람으로 채순희에게 인식시킴으로써 불붙는 집에 부채질을 했"다는 것이다. 이때 가정과 사회제도는 같은 가치관 속에 동반적 관계에 놓인다. 작가는 이것을 '벗'의 주제적 의미로 연결한다.

'벗'은 정진우 판사와 기능공 리석춘의 사이, 곧 관료와 인민의 관계를 뜻한다. 이것이 작품 주제와 이어지면, 주인공은 정진우 판사가 된다. 그런데 '벗'을 '동지'라는 부부 차원으로 읽으면 어떨까. 작품 속에 정진우—은옥, 리석춘—채순희, 여선생—연공 등 여러 부부가 등장한다. 이 가운데 리석춘—채순희 부부가 이혼으로 가는, 가장 문제적 갈등을 제기한다. 이 갈등 관계에서 작품이 보여주는 것은 무엇인가.

이렇게 질문하면, 가장 문제적 인물 채순희를 만난다. 관료의 반인민성에 초점을 맞출 때 정진우를 중심 인물로 하는 대립관계를 찾을 수 있었던 것과 달리, 〈여성주의 시각〉에서 부부 사이의 갈등 관계로 주제를 부각할 때 채순희가 중심 인물이 된다.

채순희는 발전적이고 개성적인 입체적 인물형인데 비해 리석춘은 보수적이고 전형적인 평면적 인물형이다. 채순희가 요구하는 형에서 볼 때, 석춘이와는 '생활 리듬'이 맞지 않는 문제적 관계에 놓인다. 이 문제는 우리에게 새로운 화두, 여성주의의 관점을 제공한다.

작품의 맨 처음에 정진우 판사와 이혼 청구자인 30대 여인 채순희가 등장한다. 여인은 또 예술단의 성악배우로서 중음가수이다. '흰 목을 드러내놓은 새 류행의 원피스'를 입고, 화장내를 풍기는 외모에서부터 새로운 인물형을 느끼게 한다. 결혼 10년 만에 이혼을 제기하는 이유를 채순희는 "그 사람하고는 생활리듬이 통 맞지 않아요."라고 했다. 노동자에서, 직장 가수로, 다시 성악배우로 발전하는 이 여인의 감성적인 감각은 시대의 변화를 논리적으로 설명해내지 못하지만, 그 전위에 선다.

리석춘은 아내와 불화한 감정의 근원을 자신에게서 찾아보려 하지만 허사였다. 공장에서 성실히 일하고 가정생활에 충실하고, 또 아내에게 진정을 기울인 것을 부정할 수 없기 때문이다. 그는 아내에게 있는 여성 특유의 자존심과 극장생활에서 생긴 허영심이 문제라고 생각했다. 또한 선반공으로 사회를 위해 복무하는 자신의 생활신조를 그런 아내가 허물려고 한다고 믿는다. 게다가, 자신이 창안에 몰두하는 성실성을 인정하지 않을 뿐더러, 대학에도 갈 생각도 하지 않고 세월 가는 줄 모르고 고지식하게 일만 하는 것이 오히려 가정을 구속하고 있는 줄 왜 모르냐고 따지는 아내에게 절망감을 느낀다.

두 사람이 더 이상 못 살겠다는 결판적 싸움은 창안이 성공한 뒤에 벌어진다. 〈도자기 꽃병〉이 문제였다. 채순희는, 고작 그것을 상으로 타자고 그렇게 고생했는가, "나라에서 아무러면 이런 걸 주겠어요. 왜 당신은 응당한 것을 받지 못하고서 부처님처럼 앉아 있어요?"라고 따지고 나왔다. 리석춘은 "사람을 어떻게 알아? 응! 네가 남편을 모욕할 수는 있어도 내 노력의 열매를… 신성한 목적을 시비하진 못해!"라고 분통을 터뜨리고, 책상을 내리치다가 꽃병이 굴러 떨어져 박산이 난다. 이것이 마지막 싸움이었다.

도자기 사건은 이중적 의미를 가진다. 거기에는 반인민적 인물인 채림이 개입되어 있고, 왜 고분고분 하냐고 반발하는 인민 채순희가 매개되어 있다. 이 두 문제적 인물이 만나는 지점에다가 도자기 사건을 설정했다. 이 겹침은 작품의 새로운 관점을 만들어낸다. 관료의 문제와 이혼의 문제가 왜 겹치고 있는가?

채순희의 이혼 제기는 1차적으로는 남성의 가부장성을 부정하는 문제이다. 거기에다 '나라' 이야기를 덧붙여 묻는다. '나라에서 아무러면 이런 걸 주겠는가.', '왜 당신은 응당한 것을 받지 못하는가.' 이 두 문 제는 주제와 가장 민감하게 대응하는 지점이다. 앞에 것은 당과 수령 의 절대성을 함축하고 있고, 뒤에 것은 인민 주체를 왜 못 세우냐는 반 발과 도전의 뜻을 품고 있다. 이 둘은 실제로는 모순 관계에 놓여 있 고, 더 이상 전진을 불가능하게 하는 한계에 닿아 있다. 여성주의 시각 에서 말하면, 사회적 한계를 채순희를 내세워 우회하여 도전한다. 아 바이가 보장하는 인물 기능공 리석춘과 새로운 여성상을 추구하는 채 순희가 서로 대립하는 의미를 그와 같은 차원에서 다시 읽는다면, 변 화가 불가능한 곳에서 극적 변화를 가능하게 하는 어떤 실마리가 찾아 질 것이다.

작품에 내재한 관료와 인민의 문제는 '나라에서 아무러면'이라고 말 하는 속내에 접어둔 가장 근원적인 문제까지 포함하여 그 모두를 뒤집 어 읽는 데서 찾아지는 〈인민성〉, 다시 해석하면 여성주의 시각의 반 (反) 가부장성을 말한다. 그것은 붉은 대가정 속에 내재했던 여성의 삶 의 모순에 도전함이면서, 가부장적 대가정 체제에 대한 비판이 된다. 이런 비판적 시각은 주체사상의 위기를 예고한다.

3. 대가정의 균열과 여성의 성장

중국의 개혁, 사회주의권의 동요, 세계화의 물결 등 북한 체제에 대 해 밖으로부터 압력이 점점 커졌다. 김정일은 제국주의자들과 부르주 아 복귀주의자들의 반동사상 조류를 막기 위해 목숨을 걸라고 주문했 다. 그가 내세운 사회정치적 생명체론은 사회주의가 인민의 생명이고, 수령, 당, 대중이 생사 운명을 같이하는 운명공동체라는 주장이다. 사상과 도덕으로 인민을 굳게 단결시켜 어떻게 해서든 체제 위기를 막겠다는 뜻이다.[6] 따라서 자본주의와의 대결에서 운명공동체이자 사회정치적 생명체인 당에 대한 신심, 당성과 애국심은 인민생활에서 중요한 교양이 된다.

1989년 13차 세계청년학생축전은 북한 집단이 자원을 총동원하여 사회주의 정치생명체로서의 목숨을 걸고 외부세계와 대결한 것과 같았다. 그것은 바닥까지 파서 치른 행사가 되었다.[7] 광범위한 외화벌이를 비롯해,[8] 국가가 나선 골동품 수매까지,[9] 역설적이게도 자본주의 경제로 뛰어들어 자원을 동원하는 가운데, 사람들의 생각이 바뀌고 대담하게 비법행위까지 하면서 공식 상점보다 장마당이 생활 공급의 원천으로 변화했다.[10]

13차 축전으로 인한 개방의 틈새는 생활에서 집단보다 개인을 먼저 생각하는 조건을 만들었다. 정현철의 「삶의 향기」(『조선문학』, 1991. 11)[11]는 가족관계에서 개성의 문제를 다룬다. 이것은 실제로 배우자 선

---

6) 김정일, 「사회주의는 우리 인민의 생명이다: 조선로동당 중앙위원회 책임일군들과 한 담화 1992년 11월 14일」, 『김정일 선집 13』(1998).
7) 전쟁시기에도 끄떡없던 나라의 기강은 흔들려 병원에 가거나 외화상점에 가거나 사람들의 눈동자는 '물건'을 찾는 생존의 요구에 허덕이고 있었다. …그런데 13차 축전을 어떻게 한단 말인가. 88올림픽을 했으면 했지, 거기에 겨루겠다는 당의 의도가 서글프게 느껴졌다: 성혜랑, 『등나무집』, 지식나라, 2000, p.468.
8) (7) 이00(남, 45세) 2003.1.16: 1989년경 외화벌이가 광범위하게 했다. 보위부, 안전부, 당 할 것 없이 했다가 비법이 나오니까 그만하라 했다가 무역회사가 나왔다. 수법은 회사 사장을 시켜서 외국도 내보내고 돈 벌어오게 하고, 좀 살 만하면 뺏어 먹고 죽이고, 그 다음에 또 다른 사람 시킨다.
9) (1) 최00(남, 28세) 2002.11.7: 13차 축전에 외국에서 오는 교포들에게 골동품을 하나씩 팔자 해서 국가가 운영을 했다. 개성시 백화점 옆에다 문구를 써 붙이고 상점을 차려놓고 국가에서 전문가들이 나와 감정을 하고 골동품을 수매했다. 골동품을 산다니까 모두들 들고 나와 몇 백 명이 줄을 섰다. 13차 축전이 시작되면서 '바꾼 돈'으로 지급했다. 도자기 단지 하나에 양복지 한두 벌 살 수 있는 바꾼 돈 40원 정도 받았다.
10) (36) 서00(남, 37세) 2003.9.18: 1976~1977년까지는 상점에서 80%를 사면 장마당에서 20%를 사고 그랬어요. 그러다 1980년 넘어서면서 상점에서 팔던 것들이 많이 줄어들고 인민반 공급제가 됐어요. 그러다나니까 인민반 공급해 주는 거 가지고 힘들어서 장마당에 나가서 30~40%를 챙겼어요. 1989년에 13차 끝나고 오니까 내외랑 이런 거 상점에서 파는 게 하나도 없고 다 장마당에서 사 입었어요. 국영에는 진열품 정도나 좀 있었고 제대되니까 100% 장마당에서 해결해요.
11) 이 작품의 자세한 분석은 노귀남, 「북한문학의 혁명전통과 전형의 변화」, 한국국어교육학회, 『새국어교육』 제54호, 1997. 참조.

택에서 연애결혼이 증가하고 있는 현실과도 무관하지 않다.[12] 이 작품의 발단은 배우자 선택에서 아버지와 아들 사이의 갈등이다. 아버지 안천주 교수는 아들 영호가 결혼 상대를 선택하는 데 불만을 가지고 있다. 결혼과 현실에 대해, 안 교수는 가부장적 가치로 보고, 영호는 개성적 가치로 본다. 안 교수에게 아내 순희는 내조자일 뿐이다. 남편의 연구사업과 뒷바라지에 '뼈와 살을 아낌없이 깎아 바치는' 헌신적 아내가 있었기에, 안 교수는 젊은 나이에 박사논문을 제출할 수 있었고 오늘까지 창조의 빛나는 탑들을 성과적으로 쌓아 올릴 수 있었다. 그는 아들에게도 아내와 같은 처녀를 맞이하기를 바란다. 아들도 자신처럼 과학 탐구를 생의 중심으로 놓고 모든 것을 다 바칠 각오로 임하여, 사생활과 사랑에 귀중한 시간을 빼앗길 권리가 없어야 한다고 본다. 하지만, 아들은 자신이 원하는 여성과 결혼하겠다고 하고, 자신은 아들 문제에 아무런 역할도 할 수 없는 아버지임을 발견한다.

영호는 어릴 때부터 아버지의 말을 도전적이리만큼 잘 받아들이지 않았다. 특히, 어머니에 대한 아버지의 태도를 받아들일 수 없었다. 사도공이었던 어머니가 소질을 살려 그림을 그리고 싶어했는데, 그런 어머니와 미술박물관에 구경 가자던 것도 아버지는 시간이 없다고 거절했던 것이다. 어머니는 언제나 가정의 무거운 짐만 지고 그 재능과 희망에 맞지 않은 일을 했는데, 영호 자신은 그와 같은 가부장적 결혼생활을 원치 않았다.

영호의 애인 수미는 평범한 실험공 처녀로, 영호의 첫 발명품에 대한 것이 잡지에 실렸을 때 찾아와 그 문제점을 지적하며 토론을 청하여 만나게 된다. 수미는 공장대학 졸업반으로 열처리개조로 완성을 목표

---

12) 1970년대까지는 주로 중매결혼이 이루어졌는데, 1980년대 이후는 연애결혼이 증가하여 1990년대에는 60%가 넘었다. 민화협 정책위원회 편, 『북한주민의 일상생활과 대중문화』, 서울: 도서출판 오름, 2003, p.252.

로 삼고 열심히 공부하고 있다. 영호는 수미와 함께 연구하며 동지적 사랑을 느낀다. '부부는 종속이 아니라 동등한 자격과 의무로 서로 돕고 이끄는 동지적 관계가 되어야 하며, 평등은 사랑의 가장 견고한 기초이다. 이 점은 여성이 한 가정의 행복만을 위해서가 아니라 사회의 세포를 풍부히 하고 튼튼히 다지며 사랑의 더 큰 힘으로 더 많은 일을 하자는 것'이다.

안 교수는 영호의 일기를 통해서 그러한 생각을 알게 된다. 영호는 아버지의 의견에 따라 배우자를 선택하지 않을 뿐만 아니라, 여성관에서도 반대 입장에 있었다. 그 입장은 여성이 개인적 능력과 자아 실현과 상관없이 오직 남편과 가족을 위해 헌신과 희생하는 것은 사회적 차원에서 부당하다는 여권에 대한 동조로만 읽히지 않는다. 그 내면에는 〈가부장의 절대 권위〉에 대한 도전이 들어 있다. 그것은 결혼문제 이전부터 쭉 있었던 가부장적 억압에 반발하는 행위에서 포착된다. 어머니 삶에 투영되어 있던 가부장성에 반발했고, 대학 진학 결정에서 아버지 뜻에 반대했고, 결정적으로는 처녀를 소개해 준다는데 당돌하게 거절했다. 이런 사건들은 부권의 권위가 아들의 개성에 의해 해체되는 것을 상징한다.

이 개성화의 표면과 심층의 의미를 아들의 일기에서 살펴보자.

사람은 자기의 개성화된 장점들과 가능성을 가지고 이 세상에 태여났다. 그것을 꽃피우려는 것은 자주적이며 창조적인 인간의 생명적 지향이요, 누구도 빼앗을 수 없는 신성불가침이 아닐까? … 매 사람에게는 자기의 몫이 있으되 그것은 가정의 몫과 함께 사회의 몫이다. 사회적 인간의 본성적 요구인 이 몫은 시대와 조국 앞에 엄숙히 지니게 되는 누구도 대신할 수 없고 또 그래서도 아니 되는 공민의 신성한 의무이며 도리일 것이다.

개성의 몫은 누구도 대신할 수 없다. 일기를 보면서 권위적이던 안 교수가 스스로, 가부장의 절대 권위가 가족 구성원의 자주적 창조적 개성을 꺾고 모두 획일적 가치에 매달리게 하는 것이 '죄악'임을 인정하게 된다.

이처럼 가부장의 절대 권위를 해체하는 사회적 의의는 무엇인가. 개성—가정—사회가 공유하는 개성은 기존 사회 질서를 깨는 새로운 시대적 요구일 것이다. 그러나 가부장 권위의 해체가 곧장 개성의 발현과 사회 변화를 말하는 것은 아니다. 개성화의 길이 공민의 의무이고 도리이면서 이것이 당과 수령에 대한 효성과 충성으로 이어진다면, 권위의 해체조차 권위에 기대는 아이러니를 낳고 만다. 결국 가부장적 권위는 요새처럼 버티고 있게 된다.

가부장적 가치 해체가 이와 같은 이중적 의미를 가지는 데에 주목할 필요가 있다. 북한은 주체형의 새로운 인간 전형을 창조하기 위해, 〈개성화와 대중적 영웅주의〉를 요구한 바 있었다. 이때 대중적 영웅주의는 개인 영웅주의와 대립되는 가치를 갖는다. 대중적 영웅주의는 집단주의적 생명관과 혁명적 세계관을 통해 창조하는 새로운 형의 영웅의 전형을 말한다. 영호가 주장하는 여성배우자의 개성 존중도 '사회의 세포를 풍부히 하고 튼튼히 다지는' 것을 말한 것이므로, 드러난 뜻은 대중적 전형을 지향한 것이라 보아야 한다. 안 교수가 자신의 가부장적 권위를 반성하며 발견하는 개성의 의의 또한, 자주적 창조적 인간의 생명적 지향에 있긴 했지만, 보다 근본적으로는 그 개성은 가정의 몫과 함께 사회의 몫을 향한 의무와 도리라는 뜻이 강하게 들어 있었다. 그래서 개성화는 반드시 집단적 대중적 지향성을 가져야 한다는 것이다. 이 점은 결코 집단 체제 중시 사고를 포기할 수 없는 북한 사회주의의 한계를 말한다.

그럼에도 불구하고 1990년대는 북한의 집단주의에 틈이 생기기 시작한다. 1990년 10월에 채택된 가족법에 의해, 명시적으로 재산상속을 가족관계와 함께 다뤘다. 비록 '사회주의적 결혼관계와 가족, 친척들 사이의 인격적 및 재산적 관계를 규제한다'(제7조)고 규정하고 있지만, 노동력을 상실한 배우자의 부양과 자녀 양육의 의무가 국가가 아닌 가정에 주어짐으로써, 가족주의의 맹아가 생겼다. 가족법은 사회의 기층 생활의 단위인 가정이 흔들릴 때 국가집단도 위기에 몰리게 되는 점을 사전에 예방하는 의미도 갖는다 하겠다. 하지만 국가 경제력의 약화로 인한 집단 위기를 가정을 방패막이로 삼는 것은 기존의 대가정 정책에 반하는 요소로도 작용할 것이 뻔하다.

실제로 1990년대 중반 이후의 극심한 경제난은 가정 해체 위기에 돌입하고, 여성이 실질적 가장으로 역할을 함으로써 가정을 지킬 수 있는 새로운 현상이 벌어졌다. 이 과정에서 여성의 권한과 목소리가 커지게 되었다.

김혜성의 「열쇠」(『조선문학』, 2004. 4)는 주인공의 남편이 주목된다. 화자의 남편인 '충국이 아버지'는 고난의 행군 시기에 '모두가 신념을 지키고 조국을 지킬 때' 자기 자신도 지키지 못한 불량배였다. 그는 '불도젤'의 기름을 훔쳐서 술과 바꾸는가 하면, 술친구의 텃밭을 일궈주다가 '불도젤'를 벼랑 턱에서 굴러 '법적제재'를 받기에 이른다. 그는 자기밖에 모르고, 출근하기 싫으면 술과 놀음으로 시간을 보냈다. 이러한 충국이 아버지가 '법적교양'을 받고 돌아와서는, 이미 헤어져 살고 있는 화자의 마음을 돌려놓기 위해 노력하는 모습을 보여준다.

아내인 화자는 갈등한다. '내가 끝까지 그와 살아야 하는가? 아버지가 없게 될 아들애가 불쌍해서? 그런 아버지는 차라리 없는 게 낫다.' 그런 남편이 '법적교양'을 받고 돌아와 성실한 모습으로 변했다. 그런데 그런 충국이 아버지의 진심을 이해하지 못하고, 그를 받아들이지 못한 화자가 자책감에 괴로워하기에 이른다.

처음에는 남편의 잘못을 질타하다가 '법적교양'을 받고 돌아와 변모한 남편의 행위가 부각되면서 도리어 화자가 더 괴로워하는 것은 무슨 의미인가. '용서해야 마땅하다'는 대의명분과 여성의 자의식과의 갈등이다. 작품에서 아내가 남편을 용서하고 받아들이는 쪽으로 결말을 짓는 것은 법적 교양 대상자에 대한 처벌보다는 사회 재편입이 현실적으로 절실히 요구되는 문제임을 보여준다. 다시 말해 과거 기준으로는 비법 행위가 너무 흔하므로 기준을 완화해야 하는 실상을 반영하고, 또 식량난 이후 여성이 경제활동에서 실질적 생존을 감당하면서 기존 사회에 대해 비판적이고 진보적인 입장과 여건에 놓이면서 성장한 여성의식을 반영한다.

하지만 이 작품을 뒤집어 읽으면 여성들의 의식 성장이 사회적으로 변화의 잠재력으로 작용하고 있고, 이를 '순종의 미덕'으로 억압하고 있음을 알 수 있다.

김길손의 「숨결을 안고온 처녀」(『청년문학』, 2004. 8)는 요직에 있는 아버지의 지위를 이용해 성공해 보려는 아들을 화자로 해서, 잘생긴 처녀 은혜와 단짝이 되어 일하는 가운데 자기의 잘못된 생각을 바꿔가는 과정을 그리고 있다. '나'는 뭐든 아버지가 다 해 줄 것이라고 생각하며 주어진 임무를 대충대충 처리한다. 심지어 은혜에게도 부모의 영향력이 작용하고 있을 것이라 추측한다. 그런데 은혜는 자기 아버지가 과오를 범하고 건설장에 가 있었는데도 더 낙천적이고 열정적으로 일한다. '나'는 이런 은혜를 보면서 기회주의적 생각을 버린다. 이 작품은 위에서는 지위를 이용해서 안일을 추구하고, 아래서는 국가 규율을 이탈하는 가정이 늘어나는 현상을 반영했다 하겠다. 대가정의 균열을 일으키는 이런 현상을 어떻게 막으려 하는지 은혜를 통해 유추해 볼 수 있는데, 아버지의 과오를 딸에게까지 묻지 않는 점, 즉 집단주의적 연대책임을 유보시킴으로써 집단을 살려 보려는 의도가 엿보인다.

특히, 과거의 관점으로 말하면 부정적 가정이라는 낙인으로 결코 당당할 수 없는 입장의 은혜를 여기서는 당당한 모습으로 형상화했다. 가정에서, 사회에서 성장한 여성 실상의 반영일 것이다.

4. 개방 압력과 경제난의 영향

북한 소설에서 〈고난의 행군〉 시기의 식량난과 극심한 경제 현실 속에서 벌어진 실상을 사후에야 비로소 본격적으로 반영하기 시작했다. 이 점은 선군정치를 내세워 김정일 체제가 대내적 안정성을 먼저 확보하고서 정상회담을 통해 대외적인 변화 모색을 하는 과정에서 나타난 대응으로 보인다.[13] 2002년 7·1경제개선관리조치 이후로는 시장경제적 요소를 더 적극적으로 도입함으로써 돌이킬 수 없는 개방의 길로 가는 것으로 예측되고 있다. 이런 현실이 문학에서는 매우 조심스럽게 진행된다. 문학에 나타난 주된 관심도 자력갱생을 강조한 경제 회복이지만 선군사상으로 무장하는 체제 유지에 더 큰 힘이 실려 있다.

남한에서 1997년 말 IMF 경제 위기로 인한 실질적 체감 고통은 실직과 가정 해체였듯이, 북한에서 경제난은 바로 가정생활의 위기와 혼란을 뜻했다. 그런데도 대규모의 기아·사망과 가족의 해체 등 〈고난의 행군〉 시기의 실상을 『조선문학』에서 거의 찾아볼 수 없다가, 사후적으로 그것을 반영한 것은 양해모의 「결석대표」(『조선문학』, 2000. 10)였다. 이 작품에서 비로소 기술자가 굶어서 병들어 죽고, 산업기반이 붕

---

13) 1998년을 전후해 선군정치의 개념화가 이뤄지고, 2000년 10월 선군혁명문학이란 새로운 용어를 도입하는 바처럼 그 개념은 사상이론화 과정을 거친다. 이것은 다시 2002년 10월 제2차 북―미 핵대결 국면을 전후해 혁명의 주도세력을 새롭게 해석한 혁명사상이론으로 전환, 체계화한다. 선군을 혁명이론화 하는 과정에서 〈고난의 행군〉 시기를 재해석하여 평가하고, 이에 따라 현실문제에 대한 새로운 대응력을 확보해 갔다.

괴된 상황을 직접적으로 이야기하였다. 책임비서가 기술자 한인국의 집을 찾아갔을 때, 병색이 짙은 중년여인이 간신히 자기 몸을 지탱하고 있었다. 방안은 얼음장 위와 같이 냉기가 돌았다. 이런 집안 형편에도 기술자는 나라를 위해 자기 목숨을 내놓았다. 그 직전에 나온 김홍철의 「풋강냉이 한 공훈광부의 이야기」(『조선문학』, 2000. 9)에서 일제강점 말기에 굶어죽은 부모를 내세워 현재 시점의 기근 상황을 호도하여 표현한 것과는 대조적이다.

이 시기 상황을 반영한 작품 속의 가정생활은 크게 세 가지로 나눠볼 수 있다. 첫째는 체제의 지속과 수호 문제와 직결된 것으로, 부모대의 목표를 자식이 계속 이어 가는 주제로 나타난다. 둘째는 국가적인 자력갱생의 구호를 형상하는 것으로, 국가 경제력이 유기된 채, 궁핍한 생활 속에 자력·자활의 길을 찾아가는 주민의 살림살이를 엿보게 한다. 셋째는 시대 극복을 위해 변화하는 모습 등이 나타난다. 북한이 국가 중심의 사회주의 집단사회를 강조하고 있지만, 실제로는 생활 영위의 책임 단위가 개인과 가정에 지워진 상황을 드러내고 있는 것이다.

손영복의 「이 땅의 재부」(『조선문학』, 2003. 1)에서 진억은 영예군인으로 농업전문학교를 졸업하고 좋은 품종의 쌀을 개발하겠다는 신념을 가진 인물이다. 어머니 한씨는 평생 농사에 전념하며 아들이 연구하는 볍씨가 잘 되기만을 바란다. 아들은 아버지가 못다 이룬 연구를 성공시키려고 몸도 아끼지 않았다. 진억은 시신경 기능 장애가 생겨 수술을 하면서까지 벼 품종 연구에 몰두하는데, 눈이 회복되고 있는 중에 연구도 성공하였다. 전문연구기관의 연구사가 아니라 연구 조건이 불리했는데도, 영예군인의 몸으로 10년 동안이나 이악스럽게 연구사업을 했던 힘은 인민들에게 흰 쌀밥을 먹이고 싶어 하는 수령의 소원을 풀어 주겠다는 결심 하나 때문이었다. 그런데 가정의 대를 수령의 뜻으로 잇고 있음은 정작 중요한 식량난 해소 문제는 주제에서 뒷전으로 밀려나게 한다.

강호진의 「어머니의 당부」(『조선문학』, 2003. 6)는 군인으로 대를 잇는 영예군인 가정 이야기인데, 영예군인 아버지를 본받으라고 아들에게 끊임없이 당부하는 어머니가 등장한다. 그러나 아들 현우는 처음에 '영예군인'을 영예롭게 보지 않았다. 전국원군미풍열성자대회 토론연단에 어머니가 나섰다. 이처럼 김정일 시대를 상징하는 선군혁명은 모든 것을 군대로 귀일시키려 한다. 군대와 무관한 인민들 삶은 원군 열풍으로써 하나가 된다. 어머니는 시인이 되고 싶어 하는 아들에게 군복부터 입으라 했다. 아들이 결국 병사가 될 결심을 한 것은 아버지의 한 생과 어머니의 소원 때문이었다.

어머니는 한 팔밖에 없는 영예군인 아버지가 애써 만든 나무따발총을 첫돌 상에 올렸는데 아들이 그걸 집었다고 늘 자랑스럽게 생각했다. 〈고난의 행군〉 시기에 아버지가 죽고, 아들은 공장이 시시하다며 군대에 가겠다고 했을 때, 어머니는 군대를 우습게 아는 아들에게 실망했다. 그러나 입대 후 처음으로 참가한 천리행군을 이겨내면서, 어떻게 사는 것이 아버지처럼 사는 것이고 자랑스러운 아들이 되는지를 깨달았다.

남편이 죽고 없는 마당에, 결혼 10여 년 만에 태어난 아들인데도 군대로 내보내는 어머니의 원군미풍, 목숨을 걸어야 얻는 영예훈장, 이런 모습들은 가정의 대를 이은 충성이며, 선군 기치 아래 수령과 체제의 결사옹위정신을 반영한다.

최영학의 「한생의 밑천」(『조선문학』, 2003. 6)은 제금직장을 다닌 아버지의 유언 때문에 삶의 태도가 변화하는 아들과 극단적인 자력갱생의 모습이 그려진다. 아버지가 남긴 뜻에는 먼지 속의 금을 얻어 나라에 보탰다는 업적보다 "아들을 마음 곱고 깨끗한 량심을 지닌 참된 공민으로 나라 앞에 세우지 못했다"는 자책이 더 컸다. 그것은 나라의 재부가 써버리면 없어지는 금이 아니라 "공장을 돌리고 농사를 짓고 이 나라를 지키는 사람들"이란 생각 때문이었다.

중학교 때부터 나(김금석)의 별명은 '몬지'였다. 아버지가 공장에서 먼지만 날라 왔기 때문이다. 아버지는 그것이 먼지가 아니라고 했지만 금석은 놀림감이 된 것이 싫었다. 아버지는 하루치는 몰라도 1년치 먼지 속에는 몇 그람의 금이 있을 것이라 생각했다. 공장에서는 그것을 얻자고 공정을 차릴 수 없다고 해서 부엌 한구석을 작업장으로 만들어 매일 먼지를 물에 풀어 보고 약물에 담가내기도 하였다. 뜻밖에 어머니가 죽고, 금석은 기업소에서 부업지를 개간하는 간석지개간돌격대에 나갔는데 그것이 아버지와 마지막이었다.

어느 날 직장세포비서 아바이가 아버지의 죽음을 알렸고 유품으로 일기장을 보게 되었다. 순금 726.3그람을 먼지에서 얻었다는 내용이 든 아버지의 유서를 보면서, 금석은 아버지가 먼지 속의 금과 같은 사람이라는 것을 깨달았다. 금석은 고속도로 건설장으로 일을 옮기고 아버지와 사회 앞에 남모르게 지은 죄 닦음으로 모든 일에 앞장섰다. 가장 우수한 돌격대원으로 뽑히고, 제일 깊은 수직수굴 작업을 자진하여 맡아 나섰다. 금석은 여단돌격대원들의 마음속에 훌륭한 모습으로 살아 남게 될 자신을 생각하며 헌신하는 기쁨 속에 계속 일했다.

이 작품의 배경은 고난의 행군시기인데, 이 점에서 부모의 죽음은 '뜻밖'의 일이 아니다. 여기서 우리는 식량난 속의 죽음들과 해체된 가정의 고통을 왜 '양심을 지닌 공민'의 문제로 대체하여 말하는지를 생각해 보아야 한다. 기업소의 노동자가 부업지 개간에 자원해야 하듯 사회 기반이 붕괴되고, 가정까지 무너져 가고 있는 실정에서 장마당과 같은 자생적 현상이 개인주의, 자본주의 경향으로 흐름은 국가로서도 불가항력이다. 그래서 강조되는 작품 주제들은 공산주의 미풍과 양심,

불패의 선군정치와 군민일치, 사회주의 혁명의 영웅주의, 반제·반미와 애국주의 등이었다. 사상과 신념의 강자가 패한 일이 없다는 사상강국건설 등 강성대국건설을 국가 목표로 내세워 대내외적으로 버티고 있는 북한으로서, 금석의 아버지 같은 노동자 농민의 불변의 양심이 체제의 보류가 된다.

그런데 가정 살림은 양심 이전에 물적 토대가 무너지면 지켜지지 않는다. 임시 방편으로 살아가는 모습을 류민호의 「해후」(『조선문학』, 2003. 3)에서 보자. 1958년 봄에 완공한 동평양지구의 6층짜리의 살림집이 소재가 된다. 조립식 주택건설은 기술상 시기상조라고 했을 때, 제대군인 건설자들이 자력갱생의 혁명정신으로 목조 기중기까지 만들어 가며 세운 최초의 조립식 주택이다. 그때 이 집에 처음으로 입사한 제대군인 건설자의 한 사람인 전기수는 지금도 그대로 살고 있다. 큰 건설사업소의 기사장으로 일하는 그의 맏아들은 중구역의 현대식 탑식 살림집 세 칸짜리 큰 집에서 살고 있지만 그는 이 집을 떠날 생각이 없었다.

일요일 아침에 층별 체육경기가 있을 예정이었다. 기다리던 그 아침에 공교롭게도 수도가 메여 소동이 일어났다. 강철룡, 전기수, 김우진이 모여서 수리를 하기 시작했다. 그들이 초기 입주 때 고친 그 하수관이다. 보수사업소 작업반장은 기중기 없이 일을 어떻게 하냐고 했다. 나라 사정에 어떻게 기중기를 만드느냐면서 제대군인 출신자들은 기중기 대신으로 밧줄을 메어서 삭아 있는 배수관을 고쳐냈다. 40년이 넘은 집이니 재건이 요구되는 실정이겠지만, 군대식 자력갱생으로 돌파해 낸 것이다.

국가적 경제력이 바닥난 상황에서 가정생활을 인민들 스스로 자력갱생해야 하는 처지인데, 문학작품에서는 그 힘을 집단의 회생에 요구하고 있다. 리희남의 「한 가정에 대한 이야기」(『조선문학』, 2004. 5)는 제대군인인 굴착기 초소장 박수남 집안 이야기다. 10년 전, 제대군인 박수남은 8호 굴착기에 처음으로 와서 8년째 굴착기 초소장으로 일하고 있다. 그는 아내를 끔찍이 사랑하며 언제나 경어를 쓰면서 밥을 짓고 빨래를 하는 경우도 적지 않다. 부부간에 서로 돕고 이해함으로써 집안에 언제나 웃음이 넘쳐나 동네에서는 웃음 많은 집이라고 부른다.

박수남이 아내를 끔찍이 사랑하는 사연이 있었다. 안변에서 갱작업을 하다가 심한 부상을 당해 피를 많이 흘려 소생 가망이 없었다고 했을 때, 담당간호원이었던 그의 아내가 자신의 피로 수혈을 해줘서 그 이후로 아내 몸이 약해졌다. 아내에게는 박수남이 생명의 은인이다. 갱 안에서 바윗돌이 떨어질 때 대원들을 밀치고 자신이 깔렸는데 실상 보니 자기 앞에 박수남이 있어서 살았던 것이다. 그래서 자신의 피 정도는 아무것도 아니라고 생각했다.

병약해 보이는 아내지만 남편의 초소원들에게까지 정성을 쏟는다. 그들을 집으로 자주 불러 성의껏 음식을 차려 주기도 한다. 명절날 같은 때면 의례히 초소장 집에 모여앉아 밤늦도록 놀다가는 그 아내에게 노래를 청한다. 이런 일들은 바로 광산일에 대한 뒷바라지였다. 채굴장에 장군님의 은덕으로 현대식 대형 굴착기가 도착했다. 초소원 가족들도 돼지나 염소와 같은 지원 물자들을 내놓기 시작했다. 박수남의 아내는 남다른 정성으로 굴착기 운전석에 깔 꽃방석과 초소원들에게 하얀 장갑을 내놓았다. 박수남 역시 초소원들 앞에서 굴착기를 영원히 원상대로 관리 운영하기 위한 전망 목표를 제기했다.

하지만 〈고난의 행군〉으로 굴착기 운전공들의 식량 사정도 어렵고, 굴착기 부속품을 마련하기도 어려웠다. 그런데 부속품 문제가 제기되자 그것을 핑계로 삼아 초소원이 처가에나 가서 식량을 얻어오는 개인적인 이해를 챙기는 행위도 종종 있었다. 그와 같은 식량난 속에서도 박수남의 아내는 이를 악물고 굴착기를 지키기 위해 남편을 뒷바라지

했다. 젖 염소를 구해다가 그 젖으로 식량도 바꾸고 남편의 영양도 보충하겠다는 요량을 했다. 아내는 80리나 걸어서 염소 한 마리를 구해 왔지만 산기슭에서 염소를 방목하다가 졸도하기도 했다. 생활이 더 어려워지자 아내는 집안에 남은 텔레비전과 누렁이를 팔아 염소와 강냉이를 구하러 떠났다. 아내는 돌아오는 길에 쓰러지고 마는데 굴착기를 꼭 살려달라는 유언을 남기고 숨을 거둔다. 사람들이 제 살 구멍만 찾을 때 그들의 헌신성에 대해 '이보다 더 아름다운 가정이 없다'는 말밖에 할 수가 없었다.

이 작품은 한 가정의 생존보다 인민이 국가를 살려내야 하는 역설적 현실을 보여준다. 나라가 우선하는 사회정치적 생명은 인민에게 최소한의 생존 보장이 될 때 가능한 이야기이다. 따라서 '아름다운 가정'은 인민들이 스스로 위로해야 하는 비극적 헌사라고 할 수 있다. 박윤의 실화소설 「바다밑에도 땅이 있다」(『조선문학』, 2002. 12)는 나라에 손을 내밀지 않고, 개인의 노력과 돈으로 국가 재산인 수산기지를 제대로 꾸리는, 아주 모범적인 교양을 준다. 김명석은 나라 앞에 죄지은 아버지 때문에 과거에는 도저히 당원이 될 수 없었던 사람이지만, 한결같은 충실성을 인정받아 수산부업구분대의 구분대장으로 임명되면서 소좌의 군사 칭호를 수여받았다. 김명석은 광폭정치가 말하는 실리 추구의 새로운 인물 전형인 셈이다.

사건으로 보는 현실로는, 군대의 공급을 위해 임시수산부업조가 조직되고, 그것을 다시 부대의 부업생산기지로 만드는 일이 벌어진다. 현재 북한에서는 군대 외에도 공장기업소나 각종 단위 조직체에서 식량의 자력갱생을 위한 수산기지를 운영한다. 기지장 김명석 집에 찾아간 정치위원이 '천만금을 벌어 들이는 사람이 집안은 서발막대를 휘둘러도 걸릴 게 없겠다'고 했듯이, 기지장을 하면 돈을 벌 수 있는데도 명석은 개인 이익을 추구하지 않는다.

그에게 주어지는 것은 집안의 명예 회복이다. 명석처럼 '반동의 아들'로 낙인찍힌 주민등록문건을 달고 다니는 사람은 과거에는 당원도 지도자도 될 수 없었다. 명석의 아버지 김성삼이 반동으로 찍힌 이유는 한순간의 실수였다. 전쟁 때 군량정사업소 물자를 싣고 신의주로 가다가 한 내무원의 단속에 걸려 갔던 길이 자신도 모르는 사이 적군의 포로가 된 것이었고, 한 달이나 끌려 다니다가 탈출하여 자수하였다. 그는 원수의 총부리에 맞서지 못한 '반동죄인'이 되었다. 그럼에도 그는 한 생을 조개를 잡아 조국의 재부를 건져내는 충실한 삶을 살았다. 그 아버지의 죄를 씻기 위해 김명석 역시 군복무에서 피나는 노력을 했다. 그러나 제대가 가까워졌을 때 동원되어 간 건설장에서 사고가 발생하고 완공기일을 지연시킴으로써 분대장에서 전사로 강직되었다. 그는 고향으로 돌아와 '제 구실을 못한 놈을 고향 사람들이 받아들일까' 염려하면서도 아버지가 하던 일을 한다.

군부대는 임시수산부업조를 조직해 제대군인인 김명석에게 맡긴다. 그는 관직이나 명예를 바라지 않고 오직 마음에서 우러나는 충실성으로 바스레기조개(바지락) 양식에 매진한다. 그런데 해일이 흔적도 없이 쓸어갔다. 뜻하지 않는 과오로 투자한 자원을 날려 버린 한낱 '조개미치광이'로 떨어진다. 아버지처럼 한순간 인생의 가치가 바뀐 것이다.

이러한 인생의 위기를 명석은 일관된 충실성으로 이겨 나가는데, 전화 위복의 매개는 광복 직후 수령의 교시로 만든 '1호 제방'이었다. 바로 그의 아버지가 휴일이면 돌을 지고 손질하러 다녔던 제방이다. 이것이 쓸려간 씨조개가 난바다로 유실되지 않고 늙은 조개로 자라게 지켜 주었다. '제방'의 상징은 투철한 혁명정신의 불변성과 체제와 땅의 굳건한 지킴이다. 전쟁 노병 세대의 혁명정신은, 입대하는 아들을 불러 함께 제방석축 여러 군데를 손질하며 또다시 아버지와 아들의 두 발자국을 찍었듯이, 2세대와 3세대에도 흔들림 없이 이어진다.

세대가 이어짐을 강조한 점에서는 앞에서 보았던 「이 땅의 재부」 등과 다를 바 없지만, 반동의 아들을 받아들이는 유연성이 있고, 실질적인 개인 투자가 의미 있게 부각된다. '10년간 우리 당의 바다가양식방침을 심장으로 받아 안고 적은 인원에 자력갱생의 정신으로 수많은 국가적 재부를 마련하는데 크게 이바지한 동무의 희생적 투쟁 내용을 객관적으로, 자료적으로 분석'하여 주었다는 것은, 경제성보다 정치성과 사상성을 앞세울 때는 불가능한 일이다.

부대가 임시수산부업조를 꾸릴 초기는 배 한 척에 주로 가두로력(가정주부 등 직장이 없는 인력)을 모아 조개잡이를 하는 단순한 일이었다. 김명석이 이 일을 맡아 하면서 애조개까지 마구 퍼올리는 자원 고갈 현장을 보고, 그 애조개를 제 돈으로 사서 바다에 뿌리는 양식으로 전환한다. 작품에서는 그 일이 사적 소유일 수 없는, 국가의 재부를 늘리는 것이지만, 개인의 투자와 생산성의 제고가 이뤄지는 현상은 결코 무시할 수 없다.

그런가 하면, 해일에 양식장이 쓸려간 과오에 대한 책임을 지고 명석이 사직서를 냈을 때, 그 사업에 대한 평가 또한 실리적이다. 과오보다 적은 인원을 가지고 한 개 기업소도 무색할 만큼 큰 실적을 냈던 김명석의 사업 성과를 인정하여, 되레 임시수산부업조를 발전적으로 해산하고 부대의 부업생산기지를 내오도록 결정하여 그를 기지장으로 세워 준다. '지금은 실력전의 시대입니다'는 정치위원의 시각은 비록 '장군님의 간곡한 말씀'을 따르는 것이지만, 당일군과 당정책의 변화를 보여준다.

이를 뒤집어 보면 변화하는 개인의 사고와 사업을 당정책에 반영하지 않을 수 없음을 말한다. '주체 90(2001)년 4월 10일, 김명석은 새로 개편된 수산부업구분대의 구분대장으로 임명되면서 소좌의 군사 칭호를 수여받았다'고 또 국가 표창도 받았다. 식량난이 몰고온 고난의 행군 시기는 군대 후방사업조차 가두여성들을 동원하여 임시 처방으로 매워 나가야 했다. 배급 대신, 그 생산물의 일부가 개인에게 차례지고, 그것은 장마당의 상품이 된다. 이렇게 점점 커지는 제 2경제의 파장을 되돌려, 칭호와 표창이 뜻하는 애국주의로 묶어 세워 기존의 질서에 편입시키고자 하는 의도가 작품의 이면에 깔려 있다.

또 한편, 명석처럼 사업으로 천만금을 벌어들여도 모두 국가 재부로 하고, 서발막대를 휘둘러도 걸릴 게 없는 집안으로 남는다면 모를까, 실리주의에 앞장선 당일군이 실리를 챙길 것은 뻔하다. 그런 측면에서 실리주의의 모순은 계층의 양극화 현상을 불러오고, 북한 사회가 지금과 다르게 변화하는 실질적 기폭제로 잠재한다.

변창률의 「영근이삭」(『조선문학』, 2004. 1)도 개인 가정의 재부가 늘어가는 경우를 보여준다. 〈홍말썽〉, 〈홍타산〉이란 별명이 붙은 농장원 홍화숙은 '가동로력일'(출근하여 실제로 일한 날)을 정확히 평가하고, 결산분배를 공정하게 하는 것이 우선이라고 주장한다. 예를 들면, 거름을 싣고 내리는 작업을 하는데, 애기 엄마가 쉴 참을 이용해 탁아소에 젖 먹이러 갔다가 늦게 온 경우, 거름 1차를 못 실은 것은 당연히 계산하고, 그 사이에 뜨락또르가 태워 낭비한 기름값도 계산해야 한다고 말한다.

이런 홍화숙네의 살림살이는 북한 농민의 희망처럼 보인다. 랭동기, 색텔레비죤, 록음기, 재봉기 없는 게 없고, 돼지, 젖 짜는 염소, 토끼, 닭, 오리, 게사니, 칠면조가 한마당 우글우글한다. 터밭농사로는 겨울엔 박막을 씌워서 부루, 쑥갓, 배추를 키우고 봄엔 감자를 심었다가 하지 무렵엔 고추를 옮기구 고추가을을 하고 나선 마늘을 심고, 이런 식으로 손바닥만한 땅도 거저 놀리는 법이 없다. 말 그대로 이악쟁이 살림이다.

이 작품은 기존의 농업관리체제인 협동경리 속에서도 홍화숙네처럼 개인 이익을 병행해서 인정하고, 실리추구형 인물을 긍정적으로 평가했다. 작품의 결말에 홍화숙이 새 분조장에 추천되었는데, 분조관리제의 원칙과 새로운 경제관리체계의 요구에 맞게 분조를 이끌어 갈 수 있는 '시대와 대중이 바라는 일군'을 초급일군으로 세우고자 했기 때문이다.

홍화숙처럼 가정살이도 잘하는 인물을 초급일군으로 내세운 '새로운 형'의 일군 등장은 협동경리가 집단주의의 맹점에 빠져서 안 된다는 현실 인식을 반영한다. 그것은 협동경리가 생산성을 높이기 위해 능력에 따른 차별을 인정하는 방향으로 운용되어야 함을 말해 준다.

이와 같은 변화는 「한 가정에 대한 이야기」처럼 개인 희생적인 능력보다 가정이 살아야 집단도 산다는 실리를 찾아가고 있음을 보여준다.

실리가 개인의 단순한 노력이 아니라, 가정에서부터 과학기술과 미래에 대비하는 공부를 하면서 더 적극적 변화를 요구하고 있는 모습도 찾을 수 있다. 김홍익의 「산 화석」(『조선문학』, 2003. 3)은 강성대국 건설을 위해 가정에서도 과학의 중요성을 인식하는 가족관계를 만들어 간다. 고인류학 연구사인 나는 평범한 출장길에 우연히 만난 근재 연구사인 윤하명으로 시대의 의무에 대하여 무엇인가 크나큰 것을 받아 안게 되었다. 그는 새로운 건재생산방법을 내놓고 기술개발을 하고 있었다. 그는 손에서 기술서적을 놓지 않았다. 그의 제자 리강무는 현장기사로 새로운 건재생산방법을 놓고, 건설사업소 지배인 신주석과 의견 마찰이 있었다. 신주석은 부인이 불치병으로 죽고 딸과 아들을 데리고 살고 있었다. 딸은 기업소 기술준비실에서 조수로 일하고 있었다. 신주석은 딸이 공장대학에 다니며 현대적인 기술로 진취적인 생각을 하는 것이 그저 못마땅했다. 그냥 좋은 남자 만나서 시집이나 갔으면 했다. 사업소의 일로 신주석과 딸이 말다툼을 하다가 딸이 리강무를 남편감으로 생각하고 있다는 사실을 알게 된다. 결국은 신주석도 생각이 바뀌어 반백이 다 되었지만 공부를 다시 하겠다고 했다.

　과거에 대한 연구자인 내가 윤하명의 이야기에서 현실에 대한 깨달음을 얻은 핵심은 현실을 따라잡기 위해서는 공부해야 한다는 것이다. '대학이 주는 과학적인 눈은 장차 발전하는 새로운 지식의 세계를 터득하는 기초를 닦아준데 불과하고, 사업이 바빠서 공부할 짬이 없다고들 변명하지 말고 발전하는 현실을 따라잡기 위해서는 공부를 해야 한다.'는 것이다. 강성대국 건설을 앞당기기 위해서 과거의 사고방식을 상징하는 고고학자, 안주하는 일군을 새로운 첨단과학에 대한 인식에로 전환을 요구한다.

5. 맺는말

　전통적으로 우리 민족이 가족과 가문의 유대를 중요시했던 것은 개인에게 가장 확실한 울타리가 되기 때문일 것이다. 「가족, 사유재산, 국가의 기원」에서 엥겔스가 주장한 사유재산의 소유권의 문제와 가족제도의 관계를 보아도 역시 가정은 생계의 물적 토대를 확보하는 중요한 틀이다. 사유재산제가 폐지되면 가족제도가 소멸하고, 여성과 남성이 평등하여 여성의 완전한 해방이 프롤레타리아의 승리와 함께 성취된다는 논리는 세상 어디에서도 실현된 바가 없다.

　하지만 북한에서는 가정을 전통의 제도에서 혁명하여 새로운 가정을 만들려고 했다. 그것이 바로 집단주의 가치를 구현한 '사회주의적 대가정'에 바탕을 둔 가정이었다. 사적 가정이 아니라, 공공의 가정으로 거듭 태어난 새로운 모습을 교양하기 위해, 문학 속에서 전개된 가정상들을 살펴보았다.

　북한은 혈연관계가 아닌, '당의 아들'로서 사회정치적인 관계 속에 새로운 가족관을 만들려고 했고, 당과 수령은 대가정의 어버이 노릇을 해갔다. 그것은 주체사상 일색화와 함께 당 중심 국가로 사회 체제를 확립한 영향이었고, '붉은 대가정'이 요구한 혁명성은 바로 김일성의 항일무장투쟁의 혁명전통을 말하는 것이었다.

하지만 이렇게 가정의 성격이 변화해 가는 가운데, 가정생활에서 여성의 현실은 거의 변화되지 않았다. 여성의 사회활동을 보장하기 위한 가사노동에 대한 문제를 정책적 차원에서 배려하지 않았던 것은 아니지만, 현실적으로 여성들에게 가사 문제는 해결되지 않았다. 뿐만 아니라 남성들의 봉건의식과 같은 여성적 현실에 대한 세부 문제들은 여전히 잔존했다. 여기에서 여성들의 갈등이 문제로 남아 있었다.

그것을 체제와의 관계에서 보면, 자생적으로 여성이 진보적 의식을 가질 수밖에 없는 현실을 말해 준다. 13차 청년학생축전 이후 북한 사회가 안팎으로 위기 국면으로 처하면서, 여성들의 의식이 서서히 전면으로 부각되고, 경제난 속에서 가족 생계를 실질적으로 감당해 가면서 여성 인물을 통해 변화의 전형상을 보여주었다.

2002년 7·1경제개선관리조치 이후로는 시장경제적 요소를 더 적극적으로 도입함으로써 돌이킬 수 없는 개방의 길로 가는 것으로 예측되고 있다. 이런 현실이 문학에서는 매우 조심스럽게 진행된다. 문학에 나타난 주된 관심도 자력갱생을 강조한 경제 회복이지만 선군사상으로 무장하는 체제 유지에 더 큰 힘이 실려 있다.

그런데 경제 위기로 인한 실질적 체감 고통은 가정이 겪는다. 북한에서 경제난은 바로 가정생활의 위기와 혼란을 뜻했다. 그런데도 대규모의 기아·사망과 가족의 해체 등 〈고난의 행군〉 시기의 실상을 『조선문학』에서 거의 찾아볼 수 없다가, 사후적으로 그것을 반영한 것은 양해모의 「결석대표」(『조선문학』, 2000. 10)였다. 이 작품은 기술자 가정의 기아와 몰락이 바로 산업 기반의 붕괴와 직결됨을 볼 수 있었다. 이 시기 상황을 반영한 작품 속의 가정생활은 크게 세 가지로 나눠볼 수 있다. 첫째는 체제의 지속과 수호 문제와 직결된 것으로, 부모대의 목표를 자식이 계속 이어 가는 주제로 나타난다. 둘째는 국가적인 자력갱생의 구호를 형상하는 것으로, 국가 경제력이 유기된 채, 궁핍한 생활속에 자력·자활의 길을 찾아가는 주민의 살림살이를 엿보게 한다. 셋째는 시대 극복을 위해 변화하는 모습 등이 나타난다. 북한이 국가 중심의 사회주의 집단사회를 강조하고 있지만, 실제로는 생활 영위의 책임 단위가 개인과 가정에 지워진 상황을 드러내고 있는 것이다.

남쪽 문학과 겹쳐 읽는 북녘의 소설
—비전향장기수의 삶을 다룬 『통일련가』를 중심으로

고인환

1. 일방적인 체제 선전을 넘어서

'6·15공동선언실천을 위한 민족작가대회'에 참가하면서, 평양 고려호텔 서점에 들러 책 몇 권을 샀다. 여덟 살 된 딸아이를 위한 동화책, 남대현의 『통일련가』, 그리고 고전물인 『단군』, 『동명왕』 등이다. 구입하고 싶은 책들이 많았지만, 입국할 때 성가신 일이 생길지도 몰라 참기로 했다. 서울에 돌아와 아이에게 동화책을 건네 주니, 단숨에 읽어치웠다. 재미있다고 했다. 북에 대한 선입견이 없는 아이의 티 없이 맑은 모습에 마음이 푸근했다.

그리고 남대현의 장편소설 『통일련가』(문학예술출판사, 2005)를 읽었다. 이 작품은 북쪽으로 송환된 남쪽 출신의 비전향장기수 고광인 씨의 삶을 취재한 실화소설이다. 2003년에 이미 출간되었으나, 이번 작가대회를 계기로 재판을 찍은 작품이다. 이 작품의 저자인 남대현과, 취재 대상이 된 고광인 씨의 아내 정은옥 씨가 작가대회에 참여하여 화제가 된 바 있다. 남대현은 북한 청춘 남녀들의 사랑을 진솔하게 다루었다고 평가되는 『청춘송가』(1987)로 널리 알려진 작가다.

책 표지를 넘기니, 〈6·15공동선언실천을 위한 민족작가대회〉 기념이라고 적혀 있다. 북한문학의 변화 가능성을 시사하는 대목이 많아 재미있게 읽었다. 우선 민족작가대회 기념으로 내놓은 소설이라는 점에서 남측의 작가들에게 읽히기를 바라는 작품임을 알 수 있다. 남쪽의 독자들을 염두에 두었다는 것이다. 지금까지 북한의 문학이 일방적인 체제 선전을 중심으로 전개되었다면, 이 작품은 남과 북의 삶의 양상이 균형감 있게 제시되어 있다는 점에서 주목에 값한다. 이러한 균형감은 남대현의 남다른 작가적 이력에 많은 부분 빚지고 있는 듯하다. 남대현은 1947년 경상북도 안동에서 태어나 서울에서 초등학교를 졸업하고, 1960년 아버지가 있는 일본으로 건너가 수학하다가 17세에 북한으로 들어간다. 남대현의 삶은 '유년/남한 → 청소년/일본 → 청·장년/북한'이라는 궤적을 그리고 있다. 이러한 궤적은 남·북의 삶을 일정한 거리에서 바라볼 수 있는 계기를 제공하고 있다. 실제 『통일련가』의 〈편집후기〉에는 다음과 같이 기록되어 있다.

남조선과 일본, 공화국북반부에서 살아온 그의 생활이 말해주는것처럼 《청춘송가》는 공화국북반부생활을, 《태양찬가》는 일본에 있는 재일동포생활을, 그리고 이번에 쓴 《통일련가》는 남조선생활을 무대로 하고있다.

—『통일련가』, pp.242~243.

물론 이 작품에서도 북한의 체제를 선전하고 있는 대목이 눈에 띈다. 하지만 체제 선전을 하고 있다는 사실 자체에 함몰되어서는 북쪽의 문학을 온당하게 이해할 수 없다. 이제는 체제의 정당성을 '어떻게' 드러내는가에 주목해야 한다. 남과 북 모두 자신의 체제를 포기할 수 없다.

체제를 포기했을 때, 흡수의 논리에 기반한 억압적 관계가 생성되기 때문이다. 이제, 서로의 차이를 객관화하고, 이 차이의 지점들을 공유함으로써 가까이 다가갈 수 있는 방법을 모색해야 할 때이다. 『통일련가』는 상대편의 입장을 객관적으로 제시하면서 자신의 정당성을 주장하고 있다는 점에서 시사하는 바가 크다.

필자는 민족작가대회에 다녀오면서 남·북의 실제적인 교류가 필요하다는 사실을 피부적으로 실감했다. 필자는 근 2년여 북한 소설을 남측에 소개해 왔는데, 북측의 잡지나 남쪽에서 출간된 북한문학을 읽고 남한의 독자들에게 리뷰하는 형식이었다. 이번에 평양을 방문하고 온 후 읽은 남대현의 『통일련가』는 그 실감이 달랐다. '百聞不如一見'이라 했던가. 우리 일행이 묵은 '평양 고려호텔'이 작품의 주된 배경이 되고(주인공의 숙소로 설정되어 있다), 거기서 내려다보이는 '창광거리'나 '천리마거리', 그리고 인물들이 산책하는 '평양역사 주변', '보통강 유보도' 등이 필자가 실제 보고 다닌 곳이라는 점은 이 작품을 대하는 느낌을 새롭게 했다. 평양 방문은 이렇게 북측의 문학을 보다 생생한 실감으로 끌어올 수 있는 계기가 되었다.

이 글에서는 『통일련가』를 남녘의 문학 혹은 남쪽의 현실과 겹쳐 읽으면서 북측의 문학이 어떻게 '타자(남한)'에게 성큼 다가서고 있는지를 고찰하고자 한다. 체제와 이념의 차이에 기인한 이질적인 문학을 성급하게 봉합하려 하기보다는, 차이를 인정하며 공유점을 찾아가는 '느슨한 연대'의 방식이 지금의 남·북 현실에서는 필요하다. 남·북 통합문학사를 기술하려는 원론적인 시도도 의미가 있지만, 서로가 공유할 수 있는 다양한 방식을 계발하여 이를 바탕으로 접점을 찾아가는 방식도 소홀히 할 수 없다. 이를테면, '좌익 지식인을 다루는 방식', '비전향장기수의 문제를 형상화한 작품', '빨치산의 투쟁을 형상화한 문학' 등 남·북 문학이 공유하고 있는 주제를 면밀하게 고찰하면서 서로의 차이점과 공통점을 추출하는 방법을 예로 들 수 있다. 미시적인 접근을 통해 거대담론(공식담론)의 신화에 틈을 내는 작업의 단초라 할 수 있다.

2. 남·북문학의 교차점을 향하여

『통일련가』의 주인공 '고광'의 삶은 문제적이다. 그는 1935년 전북 고창에서 태어나 6·25전쟁 때 16살의 나이로 유격대에 입대한다. 1956년 체포되어 33년이라는 긴 수형생활을 끝내고 출감하여 북한으로 송환된 비전향장기수이다. 남쪽이 고향이라는 점은 북의 이념과 일정한 거리감을 확보하게 한다. 고광의 어린 시절과 빨치산 생활 그리고 감옥 생활과 출감 후의 삶은, 북측의 이념과 직접적으로 매개되어 있지 않다. 고광이 북쪽을 선택하게 되는 동기나 끝까지 신념과 양심을 지키게 되는 과정에서, 북한의 이념이 관념적·형식적으로 기능하고 있다는 점은 주목을 요한다. 오히려 해방과 전쟁 그리고 분단의 과정에서 드러난 부조리한 남쪽의 삶이 체제 선택의 주된 동기로 기능하고 있다. 주인공의 남쪽에서의 삶은 남한의 분단 현실을 드러내는데 기여하고 있지, 북한 체제의 우월성을 일방적으로 선전하는 데 바쳐지고 있지 않다는 것이다. 이 작품과 남한문학의 몇몇 장면이 겹쳐지는 이유도 이와 무관하지 않다. 그만큼 이 작품 속에 드러나는 갈등의 양상이나 현실 묘사가 핍진하다는 것이다.

이에 이 장에서는 『통일련가』를 남한의 작품과 겹쳐 읽으면서, 남·북문학이 차이와 반복을 지속하는 교차지점에 주목하고자 한다.

마을사람들은 어떤 대소사가 있을 때는 물론 무슨 알고싶은 문제가 생길

때도 어김없이 아버지 고승훈을 찾아오군 했다.

"공산당이 좋다는기 참말이다요?"

"신탁통치가 뭐고 군정청이라는건 뭣이여?"

이런 정세에 대한 궁금증을 풀어주는것은 말할 것도 없거니와 앞으로 어떻게 살아야 한다는것까지 차근차근 알기 쉽게 설명해주었다. …(중략)…

그러다가도 한잔 걸치기만 하면 걷어붙인 한쪽다리를 철썩철썩 때리며 〈창부타령〉이나 〈장화홍련전〉의 판소리가락도 멋들어지게 불렀는데 특히 그가 〈춘향전〉의 리별장면을 외울 때면 온 마을 아낙네들은 물론 조무래기들까지 다 모여들군 했다.

"…아이고 여보 도련님, 리별이 웬말이요. 이제 허신 그 말씀이 진담이요 롱담이요."

슬픔에 겨워 몸부림치던 춘향이의 애원이 어느덧 호걸스런 리도령의 목소리로 변한다.

"…춘향아, 나는 간다, 너는 부디 우지 말고 로모하에 잘 있거라."

근엄하던 그의 표정이 이번엔 사색이 된 춘향이의 모습으로 바꿔진다.

"춘향이, 일어나서 한손으로 나귀정마 부여잡고 또 한손으로 등자디딘 도련님 다리잡고 아이고 여보 도련님, 날 다려가오. 날 다려가오. 아니, 얘 향단아, 건넌방 건너가서 마나님께 여쭈어라. 도련님이 가신단다. 이 춘향이 사생결단한다고, 죽는줄이나 아시래라. 아이고 도련님, 도련님… 구궁탁궁 딱, 따다다닥…"

북장단에 어우러진 그의 소리가락이 잦아들 때면 아낙네들은 늘 때국물이 재들재들한 소매깃으로 눈굽을 찍어대기가 일쑤였다.

"확실히 우리 말 세포위원장이 범인은 아닌겨. 일반 사람들은 알지도 몬하고 할수도 없는 일을 척척 헤제끼는거라."

"저 훤한 이목구비만 보드라꼬. 마음만 먹으면 꼭 해내고야 만당께."

이런 말을 들을 때마다 광이는 자기에게는 매우 엄격한 아버지지만 더없

이 존경이 가면서 앞으로는 아버지말씀을 더 깊이 명심해야 하리라는 결의
에 넘치는것이었다.

—『통일련가』, pp.10~11.

누구 음성이었을까, 생전 처음 들어본 그 구성진 가락은. 석탄 백탄이 타
는데, 연기만 펑펑 나는데…… 이 내 가슴 타는데, 연기가 하나도 안 나
는데…… 나는 키가 모자라 사람 다리만 빽빽한 쪽마루에 비비대고 올라가
넘어다보았다. 그리고 놀랐다. 놀라지 않을 수 없던 것이다. 한 손으로 주안
상 가장자리를 두들겨가며 앉아서 노래하는 어른. 코와 눈이 그렇게 크고
음성 또한 굵직한 신사. 그이는 아버지였다. 나는 가슴이 벅차올라 숨조차
제대로 쉴 수가 없었다. 황홀하기도 하고 의심스럽기도 하여 얼마를 두고
뚫어지게 바라보았으나 분명 아버지였다. 당신으로서는 도저히 있을 수 없
는 일에 도취된 모습이기도 했다. 우선 석공네 울안에 들어왔다는 사실이
현실 같지 않았고, 노래를 하는 것도 사실일 수가 없으련만, 모든 것은 눈에
보인 그대로였다. 아버지는 안팎 동네 어느 누구네 집도 울안은 들어가본
적이 없는 터였다. …(중략)…

아버지가 술잔을 받아들자 신서방은 일어서며 노래를 부르기 시작했는데
아, 나는 그때 또 한번 크게 놀라고 말았다. 다시 한번 뜻하지 않은 일이 벌
어졌음이니 그것은 아버지가 일어서서 어깨춤을 추기 시작한 거였다. 그때
까지 내가 알고 있던 아버지는 그렇게 평범한 사람이 아니었다. 할아버지
앞에서는 항상 무릎 꿇고 조아려 공손하기가 몸종과 다름없었지만, 처자 앞
에서는 단란하고 즐거워 웃더라도 결코 치아를 내보인 일이 없게 근엄하되,
한내천 백사장에 강연장이 설치되면 뜨내기 장돌뱅이까지도 전을 걷어치울
정도로 수천 군민이 모여들게 마련이었으며, 산천이 들렸다 놓인다 싶게 불
뿜듯 웅변을 했는데, 그때마다 청중들로부터 천둥보다 더 우렁찬 환호와 박
수 갈채를 얻고 당신을 알던 모든 사람들한테 선생님이란 경칭을 받았던,

저만치 멀리로 건너다보이며 어렵기만 한 사람이었다. 어디 그럴 법이 있을 수 있단 말인가. 남의 집 울안 출입에 노랫가락과 어깨춤…… 신기함과 경이로움을 주체하지 못해 나는 몹시 당황했지만 그러나 그런 거북스러움도 슬몃슬몃 가셔지고 있었다.

—이문구, 「공산토월」, 『관촌수필』, 문학과지성사, 1977, pp.172~173.

『통일련가』의 주인공 고광의 아버지나 『관촌수필』에 나타난 화자의 아버지는 해방과 전쟁으로 이어지는 이념의 격전장에서 좌익 이데올로기를 선택한 인물이다. 어린 화자의 눈에 비친, 아버지의 모습은 좌익 지식인을 다루는 남과 북의 차이를 선명하게 보여준다.

북의 입장에서는 아버지의 인간적인 모습과 지사적 풍모를 거리낌 없이 형상화할 수 있다. 아버지의 좌익 이데올로기는 북의 체제와 갈등하고 있지 않기 때문이다. 이에 아버지는 마을 사람들의 "정세에 대한 궁금증"을 풀어줌은 물론 "앞으로 어떻게 살아야 한다는 것까지" 거침없이 발언하고 있으며, 더불어 "한잔 걸치기만 하면" 판소리가락을 통해 주민들과 스스럼없이 하나가 된다. 공적인 모습과 사적인 모습이 갈등하지 않는 '영웅적 인물'로 그려지는 것이다.

하지만, 남쪽의 문학에서 다루어지는 좌익 지식인의 모습은 다르다. 인용문에서 드러나듯, 아버지는 화자에게 어렵고 무서운 존재로 인식된다. 아버지의 인간적인 모습, 즉 노래를 부르고 춤을 추는 모습이 화자에게는 '신기로움'과 '경이로움'의 이미지로 다가오는 것도 이 때문이다. 이는 남의 이데올로기와 좌익 이데올로기 사이의 거리를 상징한다. 아버지의 인간적인 모습이 "생전 처음 들어본 그 구성진 가락"으로 기억된다는 점은, 반공 이데올로기에 의해 좌익 이념이 타자화되는 모습이라 할 수 있다. 좌익 지식인은 사적인 개인의 모습으로 그려지기보다는 "저만치 멀리로 건너다보이는 어렵기만 한" 공적인 이미지로 그려지고 있다. 이는 사적 개인의 신념으로 내면화될 수 없었던 좌익 이데올로기의 운명을 시사하는데, 여기에서는 공적인 모습과 사적인 모습 사이의 괴리로 표출된다. 그렇기에 아버지의 인간적인 모습은 화자에게 충격으로 다가오는 것이다.

좌익 지식인이 사뭇 다르게 형상화되어 있다 하더라도, 판소리가락이나 민요를 통해 기층 서민들과 교감하고 있다는 점은 이데올로기적 이질감의 저류에 문화적인 동질감이 면면히 이어지고 있음을 보여준다. 이렇게 『통일련가』와 『관촌수필』을 겹쳐 읽으면서 남·북문학의 실질적인 교류에 대한 한 시사점을 얻을 수 있었다. 홍석중의 『황진이』(2002)를 통해 우리는 남북문학 교류의 물꼬 하나를 튼 바 있듯이, 서로에게 민감한 체제나 이념의 차이를 부각시키기보다는 문학(민족문학의 동질성 회복의 매개체로서의 언어)이라는 매개항을 충분히 살리는 방향에서 논의를 전개시킬 수 있다. 서로에 대한 이해를 바탕으로, 서로가 공유할 수 있는 영역에서부터 만남의 장을 마련해야 할 것이다. 고전문학(판소리/민요 등), 해방 이전의 문학, 역사물, 아동문학 등을 통한 만남이 그 예가 될 수 있을 것이다.

다음으로, 고광이 아버지의 주검을 확인하는 장면은 김원일의 「어둠의 혼」과 겹쳐 읽어 보았다.

그런데 그 아버지가 체포됐다는 청천벽력같은 소식이 날아들었다.

광이는 한달음에 30리가 넘는 군경찰서로 달려갔다. 벌써 경찰서 앞뜰에 있는 아름드리 팽나무주변에는 숱한 사람들이 어깨성을 쌓고 있었다. 무작정 사람들짬을 비집고 들어선 광이는 눈앞에 펼쳐진 뜻밖의 광경에 소스라치지 않을수 없었다.

차마 눈을 뜨고 볼수 없는 참상이었다. 세사람이 팽나무에 결박되여있는데 누가 누군지 얼굴조차 분간할수 없었다. 온통 터지고 깨지고 짓이겨진 모습이였다. 제대로 보이는건 허연 목뿐이였다. 분명 두목급 〈〈빨갱이〉〉들이라 하여 나무에 묶어놓은채 여러놈이 총창, 총탁으로 얼굴을 마구 내리찍은게 핸둥했다.

그렇지만 광이는 아버지를 알아보았다. 목에 할퀸 자리와 팔굽의 인두자리, 특히는 자기를 안아둘 때마다 마구 비벼대던 그 턱수염으로 아버지를 알아보았던 것이다. 아버지앞에 어푸러진 그는 목터지게 부르짖었다.

"아버지!—" …(중략)…

늘어진 아버지의 시신을 둘쳐업기 바쁘게 그는 산으로 향했다. 이 처참한 모습을 어머니에게 보이지 말아야 한다는, 아니 보이지 말아야 한다는 한가지 생각뿐이였다. 대신 자기 혼자 똑똑히 보고 똑똑히 기억하고 백배, 천배로 복수해야 한다는 그 일념뿐이였다.

—『통일련가』, pp.25~26.

"이거다. 이게 니 아부지의 시체다. 똑똑히 보았제. 앞으로는 절대 아부지를 찾아서는 안 된다. 알겠제." 이모부는 말한다. 그리고는 내 손을 놓고 가마니를 훌쩍 뒤집는다.

아, 나는 볼 수 있었다. 달빛 아래 희미하게 드러나는 아버지의 처참한 얼굴을. 반쯤은 피에 가려 있고 나머지 부분은 하얗게 바래 버린 찌그러진 얼굴, 죽은 아버지의 눈은 부릅뜨고 있었다. 턱은 퉁퉁 부어 있고, 입은 커다랗게 벌리고 있었다. 아버지가 저렇게 되다니. 나는 믿을 수가 없다. 아버지가 아닌, 다른 사람인 것만 같았다. 낡고 검은 국방복의 저고리 단추가 풀어진 사이로 보이는 아버지의 가슴, 나는 어릴 때 그 가슴에 안겨 얼마나 재롱을 떨었던가! 그런데 이제 아버지의 가슴은 그 무서운 보랏빛으로 변하고 말았다. 축 늘어진 어깨와 아무렇게나 내던져진 두 팔, 아버지는 분명 잠을 자고 있는 것이 아니었다.

나는 그 자리에 서 있을 수 없다.

"죽다니, 저렇게 죽고 말다니!"

나는 흐느낀다. 이모부가 내 팔을 잡는다. 나는 사납게 뿌리친다. 그리고 내닫기 시작한다. …(중략)…

어린 나에게 너무나 큰 수수께끼를 남기고 죽어 버린 아버지의 일생을 더듬을 때 나는 알 수 없는 두려움 때문에 사시나무처럼 떤다. 그와 더불어 나는 무엇인가 깨달은 느낌을 가지게 되었다. 그 느낌을 꼬집어 내어 설명할 수는 없었으나, 이를테면 살아 나가는 데 용기를 가져야 하고 어떤 어려움도 슬픔도 이겨내야 한다는 그런 내용의 것이었다. 모든 것이 안개 속 같은 신기한 세상, 내가 알아야 할 수수께끼가 너무나 많은 이 세상을 건너갈 때, 나는 이제 집안을 떠맡는 기둥으로서 힘차게 버티어 나아가지 않으면 안 된다. 이런 굳은 결심이 나의 가슴을 뜨겁게 적시며 뒤채이는 눈물을 달래고 있음을 느꼈던 것이다.

—김원일, 「어둠의 혼」, 『연』, 나남, 1985, pp.97~98.

고광의 아버지 고승훈은 광복 후부터 타오르기 시작한 좌익 운동의 선두에 서서 리세포위원장을 지낸 인물이다. 아들에게 '인자무적', '군자대로', '대로무문'(원래는 '대도무문'이나 '도'를 '도둑'으로 오해할 우려가 있어 '대로무문'으로 고쳐 가르쳤다)으로 대변되는 유교적 가치관을 강조했던 아버지는, "이편 아니면 저편으로 대쪽 갈라지듯" 대립한 해방공간에서 늘 피해 다니는 쪽이었다. "사람은 큰 길을 가야한다. 그게 옳은 길이다"라고 가르쳤던 아버지에게, 아들은 왜 피해 다니냐고 묻는다. 아버지는 "이 눔의 시상은 큰 길이 되려 잘못된 길이고, 적이 없는 사람이 잘못된 놈"이라고 대답한다. 이러한 아버지가, 무한히 어질어야 한다는 당위와 그래서는 살아갈 수 없는 현실 사이에 끼여 무참하게 살해되자, "어리고 착한 아이였던" 아들은 아버지의 원수를 갚기 위해 유격대에 입대한다. 권선징악의 이분법적 사고는 내면적인 갈등을 수

반하지 않기에 유격대에 지원하는 그의 선택에는 일말의 망설임도 들어설 여지가 없다.

「어둠의 혼」의 화자 '갑해'의 아버지 또한 좌익 지식층의 한 사람으로, 해방공간의 혼란한 이데올로기 폭풍에 휘말려 빨갱이로 낙인 찍혀 죽임을 당한다. 그런데 갑해에게 아버지의 죽음이 인식되는 과정은 『통일련가』의 고광과 다르다. "어린 나에게 너무나 큰 수수께끼를 남기고 죽어 버린 아버지의 일생"이나 "모든 것이 안개 속 같은 신기한 세상, 내가 알아야 할 수수께끼가 너무나 많은 이 세상" 등의 표현에서 알 수 있듯이, 갑해에게 좌익 이데올로기는 "알 수 없는 두려움"으로 다가온다. 그리고 "꼬집어 내어 설명할 수는 없"으나 "살아 나가는 데 용기를 가져야 하고 어떤 어려움도 슬픔도 이겨내야 한다는" 깨달음, 즉 "이제 집안을 떠맡는 기둥으로서 힘차게 버티어 나가"야 한다는 인식을 불러일으킨다.

아버지의 죽음은 아들에게 사뭇 다른 영향을 미치고 있는데, 북측에서는 사적 의미의 가족을 뒤로 하고 더 큰 가족(이념/체제)을 찾아 떠나는 것(빨치산 생활)으로, 남측에서는 붕괴된 가족을 지탱하기 위해 스스로 가장이 되는 것으로 나타난다. 북쪽에서는 좌절된 이데올로기를 계승·발전시켜 새로운 국가를 건설하는 방향으로, 남쪽에서는 좌익 이데올로기를 내면화하면서 성장하는 방향으로 전개된다.

이렇듯, 민족사의 비극이 매개된 공통된 체험(좌익 아버지의 죽음)에 대응해 가는 방식이 이질적이다. 이러한 차이는 남·북이 선택한 이데올로기의 상이함에서 기인한다. 그러나 각각의 체제를 떠받치는 공통의 체험으로 좌익 지식인의 비극적 죽음이 가로 놓여 있다는 사실을 인식하는 것은 중요하다. 역사 속에 묻혀졌던 좌익 지식인들의 삶이 정당하게 복원되고, 나아가 이들을 형상화하는 방식에 대한 구체적이고 실질적인 연구가 진행된다면, 남과 북은 서로의 차이를 좁혀 갈 수 있는 한 계기를 마련할 수 있을 것이다.

그리고 이어지는 고광의 빨치산 생활은 정지아의 『빨치산의 딸』, 조
정래의 『태백산맥』, 김원일의 『겨울골짜기』, 이병주의 『지리산』, 이태
의 『남부군』 등과 겹쳐지는 부분이 적지 않다. 남한이나 북한이나 '빨
치산 문학'은 분단문학의 한 주류를 형성해 왔다. 이에 대한 구체적 분
석은 다음의 기회로 미룬다. 다만, 『통일련가』에서 다뤄지는 고광의
'빨치산 체험'은 기존의 북한문학에서 다뤄졌던 혁명전통과 어느 정도
거리감을 가지고 있다는 점을 밝혀 둔다. 계속 싸울 것인가, 아니면 열
악한 조건 속에서 미래의 투쟁을 기약하며 현실과 타협할 것인가의 문
제가, 다양한 인물 군상들을 통해 사실적으로 형상화되고 있기 때문이
다. 이러한 점은 남한의 '빨치산 문학'과 함께 다루어질 수 있는 중요
한 요소라 할 수 있다.

다음으로, 체포된 고광이 감옥에서 외롭게 투쟁하는 모습은 『오래된
정원』에서 현우가 진술하는 수감생활과 유사하다. 단식은 보다 나은
삶을 위해 죽음을 담보로 투쟁하는 방식이다.

단식 사흘째가 되자 관례대로 강제급식이 시작되였다. 강제급식을 당할
때마다 광이는 자기가 완전히 덫에 걸린 짐승이라는 생각이 들었다. 발버둥
칠수록 덫은 더욱 고통스럽게 온몸을 조여들었다.

한놈이 턱을 움켜쥐고 목을 잔뜩 뒤로 젖히면 다른 놈이 제꺽 입에 쐐기
를 틀어박았다. 혀끝에 느껴지는 껄끄러운 나무의 감촉과 함께 미끄러운 호
수가 목구멍에 틀어막히면 대뜸 왁하고 구역질이 치밀어올라 배속에 있는
것을 토해놓기 시작했다. 토할 때 나무쐐기가 빠지는 순간 다시 이발을 사
려물고 고개를 비틀면 이번에는 거품같은 미음이 코구멍과 눈두덩우로 마
구 흘러내렸다. …(중략)…

어떤 땐 배가 고파 사과씨, 수박껍질까지 다 씹어먹던 자기가 오늘은 죽

물 한모금마저 넘기지 않겠다고 발버둥치는 처사, 정녕 사람으로 산다는 것이 이렇게도 가혹한 모순에 차있고 이다지도 괴로운 고통에 시달려야 한단 말인가!

─『통일련가』, p.126.

의무실 근무의 담당이 간병을 앞세우고 다른 교도관 몇 사람과 함께 문을 열고 달려든다. 멀건 죽을 고무용기에 담아 호스를 입안에 넣고 연신 용기를 주물러 죽이 목구멍 속으로 넘어가는 걸 확인한다. 위 투시경을 목구멍 너머로 넣을 때처럼 숨이 막히고 코로 죽이 넘치고 하는 고통은 그래도 낫다. 다른 것보다도 마치 강간을 당하는 것 같은 굴욕감과 수치심 때문에 항의 단식중이던 수형자는 눈물을 흘리며 운다. 그는 문이 닫히자마자 토하고 또 토하지만 목젖에 닿은 밥 알갱이들의 매끈한 감촉과 혀끝에 남아 있는 구수한 맛을 잊지 못한다. 일단 그의 몸안에서 경계선이 무너진 것이다.

─황석영, 『오래된 정원 하』, pp.68~69.

고광은 감옥 생활 초기에는 허기를 참기가 힘들었지만, 이후 생활에서는 "인간 이하의 모멸감" 때문에 고통스러워한다. 전향하지 않는다는 이유로 동물처럼 취급받아야 하는 비참한 굴욕을 삶으로 받아들여야 하는 현실이 안타까운 것이다. 이러한 고통이 위의 인용에서 잘 드러난다. 단식을 저지하는 강제급식은 "배가 고파 사과씨, 수박껍질까지 다 씹어먹던 자기가 오늘은 죽물 한모금까지 넘기지 않겠다고 발버둥치는", "사람으로 산다는 것"의 '가혹한 모순'을 실감케 한다. 고광의 삶은 이러한 굴욕을 끝까지 버텨내며 신념과 양심을 지키는 모습으로 그려진다.

이러한 고광의 모습은 『오래된 정원』의 수형자와 그리 멀지 않다. 다만, 고광이 평면적 인물에 가깝다면, 현우는 입체적 인물에 가깝다. 멀건 죽을 고무용기에 담아 호스를 주물러 목구멍으로 넘길 때, 강간을 당하는 것 같은 굴욕감과 수치심 때문에 항의 단식 중이던 수형자는 눈물을 흘리며 운다. 그는 토하고 또 토하지만 목젖에 닿은 밥 알갱이들의 매끈한 감촉과 혀끝에 남아 있는 구수한 맛을 잊지 못한다. 그의 몸 안에서 의식과 몸의 경계선이 무너진 것이다. 이러한 단식과 강제 급식은 급진적 이념이 붕괴된 틈새로 스며드는 개인의 내밀한 욕망을 여실히 보여준다. 이렇듯, 정도의 차이는 있지만 감옥에서의 수감 장면은 인간다움을 향한 눈물겨운 투쟁의 방식을 보여준다.

이렇게 남쪽의 문학과 북측의 작품을 대비해서 인용해 보니, 남·북 문학의 거리가 철자법의 차이라는 구체적인 실감으로 다가온다. 『통일 련가』의 인용문을 컴퓨터 화면에 타이핑하니, 남쪽의 작품보다 붉은 색 밑줄이 더 많이 그려진다. 철자법의 차이로 인해 발생하는 이 붉은 색 밑줄은 문학적 분단선의 하나라 할 수 있다. 붉은색 밑줄을 새삼 확인하며 분단선이 그리 두텁지만은 않다는 사실에 다소 위안을 얻는다. 몇몇 단어에 표시된 분단선이 의사소통에 크게 지장을 주지는 않기 때문이다.

이러한 분단선 너머에서 양자를 손짓하는 듯한 남측 문학의 표정이 있어 인용해 본다.

"솔직히 말하면 우리보다도 전향한 분들이 더 많은 어려움을 겪고 있잖소. 대한민국 정부가 따뜻하게 맞아주냐 하면 오히려 그 반대이지 않습니까. 전향자에게도 똑같이 빨갱이의 낙인을 찍고 보안관찰법의 족쇄를 채워 끊임없이 감시의 눈길을 번뜩이지 않소. 창살 없는 감옥에 사는 거 아닙니까. 경제적 능력이 제로인 전향 장기수들을 지원 하나 없이 맹수 같은 자본주의의 법칙에 맡겨놓으니 모두들 기아선상에서 헤매고 있는 것도 사실이고요."

그런 태도는 북이라고 해서 나은 것은 하나도 없다. 혁명의 배신자, 혁명을 팔아먹은 사람으로 낙인찍고 남파한 사실조차 없다고 한다. 김길만은 남북 어디에도 뿌리내리지 못하고 방황하는 자신들의 처지를 알아주는 최선생이 고마웠다. 비전향 장기수들 중에서 자신을 동지로 불러주는 사람은 최선생말고는 아무도 없었다. 그들만이 의인인 것이다.

—김하기, 「미귀(未歸)」, 『복사꽃 그 자리』, 문학동네, 2002, pp.214~215.

인용문은 북쪽으로 송환이 결정된 비전향장기수 '최해종'이 전향한 장기수 '김길만'에게 하는 말이다. '대한민국 정부'나 '북' 어디에서도 환영받지 못하는 전향자에 대한 따스한 시선이야말로, 남과 북이 이질성을 넘어서는 한 지점이라 할 수 있으리라.

고광과 같이 양심과 신념을 끝까지 고수한 인물은 존경받아 마땅하다. 이러한 사람들에게 보내는 찬사와 격려는, 신념을 고수하기가 그만큼 어렵고, 또 그러한 사람들이 드물기 때문이다. 하지만 누구도 다른 사람들에게 비전향장기수와 같이 살라고 강요할 수는 없다. 오히려 「미귀(未歸)」의 주인공 김길만 씨처럼 전향한 장기수가 더 많은 것이 인지상정(人之常情)이다. 보다 많은 사람, 나아가 보통사람들까지 따스하게 감싸 안아주는 작품이야말로 남과 북이 함께 지향해야 할 문학이 아닐까.

3. 혁명적 사랑의 담론을 넘어

『통일련가』에서 빼놓을 수 없는 것이 사랑에 대한 담론이다. 특히, 고광과 희애의 사랑은 여러 번의 굴곡을 거치는데, 이러한 굴곡은 고광의 인간적·내면적 갈등과 겹쳐지면서 작품의 밀도를 높여 준다.

먼저, 고광과 희애 사이의 사랑이 싹트는 '빨치산 시절'로 시선을 옮겨보자.

《《미역? 정신 나굿나. 저 폭포밑엔 소가 있는디 명주꾸리 세개를 풀어넣어도 모자란디야. 여기가 매해 사람 하나씩은 꼭꼭 잡아묵는 곳이여!…》》

그러나 희애는 벌써 옷을 활활 벗어던지고있었다.

《《보지마!》》

어느새 봉긋한 가슴우에 두손을 포개없은 그가 이쪽을 힐끔 돌아보며 되알진 소리로 웨쳤다. 하얀 등살이며 밋밋한 허리가 눈부리를 화끈하게 지지는 바람에 광이는 얼른 바위뒤에 가붙었다. …(중략)…

《《쥐가… 다리에 쥐가 오른겨…》》

《《쥐가? 어디?》》

하지만 광이는 그만 굳어지지 않을수 없었다. 그제야 자기가 몸에 실오리 하나 걸치지 않은 희애를 안고있다는것을 알았기때문이였다. 파아란 물결 속에서 일렁이는 처녀의 젖가슴이며 백옥같이 하얀 살결을 내려다보는 순간 정신이 휘—도는것 같았다. 매끌매끌한 알몸뚱이를 안고있는 손이 불에 덴것처럼 점점 달아오르기만 하는데 버둥질하는 처녀를 놓으려 해도 어떤지 두팔이 전기에 감전된 듯 풀어지지 않았다.

어쨌던 그날 광이는 손에 자개바람이 일 때까지 희애의 종아리를 문질러 댔다…

그때부터 그들은 마치 자기들이 오누이라도 되는 듯 한 친밀감, 아니 한 순간에 소년, 소녀시절을 뒤에 남기고 갑자기 어른으로 성장한 듯 한 감을 느끼게 되였던것이다.

—『통일련가』, pp.42~43.

다소 선정적이기까지 한 위의 대목은 광이가 희애의 '알몸'을 통해

'소년'의 딱지를 떼고 '어른'으로 성장하게 되는 장면이다. 이 일 이후 광이와 희애는 "와 장가를 안가? 희애가 있는디."(광이) "피—누가 지 각시된디야?"(희애)라는 농담도 스스럼없이 할 정도로 가까워진다. 광이는 희애만 마주하면 아무리 괴롭고 울적할 때도 활기가 돌면서 웃음이 나오곤 했는데 그때면 그녀의 몸에서 넘쳐나는 생기와 활력이 어느새 자기 몸에 옮겨지는 것 같은 느낌을 받는다. 단순히 북쪽으로 가기 위해 입산한 희애는 승옥의 아이 성칠이가 동지들을 위해 희생되는 사건을 계기로 유격대원을 지원한다.

광이와 희애의 사랑은 다음의 에피소드를 통해 한층 여물어 간다. 전투에서 부상당한 광이를 위해 희애는 동지들 몰래 비축한 양식을 가져온다. 광이는 분노하며 희애의 뺨을 후려치기까지 한다. "빨치산생활은 없을 때는 없어서 배를 곯았고 있을 때는 아끼느라고 배를 곯았다. 식량이 있다는것만으로도 마음이 든든했는데 그래서 더 아끼게 되는 것이었다. 그런데 희애가 제맘대로 퍼낸 것이다. 그것도 동지들이 없는 때." 광이를 향한 희애의 사랑이 예상하지 못한 결과를 초래한 것이다. 광이는 희애의 행동에서 '모욕과 분노'를 느꼈고, 그것이 희애에게는 "견딜수 없는 슬픔과 원망이 되어 가슴에 새겨"진다. 그날 밤 자신의 행동을 뉘우친 희애는 광이를 찾아온다. 광이와 희애는 "자기가 바쳐야 할 진정한 사랑에 대한 무한한 동경"을 품고 동지적으로 결합한다. 하지만 이러한 결합이 북한에서 생각하는 혁명적 사랑에는 미치지 못하고 있음이 서서히 밝혀진다.

전투 상황이 점점 어려워지자 소대장이던 기태가 "희생을 피하면서 래일의 투쟁을 준비"한다는 명분으로 산을 내려간다. 소대장의 역할을 이어받은 광이는 부대를 이끌고 '덕유산' '로동무'를 찾아가다 체포된다.

이어 광이의 긴 투옥 생활이 시작되는데, 이 과정에서 드러나는 사랑의 담론은 주인공의 내면적 갈등과 겹쳐지면서 작품의 리얼리티를 부여하는 데 기여하고 있다.

먼저, 희애의 삶을 재구성해 보자. 희애는 전향을 한다. 전향으로 인해 희애는 광이에게 "잊을수 없는 사랑이면서도 모든 기대와 희망을 무너뜨린 야속한 어제날의 련인"이 된다. 하지만 광이는 희애에 대한 저주나 분노의 감정은 물론 그와 있었던 모든 추억들까지 깨끗이 지워 버렸다고 여겼으나, 그것이 터지기를 기다리는 지뢰가 되어 가슴속 깊은 곳에 묻혀 있었음을 깨닫는다.

전향한 기태를 통해 희애가 "자기를 위해주려고 감옥에서 먼저 나온 것이 도리여 자기를 괴롭히는것으로 되였다면서 통곡하더라는 말"을 듣는다. 그리고 희애가 '수도원'에서 광이를 기다리며 생활하고 있다는 소식을 접한다. 이러한 소식은 희애에 대한 감정을 바뀌게 한다.

광이는 자기가 잘못했다고, 너무도 가혹했다고 천백번 용서부터 빌고싶었다.

여태까지는 희애에 대한 자기의 감정이 지나간 쓰라린 추억의 한토막에 지나지 않고 청춘기에 우연히 만난 한 처녀에 대한 미련에 불과하다고 여겼댔으나 희애가 10년동안이나 자기를 기다렸다는 놀라운 소식은 대번에 그런 감정이 변명이고 억지임을 깨닫게 했고 나아가서는 자기 역시 희애를 속으로는 더없이 그려마지 않았다는것을, 그래서 자기들은 이미부터 달리 될래야 될수 없는 운명을 타고 난 듯이 느껴지는것이였다.

—『통일련가』, p.138.

형기를 3년여 남겨 놓은 광이는 출소 후 희애와의 단란한 일상을 꿈꾼다. 하지만 '사회안전법'이 제정되면서 비전향장기수들에 대한 법적 시효가 백지화된다. 광이는 "살아야 통일운동도 할게 아니냐고, 고문으로 감옥에서 억울하게 죽기보다는 가도장이라도 찍도 나가는게 " 좋겠다며 전향하는 동지들을 보며, 심적 동요를 겪게 된다.

이때 희애가 찾아온다. 광이는 그가 지켜 온 신념과 양심이 단란한 가정과 양립될 수 없다는 사실을 깨달으며, '혼인신고서'로 변주된 희애의 전향 요구를 거절한다. 희애는 "과연… 당신도 인간이예요? 피가 있고 정이 있는 인간인가 말이예요"라고 절규하며 광이의 곁을 떠난다. 광이는 그를 사랑하는 사람(희애/어머니 등)이나 증오하는 사람(전향을 설득하는 사람)이 다같이 인간이 아니라고 자신을 질타하는 현실에 가슴아파한다. 이렇게 희애와 광이의 사랑은 '청춘의 뜨거운 열정 동지적 사랑 현실과 신념 사이에서 길항하는 감정' 등으로 변주된다.

이후 희애는 광이에 대한 연정을 마음에 품은 채, 인석과 결혼하여 가정을 꾸린다. 인석은 신학대학 교수였으나, 희애의 사정을 듣고 속세로 귀환한 인물이다. 고광의 삶을 따르지 못한 죄책감을 공유한 이들 부부는 서로를 위로하며 단란한 가정을 꾸린다. 고광의 삶은 이들에게 서로가 새롭게 태어나는 과정을 매개하며, 하나의 지향점이 된다.

희애와 인석의 사랑은 광이에게도, 나아가 이 작품의 화자에게도 "놀랍고 기이한것"으로 인식된다.

그와 동시에 나는 얼굴이 달아오르는 것을 어쩔수 없었다. 선생은 오랜 감옥살이로 하여 이방인처럼 돼버렸다고 하지만 난 어째서 이 사실이 이토록 놀랍고 기이한것인가? 선생을 세상과 갈라놓은건 감옥철창이라면 나는 무엇으로 하여 그런 생활을 리해조차 할수 없단 말인가!

남녀생활에 대한 무지, 그곳 인간들을 제대로 리해하지 못하면서 선생의 작품을 쓰겠다고 나선 것이 못내 부끄럽기만 했다. 문득 이방인이란 말이 새로운 의미로 가슴에 파고들었다. 그러고 보면 남북에 갈라져 사는 우리들 이야말로 한피줄을 잇고 한지맥에서 살면서도 이젠 생활도 감정도 정서도 리해하기 어렵게 된 딴 세상의 이방인들이 아닌가!

—『통일련가』, p.171.

인용에서 드러나듯, 화자는 수난자로서 불우한 운명에 처해 있어야 할 희애가 도리어 남편과 화목하게 살고 있다는 사실에 놀란다. 행복이나 불행은 다 제 나름의 법칙이 있어 그 단계를 뛰어넘을 수도 피할 수도 없는 법인데, 이들의 결합은 이 법칙을 넘어서는 사랑이라는 것이다. 즉 남녀의 사랑 방식인 것이다. 이 남녀의 사랑에 대한 열린 자세를 보여주는 위의 대목은 인상적이다. 희애와 인석의 사랑은 비록 북쪽에서 생각하는 '혁명적 결합'은 아니지만, '남녀 생활'에서 제기되는 감정과 정서를 반영한 소중한 사랑이라는 인식이 깔려 있다. '남녀 생활'에 대한 무지를 스스로 질타하는 화자의 태도는, 작가와 주인공이 상호 침투하며 서로의 의식을 새롭게 생성해 가는 역동적인 과정을 보여준다.

이러한 역동적 생성의 과정은 액자소설이라는 형식적 특성과 긴밀한 연관이 있다. 화자와 은옥경은 취재 대상인 고광의 삶을 끊임없이 분석·해석·재구성함으로써 현재적으로 전용하고 있으며, 고광 또한 이들과 대화하면서 자신의 삶을 새롭게 인식하는 계기를 획득한다. 취재자와 취재 대상, 과거와 현재, 남과 북의 삶이 상호침투하며 서로의 영역을 확장하고 있다.

다음의 인용은 사적 사랑과 공적 사랑으로 대변되는, 고광과 화자의 사랑관이 대화하는 장면이다.

《내가 아는데 의하면 사랑이란 상대방을 위해 그 어떤것도 책임을 질수 있는 능력이며 의지입니다. 그리고 더 중요한건 아무리 다정한 부부라 해도 주는것만큼 받게 되고 받는것만치 주게 되는게 사랑이예요. 내가 상대를 책임질수도 없는데다가 더우기는 아무것도 줄 것도 없는데 어떻게 받겠다고 하겠습니까? 천만에요! 절대로 안됩니다. 만약 그것을 받아들인다면… 그렇다면… 나야말로 사람이 아니지요. 인간이 아니란 말입니다.》

《선생님.》

나는 그 말에 대해서는 의견이 있었다. 그래서 이것만은 리해해주기 바라마지 않는다는 간절한 눈길로 선생을 주시했다.

《그건 우리의 사랑과는 다릅니다. 우리 시대의 사랑은 주고받는 량의 크기로만 이루어지는것이 아닙니다. 결코 그렇지 않습니다. 받는것이 아니라 바치는것이 사랑이고 향유가 아니라 창조가 행복의 바탕으로 된다는것을 아셔야 합니다. 오직 우리 나라에서만 있을수 있는 우리 식 사랑이지요.

…(중략)…

인간이 아니라구요? 천만에 말씀입니다. 그건 바로 남쪽에 있을 때 선생님이 새긴 인생체험입니다. 그러나 이젠 북에서 우리와 함께 사십니다. 혁명에 가장 충실한 인간, 그래서 가장 훌륭한 인간만이 받을수 있는 가장 진정한 사랑이란 말입니다.》

—『통일련가』, pp.235~236.

남녘의 사랑과 북녘의 사랑은 그 존재 방식이 다르다. 고광이 생각하는 사랑은 "상대방을 위해 그 어떤것도 책임을 질수 있는 능력이며 의지"이다. 즉, "주는것만큼 받게 되고 받는것만치 주게 되는" 사랑이다. 사적 개인을 전제한 사랑인 것이다. 하지만, 화자가 주장하는 사랑은 다르다. 그에 의하면 "받는것이 아니라 바치는것이 사랑"이기에, "혁명에 가장 충실한 인간, 그래서 가장 훌륭한 인간만이 받을수 있는" 숭고한 가치가 되는 것이다. 오직 북측에서만 있을 수 있는 '주체식 사랑'인 것이다.

화자는 이러한 차이점을 부각시키면서 고광을 설득한다. 설득의 논리에 주목할 필요가 있다. 고광의 생각을 전면적으로 부정하는 방식이 아니라, 그것을 수용하면서 자신의 주장을 펼치고 있기 때문이다. 고광이 남쪽에 있을 때 새긴 '인생 체험'에 바탕한 사랑관을 거부할 수는 없다. 만약 이것이 전면적으로 거부되었을 때, 신념과 양심을 끝까지 지켜 온 고광의 남측에서의 삶이 일부 부정되는 것은 물론, 광이와 희애 그리고 희애와 인석의 사랑 등이 온전한 의미를 부여받을 수 없기 때문이다.

이러한 화자의 논리는 이제 "북에서 우리와 함께" 살게 되었으니, 우리의 방식에 따라야 한다는 태도로 표상된다. 고광과 같이 송환된 비전향장기수들은 그쪽의 체제를 선택했기에 북쪽의 삶을 전적으로 내면화할 수 있다. 따라서 '우리식 사랑'을 따라야 한다는 화자의 논리는 정당성을 지닌다. 하지만 남쪽에서 통일운동에 몸담고 있는 승옥이나 희애/인석 부부에게 북쪽 삶의 방식은 조금 다르게 인식될 것이다. 그리고 남녘의 보통사람들에게는 또 다르게 다가올 것이다. 『통일련가』의 저자 남대현은 남녘의 모든 동포에게 '우리식 사랑'을 따르라고 강요하지 않는다. 심지어 "빨갱이들에 대한 뼈에 사무친 원한을 품고 이북에서 월남해온" 인물에게까지 자신의 처지를 발언할 기회를 부여함으로써, "이북에서 이남으로 도망쳐온 주인놈과 이남에서 이북같은 세상을 만들자고 싸우는 자기들, 한나라지경에서 같이 살면서도 이다지도 판이하고 적대적이란 말인가?"라는 분단 현실에 대한 자의식을 환기시키고 있다. 이렇듯 작가는 개별 인물들의 입장과 태도를 존중하며 서사를 전개시키고 있다. 이러한 태도가 다양한 인물 군상들의 삶을 밀도 있게 형상화하는 계기가 되는 것이다.

4. 균형 잡힌 관점의 대화를 기대하며

『통일련가』에서는 현실에 대응하는 다양한 인물군상들의 모습이 생생하게 형상화되어 있다. 이러한 다양한 스펙트럼은 남·북의 체제와 이념을 가로지르며 삶의 총체성을 보여주는 데 기여하고 있다. 『통일련가』는 작가(체제/이념)가 일방적으로 의미를 부여하는 방식에 익숙해 있는 남측의 독자들에게, 다양한 선택을 하는 인간들의 면모를 밀도 있게 제시한다는 점에서 낯선 충격을 선사한다. 사실, 필자에게 희애/인석의 삶, 나아가서는 고광에게 전향을 권유하는 인물(기태나 종교인)들의 논리가 더 현실적으로 다가오는 경우도 있었다. 이처럼 이 작품은 다양한 삶의 태도들을 생동감 있게 그리고 있다. 북한에서 주장하는 삶의 양식과 이와는 이질적인 삶의 태도가 비교적 균형 잡힌 시각으로 대화하고 있다. 이러한 대화를 통해 남과 북은 조금씩 거리를 좁혀갈 수 있는 여건을 마련할 수 있을 것이다.

지금까지 북측의 문학은 소수의 연구자를 중심으로 전개되었다. 북측 체제의 입장을 그대로 수용하여 북측의 문학을 이해하는 방식이나 북측 문학 자체의 가능성을 인정하지 않고 이를 애써 무시하려는 태도가 주류를 형성해 왔다. 이제 북의 문학과 남의 문학이 대등하게 접촉하는 열린 장을 마련해야 한다. 이를테면, 1990년대 이후 남측의 문학은 개인화/파편화된 욕망이 주류를 형성해 왔다. 이러한 1990년대 이후 문학의 성과를 인정하더라도 '우리(공동체)'에 대한 문제의식이 부재했던 것 또한 사실이다. 소통을 열망하기만 했지 소통하기 위한 실질적인 노력이 부족했다. 민족작가대회와 남북문학인협회 결성을 통해 확산된 통일문학에 대한 염원이 이러한 남측 문학의 침체를 극복할 수 있는 하나의 계기가 되었으면 한다.

그리고 북측의 문학도 일방적인 체제 이념의 선전에서 벗어나 인민들의 구체적이고 일상적인 삶으로 시선을 옮아 가야 한다. 남측 문학에 대한 개방을 통해 북측 문학의 잃어버린 반쪽을 수용해야 한다. 심정적·감정적 구호의 차원을 넘어 '어떻게' 남과 대화할 수 있을 것인가에 대해 구체적으로 고민해야 할 때이다. 지금까지 살펴본 남대현의 『통일련가』는 상대편의 입장을 객관적으로 제시하면서 자신의 정당성을 주장하고 있다는 점에서, 이미 균형 잡힌 관점의 대화를 향해 한 걸음 내딛고 있다.